Maja Christine Bhuiyan

Der zweite Prinz *oder* Wahrscheinlich wieder Dracula

Roman

tredition

∞

Der zweite Prinz

oder

Wahrscheinlich wieder Dracula

Roman

Impressum: Maja Christine Bhuiyan
bhuiyan@majachristine.de
Evezastraße 23 – 51143 Köln
Druck und Distribution im Auftrag des Autors: tredition GmbH
Heinz Beusen-Stieg 5, 22926 Ahrensburg
Softcover: ISBN 978-3-384-26940-9
Hardcover: ISBN 978-3-384-26941-6
E-Book: ISBN 978-3-384-26942-3

Ich danke meinen Kindern für ihre fleißige Mithilfe an diesem Projekt. Ihre Inspirationen und Tipps waren unendlich wertvoll. Insbesondere meinem Sohn danke ich für seinen technischen Support. Ohne ihn wäre ich verzweifelt.

Ich danke auch meinen Enkelkindern. Sie haben noch mehr Liebe und Magie in mein Leben gebracht.

Und ich danke Christof für seine unendliche Geduld. Er hat meine Launen und Marotten tapfer ertragen.

Prolog

Es gibt Geschichten, die sind nie auserzählt. Nichts ist jemals auserzählt. Es gibt immer Wendungen und Entwicklungen, die nicht berücksichtigt wurden. Nicht nur das, es entstehen ständig neue Handlungsstränge. Auch in der Vergangenheit. Open End, meine Lieben, es ist wichtig, dass Ihr das wisst. Das heißt, wir können ihm helfen. Ich schlage vor, wir machen uns noch heute ans Werk!

Doktor Balduin sah seine Schüler strahlend an. Die fragten sich nicht zum ersten Mal, ob er noch ganz sauber tickte. Einer nach dem anderen verließ kopfschüttelnd den Raum.

Kapitel I (Freunde und Feinde)

Menschen werden nur für eine Sache sterben, wenn sie nichts gefunden haben, was das Leben lebenswert macht.

Vlad zuckte zusammen. Da war jemand! Er wagte nicht, sich zu rühren und lauschte in die Finsternis. Nichts! Er setzte sich vorsichtig auf und rutschte dahin, wo er Radu vermutete. Aber seine Hände tasteten ins Leere. Diese Hunde! Wohin hatten sie ihn gebracht? Vlad sprangen die Tränen in die Augen. Ihr verdammten Hurensöhne! Was habt ihr mit ihm vor? Er schlug die Hände vor das Gesicht und weinte wie ein kleines Kind. Warum Radu? Warum auch Radu? Gestern hatten sie Gábor geholt, tagsüber, und er war ihnen lachend gefolgt. Wie hätte er auch verstehen können? Gábor war erst sechs Jahre alt! Vlad legte sich auf die Seite und zog die Beine an den Leib. Er zitterte vor Kälte und Wut. Radu! Geliebter kleiner Bruder! Nehmt eure dreckigen Hände von ihm! Gottloses Heidenpack! Elende, stinkende Kreaturen! Das Höllenfeuer soll euch verschlingen!

„***D***ann ist die Sache klar?“

„Welche Sache?“

„Mensch, Peter, heute Abend. Hafenfest, Feiern mit Freunden, schon vergessen?“

Peter lächelte schräg. „Wirklich sehr verlockend, aber ich muss gleich zurück. Ich habe definitiv was Besseres vor, als mir die Birne wegzublasen!“

„Was könnte das sein? Hab’ ich was verpasst?“ Timm beugte sich vertraulich vor, doch Peter wich zurück. „Du kannst es dir vielleicht nicht vorstellen, aber inzwischen habe ich auch noch ein paar andere Interessen.“

„Geschenkt! Ich sehe schon, wir müssen uns mal wieder ausführlich unterhalten. Wir treffen uns viel zu selten. Kein Wunder, denn du erscheinst und verschwindest ständig wie eine Fata Morgana.“

„Mmmh.“ Für Peter schien das kein Problem zu sein.

„Aber einen kurzen Hinweis kannst du mir schon geben, oder? Womit beschäftigst du dich denn momentan? Ich meine, außer mit deinem Studium natürlich. Wann bist du eigentlich endlich fertig?“

„Keine Auskunft!“

Timm schlug seinem Freund auf die Schulter. „Okay, Kumpel, ich versteh’ schon. Will dich auch nicht in Verlegenheit bringen. Jeder ist schließlich für sein Unglück selbst verantwortlich. Aber ein Bierchen hier und jetzt kannst du mir nicht abschlagen!“

„Okay, meinetwegen, du gibst ja sonst doch keine Ruhe!“

„Stimmt! Warte, ich hol' uns was!" Timm schob sich durch die Menschenmenge dem Ausschank entgegen und war erstmal verschwunden. Peter stöhnte auf. Abhauen oder nicht? Die Gelegenheit war günstig. Aber das wäre schäbig gewesen. Dazu war ihm diese Freundschaft dann doch zu wichtig. Und da kam Timm auch schon zurück. Er drückte Peter ein Glas in die Hand, und sie stießen krachend an. Auf uns! Auf alte Zeiten! Auf die Zukunft! Auf was auch immer! Peter schlug Timm freundschaftlich auf die Schulter. „Tut mir leid, Kumpel, dass ich mich so rar mache, aber ich muss jetzt wirklich los!" Er kippte das Bier in sich hinein, verweigerte ein zweites, und dann war er auch schon weg. Timm sah seinem flüchtenden Freund ziemlich ratlos hinterher.

•

Liz lehnte sich zurück und verschränkte die Arme im Nacken. Die Beine auf dem Tisch, den Kaffee in der Hand, die Sonne im Gesicht. Ihr ging es gut. Sie saß hier oben auf dem Balkon wie eine Prinzessin hinter den Zinnen. Der Verkehrslärm, das Klingeln der Straßenbahn, die störenden Stimmen, all das war weit weg und ging sie überhaupt nichts an. Gott sei Dank! Die Welt da unten war so laut, so hektisch! Jeder wollte irgendwohin, wollte irgendwas erledigen. Sie nicht. Entspannung pur, ärztlich verordnet. Sie brauchte kein schlechtes Gewissen zu haben. Sie griff nach ihrem Kaffeebecher, drehte ihn hin und her, die Reflexe der Welt blitzten auf, veränderten sich, beruhigten sich, verschwanden wieder. Sie setzte die Tasse vorsichtig an die Lippen. Zu viel Kaffee war gar nicht gut! Nicht, dass der Kaffee schuld an ihren Problemen wäre, aber die Fahrigkeit, das Zittern, die Unruhe, all diese Symptome würden so garantiert nicht besser. Sie setzte den Becher entschieden ab. Sofort bildeten sich kleine, hektische Kräuselwellen, und es dauerte lange, bis sich wieder eine spiegelnde Fläche gebildet hatte. Sie musste behutsamer vorgehen! Sie hasste ihre unkontrollierten Bewegungen. Sie hasste es, wenn sie wieder mal was verschüttete, runterwarf, verpasste, nicht verstand, nicht mitbekam. Sie hasste es, zum Bahnhof zu rennen, weil sie wieder mal die Zeit vergessen hatte. Außerdem blieb ihr ganz schnell die Puste weg. Und dann musste sie ständig wieder zurück. Herd aus? Kaffeemaschine aus? Licht aus? Bügeleisen aus? Vielleicht war sie dabei, das ganze Haus abzufackeln mit allen Bewohnern drin. Sie war sich nie ganz sicher, ob sie wirklich an alles gedacht hatte. Ob sie ihren eigenen Sinnen trauen konnte. Aber das ging anderen Leuten auch so. Das hatte zumindest Peter gesagt und dabei gelacht. Ihm machte es nichts aus, wenn sie wieder mal zu spät dran war. Er ließ sie grundsätzlich mit Ratschlägen und Ermahnungen in Ruhe. Ganz anders als Cora.

Peter war eben ein ganz besonderer Mensch. Er regte sich nie über irgendwas auf, noch nicht mal über sich selbst. Er war der geduldigste, liebste Mensch der Welt! Er hatte ein gewisses Leuchten an sich, anders konnte sie es nicht beschreiben. Ja, er war ein Mensch, der von innen leuchtete. Und trotzdem war er stark und präsent und nicht so unecht, wie sie sich selbst manchmal fühlte. „Das sind die Medikamente, Lizzie“, hatte Peter gesagt. „Aber lass die bloß nicht weg!“ Dann hatte er sie kräftig gekniffen, um ihr zu beweisen, dass auch sie ein Wesen aus Fleisch und Blut war. Aua!

Natürlich nahm sie die Pillen trotzdem nicht immer. Manchmal, weil sie sie schlichtweg vergaß, manchmal, weil sie was Tolles vorhatte und sich nicht wie ein Zombie fühlen wollte. Heute zum Beispiel. Peter würde schon aufpassen, dass sie keinen Blödsinn anstellte. Außerdem war da ja noch Cora, die Gestrenge. Aber auf die freute sie sich irgendwie auch.

Unten ratterte jetzt der Siebzehn-Uhr-Bus entlang. Sie hatte also noch eine ganze Stunde Zeit. Um siebzehn Uhr war sie früher immer nach Hause gekommen. Damals, als sie noch einen geregelten Tagesablauf gehabt hatte, ein ganz normales Leben wie andere Leute auch. Frühmorgens aus dem Haus, nachmittags zurück, fünfmal in der Woche. Unzählige Menschen machten das so. Sie waren zufrieden mit diesem Leben. Sie standen auf, duschten, frühstückten, fuhren zur Arbeit, fuhren zurück, genossen ihren Feierabend, gingen um zehn Uhr ins Bett und schliefen, bis der Wecker klingelte und alles von vorn begann. Hörte sich gut an. Gesund. Effektiv. Bei ihr hatte es allerdings nicht lange geklappt. Sie konnte schlecht schlafen, schlecht aufstehen, sich schlecht konzentrieren. Sie hatte keinen Appetit, keine Kraft, keine Konzentration, keine Energie. Und dann kamen noch ein paar andere Dinge dazu. Sie wurde so krank, dass sie ohne Tabletten überhaupt nicht mehr funktionierte. Oder war es anders herum? Wie und wann hatte das alles angefangen? Aber darüber nachzudenken, war anstrengend und führte zu nichts. Zu träumen war einfacher, das tat man so nebenher. Zu träumen hieß, sich zu entspannen, in andere Länder, Kulturen, Zeiten einzutauchen oder in das eigene Ich. Zu träumen hieß, jemand anders zu sein, malen, singen, tanzen, was auch immer zu können. Berühmt zu sein. Begehrt zu sein. Ja, von den anderen Dingen träumte sie auch. Von unbedingter, absoluter Liebe und dem, was Liebende so alles tun. Oft tauchte Peter in ihren Träumen auf.

Fünfzehn Kilometer Stau, und knapp hinter ihr war die letzte Ausfahrt. Gut, dass sie früh genug dran war! Sie hatte genug Zeit, genug Sprit, genug zu trinken, und verhungern würde sie wohl auch nicht gleich. Also, Cora, entspann dich! Schritttempo immerhin. Wieder Stillstand. Im Wagen neben ihr eine Familie mit zwei kleinen Kindern. Cora winkte hinüber. Der kleine Junge winkte zurück, seine Eltern lächelten dankbar. Was für ein Schicksal, mit zwei Zwergen in dieser Blechlawine festzusitzen! Gut, dass sie Marian nicht mitgenommen hatte, den Herzensjungen, und der war immerhin schon zwölf. Das Auto vor ihr setzte sich in Bewegung. Und ... stopp! Cora nahm ihre Brille ab, rieb sich die Augen und setzte die Brille wieder auf. Dann passierte erstmal nichts, nur die Zeit riss sich los und galoppierte davon. Schönen Gruß an Peter! Irgendwann zog auch der Blechtrupp wieder an, jedenfalls der auf der anderen Spur. Der kleine Junge zog winkend vorüber, Cora winkte zurück, mehrere Wagen folgten, und da, auch der grüne Laster war wieder da. Den hatte sie vor Ewigkeiten überholt. Neue Nachbarn kamen neben ihr zu stehen, ein düster guckendes älteres Ehepaar. Wahrscheinlich waren sie wütend, weil sie hier ihre kostbare, begrenzte Lebenszeit vergeudeten. Vielleicht sprachen sie auch seit Jahren nicht mehr. Cora wandte den Blick nach vorn, bearbeitete ihr Lenkrad mit rhythmischem Klopfen, orgelte am Radio hin und her. Durchhalteparolen, Popmusik, klassische Musik, wieder mal Nachrichten, das Wetter, die Zeit. Ging gerade noch mit der Uhrzeit, aber sie musste langsam aufs Klo. Ein blauer Volvo setzte sich vor sie, warum auch immer. Die Beifahrerin begann, ihren Mann mit Apfelschnitzen zu füttern. Vielleicht waren es auch Gummibärchen. Hauptsache irgendwas Süßes! Jetzt kreiste ein Hubschrauber über der Autobahn. Wäre nicht schlecht, wenn gleich Carepakete von oben kämen. Lauter kleine Fallschirme, beladen mit Minisalamis, Keksen, Gummikram und Schokolade. Achtung! Es ging weiter! Drei, vier, zehn, zwanzig, Meter, das war's erstmal wieder. Ein Schluck aus der Wasserflasche, nein lieber doch nicht, denn es gab weit und breit kein Klo. Bloß nicht dran denken! Was Peter wohl gerade machte? Ob er schon in der Küche werkelte? Ob er sich auf sie freute? Bei Peter wusste man das nie so genau. Er war und blieb ein Rätsel. Dabei kannten sie sich schon sehr lange. Wie lange eigentlich? Jedenfalls mindestens fünf Jahre. Wieder Nachrichten im Radio, dieselben wie vor einer halben Stunde. Die Zeit verging, aber die Welt blieb stehen. Eigentlich ganz gut, dass nicht dauernd was passierte. War ja meistens nichts Gutes. Dafür tat sich jetzt was auf der Straße. Viele Leute stiegen aus, verdrehten und verrenkten sich oder machten Kniebeugen. Gar keine schlechte Idee, sich etwas

Bewegung zu verschaffen. Wenn sie nicht lieber auf ihrer Blase sitzengeblieben wäre, hätte sie mitgemacht. Immerhin gab es was zu gucken. Da! Es ging weiter! Die Leute eilten zu ihren Wagen und schlugen die Türen hinter sich zu. Die Schlange schlängelte weiter. Erst langsam, dann immer zügiger und dann, plopp, sprang der Korken aus der Flasche. Freiheit! Freiheit!

Irgendwann, Ausfahrt Richtung Emden, zwei Gänge runter. Eintauchen in eine andere Welt. Hier begann der schönste Teil der Reise. Der Himmel stahlblau, die Wolken wild zerfetzt, die Landschaft, die Brust, die Seele unendlich weit. Das war die Gegend, die sie mehr als ihre eigene Heimat liebte. Es war die Gegend, von der Timm zu sagen pflegte, er möchte hier noch nicht mal tot überm Zaun hängen. Er fand sie öde, trist, zum Sterben langweilig. Nicht jeder fand Zugang zu dieser einzigartigen Welt. Da waren kleine, bescheidene Orte, die sich malerisch über die flache Landschaft verteilten. Historisch, romantisch, schlicht, stolz. Wie an Perlenschnüren aufgereiht standen die Häuser, aber es waren nur wenige weiße Perlen darunter, die meisten waren rostbraun wie die Erde, aus der sie gewachsen waren. Weiß waren die Verzierungen mancher Giebel und Fenster, und das gab einen zauberhaften Kontrast. Hier gab es bunt ausgemalte Kirchen, die keinen Kirchturm hatten. Der stand einfach daneben, denn er hätte sich sonst in die feuchte Erde gedrückt. Und überall, schon hier, der Duft, die Anmutung des Meeres. Auf den saftigen Wiesen und Weiden grasten Schafe, Pferde und Kühe. Es sah aus, als hätte ein Maler sie dort hingekleckst. Genau wie die Hecken, Büsche und Sträucher, all die prächtigen, leuchtenden, gelben, orangen und roten Farbspritzer aus lockerer Hand. Es war Sommer. Ostfriesland im Sommer. Es war herrlich.

Cora öffnete die Fenster und atmete tief ein. Sie hätte gern einen kleinen Stopp eingelegt. Aber das verbot sie sich, denn Peter wartete bestimmt schon. Sie würde noch genügend Zeit haben, die würzige Nordseeluft einzusaugen und das hier alles zu genießen. Immer weiter ging es, immer weiter Richtung Norden. Bald würde sie den Deich sehen, dieses geheimnisvolle grüne Band, hinter dem man das Ende der vertrauten Welt erahnte. Dabei ging es dahinter noch weiter. Es kam ein weiterer Deich und dann noch einer und dann erst, hinter Uferbefestigungen, Schlick und Watt, erstreckte sich die offene See. Manchmal jedoch kam das Meer erschreckend nah. Dann sah man misstrauisch und gleichzeitig dankbar auf den Deich. Dann sandte man das eine oder andere Stoßgebet gen Himmel. Direkt hinter dem Deich, ungeschützt zwischen Meer und Land, wohnte Peter. Sie konnte gar nicht sagen, wie sehr sie sich auf ihn freute.

Weiter ging es. Vorbei an Städtchen und Dörfern, an Gutshöfen und Häusern, die einst Gutshöfe gewesen waren. Alles malerisch umrahmt von struppigen Hecken und knorrigen Bäumen. Überhaupt, die Bäume: Kaum ein Baum hier wuchs senkrecht in den Himmel. Alles beugte sich dem unbändigen Willen der Natur. Nicht immer war es so friedlich wie heute. Manchmal ging hier die Hölle los, denn die Natur war unberechenbar. Selbst die Menschen, wenigstens in früheren Zeiten, waren unberechenbar. Von Raub, Krieg und Zerstörung zeugten die Häuptlingsburgen hier und da. Dem, der sich Zeit nahm, erzählten sie ihre Geschichte.

Ja, es hatte kriegerische Zeiten gegeben. Häuptlinge kämpften gegeneinander, sie kämpften miteinander, sie kämpften gegen die Normannen, die Sarazenen, die Römer, die Hanse. Sie agierten als gefürchtete Seeräuber und begehrte Verbündete. Sie handelten und raubten im Auftrag des Königs und natürlich auch in eigener Mission. Sie konnten sich Burgen leisten, trutzige Gemäuer, die seinerzeit fast alle Zugang zum Meer gehabt hatten. Heute lagen sie weit im Land, denn die Küstenlinie hatte sich über die Jahrhunderte verändert. Viele der einst stolzen Burgen waren nur noch im Grundriss zu erahnen, denn sie waren geschleift, beschossen, zerstört worden. Oder sie waren der Vergänglichkeit, dem Sand, der Erde, dem Wetter zum Opfer gefallen. Die kriegerischen Zeiten waren lange vorbei. Peter allerdings hielt die Erinnerung wach. Er erwärmte sich bei diesem Thema immer sehr. Und da Cora sich immer sehr für Peter erwärmte, und da sie sich sowieso für Geschichte interessierte, hatte sie eine Menge gelernt.

Peter war Ostfriese. Den meisten Menschen fiel es schwer, ein Gespräch mit ihm zu beginnen. Ein „Moin!" musste erstmal reichen. Er brauchte nicht viel Gesellschaft und fühlte sich in seinem einsamen, schlichten Häuschen ausgesprochen wohl. Das hatte niedrige Fenster, durch die kaum Licht kam, eine winzige Tür, durch die er selbst kaum passte und Zimmerdecken, an denen man sich fast den Kopf stieß. Peter besaß nur das Allernötigste, und viel mehr passte in das Haus auch nicht rein. Er hatte mal in Bremen gewohnt, aber da war es ihm viel zu laut und unübersichtlich gewesen.

Cora hatte sich noch nie irgendwo so wohlgefühlt wie in diesem winzigen Haus. Es kam ihr vor wie eine Schutzhütte, obwohl diese

Vorstellung natürlich lächerlich war. Wer hatte überhaupt genehmigt, dass zwischen den Deichen jemand baute? Vielleicht würde es ihr zu windig, oder sie geriet mit Peter aneinander. Sie würde es wohl nie ausprobieren. Ein Kurzurlaub sollte ein Kurzurlaub bleiben.

Peter war total lieb, aber er war kein einfacher Mensch. Außerdem hatte er sich verändert. Es hatte eine Zeit gegeben, da hatte er als lustiger Student absolut nichts ausgelassen. Jetzt war er zwar immer noch Student, aber lustig war er überhaupt nicht mehr. Irgendwas musste passiert sein. Darüber mit ihm zu sprechen, ging nicht, da er, wie gesagt, sowieso nicht viel sprach. Ein Ostfriese war im Allgemeinen für einen guten Witz zu haben, aber Peter verkörperte die Erdenschwere. Dieser neue, etwas tragische Peter gefiel Cora allerdings auch sehr gut. Es spornte sie an, den künstlichen Panzer dieses Einsiedlerkrebses zu knacken, und sie freute sich wie ein Kind, wenn Peter sich auch mal freute, und wenn er sich mit ihr unterhielt, ging für sie die Sonne auf.

Ein paar Gläschen Wein halfen natürlich bei der Transformation, und an diesem Wochenende würde garantiert keiner nüchtern bleiben. Selbst Liz nicht, obwohl die eigentlich gar keinen Alkohol trinken durfte. Liz war in vielerlei Hinsicht unbelehrbar. Wie ertrug Peter diese Frau überhaupt? Klar, das Übliche: Liz war hübsch, sie war blond, und sie war entzückend hilfsbedürftig. Männer standen auf so was. Kotz! Nein, nein, sie fand Liz nicht zum Kotzen. Sie mochte sie ja auch! Sie kannten sich seit Jahren, und Liz gehörte einfach dazu. Man wusste nur nie, woran man bei ihr war. Was man ernst nehmen sollte und was nicht. Was man sagen durfte. Wann man besser den Mund hielt. Worauf man Rücksicht nehmen musste. Worauf man achten sollte. Wann es besser war, sie ganz normal zu behandeln, denn das wollte sie ja. O Mann! Wie anstrengend!

Schluss jetzt, volle Konzentration! Nicht, dass sie noch gegen einen Baum fuhr oder im Graben landete. Die Bäume und Gräben entlang der Fahrbahn waren tückisch. Vor allem im Dunkeln konnte man, vor allem wenn es nass war, schnell von der schmalen Straße abkommen. Und das hier war eigentlich gar keine richtige Straße. Eher eine Holperpiste, die nur Insider kannten. Und das Navi, Gott sei Dank! In der Ferne tauchte jetzt ein Fußgänger auf. Cora kniff die Augen zusammen. Eine Fußgängerin war das. Mit riesigem Rucksack, Wanderschuhen und allem, was eine Tramperin so bei sich trug. Ihr Ding wäre so was nicht. Die Frau stapfte mit langsamen, gleichmäßigen Schritten voran. Als sie den

Wagen hörte, drückte sie sich an den Straßenrand und drehte sich um. Ihre Blicke trafen sich. Cora lächelte, und die Frau lächelte zurück. Und dann, weiß der Himmel warum, hielt Cora an. Es war nicht ihre Art, Tramper einzusammeln. Das hier passte ihr also überhaupt nicht in den Kram. „Soll ich Sie ein Stück mitnehmen?“, hörte sie sich dennoch fragen. Als ob die Fremde auch nur irgendein Anzeichen gemacht hätte, mitfahren zu wollen, war sie trotzdem sofort dazu bereit. „Ja, gerne“, sagte sie schlicht, ließ den Rucksack von der Schulter gleiten, öffnete die Tür, schob den Sack unter den Beifahrersitz und stieg ein. Jetzt erst wurde Cora klar, dass der gemächliche Teil der Reise vorbei war. „Da habe ich aber Glück!“, sagte die Fremde wohlig seufzend. Etwa mein Alter, gepflegt, vermutlich vertrauenswürdig, alles okay, ratterte es durch Coras Kopf. „Wo wollen Sie denn hin?“, fragte sie.

„Kommt drauf an. Wohin fahren Sie denn?“

„Nach Norden – also in die Stadt Norden – da in die Nähe.“

„Perfekt!”

„Gut“, sagte Cora. „Ich setze Sie also in Norddeich ab.“ Das war zwar ein Umweg, aber weit genug weg von Peters Haus.

„Prima! Ich heiße übrigens Ariane.“

Cora antwortete nicht. Mit der Duzerei war sie schon immer zurückhaltend gewesen. Ariane schien nichts zu bemerken und plauderte munter drauf los. Sie bewunderte die Landschaft, das Wetter, Coras Auto, Coras Fahrstil, alles. Sie war ein richtiger Sonnenschein. „Ach übrigens, es ist mir eigentlich völlig egal, wohin du mich bringst, sagte Ariane und unterstrich ihre Worte mit einem Achselzucken. „Es ist mir egal, weil ich auf der Flucht bin."

Holy shit!

„Wie gesagt, es ist mir völlig egal, wohin du mich bringst. Hauptsache ganz schnell ganz weit weg."

Cora wurde es plötzlich warm. Weg wovon? Auf der Flucht vor wem? Und warum nannte die Frau ihren Namen? War Ariane überhaupt ihr richtiger Name? Während Coras Kopf auf Hochtouren arbeitete, sank Ariane immer tiefer in den Sitz. Die Bäume rechts und links huschten vorüber, die Straße schnürte eilig vor sich hin. „Wohnst du eigentlich hier oder machst du hier Urlaub?", kam es vom Beifahrersitz.

Ariane sollte hier die Fragen beantworten, sie jedenfalls nicht. „Hast du hier Freunde oder Familie? Wirst du von irgendwem erwartet?" Es wurde einfach nicht besser! „Ja", antwortete Cora indifferent.

„Wie schön für dich! Auf mich wartet niemand."

Das war natürlich bedauerlich.

„Und? Willst du gar nicht wissen, warum ich auf der Flucht bin?" Ariane beugte sich vor und sah Cora direkt ins Gesicht.

„Nein, eigentlich nicht."

„Macht nichts. Ich sag's dir trotzdem." Ariane kicherte. Offensichtlich schien ihr dieses Spiel zu gefallen. „Ich bin auf der Flucht vor mir selbst", sagte sie nach einer kleinen Pause. „Andere suchen sich, ich haue lieber ab. So bin ich eben. Tut mir leid, falls ich dich erschreckt haben sollte." Sie schlug sich vergnügt auf die Schenkel.

„Für einen Menschen, der in einer Lebenskrise steckt, wirkst du ziemlich munter", sagte Cora, der diese verrückte Person gehörig auf die Nerven ging. Andererseits war die Situation so skurril, dass sie schließlich mitlachte. Zwei arme Irre auf Reisen. Haha, es hätte schlimmer kommen können!

Das Autoradio dudelte, die Frauen hatten ausgelacht und starrten vor sich hin. Aber über irgendwas musste man reden, wenn man gemeinsam in einer Blechkiste saß. Cora machte den Anfang.

„Also, ich bin auf dem Weg zu einem guten Freund. Der hat ein kleines Häuschen direkt am Deich. Einfach traumhaft!"

„Oh, das glaube ich. Und wo kommst du her?"

„Aus Köln. Bin heilfroh, mal aus der Großstadt raus zu sein!"

Ariane nickte verständnisvoll.
„Und du?“
„Ich komme aus München. Ganz das andere Ende.“
„Stimmt! Hier oben ist Schluss.” Cora sah Peters Häuschen vor sich. Sie sah Peter darin sitzen, und wie er auf die Uhr guckte. Er würde noch eine Weile warten müssen. Sie sollte ihn so schnell wie möglich kontaktieren.
„Wie gut, dass du mich eingesammelt hast“, sagte Ariane. „Es fängt tatsächlich an zu regnen.“
Tja, sie waren an der Nordsee und nicht am Mittelmeer. Regen gehörte hier einfach dazu. Wo genau sie waren, wusste Cora allerdings auch nicht. Sie fuhr einfach quer durchs Land. Hauptsache, die Richtung stimmte, und so unendlich groß war Ostfriesland nun auch wieder nicht.
Der Regen wurde immer heftiger. Die Scheibenwischer leisteten Höchstarbeit und kamen trotzdem nicht gegen die Wassermassen an. Die Stimmung, nicht nur die Lichtstimmung, änderte sich merklich. Die fröhliche Musik aus dem Radio bildete einen nervigen Kontrast. Die Sicht war miserabel, die Straße verschwand unter einem glitschigen Film aus Blättern und Matsch. Der Wind peitschte die Bäume ordentlich durch und rüttelte an Coras Wagen. Wenn sie hier einen Unfall bauten, dachte Cora, würde sie so

schnell keiner finden. Sie hätte vielleicht doch lieber auf der Landstraße bleiben sollen.

Ariane schien nicht im Mindesten beunruhigt zu sein, sondern lächelte glückselig vor sich hin. Sie schien dieses Abenteuer zu genießen und sich der Gefahr nicht bewusst zu sein. Jetzt tauchte ein Licht im Rückspiegel auf. Das Licht wurde heller, verschwand, sprühende Gischt überall, Blindflug, Vollbremsung, das Auto stand. Cora krallte sich am Lenkrad fest. „Huiii!“, jauchzte Ariane, „da hat es aber jemand eilig gehabt!“ „Idiot!“, stieß Cora hervor. Von dem durchgeknallten Raser waren nicht mal mehr die Rücklichter zu sehen.

„Bis Norddeich ist es nicht mehr weit, oder?“, fragte Ariane. Vermutlich bedauerte sie das sogar, so sehr machte ihr diese Abenteuerreise Spaß. Cora holte tief Luft. „Nein, normalerweise nicht“, antwortete sie. Aber diese Fahrt war ganz und gar nicht normal. Es ging nur im Schritttempo weiter. Am liebsten hätte sich Cora irgendwo am Straßenrand verkrochen. Hätte dort auf bessere Zeiten und besseres Wetter gewartet. Ging aber nicht, denn die Straße war zu schmal. Außerdem hätte sie sich ratzfatz festgefahren oder wäre in irgendeinen Graben gerutscht. Also fuhr sie vorsichtig, ganz vorsichtig weiter, während Ariane sie mit munterem Geplauder unterhielt. Diese Frau spielte mit ihrem Leben. Jedenfalls war Cora kurz davor, sich ihrer Beifahrerin zu entledigen. Diese Gegend schien wie gemacht dafür. Wann kam endlich das nächste Ortsschild? Irgendein Zeichen menschlicher Zivilisation? Selbst das Navi gab nur noch Blödsinn von sich. Noch nie war ihr Ostfriesland so unergründlich vorgekommen. Als durchpflügten sie gerade ein riesiges, tückisches Sumpfgebiet. Sie wollte nicht mehr! Sie konnte nicht mehr! Dann kampierten sie eben im Wagen! Eine richtige Unterkunft gab es hier sowieso nicht. Hier gab es nur Kühe und Matsch und alles verschluckende Dunkelheit. „Uaaaah“, kam es jetzt von Ariane. „Langsam werde ich echt müde!“ Cora verdrehte die Augen und kämpfte sich weiter durch die Nacht. Alle Straßen führen irgendwo hin, dachte sie, dazu sind sie ja da. Das war richtig. Wenn sie nicht als Feldweg irgendwo versackten. Auch so was kam in dieser Gegend vor. Da! Dem Himmel sei Dank! Ein Ortsschild! Posemuckelsum, jedenfalls irgendwas mit –sum am Ende. Straßenlaternen, Häuser, eine richtige Straße. Eine Kirche, ein Marktplatz: Ein Wirtshaus? Ja! Cora scherte aus, befuhr eine der freien Parklücken – sie waren immerhin nicht die einzigen Gäste, würgte vor Begeisterung den Motor ab und stieg aus. Auch Ariane schälte sich aus ihrem Sitz. Über ihnen schien sich ein ganzer Eimer Wasser zu entleeren. Sie rannten durch den Regen und rissen die Tür des Gasthauses auf.

Unaussprechlicher Bier-Zigaretten-Mief prallte ihnen entgegen. Normalerweise hätte Cora auf dem Absatz kehrt gemacht. Ein kurzer Blick umfasste vergilbte Vorhänge, vergilbte Tischdecken, vergilbte Plastikblumen und mehrere Herren, deren Haut und Haare dieselbe ungesunde Farbe aufwiesen. Sie sahen die klatschnassen Damen aufmerksam an. „Moin!“, sagte Cora forsch. „Bisschen feucht draußen. Kann man sich hier aufwärmen und vielleicht noch was zu essen bekommen?“ Und eine Übernachtungsmöglichkeit, hätte sie am liebsten hinzugefügt, aber sie wollte es langsam angehen lassen. Einer der vergilbten Herren löste sich aus der Gruppe und kam auf sie zu. „Gulaschsuppe gibt es noch. Und dazu ein Glas Bier. Oder doch lieber einen Tee?“
„Bier ist perfekt!“
„Dann nehmen Sie irgendwo Platz!“

Schon war die Welt wieder in Ordnung. Sie wählten einen Fensterplatz, obwohl es draußen absolut nichts zu sehen gab. Ariane strich die grob gewebte Tischdecke glatt und zupfte an den verknoteten Fransen. Dann kam das Bier, dann die Gulaschsuppe, dann noch ein Bier, und dann erst rückte Cora mit der vorsichtigen Bitte um ein Nachtlager heraus. Das war überhaupt kein Problem.

Sie müssten sich allerdings noch ein Weilchen gedulden, denn das einzige Gästezimmer würde erst noch fertiggemacht.
„Wie wunderbar! Vielen Dank!"
Sie bestellten noch was zu trinken, Wasser diesmal, und holten schon mal ihr Gepäck aus dem Wagen. Später folgten sie dem Wirt über eine knarrende Stiege nach oben. Das Zimmer war winzig. Außer einem breiten Bett gab es einen Tisch, zwei Stühle, ein Waschbecken und einen Kleiderständer. Klo auf dem Flur. Alles vorhanden.
„Frühstück gibt es ab acht. Brauchen Sie noch etwas?"
„Nein, vielen Dank!"
Der Wirt wünschte eine gute Nacht und zog sich zurück. Cora und Ariane warteten, bis sich seine Schritte auf der Treppe entfernt hatten. Dann ließen sie sich krachend und unendlich erleichtert auf das weiche Bett fallen.

Seit Tagen irrte er nun durch den Wald, seit Tagen hatte er kaum etwas gegessen. Anfangs war der Hunger nur ein lästiges Nagen gewesen, dann hatte er wie ein Raubtier in seinem Leib gewütet. Nun war das Tier besiegt. Es regte sich kaum. Viel schlimmer war die Kälte, die sich mit starren Fingern in seine Haut, in seine Glieder, in seine Eingeweide krallte. Sie ließ ihn sich schutzlos fühlen, nackt und einsam.

Er wusste, dass er laufen musste, laufen, immer weiter. Wenn er aufgab, war er verloren. Und aufzugeben, war undenkbar. Schwach sein durften die Frauen, die Alten und die Kinder. Doch er war ein Prinz. Er durfte keine Schwäche zeigen! Immer schwieriger wurde der Weg durch das dichte Unterholz. Zweige peitschten ihm ins Gesicht, Stacheln zerrten an seiner Kleidung. Die Baumkronen bildeten ein undurchdringliches Dach. Er konnte die Sterne nicht sehen. Es gab keine Möglichkeit, sich zu orientieren. Was, wenn er in die Irre lief oder sich nur im Kreis bewegte? Er schüttelte diesen Gedanken entschlossen ab. Wenn es Gott, dem Herrn gefiel, würde er sein Ziel sicher erreichen. Er blieb stehen und lauschte in die Finsternis. Inzwischen kannte er die Geräusche des Waldes. Nein, es war niemand hinter ihm. Wie hätten sie ihm auch bis hierhin folgen können? Also weiter, immer weiter! Keine Rast, keinen Schlaf, keine trüben Gedanken, keine Furcht! Sie würden ihn nie wieder fangen! Und wenn sie es dennoch täten, würde er sich selber töten.

*N*ach dem Frühstück und bei herrlichem Sonnenschein nahmen die Frauen die letzte, eigentlich lächerlich kurze Etappe in Angriff. Die feuchte Erde duftete und dampfte. Nebelschwaden standen über den weiten Feldern. Ariane ließ das Seitenfenster herunter und atmete tief ein. „Da“, sagte sie und schwenkte den Arm weit über die grüne Küstenlinie. „Da hinten ist schon das Meer.“

Cora lächelte. „Noch nicht ganz. Das ist der alte Deich. Dahinter geht’s weiter mit Marschland, dann kommt der Hauptdeich, dann das Wattenmeer.“

„Ich kann das Meer schon riechen“, sagte Ariane und schloss selig die Augen. Cora musste lächeln. Sie war ja selbst immer wieder begeistert. Ergriffen. Überwältigt. „Willst du mitkommen?“, fragte sie spontan.

Ariane sah sie fragend an.

Cora war selbst überrascht, aber sie nahm ihre Frage nicht zurück. „Willst du mit zu Peter kommen? Zu dem besagten Häuschen am Deich? Könnte dir gefallen.“

Ariane nickte begeistert.

„Ich müsste Peter allerdings erst fragen. Und dann ist da noch Liz, ein total verrücktes Huhn, aber auch eine liebe Seele. Wir treffen uns jedes Jahr um diese Zeit. Hat schon Tradition und ist immer lustig. Moment, ich rufe Peter nochmal an.“

Peter hatte nichts dagegen, und wenn doch, ließ er sich das nicht anmerken. Liz war natürlich Feuer und Flamme. Sie freute sich über alles, was ihren tristen Alltag bereicherte. Sie war schon vorgestern angekommen und hatte Peter lang genug für sich gehabt. „Großartig!“, sagte Cora. „In einer halben Stunde sind wir da!“

So, das war also Peters kleines Haus! Wiesen und Weiden direkt vor der Nase, den Deich und das Meer im Rücken. Über sich den unendlichen Himmel, durchtupft von unschuldigen Wattewölkchen. Was für eine Postkartenidylle! Das Haus war winzig und weiß getüncht. Es gab eine kleine Pergola, umrankt von wilden Rosen, Efeu und Knöterich. Dann gab es noch Ginster, Strandflieder und allerlei mehr. Das Auge konnte gar nicht alles erfassen, denn schon öffnete sich die Eingangstür und Peter lächelte ihnen entgegen. Sein Körper füllte den engen Türrahmen fast vollständig aus. Was für ein Mann! Cora hatte fast vergessen, wie gutaussehend er war. Sie fiel ihm um den Hals. „Das ist Ariane“, sagte sie, als sie sich von ihm gelöst hatte, und zog Ariane zu sich heran. Peter streckte Ariane die Hand entgegen. „Herzlich willkommen!“
Jetzt erschien Liz im Hintergrund. Sie quietschte vor Vergnügen und schob sich nach vorne. „Cora! Da bist du ja endlich!“ Sie riss Cora an sich und drückte ihr einen Kuss rechts und links auf die Wange. „Und du hast noch jemanden mitgebracht?“

„Ariane“, sagte Ariane.
Liz ergriff ihre Hand. „Freut mich, dich kennenzulernen, Ariane. Ich bin Liz, aber das weißt du bestimmt schon.“
Ariane nickte.
„Das scheint ja eine richtige Weltreise gewesen zu sein“, sagte Peter. „Ich wusste gar nicht, dass man sich in dieser Gegend verfahren kann. Eigentlich geht es doch immer nur geradeaus.“
„Wir haben uns nicht verfahren. Wir sind in ein scheußliches Unwetter geraten, und irgendwann ging gar nichts mehr. Das habe ich dir doch schon erzählt.
„Bei deinem Orientierungssinn solltest du sowieso lieber auf der Landstraße bleiben!“, meinte Peter. „Aber jetzt kommt erstmal rein!“ Peter duckte sich und ging voran. Sie durchquerten einen winzigen Vorraum. Dahinter kam das Wohnzimmer. Es hatte die Dimension einer Puppenstube, war spärlich möbliert und dekoriert, aber viel passte auch nicht rein. Obwohl Peter mit seiner Statur gut repräsentiert war, wirkte er plötzlich verloren und deplatziert. Er kann sich hier gar nicht wohlfühlen, dachte Cora wieder einmal.
„Hübsch hier, was?“, fragte Liz und sah sich strahlend um.
„Ich bin beeindruckt!“, sagte Ariane.
„Ja, nicht wahr, und sieh dir erstmal diese Aussicht an!“ Liz ging zum Fenster und zog die Vorhänge zurück. Der Deich zog sich wie eine Schnur durch das Bild, sonst war da nicht viel. Möwen

kreisten in der Ferne und erfüllten die Luft mit einsamen Rufen. Der Himmel war weit und blau und verschmolz irgendwo da draußen mit dem Meer. Davon war hier aber nichts zu sehen. Man konnte es trotzdem spüren, denn es war ganz nah. Cora hätte heulen können, so sehr liebte sie den Geruch, den Wind, die Geräusche, die atmende Nähe der Unendlichkeit. Sie wäre am liebsten rausgerannt, hätte sich in den nassen, schmatzenden Boden geworfen und sich darin gewälzt wie ein übermütiges Kind. Ariane war von dieser Matschlandschaft eher enttäuscht. So hatte sie sich die Küste nicht vorgestellt.

„Setzt euch doch“, sagte Peter. „Habt ihr Hunger?“

Klar, hatten sie das. Dabei war das Frühstück noch gar nicht lange her.

„Kaffee oder Tee?“

Ostfriesentee natürlich! Und zwar mit allem Drum und Dran! Cora folgte Peter in die winzige Küche. „Wo hast du *die* denn her?“, fragte Peter, kaum dass Cora die Tür hinter sich zugezogen hatte. Er zeigte nach hinten über die Schulter. Kurze Pause. Dann lieferte Cora die spärlichen Informationen, die sie über Ariane hatte und eine ausführliche Schilderung der gestrigen Situation. Peter war, obwohl die Umstände gestern eigentlich gar nichts anderes hergegeben hatten und es sich zugegebenermaßen um eine Notlage gehandelt hatte und Cora über eine sehr zuverlässige Menschenkenntnis verfügte, was Peter auch gar nicht abstreiten wollte, ganz und gar nicht begeistert. „Du weißt also absolut nichts von ihr, und trotzdem bringst du sie einfach mit?"

„Aber du warst doch einverstanden!" Cora verstand die Welt nicht mehr. Peter war doch sonst nicht so kleinlich. Er war immer offen für neue Bekanntschaften gewesen. Warum hatte sich das plötzlich geändert? Anders gesagt, warum hatte *er* sich verändert? Peter antwortete nicht. Er sah düster vor sich hin und trommelte mit den Fingern auf der Tischplatte, bis das Wasser kochte.

„Ich habe einfach ein gutes Gefühl bei ihr", sagte Cora, obwohl sie selbst nicht wusste, woher dieser Sinneswandel kam.

„Aha. Ein gutes Gefühl. Das habe ich allerdings nicht."

„Wie meinst du das?"

„Ach, egal", sagte Peter und goss heißes Wasser in die Teekanne. Dann kippte er das Wasser wieder aus, setzte das Teesieb in die Kanne und übergoss die Blätter mit frischem, sprudelndem Wasser. Ein wohliger Duft machte sich breit. Er goss alles wieder aus und begann von vorn. Dann bestückte er ein Tablett mit dem üblichen Zubehör - Rahm, Kluntjes und drei, nein, vier Tassen -, und trug es in die Stube.

Liz und Ariane, die sich angeregt unterhalten hatten, blickten erwartungsvoll auf. Sie waren so zufrieden und entspannt, dass es gar keine Chance gab, mit schlechter Laune zu kontern. Ariane bewunderte das Geschirr und das Zubehör und bedankte sich überschwänglich, einer ostfriesischen Teezeremonie beiwohnen und Peters Gastfreundschaft genießen zu dürfen. Peters Miene hellte sich auf. „Ich zeige dir erstmal, wie man hier seinen Tee trinkt“, sagte er in gewichtigem Ton. Ariane stellte die Tasse, die sie ihm schon entgegengehalten hatte, wieder ab. Dann erfuhr sie, welche Reihenfolge es zu befolgen galt: Erst die Kluntjes in die Tasse, dann kommt der heiße Tee, hör mal, wie schön es knistert, und dann gibt es noch einen kleinen Schuss Rahm obendrauf. Stopp! Nicht umrühren! Der Zucker löst sich langsam auf und reicht für mehrere Tassen, sie sind ja klein, und wenn man genug getrunken hat, muss man seinen Löffel in die Tasse stellen, denn sonst gießt der Gastgeber ständig nach. Peter erhob sich. „Und dazu gibt es natürlich Gebäck.“ Er zog eine Keksdose aus dem Schrank. Teegebäck vom Feinsten. Fast wie bei der Queen.

Es wurde ein sehr vergnüglicher Vormittag. Die erste Kanne war schnell leer und wurde durch eine zweite ersetzt. Dann folgten ein Paar Gläschen Likör, Sanddornlikör, typisch für diese Gegend, sehr lecker, man musste ihn einfach mal probiert haben. Tatsache! Später beschloss man, der aufkommenden Müdigkeit nicht nachzugeben und einen Spaziergang zu machen. Dem Sanddorn in seinem Urzustand zu begegnen. Sich irgendwo ein Mittagessen zu organisieren, am liebsten natürlich Fisch!

Paarweise und in sich verändernden Konstellationen ging es jetzt zum Deich. „Hat Cora dir schon etwas von uns – also von Liz und mir – erzählt?“, fragte Peter, der gerade Ariane neben sich hatte.

„Nein, wir kennen uns ja kaum.“

„Woher kommst du eigentlich?“, fragte Liz, die fast aufgeschlossen hatte.

„Aus München.“

„Oh! Aus München! Und du bist wirklich die ganze Strecke per Anhalter gefahren?“

Ariane nickte.

„Hast du denn gar keine Angst gehabt? Es passieren doch so schreckliche Dinge …“

Ariane schüttelte den Kopf. Dann sagte sie etwas, doch der Wind trug ihre Worte davon. Er blies jetzt kräftig von vorn, denn sie hatten die Deichkrone erreicht. Vor ihnen breitete sich eine braune, von zarten Prielen und glitzernden Flächen durchzogene Landschaft aus. Das Watt! Jetzt fiel Liz ein, dass sie Cora noch gar nichts von ihren neuesten Problemen und Erkenntnissen erzählt hatte. Da gab es viel nachzuholen, und Liz fing schon mal an. Cora hörte ihr allerdings nur halbherzig zu.

„Das ist auflandiger Wind“, sagte Peter zu Ariane, die Mühe hatte, ihre langen schwarzen Haare zu bändigen. „Wenn der Wind von vorn kommt, heißt das, das Wasser kommt zurück.“ Ariane wandte sich dem heranrollenden, aber noch unsichtbaren Meer zu. Sie ließ ihr Haar jetzt hemmungslos flattern. „Das ist alles so herrlich!“, sagte sie und reckte ihre Arme dem Himmel und dem Meer entgegen. Wie sie sich da so vor dem Horizont abzeichnete, sah sie aus wie eine Göttin. Peter konnte sie plötzlich sehr gut leiden. Cora und Liz ließen sich jetzt vom Wind über die Deichkrone treiben. Sie benutzten ihre Jacken als Segel, lachten und johlten und kippten mehrfach fast um. Die Deichkrone war schmal, aber Gott sei Dank breit genug. Vom Meer war immer noch nichts zu sehen, aber es kündigte sich mit Macht an. Alle hatten von der steifen Brise und der salzigen Luft Tränen in den Augen. Hier wirkten Urkräfte innen und außen und waren nicht voneinander zu trennen. Sie waren eins miteinander, mit sich, mit der Natur, mit der ganzen Welt.

Man konnte nicht gleichzeitig gehen und auf das heranrollende Meer hinausschauen. Glücklicherweise standen in regelmäßigen Abständen gemauerte Sitzbänke am Wegesrand. Wenn man sich noch tiefer in Schal und Pulli grub, ließ es sich gut aushalten. Man konnte auch den Schafen zugucken, die auf ihre Weise den Deich zusammenhielten. Was für knuddelige, knuffige Helfer! Ob die auch irgendwann im Backofen landeten? Man konnte auch die Gegend landeinwärts nach Häusern und Straßen absuchen. Wo stand eigentlich Peters Haus? Von hier war es nicht zu sehen. Wie weit waren sie eigentlich gelaufen? Langsam wurde es doch ziemlich kühl!

Die Priele füllten sich immer schneller mit Wasser. Erst fast unmerklich, dann eindeutig, dann immer mehr. Aus Rinnsalen wurden Bäche, aus Bächen Flüsse und aus Flüssen kleine Tümpel, die sich zu Seenlandschaften verbanden. Das Wasser kam nicht einfach von hinten, es war plötzlich da. „Peter, hast du keine Angst, irgendwann abzusaufen?“, fragte Ariane und erntete heiteres Gelächter. Dabei hatte sich Peter diese Frage schon selbst gestellt. Genauso wie die Frage, ob er diese Gefahr nicht insgeheim suchte. Wahrscheinlich war es genau das. Schwer zu verstehen.

„Das sind alles Schafsköttel“, sagte Liz, als sie merkte, dass Ariane die braunen Kügelchen betrachtete, die wie Kieselsteine überall herumlagen. „Eine Picknickdecke würde ich hier nicht ausbreiten!“

„Igitt, nein, obwohl, die wäre sowieso eher Fliegender Teppich als Decke“, meinte Ariane und bewies damit Humor. Dann schirmte sie ihre Augen ab und schaute in die Ferne. Ein sehnsüchtiger Blick ins Nirgendwo. Der Wind heulte und prustete, das Meer dröhnte und toste, es roch nach Freiheit und Algen und Tang. Ariane hätte ewig hier stehen können.

„Kommt!“, sagte Peter. „Wir sollten uns jetzt was zu essen holen und dann nichts wie zurück! Wird doch etwas frisch! Da hinten geht's runter vom Deich, seht ihr, und wenn wir da unten entlanggehen, kommen wir an einer Fischbude vorbei.“ Er zeigte irgendwohin. Dann legte er seinen Arm um Ariane, ganz so, als ob er sie vor der steifen Brise beschützen müsste. Ganz so, als ob sie ohne seine Hilfe einfach vom Deich geweht worden wäre. Cora verdrehte die Augen. Sie stapfte wortlos mit Liz hinterher, während Ariane in den Genuss von Peters Vorträgen kam. Über das Watt, über die Deichpflege, über die Gezeiten, deren Berechnung, deren Ursache, deren Verbreitung und Auswirkung auf die Kontinente und was auch immer. Er referierte wahrscheinlich auch über Sturmfluten, Springfluten, über das Ansteigen des Meeresspiegels und welchen Anteil der Mensch an dieser Katastrophe hatte. Arme Ariane! „Der Meister hat endlich

seine Schülerin gefunden“, meinte Cora bissig. „Da soll er mir nochmal erzählen, dass es ein Fehler war, Ariane mitzubringen!“
Liz grinste. „Bist du etwa eifersüchtig?“
„Quatsch! Jetzt fang du nicht auch noch an, Blödsinn zu reden! Das wird ja ein tolles Wochenende!“
„Themenwechsel! Hat Peter dich eigentlich eingeweiht?“, fragte Liz.
„Eingeweiht in was?“
Liz hob voller Unschuld die Hände.
Jetzt machte sie auch noch auf geheimnisvoll! Liz, die viel zu naiv war, um auch nur das klitzekleinste Geheimnis für sich zu behalten. „Jetzt bin ich aber neugierig!“, sagte Cora, was allerdings gelogen war, denn sie interessierte sich nicht besonders für Lizzies immer abstrusere Geschichten. „Hallo!“, rief sie gegen Wind und Meeresrauschen an. Ariane und Peter waren stramm vorausgegangen und gerade dabei, den Deich hinunterzusteigen.
„Hallo! Was rennt ihr denn so?“
Ariane und Peter reagierten nicht. Sie konnten sie auf die Entfernung und bei dem Brausen des Windes nicht hören. Liz sagte nichts mehr. Sie war in Gedanken inzwischen ganz woanders und ließ sich einfach treiben. Cora fragte nicht weiter nach. Sie würde früh genug erfahren, in was Peter sie einweihen wollte. Sie entspannte sich und genoss die Tatsache, dass sie frei hatte. Dass

die Großstadt weit weg war. Dass sie sich von ihrem Job und auch von Marian, ihrem Herzenskind, erholen konnte. Die Liebe war groß, aber sie kamen auch mal ganz gut ohne einander aus. Marian war schließlich kein Baby mehr. Was er jetzt wohl machte? Um diese Zeit zog er sich wahrscheinlich irgendeine Serie rein. Futterte sich durch den Kühlschrank. Fiel irgendwann todmüde ins Bett. Es war nämlich schon ziemlich spät. Wahnsinn, wie schnell die Zeit verging! Die Flut hatte offenbar ihren höchsten Stand erreicht. Windstille! Eine seltsame Atmosphäre machte sich breit. Cora wäre am liebsten zum Wasser gelaufen, hätte sich hineingestellt und gewartet, bis ihre Zehen langsam wieder zum Vorschein kämen. Bis dieser ewige Zyklus von vorn begann. Sie war Teil dieser wunderbaren Welt. Eins mit dieser großartigen Natur. Genauso fühlte sich Liebe an. Sie blickte auf. Der Himmel war grau und schwer und gar nicht mehr zerfetzt. Der Weg vor ihr schnurgerade und leer. Liz saß wahrscheinlich mit den anderen längst im Haus und wärmte sich auf. Es trödelte ja nicht jeder so rum. Aber die Zeit war kostbar, und sie brauchte ganz viel davon für sich allein. Wann war aus ihr eigentlich so eine lahme Ente, ach was, wann waren aus ihnen allen solche Schnarchnasen geworden? Tschüss, lustige Studentenzeit! War wohl nichts mit den hochfliegenden Plänen, was? Die Weltverbesserer hatten es sich anders überlegt. Vielleicht hatte das was mit Lizzies Krankheit zu tun. Oder damit, dass Peter in dieser Einöde lebte. Warum tat er das überhaupt? Bei ihr selbst war die Erklärung einfach. Sie war Mutter geworden und hatte jetzt ganz andere Prioritäten.

„Da bist du ja endlich“, empfing sie Peter, als sie das Haus betrat. „Setz dich und mach's dir gemütlich! Ich will den Damen gerade erklären, was eine Séance ist.“

„Sehr witzig!“

„Gar nicht witzig“, sagte Liz, die in eine Decke gehüllt auf dem Sofa saß. „Das ist eine ernste Sache!“

Oh Gott! Cora wäre am liebsten wieder gegangen. „Was ist eigentlich mit unserem Essen?“, fragte sie.

„Die Bude am Deich war zu. Wir kochen nachher was Leckeres.“ Peter hielt Cora ein Glas entgegen. Sekt! „Aber Liz darf doch gar keinen ...“

„Schschsch!“, machte Peter.

Eine Diskussion mit ihm konnte sehr unangenehm werden und führte selten zum Erfolg. Cora beschloss, den Mund zu halten. Außerdem war sie offenbar die Einzige, die Hunger hatte.

„Also, wie funktioniert das denn jetzt mit der Séance?“, fragte Liz.

Peter richtete sich auf. „Tja, meine Lieben …“, begann er gedehnt.

Cora rutschte tiefer und versteckte sich hinter ihren Händen. „Ich kann euch sagen, ich habe große Dinge mit euch vor! Heute Abend werden wir …“

Cora stöhnte auf.

„Was ist denn, Cora? Tut dir was weh?“

„Allerdings! Mir tut ganz ordentlich was weh!“ Jetzt musste sie doch was sagen, denn sie wäre sonst geplatzt. Sie äußerte ihre Bedenken, ihre Verwunderung, aber vor allem ihr Unverständnis darüber, dass Peter sich gar keine Gedanken um Liz machte. Wie rücksichtslos, wie egoistisch, wie ignorant war das denn bitte?

Peter reagierte anders als erwartet. „Schon gut!“, sagte er. Cora glaubte, sich verhört zu haben. „Schon gut! Du hast ja Recht!“

„Och!“, sagte Liz. „Nun habt euch doch nicht so!“

„Peter, ich kann dich sehr gut verstehen“, meldete sich jetzt Ariane zu Wort. „Wenn man hier draußen wohnt, alleine und inmitten von Mächten, denen man hilflos ausgeliefert ist, braucht man irgendwas, das einem Sicherheit gibt.“

„Irgendwas?“

„Ja, Cora, irgendwas, das man kontrollieren kann.“

„Und das sind ausgerechnet die Toten?“

Das kam allen seltsam vor, selbst Ariane, denn sie ruderte plötzlich zurück. „Keine Ahnung, aber wir könnten es ganz entspannt angehen lassen. Wir schauen einfach, was passiert. Was haltet ihr davon?“

„Nichts!“, kam es scharf geschossen aus Coras Ecke.

„Doch, doch“, bettelte Liz. „Ariane hat Recht. Wir lassen es ganz entspannt angehen. Wahrscheinlich passiert sowieso nichts.“

Peter grinste.

Cora konnte es nicht glauben. Peter wusste doch, dass sich Lizzies Verstand davon machen konnte wie ein Wattebäuschchen im Wind. „Peter! Was soll der Quatsch? Ist das irgendein Experiment für die Uni? Oder glaubst du tatsächlich an so einen Mist?“

„Jetzt bleib doch mal locker!“, sagte Liz. „Ich kann selbst entscheiden, was ich mir zumuten kann und was nicht.“

Peter nickte zufrieden.

Ariane auch.

„Peter, kommst du bitte mal mit?“ Cora war schon aufgestanden.

„Oho“, sagte Peter. „Jetzt fordert sie mich zum Duell.

„Was ist denn hier los?“, fragte Ariane. „Ich dachte, ihr seid Freunde.“

Peter seufzte. „Schon gut. Ich glaube, ich habe Cora verstanden.“ Vielleicht hatte er das, vielleicht auch nicht. Jedenfalls blieb er einfach sitzen. Cora setzte sich schließlich auch wieder. Dann passierte erstmal nichts.

„Ich weiß nicht, wie es euch geht, aber ich bin langsam am Verhungern“, sagte Ariane in die Stille hinein. Das war zwar etwas dreist, aber Cora hätte sie küssen mögen. „Ja, Peter, was zauberst du denn Schönes für uns?“ Sie musste grinsen. Über diesen gelungenen Wortwitz und auch über die Tatsache, dass Peter jetzt ordentlich ins Schwitzen kam. Es war allgemein bekannt, dass er nicht mehr zustande brachte als Bolognese aus der Tüte. Ariane würde er damit bestimmt nicht beeindrucken.

„Wir können ja schon mal in den Garten gehen“, sagte Liz. „In der Zwischenzeit kann Peter ja den Kochlöffel schwingen.“ Gesagt, getan. Sie schnappten sich Besteck, eine Flasche Wasser, zwei Flaschen Rotwein und gingen hinaus. Vielleicht würde doch noch alles gut! Die Wetterlage hatte sich beruhigt, es versprach eine samtweiche Nacht zu werden und dazu gab es samtweichen Wein. Das Leben war schön!

„Los, beweg' dich!“

Die Stimme war schmerzhaft nah. Jetzt ein Stoß in die Seite.

„Los, beweg' dich, du Hund!“

Wieder brüllende Schmerzen. Die Lider unendlich schwer. Arme und Beine wie leblose Klumpen. Wieder ein Tritt, noch heftiger diesmal. Jetzt gelang es ihm, die Augen einen Spalt weit zu

öffnen. Türken! Er war wieder den Türken in die Hände gefallen! Jetzt wurde er auf die Beine gezerrt, doch er konnte nicht stehen, sie mussten ihn stützen. Die Welt drehte sich, Gesichter, Formen, Farben verschwammen. Dann wurde er auf ein Pferd geworfen. Jemand lachte rau, packte ihn, umklammerte seinen schwankenden Körper. Ein Ruf, ein Schenkeldruck, und der Gaul preschte davon. Durchpflügtes Gras, peitschender Wind, zerklüftete Berge im Hintergrund und rechts von ihnen der Fluss. Sie brachten ihn nicht ins Lager. Aber wohin?

Was für eine Nacht! Am nächsten Morgen wurde gewetteifert, wer am schlechtesten geschlafen hatte. Die Beschwerden waren breit gefächert: Rückenschmerzen, Bauchschmerzen, Mückenstiche, Kopfweh, jeder klagte über was anderes. Das Bad war der begehrteste Raum im Haus, noch begehrter als die Küche, in der eine Kanne mit dampfendem Kaffee wartete. Aber irgendwann saßen alle am Frühstückstisch. Eine entspannte Stimmung wollte trotzdem nicht aufkommen. Gab es hier noch nicht mal einen Bäcker? Nein! Also keine frischen Brötchen. Schade! Und es war so verdammt schwül! Wie konnte das sein? Direkt an der Küste? So gestalteten sich die Gespräche - zäh, mühsam, unbefriedigend. „Vielleicht ist ja ein Gewitter im Anmarsch!“, meinte Cora. Das

war wohl so, und wären nicht alle so schlapp gewesen, hätte es jetzt schon gedonnert und gekracht. Gründe fanden sich genug. Da war vor allem das gestrige, immer noch nicht nachgeholte Abendprogramm. Liz war jetzt, wo ihr Gehirn wieder etwas besser funktionierte, ein bisschen beleidigt. Peter wahrscheinlich auch. Cora war immer noch sauer auf Peter, und Ariane, ja, was mit der war, wusste keiner so genau. Sie wollte gleich nach dem Frühstück wieder los. Keiner erhob Einspruch.
„Ich werde mir ein Taxi nehmen. Das sollte doch klappen, oder? Das soll mich bis Norddeich bringen, und dann fahre ich mit dem Zug weiter."
„Wohin?"
„Mal sehen."
„Ein Taxi? Bist du bekloppt?", entfuhr es Cora. Ein Taxi war viel zu teuer. Sie würde sie fahren, doch, doch, keine Widerrede! Schon in einer Viertelstunde könnten sie los. Ariane gab sich geschlagen und Cora witterte Freiheit. Außerdem hatte sie plötzlich schreckliche Sehnsucht nach Marian, ihrem Sohn. Dagegen konnte nun wirklich keiner was sagen. Liz sah die Chance, Peter noch eine Weile für sich zu haben. Was für eine unerwartete Fügung des Schicksals! Dem Himmel sei Dank! Apropos Himmel. Da draußen braute sich gewaltig was

zusammen. „Schaut mal raus, Leute!“, sagte Peter und zeigte zum Fenster. „Ich fürchte, ihr kommt hier so schnell nicht weg!“
Oh nein! Das sah gar nicht gut aus! Da hatte sich eine schwarze Wand aufgebaut, und wie es aussah, kam die direkt auf sie zu. Weltuntergangsstimmung. Kein laues Lüftchen mehr. Flaute. Lauerstellung. Hier entwickelte sich ein handfester Sturm. Es dauerte nicht lange, und der Wind jagte in Böen durch das Gras. Immer wieder knallten Regentropfen wie Gewehrsalven gegen das Fenster. Das Heulen des Windes und das Brausen des Meeres vermischten sich auf bedrohliche Weise. Das Wasser da draußen war plötzlich ganz nah.
„Peter“, sagte Cora, „mach’ doch mal das Radio an. Vielleicht gibt es eine Unwetterwarnung.“
„Und was sollte das bringen? Wir sitzen hier sowieso fest.“ Peter stand auf und zog entschlossen die Vorhänge zu.
„Peter! Bitte! Mach das Radio an!“
Peter seufzte und drehte am Knopf des vorsintflutlichen Geräts, das auch mit Batterie funktionierte. Könnte ja sein, dass mal der Strom ausfiel. Draußen heulte und fauchte der Wind wie ein wildes Tier. Es rüttelte an Fenstern und Türen. Es wollte unbedingt hinein.

„Keine Meldung!“, sagte Peter viel zu schnell. „Entspannt euch, Leute! Dieses Haus hat schon ganz andere Sachen überlebt. Dagegen ist dieser kleine Sturm hier …“
Plötzlich erhob sich ein wahres Trommelfeuer. Riesige Hagelkörner nahmen das Haus gnadenlos unter Beschuss. Cora zog den Vorhang einen Spalt zur Seite und hoffte, dass die Scheibe standhielt. Es sah aus, als umtosten Wassermassen das Haus. Als befänden sie sich auf einer Insel mitten im Meer. Aber es war nur das von Hagel und Sturm durchpeitschte Gras, das wandernde Wellenberge bildete und einen kleinen Vorgeschmack auf das, was ihnen bevorstehen könnte. Cora hätte den Vorhang wieder zuziehen können, aber sie tat es nicht. Ariane und Liz hatten sich mit einer Decke auf das Sofa zurückgezogen. Peter stand unentschlossen herum. Dann brach das Gewitter los. Erst zuckten nur vereinzelte Blitze weit draußen über dem Meer, dann blitzte es ununterbrochen. Die schwarze Wand schob sich auf sie zu, veränderte ihre Farbe, wurde erst bleigrau, dann bedrohlich schwefelgelb. Aus dem dumpfen Donnergrollen lösten sich immer wieder Kanonenschläge, die die Luft, die Wände, die Trommelfelle erzittern ließen. Peter befahl Rückzug vom Fenster. Dann drehte er die Sicherungen heraus. Kein Licht, kein Fernseher, kein Internet. Sie waren völlig abgeschnitten von der

Welt, die gerade mit Pauken und Trompeten unterging. Dann, plötzlich, völlig unerwartet: Stille. Kein prasselnder Hagel mehr, kein Wind, der an den Fenstern rüttelte. *Das* war beängstigend! Es folgte eine Minute, in der jeder den Atem anhielt. Waren sie etwa im Auge eines Orkans? Würden sie gleich wie von einem riesigen Staubsauger herumgeschleudert? Quatsch! Cora erhob sich. Sie ging zum Fenster, zog vollends die Vorhänge zurück und rief, als sei sie Herrin über Wind und Wetter: „So! Schluss jetzt! Das reicht!“

Und es funktionierte tatsächlich. Der Wind begann wieder zu jaulen, die Fenster zu scheppern, der Regen zu trommeln. Die Anspannung löste sich. Man hörte erleichtertes Kichern aus den Reihen. „Bravo!“, rief Peter etwas zu laut. „Großartige Vorstellung! Was wollt ihr trinken?“

Typisch Peter! Denkt nur an Sprit!“

„Nein, nein, ich hatte an Cola oder Limo gedacht.“

„Na klar, aber erstmal mach’ bitte die Sicherungen wieder rein!“

Peter trollte sich.

Ariane sah auf die Uhr.

Liz stand wie hypnotisiert am Fenster.

Cora daddelte auf ihrem Handy rum. Immer noch kein Netz. Aber der Strom war wieder da.

„Was ist eigentlich mit Timm?“, fragte Liz, als Peter mit zwei Flaschen Wasser erschien. Als sei diese Überleitung naheliegend. Peter stellte die Flaschen ab.

„Wohnt der immer noch in Bremen? Und kann er sich die teure Wohnung alleine überhaupt leisten?“

Timm. Spannendes Thema, aber definitiv der falsche Zeitpunkt.

„Du kannst ja mal nachsehen“, meinte Cora. „Er wohnt ja fast bei dir um die Ecke.“

„Mmmmh.“

„Ich habe Timm gerade auf dem Hafenfest getroffen“, sagte Peter. „Da schien es ihm blendend zu gehen.“

„Und?“

„Und was?“

„Und was erzählt er so? Was macht er hier oben? Wollte er dich besuchen?“

„Er war bestimmt hier, um Schulden einzutreiben“, sagte Cora, die sich diese Gehässigkeit nicht hatte verkneifen können.

„Warum lädst du ihn nicht auch mal ein?“, fragte Liz. „Wäre doch nett, wenn wir alle mal beisammen sind.“

„Das liegt daran, dass Peter ein Doppelleben führt“, sagte Cora und zwinkerte in die Runde. „Er hat eine dunkle Seite, die Timm nicht kennen darf.“

„Vielleicht will er Timm nicht neidisch machen."
„Hä?"
„Das muss dir nicht peinlich sein!", legte Liz nach. „Jeder hat ein Recht darauf, so zu leben, wie es ihm gefällt."
„Ich verstehe überhaupt nichts mehr", sagte Peter.
„Liz, hör einfach auf damit!"
„Was ist denn jetzt schon wieder?", fragte Liz weinerlich. „Was habe ich denn jetzt schon wieder Falsches gesagt?"
Cora seufzte, antworte aber nicht. Peter saß unbequem auf der Stuhlkante. Ariane wartete auf besseres Wetter. Sie wollte hier weg.

Draußen beruhigte sich die Lage nach und nach. Der Wind flaute ab, der Himmel wurde langsam wieder klar. Es regnete zwar noch etwas, aber das war's. Es gab eigentlich keinen Grund, länger zu bleiben. Ursprünglich hatten sie diesen Tag noch eingeplant, aber wie es aussah, war der jetzt schon vorbei.
Als Erstes verschwand Peter. Vermutlich wollte er nachsehen, ob irgendwo was abgebrochen oder undicht war. Offensichtlich dauerte das etwas länger. „So! Wollen wir los?", fragte Cora. Ariane nickte. Sie leerten noch rasch ihre Gläser, packten ihre Habseligkeiten zusammen und waren startklar. Wo steckte Peter nur? Was für ein Chaos hatte er da draußen vorgefunden? Kam er

alleine klar? Sie gingen nach draußen, um nachzusehen. Von Peter keine Spur. Dafür dumpfe Hammerschläge im Hintergrund. Hammerschläge? Sie folgten dem Geräusch. Der Sturm hatte alle möglichen Gewächse umgeworfen, abgerissen und durch die Gegend geschmissen. Sie standen fast in einem Dschungel. Dann sahen sie ihn, Peter den Großen, und wie er, wie der Donnergott höchstpersönlich, den Hammer hoch über sein Haupt erhob. Das Bild war so malerisch und so unbeschreiblich albern, dass Cora laut lachte. Jetzt fuhr die Axt krachend nieder. Wumms! Und noch einmal! Wumms! Die Holzscheite purzelten rechts und links zu Boden. Und wieder: Wumms! „Mensch, Peter! Man kann sich ja regelrecht vor dir fürchten!“ rief Cora wiehernd und klatschte begeistert in die Hände. Auch Liz und Ariane applaudierten wild. Peter zeigte keine Reaktion. „Wir wollten dir nur sagen, dass wir jetzt faaaaahren!“, brüllte Cora, drang aber nicht zu ihm durch. „Tut mir leid, wie es gelaufen ist“, brüllte sie weiter, wobei sie ihre Hand zu einem Trichter formte. „Wir holen das naaach!“ Keine Reaktion. „Aber Liz bleibt noch hiiiier! Dann hast du doch noch etwas Gesellschaft!“ Cora packte Liz am Ärmel und schob sie wie eine Jagdtrophäe in Peters Richtung. Aber Liz gefiel das gar nicht. „Nein!“, sagte sie mit ungewohnter Heftigkeit. Dann riss sie sich los und rannte ins Haus, um ihrerseits den Koffer zu packen.

Ariane sagte artig, wenn auch vergeblich: „Tschüss, Peter! Danke für alles!“ Dann drehte sie sich um und ging schon mal zum Wagen. Cora zögerte. Sie wollte nicht einfach so - ohne Umarmung, ohne ein einziges versöhnliches Wort - verschwinden. Aber Peter schien sie nicht zu sehen. Sie hätte sich nackt auf den Boden schmeißen können, und es hätte nichts genützt. Schließlich verließ auch sie achselzuckend die Bühne. Die ganze Zeit hatte sie die dumpfen, rhythmischen Schläge im Rücken. Gruselfaktor. Es war wie in einem billigen Horrorfilm.

Keine Viertelstunde später saßen alle im Auto und Cora startete den Motor. Die Axtschläge waren immer noch zu hören, wenn auch gedämpft. „Ich möchte wissen, was plötzlich in diesen Kerl gefahren ist“, sagte Cora und trat die Kupplung durch. „Unsere Treffen verlaufen normalerweise viel harmonischer.“
„Ja, normalerweise benimmt sich Peter nicht wie ein Höhlenmensch“, sagte Liz mit zitternder Stimme.
„Normalerweise bin ich auch nicht dabei.“, meinte Ariane, als ob sie schuld an der Misere wäre. Vielleicht stimmte das sogar. Cora verwarf diesen Gedanken und legte den Rückwärtsgang ein. Kein winkender Peter im Rückspiegel. Kein fliegender Kuss, kein Lächeln, nichts. Also, wenn Peter das wieder gutmachen wollte,

müsste er sie schon in Köln besuchen. Das würde er allerdings niemals tun. Und sie selbst zog hier so schnell garantiert nichts mehr hin. Plötzlich hatte Cora Tränen in den Augen. Sie blinzelte sie energisch weg und konzentrierte sich auf die Straße.

Was Vlad anfangs nur geahnt hatte, war ihm schließlich zur Gewissheit geworden: Sie brachten ihn tatsächlich zur Burg seines Vaters. Doch die hohen Türme, die dunklen Mauern, die sich vor dem Abendhimmel abzeichneten, die ihm so vertraut waren, die ihm Heimat und Zuflucht bedeutet hatten, ließen sein Herz jetzt erzittern. Was würde sein Vater tun, wenn die Soldaten ihn vor sich her stießen wie einen gemeinen Gefangenen? Er war geflohen. Er war ein Verräter. Er war ein Versager. Er war das Faustpfand, das sein Vater sich aus dem Leib gerissen hatte. Er hatte diesen Auftrag nicht erfüllt. Ja, was würde sein Vater tun?

Stolz und mächtig thronte die Burg über den Häusern der Stadt. Vlad straffte seine Schultern. Er war der Sohn des Fürsten, dessen Banner sich dort oben im Wind bewegte. Nein, er würde seinen Blick nicht senken. Sein Sieg war ihm sicher, und irgendwann würde er sein rechtmäßiges Erbe antreten.

Der Fürst sah seinen Sohn, der wie ein Stück Vieh vor ihn getrieben wurde, mit unbewegter Miene an. Genauso reglos verfolgte er den Bericht des türkischen Soldaten. „Vater!", unterbrach Vlad die Worte des Mannes. „Vater! Sie haben Radu getötet! Sie hätten auch mich getötet. Deshalb musste ich fliehen!" Jetzt blickte sein Vater ihm ins Gesicht. Was war das für ein Flackern in seinem Blick? Vlad wollte auf seinen Vater zustürmen, sich ihm zu Füßen werfen, seine Hand ergreifen, sie mit seinen Küssen bedecken, aber des Fürsten Leibgarde hielt ihn mit eisernem Griff zurück.

„Du hast mich verraten!"

Vlad zuckte zusammen. Als er abermals den Mund öffnete, um sich zu verteidigen, hob der Fürst die Hand. „Schweig! Kein Wort will ich hören! Du hast Schande über mich und mein Land gebracht!" Er wandte sich an die türkischen Soldaten. „Nehmt ihn und bringt ihn zu eurem Sultan! Sagt ihm, er möge mit ihm nach Belieben verfahren!"

Marian warf sich seiner Mutter an den Hals, als sei er noch fünf. Schlagartig war Cora wieder glücklich. Sie nahm ihrem Jungen die Schirmmütze vom Kopf und durchwuschelte seine Haare. Das hätte er ihr normalerweise nicht gestattet. Schließlich war er kein

Baby mehr. Wie schön das Leben doch war! Wie gut es ihr doch ging! Sie sollte dem Himmel dankbar sein und sich nicht so viele Sorgen machen. Das Wochenende war anders gelaufen als gedacht, aber das war okay. Der Abstand hatte Mutter und Sohn gutgetan. „Machen wir heute noch was?“, fragte Marian und sah seine Mutter erwartungsvoll an. Die musste sich erstmal kurz setzen. „Moment, Moment, lass mich erstmal ankommen! Erzähl mir zuerst, wie es dir ergangen ist. Alles in Ordnung? Nichts kaputt, keine Verletzungen, kein Ärger?“
Marian schüttelte den Kopf. „Langweilig war's. Und bei dir?“
„Auweia. Wo soll ich anfangen?“ Was sollte, was durfte sie erzählen? Peter war Marians großes Vorbild. Auf ihn ließ er nichts kommen. Genauso wenig wie auf Timm, den er genauso verehrte. Wenn sie sich hier kritisch äußerte, konnte sie nur verlieren. Von ihrer Begegnung mit Ariane erzählte sie und von dem Hotel und von dem grässlichen Unwetter. Marian bekam große Augen und forderte ausführliche Details. Dann sammelten sie Ideen, was die Freizeitgestaltung für den restlichen Tag betraf. Man einigte sich auf eine Fahrradtour. Nur nicht schwächeln, dachte Cora. Diese Momente sind unendlich kostbar!

Es wäre allerdings auch schön, wenn Marian mal was mit Gleichaltrigen machen würde! Das war allerdings überhaupt nicht seine Art. Marian war der unkomplizierteste Junge, den man sich denken konnte. Er machte keinen Blödsinn, blieb am liebsten zu Hause, daddelte an seinem Computer, bastelte und kramte irgendetwas. Er machte zuverlässig seine Hausaufgaben, war pünktlich, lieb und mit sich und der Welt zufrieden. Am Wochenende machte er oft was mit seiner Mutter. Meistens, wenn die der Meinung war, dass ein heranwachsender Junge nicht nur Bildung und Vitamine, sondern auch Bewegung und frische Luft brauchte. Dann war ihr eigenes Programm, also das, was sie selbst machen wollte oder machen musste (sie war Übersetzerin und arbeitete meistens von zu Hause), allerdings gestrichen.

Eine Fahrradtour sollte es also sein. Endstation Eisdiele. Zumindest in dieser Hinsicht war Marian noch ein kleines Kind. Während sie durch den Stadtwald radelten und die Parklandschaft genossen, hatte Cora Zeit, nachzudenken. Ob Liz heil wieder zu Hause war? Wo steckte Ariane wohl jetzt? Und vor allem: Hatte Peter sich wieder eingekriegt? Hatte er eine Erklärung für sein Verhalten? Sie würde ihn nachher einfach mal anrufen.

Als sie wieder zu Hause waren, hatte Marian Hunger. Das war eine Situation, in der er ungnädig werden konnte. Seine Mutter wusste das zwar, handelte aber nicht danach. Zuerst musste sie mit Peter telefonieren. „Habt ihr gestern nicht genug gequatscht?“, maulte Marian. Bitte?! Als ob er sich nicht mal zwei Minuten gedulden könnte! Cora griff zum Hörer. Es klingelte einmal, zweimal, dreimal, dann war die Leitung tot. Cora versuchte es noch einmal. Dasselbe. Wahrscheinlich hatte das Gewitter Peters Leitung zerschossen. Das war die naheliegende Erklärung. In Coras Bauch kribbelte es trotzdem.
„Was ist denn jetzt?“, fragte Marian.
Kurze Erklärung, dann der nächste Versuch. Die Leitung war und blieb tot. Cora gab auf und ging erstmal in die Küche.

Eine Stunde später versuchte sie es wieder. Marian war satt, sie selbst auch, und ganz bestimmt funktionierte jetzt auch die Technik. Cora setzte sich hin und wählte ganz in Ruhe Peters Nummer. Marian stand lauernd daneben. Dass da irgendwas nicht in Ordnung war, beunruhigte auch ihn. Warum hatte Peter eigentlich kein Handy? Gute Frage. Nach mehreren Freizeichen meldete sich tatsächlich jemand. „Peter?“, fragte Cora und presste den Hörer ans Ohr. Wer hätte es sonst sein sollen? Sie drückte die

Lautsprechertaste. „Peter? Ich bin's, Cora." Marian verdrehte die Augen. „Peter? Kannst du mich hören?" Offensichtlich nicht, denn da war nur ein Rauschen und Knistern in der Leitung. „Das wird nichts mehr. Auflegen und nochmal versuchen", sagte Marian, der Schlaumeier. Cora tat es trotzdem. Mit demselben ernüchternden Ergebnis. „Was ist eigentlich los?", fragte Marian, der bemerkt hatte, dass Coras Finger zitterten. „Warum willst du ihn unbedingt anrufen?"

„Ich will ihm nur sagen, dass ich heil wieder zu Hause bin."

Marian verdrehte die Augen.

Dann versuchte Cora es noch einmal, aber außer einem Knistern und Rauschen war da nichts. Das war seltsam, denn offensichtlich hatte Peter abgenommen.

„Was ist eigentlich passiert?", fragte Marian. „Warum warst du eigentlich so schnell wieder zurück? Habt ihr euch etwa gestritten?"

Quatsch! Sie waren erwachsene Leute, und da stritt man sich nicht einfach so.

Aber Marian hatte feine Antennen. Bingo, dachte er. Sie hat sich mit Peter gestritten, und jetzt will sie nicht darüber reden. Aber so lief das nicht. Alles, was mit Peter zusammenhing, war für ihn von allergrößtem Interesse. „Ist Peter krank?" fragte Marian.

„Hoffentlich nicht."

„Was soll das denn jetzt heißen?“

Cora zuckte mit den Schultern. „Keine Ahnung. Ich glaube, ihm bekommt die Einsamkeit nicht. Er ist seltsam geworden.“

„Warum zieht er nicht da weg? Er könnte doch nach Köln kommen, wenn er Gesellschaft braucht.“

„Das würde dir gefallen, was?“ Der Gedanke war in der Tat verlockend. Peter in der Nähe, das wäre das Größte. Zumindest hatte auch sie das bis vorgestern gedacht.

„Und? Warum macht er das nicht?“

„Vermutlich, weil er dann für seinen Lebensunterhalt arbeiten müsste wie andere Leute auch.“

„Ach was“, sagte Marian unbeeindruckt. „Peters Vater ist stinkreich. Der würde garantiert weiter zahlen.“

„Hört, hört! Was für interessante Ansichten! Ich glaube, du hast da gründlich was falsch verstanden.“

„Glaube ich nicht“, beharrte Marian. „Ist doch ganz einfach: Peter ist eben ein Freak!“

Vlad hatte den Schmerzen lange standgehalten und seine Schreie unterdrückt. Er hatte stets Verachtung empfunden für das Gewinsel und Geheule der Delinquenten auf dem Richtplatz. Kein Laut sollte über seine Lippen dringen, kein vergebliches

Flehen um Gnade. Der Sultan hatte verfügt, den Sohn des Fürsten Dracul mit unerbittlicher Härte zu bestrafen. Seine Peiniger hatten ihm das Hemd vom Leib gerissen und die Hände zur Seite gebunden. Sie schlugen ihn, bis sich die zarte Haut in Fetzen löste. Irgendwann hatte Vlad dann doch geschrien, hatte sich gewunden, hatte sich erbrochen. Schließlich lösten die Feinde seine Fesseln und schleiften ihn, begleitet von johlenden Rufen, über den staubigen Boden. Dann stießen sie ihn eine steile Treppe hinab. Hier empfing ihn gnädige Dunkelheit.

Als Vlad wieder zu sich kam, sah er in gleißendes Licht. Er verspürte keine Schmerzen mehr. War das der Tod? Vlads Augen schlossen sich wieder. Er wollte schlafen, nur schlafen. Aber dann kam die Erinnerung. Da war sein Vater, seine Schande, sein Verrat, sein Verlust. Die Schläge, die Schmerzen. Schmerzen? Vlad verspürte keine Schmerzen. Er versuchte, sich aufzurichten, doch es gelang ihm nicht. Er lag da wie ein zertretender Wurm. Die Strahlen der Sonne wanderten weiter und nahmen Vlads Blicke mit. Er befand sich in einem riesigen Zelt. Welch Reichtum umfing ihn hier! Die schweren Vorhänge, die edlen Teppiche, die leuchtenden Farben, das Gold, die Pracht! Die Kissen, auf denen er lag. Das war nicht das Lager eines Gefangenen. Das war das Lager eines geschätzten Gastes.

Sie hatten seine Wunden versorgt, seine Schmerzen betäubt und seine Kleidung ersetzt. Vlad schloss die Augen. Stimmen in der Ferne. Das Stampfen von Hufen. Lachen, Musik, Gesang. Ein Windhauch umschmeichelte sein Gesicht. Die Dämmerung senkte sich jetzt schwer auf seine Lider, und bald umgab ihn samtweiche Nacht.

Peter wischte sich mit dem Handrücken den Schweiß von der Stirn. Ihm war flau und seltsam zumute. Er schaute auf die Uhr. Was? Schon fünf? Das konnte nicht sein! Vor ihm stand das Frühstück, das er sich gerade erst zubereitet hatte. Das geschnittene Brot, das nicht gepellte Ei, die Tasse Kaffee. Er tunkte vorsichtig seinen Finger hinein. Der Kaffee war kalt. Er tastete seinen Schädel ab, drehte vorsichtig seinen Hals nach rechts und links, stellte aber keine Besonderheiten fest. Kopfschmerzen hatte er. Und Durst. Und eben diese Gedächtnislücke. Er beugte sich vor und stand vorsichtig auf. Auf wackeligen Beinen ging er zum Waschbecken, um sich kaltes Wasser ins Gesicht zu spritzen. Er trank ein paar Schlucke, wankte zum Stuhl zurück und setzte sich wieder. Er schloss die Augen, versuchte nachzudenken. Er sah Cora vor sich. Er sah Liz. Und er sah Ariane, diese seltsame Person, die plötzlich aufgetaucht und genauso plötzlich wieder verschwunden war. Und da war noch jemand gewesen. Alle waren sie verschwunden. Warum? Er atmete tief ein, versuchte sich zu konzentrieren. Tausend Gedankenfetzen schwirrten durch seinen Kopf, aber er konnte keinen einzigen halten. Das Donnern in seinen Ohren war unerträglich. Er war krank. Ihm war schlecht. Er brauchte einfach nur Zeit. Lange saß er so da, grübelte, ohne zu denken, rieb sich die Stirn, knetete seine Schläfen. Dann robbte er nach oben, Stufe für Stufe, aber er schaffte es nicht mehr bis zu seinem Bett.

Die friedliche Stille täuschte. Welches Spiel spielten sie mit ihm? Jetzt schob sich eine Frau von gedrungener Statur in das Zelt und näherte sich ihm mit vorsichtigen Schritten. Vlad schloss die Augen und stellte sich schlafend. Die Frau beugte sich so dicht über ihn, dass er fürchtete, sein stürmischer Herzschlag könnte ihn verraten. Schließlich zog sie sich zurück und ließ ihn wieder allein. Es währte nicht lange, bis sie zurückkam, begleitet von einem alten, bärtigen Mann. Er trat an das Lager und hielt eine Lampe über Vlads Gesicht. Es hatte keinen Sinn mehr, sich schlafend zu stellen. Vlad erwiderte seinen Blick. Das Gesicht des alten Mannes war runzelig wie gegerbtes Leder. Seine Züge strahlten Würde aus. Wer war dieser Mann? Was wollte er? Der Mann zog sich nach kurzer Zeit wortlos zurück, während die

Frau sich an einer Waschschüssel zu schaffen machte. Vlad sah seiner Gestalt beinahe wehmütig nach. Sein Blick blieb noch lange am Zelteingang hängen.

Liz hielt es in ihrer Wohnung nicht eine Minute länger aus. Mochte Cora denken, was sie wollte – Abzuhauen war manchmal die beste Lösung. Und wenn sie jetzt hierbliebe, ganz allein, dann würde sie nur die ganze Zeit über Peter nachdenken. Über Peter, über das, was passiert war, über Ariane und über sich selbst. Zu viel denken, war nicht gut. Dieses ewige Grübeln, dieses nutzlose Hin und Her, das brachte überhaupt nichts und machte alles noch viel schlimmer. Mit Cora konnte sie nicht reden. Die behandelte sie immer, als sei sie blöd. Die hatte keine Zeit und noch viel weniger Geduld. Mit Ariane hätte sie jetzt gern gesprochen. In ihrer Nähe hatte sie sich wohlgefühlt. In Peters Nähe normalerweise auch. Nur gestern nicht. Da war er total komisch gewesen. Peter hatte auf seinem Sockel ganz schön gewackelt. Das war ziemlich beängstigend. Cora verstand das nicht. Sie verstand auch nicht, wie anstrengend das Leben sein konnte. Immer dieses Auf und Ab, diese Flauten, dieser Gegenwind, und das alles immer wieder. Und jetzt? Und jetzt?

Und jetzt würde sie erstmal in die Stadt fahren. Es machte Spaß, mittendrin zu sein. Zu gucken, ohne selbst beobachtet zu werden. Das Leben, die Welt, die Zeit einfach vorbeirauschen zu lassen. Zeit hatte sie ja genug. Das war ja gerade das Problem: Die viele Zeit. Jedenfalls hatte Cora das gesagt. „Hör' auf, dein Leben zu verträumen! Tu was! Wenn du ein Problem hast, steh auf und pack' es an!" Cora hatte gut reden! Die preschte einfach drauf los! Rechts und links fiel alles um, aber Cora rannte weiter. Peter hatte nur gelacht. „Cora ist eine Powerfrau", hatte er gesagt. „Mach dir nichts draus!"

Lange halte ich das nicht aus, dachte Liz, als sie sich mitten im Gewühl befand, doch dann schwamm sie einfach mit. Es wurde Nachmittag, es wurde Abend, die Geschäfte machten eins nach dem anderen zu. Liz wollte nicht in ihre leere, stille Wohnung zurück. Dabei taten ihr längst die Füße weh. Die Sonne stand jetzt so tief, dass sie blendete. Immer noch tummelten sich die Menschen in der Stadt. Lauter schwarze Schattenrisse, aber kein einziges Gesicht. Liz wäre gerne geselliger gewesen. Das Treffen bei Peter war eine solche Gelegenheit gewesen, aber selbst das hatte nicht geklappt. War das ihre Schuld? Da! War das nicht Ariane? Die Haare, die Haltung, das Gangbild. Ja, das musste Ariane sein. „Ariane!", rief Liz und rannte los. „Ariane! Ariane!"

Doch die Frau schaute nicht her. Natürlich nicht. Sie war viel zu weit weg. „Ariane! Ariane!“ Liz fuchtelte verzweifelt mit den Armen. „Ariane!“ Die Leute mussten sie für verrückt halten. Egal, das war sie ja auch. „Ariane! Ariane!“ Vergebens. Ariane hörte sie nicht. Als Liz das einsah, blieb sie japsend stehen. Tränen schossen ihr in die Augen. Sie zog ihr Handy aus der Tasche wählte Coras Nummer. „Ariane ist hier!“, schrie sie, als Cora sich meldete. „Nette Begrüßung! Hallo Liz!“

„Hast du gehört? Ariane ist hier. In Bremen.“

„Sieh an, sieh an!“

„Doch, doch, ich habe sie sofort erkannt. Leider habe ich sie nicht mehr gekriegt.“

„Ach was“, sagte Cora gelangweilt.

„Ariane ist hier!“, wiederholte Liz. Sie war immer noch außer Atem. „Hier, mitten in der Stadt. Ich bin ihr hinterhergerannt, aber plötzlich war sie weg. Was soll ich denn jetzt tun?“

Cora verdrehte die Augen. Gut, dass Liz das nicht sehen konnte. Aber ein paar spitze Bemerkungen konnte sich Cora dann doch nicht verkneifen. „Du könntest dir ein Megaphon besorgen und weiter brüllend durch die Straßen rennen. Oder du könntest eine Suchaktion bei Facebook starten. Dir wird schon was einfallen. Schließlich hast du Zeit genug!“

Liz antwortete nicht gleich. Klar, dass Cora sie wieder mal nicht ernstnahm. Aber eigentlich war das mit Facebook gar keine schlechte Idee.
„Du kennst Ariane doch kaum“, sagte Cora. „Außerdem kann es sein, dass du dich getäuscht hast. Ich bin mir da sogar ziemlich sicher. Ariane wollte schnell weiter. Sie ist ganz bestimmt nicht mehr in Bremen.“
„Aber …“
„Lass Ariane einfach in Frieden ziehen. Mach dich nicht verrückt und mich auch nicht, okay? Wir telefonieren später nochmal. Ich will die Leitung freihalten, falls Peter anruft.“

Peter rief nicht an. Cora versuchte es unzählige Male, und als sie ihn abends immer noch nicht erreicht hatte, war sie vor allem wütend. Warum meldete der Kerl sich nicht? Ging er nicht ran, weil er ihre Nummer sah? Boykottierte er sie? Er musste doch wissen, dass sie sich Sorgen machte! Vielleicht hatte er sich ja die Axt ins Bein gehauen oder es war sonst was passiert. Da oben fand ihn so schnell ja keiner. Amüsierte er sich darüber, dass sie sich hier den Kopf zermarterte? Oder war ihm das egal? Hatte er einen Parasiten im Hirn, oder was? Er war doch sonst nicht so stumpf gewesen! Vollidiot! Vielleicht sollte sie doch nochmal hinfahren. Zu diesem bescheuerten Typen in diesem bescheuerten Haus. Nur, um sich dann von ihm anfauchen zu lassen? Nein, niemals! Wer sich von der Zivilisation abwandte und es schaffte, seine besten Freunde vor den Kopf zu stoßen, musste auch mit den Konsequenzen leben. Außerdem konnte sie Marian nicht schon wieder alleine lassen. Timm! Genau, sie würde Timm anrufen. Vielleicht hatte der ja eine Idee

Wenigstens hatte sie Timm gleich am Apparat. „Mach dir keine Sorgen“, sagte Timm, nachdem sie ganz aufgeregt die Lage geschildert hatte. Timm war die Rettung! Er wohnte in Bremen, und von da war es ja nicht mehr ganz so weit. Trotzdem hätte er anders reagiert, wenn er Peter nicht beim Hafenfest getroffen und sich auch so seine Gedanken gemacht hätte. „Ich wollte sowieso mit ihm reden“, sagte Timm. „Hab’ da noch eine Rechnung offen!“

„So?“

„Ja, wir haben uns letzten Freitag zufällig in Norden getroffen. Beim Hafenfest. Ich habe mich riesig gefreut, Peter aber nicht. Er hat mich ziemlich abgebügelt. Keine Ahnung, warum.“

Cora lachte. „Ich kann mir denken, warum. Er hat auf Liz gewartet. Vielleicht war er etwas spät dran.“

„Das hätte er mir doch erzählen können!“

„Allerdings.“
„Wie auch immer, ich rufe ihn nachher einfach mal an. Bin ja nicht nachtragend!“
„Danke! Und tröste dich, zu uns war er auch nicht netter. Er hat sich noch nicht mal richtig verabschiedet. Und, stell dir vor: Der Spinner wollte sogar eine Séance abhalten.“
„Was? Ist er jetzt komplett durchgedreht?“
„Hoffentlich nicht!“

Ihr Sohn lag schon friedlich schlummernd im Bett, als sie nach oben kam. Das bläuliche Licht des Computerbildschirms verlieh der Szene eine geheimnisvolle Atmosphäre. Marian hatte wohl gegen feindliche Welten gekämpft und war darüber eingeschlafen. Cora klappte den Laptop zu. Bis morgen, kleiner Krieger! Schlaf gut!

Am nächsten Morgen schlich Marian wie sein eigener Schatten durchs Haus. Er nahm gähnend am Frühstückstisch Platz und forderte wortlos seinen Anteil. Aus Erfahrung wusste Cora, dass es besser war, einem Morgenmuffel kein Gespräch aufzuzwingen. Sie nickte ihrem Sohn nur freundlich zu und schob ihm kommentarlos ein Glas Orangensaft über den Tisch. Dann las sie weiter in der Zeitung, wobei sie ab und zu über den Rand linste, um Marians

Gesicht zu prüfen. Nein, krank war er nicht. Sie brauchte sich wohl keine Sorgen zu machen. Sorgen machte sie sich allerdings wieder mal um Peter. Ob Timm ihn inzwischen erreicht hatte? Eine kurze Rückmeldung wäre nicht schlecht. „Ich gehe übrigens nachher zu Johannes“, durchbrach der Morgenmuffel ihren Gedankengang. „Oh, wie schön! Was ist mit Mittagessen?“ Achselzucken und gleichzeitiges Kopfschütteln. Das bedeutete wahrscheinlich: “Nichts, ich esse bei Johannes.”
„Aber spätestens um acht bist du zu Hause, verstanden?“ Zustimmendes, nein, gleichgültiges Nicken, aber Cora wusste, dass sie sich auf Marian verlassen konnte. Sie freute sich, dass er sich verabredet hatte, denn das passierte viel zu selten. Heute war ein guter Tag! Als Marian das Haus verlassen hatte, ging Cora zum Fenster und sah ihm hinterher. Das tat sie meistens, auch wenn Marian das albern fand.

Vlad setzte sich auf. Radu! Vor ihm stand Radu! Fassungslos und berstend vor Freude streckte Vlad seinem Bruder die Arme entgegen. Der nahm Vlads Hände in die seinen und küsste sie. Dann richtete er sich wieder auf und trat mehrere Schritte zurück.

„Radu! Mein Bruder! Mein geliebter Bruder! Du lebst! Dem Herrn sei Dank! Dem Herrn sei Dank!“
„Nicht dem Allmächtigen gebührt dein Dank“, sagte Radu jetzt. „Dein Dank gebührt dem Sultan, der mich in Gnaden aufgenommen hat. Und der auch dich verschont hat, obwohl du ihn schmählich hintergangen hast. Danke ihm, nicht Gott!“
Vlad schaute fassungslos auf. Radus Augen waren hart und schön wie Edelsteine. Sein Knabengesicht wirkte ernst und entschieden. „Der großmächtige Sultan ließ Gnade walten und nahm mich auf wie seinen eigenen Sohn. Er holte mich in seinen Palast, und auch du wirst …“
„Du lebst im Palast?“
Radu nickte. „Jawohl, und auch du wirst sehen, dass …“
„Du stehst jetzt auf der Seite dieser ungläubigen Hunde?“, stieß, nein, spuckte Vlad aus. Doch dann wurde ihm die Ungeheuerlichkeit dieser Aussage bewusst. Radu war noch ein Kind. Er wusste nicht, was er da sagte. Sie hatten ihn verwöhnt und verhätschelt, und deshalb liebte er sie. Aber Radu würde erkennen, dass der Sultan nur mit ihm spielte. „Verzeih’ mir“, sagte Vlad und gab seiner Stimme einen weichen Klang. „Meine Worte waren unbedacht. Ach Radu, geliebter Radu! Du weißt nicht, dass du Wachs in den Händen des Sultans bist. Er will

dein Herz verderben und gegen uns wenden.“ Um Radus Mund erschien der trotzige Zug, den Vlad so gut kannte.

Noch dreimal suchte Radu ihn auf. Er war stets prächtig gekleidet. Stolz zeigte er die Geschenke, mit denen der Sultan ihn überhäuft hatte. Er berichtete von Festen und Spielen, an denen er sich ergötzen durfte, von erlesenen Speisen und anderen Freuden. Er sprach auch von dem sorgfältigen Unterricht, den er zusammen mit Mehmet, des Sultans Sohn, genoss. Die weisesten Lehrer und größten Krieger teilten sich ihre Erziehung. Welch ein Unterschied zu dem düsteren Leben in seines Vaters Burg!

Vlad hätte seinem Bruder ins Gesicht schlagen mögen, um ihn zur Besinnung zu bringen. Stattdessen schwieg er und mied Radus Blick. Es war zu spät. Zu stark hatte sich der Einfluss des Sultans geltend gemacht. Nicht ohne Grund hatte er Radu zu seinem Schoßhündchen gemacht. Jeder Einwand, den Vlad hervorbringen würde, hätte das Gegenteil bewirkt. Jeder Bericht über die Grausamkeit und Gottlosigkeit der Türken wäre Radu wie eine schändliche Lüge erschienen. Der eigene Vater hatte

seine Söhne den Wölfen überlassen. Konnte er Radu wirklich einen Vorwurf machen?

Zur selben Zeit saß Timm an seinem Schreibtisch im Büro. Die Arbeit ging ihm flott von der Hand. Das war auch gut so, denn er musste heute pünktlich Feierabend machen. Er hatte ja noch was vor. Da konnte man nur hoffen, dass nicht doch noch was Wichtiges dazwischenkam. Man kannte das ja: Kurz vor Feierabend gab es grundsächlich Dinge zu erledigen, die kein anderer erledigen konnte, und die plötzlich ganz furchtbar eilig waren. Nein, um drei Uhr würde er hier die Segel streichen. Auch der Dümmste musste begreifen, dass es Dinge gab, die wichtiger waren als Statistiken und Zahlen. Zum Beispiel, wenn es darum ging, einem Freund in Not zu helfen. Musste ja keiner wissen, dass er selbst Zweifel an dieser Aktion hegte. Nur, weil man jemanden mal nicht ans Telefon bekam, hieß das nicht, dass ein Notfall vorlag. Schon gar nicht bei Peter. Andererseits wollte er sich den sowieso mal vornehmen, diesen Spinner. Und das hier, bitte schön, war Anlass genug!

Um fünfzehn Uhr holte Timm sich einen Snack aus der Kantine und einen Becher Kaffee dazu. Dann fuhr er mit dem Fahrstuhl nach unten und strebte zur Ausgangstür. Hauptsache, er lief nicht im letzten Moment Doktor Schwarzwedel über den Weg. Wenn er dem in die Fänge geriete, wäre es mit der Freiheit erstmal vorbei. Aber Doktor Schwarzwedel war, soviel er wusste, heute auf Außenmission. Der Pförtner winkte Timm einen Abschiedsgruß zu, die Tür öffnete sich, die frische Luft strömte herein und Timm stürmte hinaus. Nichts wie weg!

Von Bremen bis nach Norden waren es nur zwei Stunden. Jetzt hatte es Timm gar nicht mehr eilig. Er verließ relativ schnell die Autobahn und zockelte über die Landstraßen dahin. Hier gab es eigentlich gar nichts zu sehen - nur Himmel und plattes Land. Eigentlich eine stinklangweilige Gegend. Aber so war es eben: Dem einen ging hier das Herz auf, der andere langweilte sich zu Tode. Der Wind blies jetzt kräftig von vorn – das hieß, das Meer kam auf ihn zu. Timm öffnete das Seitenfenster. Die Luft roch schon nach Salz und Meer.

Als er Peters Haus entdeckte, das so schutzlos und winzig in den Wiesen lag, musste er lächeln. Er dachte an *Der alte Mann und das Meer*, nur dass Peter gerade erst dreißig war. Peter, der Einsiedler. Peter gegen den Rest der Welt. Wind, Meer, Einsamkeit, Papas Geld - was kümmerten ihn Bedenken und

Konventionen? Auch die Probleme anderer Leute waren Peter egal. Nein, stopp, das stimmte nicht ganz! Wenn es mal brenzlig wurde, konnte man sich auf ihn hundertprozentig verlassen. Das hatte er mehr als einmal bewiesen. Okay, Peter, jetzt bin ich mal dran, dachte Timm. Vielleicht brauchst du jetzt mich.

Er stellte seinen Wagen vor dem kleinen Gartentor ab, blieb aber noch sitzen. Bestimmt hatte Peter ihn schon bemerkt. Er wollte ihm Gelegenheit geben, auf diesen Überfall angemessen zu reagieren. Aber nichts tat sich. Schließlich stieg Timm aus, sprang über die Pforte und klopfte an die niedrige Tür. Eine Klingel gab es nicht. Er drückte die Klinke vorsichtig herunter, aber die Tür war verschlossen. Das war seltsam, denn hier oben schloss man normalerweise nicht ab. Darauf war Peter immer stolz gewesen. Hier vertraute man einander, hatte er gesagt. Andererseits war hier war weit und breit niemand, dem man vertrauen oder misstrauen konnte. Und nun? Timm sah sich um. Der Wind durchkämmte das Gras, die Möwen zogen hoch oben ihre Kreise. Ihr Geschrei zerschnitt die Stille nicht, sondern betonte sie nur. Es gab kein anderes Haus, keinen anderen Menschen, noch nicht mal ein Schaf, das sich gemächlich durch die Deichlandschaft knabberte. Trügerische Ruhe, schoss es Timm durch den Kopf, aber das war nur so dahergedacht und hatte keine Bedeutung. Sollte er warten?

Vielleicht war Peter ja nur mal kurz weg. Vielleicht machte er gerade eine seiner einsamen Runden oder kaufte irgendwo was ein. Vielleicht lag er allerdings auch hilflos im Haus und konnte sich nicht bemerkbar machen. Und hatte die Tür sorgsam abgeschlossen? Mein Gott, man konnte sich aber auch verrückt machen! Noch länger zu warten, kam allerdings nicht in Frage. Den Rückzug anzutreten auch nicht. Er sollte der Sache auf den Grund gehen. Also hinter dem Haus nachgucken, im Garten, im Schuppen, überall. Da war aber nichts Besonderes. Alles ordentlich aufgeräumt, gesäubert und aufgereiht. Peter, du bist eben doch ein Spießer! Timm musste grinsen. Und im Haus selbst? Timm linste zwischen den Gardinen hindurch. Gardinen! Wer, bitteschön, hatte denn Gardinen? Fehlten nur noch die Blumentöpfe auf der Fensterbank! Schemenhaft zu sehen waren ein Regal, eine Stehlampe, eine Sitzecke. Absolut nichts Auffälliges. Und jetzt zur Küche, die direkt daneben lag. Hier gab es keinen Vorhang, dafür ein Rollo. Dummerweise war es runtergelassen. Und jetzt? Timm schaute nach oben. Die Fenster waren alle zu. Da oben lag Peters Schlafzimmer. Dann gab es noch einen kleinen Flur, ein Bad und eine Abstellkammer. Das wusste Timm von einem seiner seltenen Besuche. Er ging noch einmal um das Haus herum. Eine große Haushaltsleiter hätte gereicht, um an die oberen Fenster zu kommen. Es gab aber keine. Schräg unter dem Schlafzimmerfenster stand eine große Regentonne, in die ein Fallrohr mündete. Sollte er? Sah eigentlich ganz stabil aus. Auf seine sportlichen Fähigkeiten hatte er sich nie viel eingebildet, andererseits wächst man in der Not über sich selbst hinaus. Er musste ja nur einen ganz kurzen Blick ins Schlafzimmer erhaschen. Nur, um sich zu vergewissern, dass wirklich alles okay war.

Rauf auf die Tonne! Der Deckel war stabil. Timm ruckelte am Fallrohr. Ja, das würde gehen. Er umklammerte das Rohr wie ein Äffchen, ein Äffchen mit sehr kurzen Armen, nahm seine Füße zu Hilfe und rutschte ab. Er versuchte es noch einmal, bekam irgendwie die Fensterbank zu fassen und krallte sich fest. Jetzt hing er da wie ein nasser Sack, beschloss aber, keiner zu sein, zog sich einen halben Meter nach links, Zentimeter um Zentimeter, energiegeladen und schmerzfrei wie Superman. Er kriegte sogar noch einen Klimmzug hin. Ein flüchtiger Blick durchs Fenster, dann siegte die Schwerkraft und Timm landete unsanft auf dem Hinterteil.

Wie lange dauerte es eigentlich, bis in dieser beschissenen Gegend der Notarzt kam? Gar nicht lange, aber Timm schien es eine

Ewigkeit zu sein. Dann kamen sie endlich: Krankenwagen, Notarzt, Polizei, der ganze Konvoi. Nein, nein, um ihn ging es gar nicht. Seine blutigen Finger konnte er schon selbst verbinden. Timm zeigte zum Haus in Richtung des Schlafzimmerfensters, hinter dem sein Freund Peter lag. Dieses Bild hatte sich gnadenlos eingebrannt: Peter, der reglos auf dem Boden lag, seine aufgerissenen Augen, sein starrer Blick. Er sah aus wie tot. Timm hatte ihn nur den Bruchteil einer Sekunde gesehen, bevor er abgestürzt war. Inwieweit spielte ihm jetzt die Phantasie einen Streich? Jetzt brachen sie die Tür auf und verschwanden einer nach dem anderen im Haus. Timm blieb wie festgenagelt sitzen. Er konnte sich im Moment genauso wenig bewegen wie Peter. Aber für den war es wahrscheinlich zu spät. Timms Blick kletterte die Fassade entlang und blieb am Schlafzimmerfenster hängen. Er erwartete fast, dass Peters Gesicht dort auftauchte, aber da waren nur Schemen zu erkennen, hektische Bewegungen der Leute, die sich um Peter bemühten. Wie ein gefällter Baum hatte er dagelegen. Auf dem Rücken, die Arme weit von sich gestreckt. Das Gesicht zur Seite gewandt, zum Fenster hin. Was hatte er da gesehen? Warum, verdammt nochmal, dauerte das da oben so lange?

Dann endlich kamen sie zurück. Peter hatten sie auf eine Trage gelegt. Jemand hielt eine Infusionsflasche über ihn. Peter lebte! Peter lebte! Die Trage wurde in den Krankenwagen geschoben. Zwei Leute kletterten eilig hinterher und schlugen die Türen hinter sich zu. Der Wagen brauste mit Martinshorn und Blaulicht davon. Timm blieb unschlüssig zurück. Wie aus dem Nichts kam ein Polizeibeamter um die Ecke. Er bat ihn um seine Personalien und stellte einige belanglose Fragen. Jedenfalls kam Timm das so vor. Wann genau er Peter aufgefunden habe, warum er ihn besucht habe, was genau passiert sei. Das wüsste Timm selber gern. Woher kannte er ihn, warum war er hier, wann hatte er den Patienten das letzte Mal gesehen? Timm strengte sich an und gab Auskunft, so gut er konnte. Ganz kurz kam ihm in den Sinn, dass wohlmöglich er verdächtigt wurde. Verdächtigt wurde, was genau getan zu haben? „Was hat er überhaupt?“, fragte Timm. „Wird er wieder gesund?“ Der Polizist, gar nicht unfreundlich, aber schrecklich neutral, zuckte mit den Schultern. „Ich weiß es nicht“, sagte er. „Bitte melden Sie sich morgen unter dieser Nummer bei der Polizeidienststelle.“ Er überreichte Timm eine Karte. Dann stieg er in den Wagen und ließ Timm allein zurück.

Die Söhne Fürst Dracul mussten die Rolle spielen, die ihnen zugedacht war. Sie waren Geiseln des Sultans, auch wenn Radu

das nicht so empfand. Sie waren das Faustpfand, das ihr Vater zu zahlen hatte. Vlad sah noch die Verzweiflung in den Augen seiner Mutter, als man ihr die Kinder aus den Armen riss. Auch den starren Blick ihres Vaters würde er niemals vergessen.

Nach einer tagelangen, beschwerlichen Reise waren die Jungen in ein feuchtes Kellerloch geworfen worden, in dem schon eine Handvoll zerlumpter Kinder ein jammervolles Dasein fristete. Es folgten ungezählte Tage des Hungers und der Angst. Jedes Mal, wenn sich die schwere Kerkertür öffnete, kauerten sich die Kinder ängstlich zusammen. Oft kam der Räuber in der Nacht, und sie merkten erst im Morgengrauen, dass wieder eines von ihnen fehlte. Manchmal wurde ein Kind wimmernd und blutend zurückgebracht, meistens jedoch nicht. Eines Nachts war auch Radu verschwunden.

Schon fast zehn, und Marian war immer noch nicht zu Hause! Was fiel dem Kerl eigentlich ein? Sie hatte bei Johannes zu Hause angerufen, aber da sprang immer nur der AB an. Ans Handy ging er nicht. Wozu hatte sie ihm eigentlich dieses teure Gerät geschenkt? Und nun? Sie könnte Marians Kontaktliste, also sämtliche Namen und Nummern, die sie irgendwann aufgeschnappt, notiert und gespeichert hatte, abtelefonieren. Marian würde sie dafür hassen. Aber er ließ ihr ja keine Wahl. Dabei war er sonst immer sehr zuverlässig gewesen. Jetzt waren es schon fast drei Stunden! Marian musste doch wissen, dass sie auf ihn wartete. Dass sie sich Sorgen machte. Dass ein Zwölfjähriger nachts nicht alleine durch die Gegend laufen durfte. Dass das sogar verboten war. Dass sie hier saß und fast durchdrehte. Dass sie Himmel und Hölle in Bewegung setzen würde, wenn er nicht endlich, endlich nach Hause käme. Coras Magen krampfte sich zusammen. Sie war sich plötzlich völlig sicher, dass irgendwas Schreckliches passiert war.

Sie öffnete das Fenster und lehnte sich hinaus. Die ganze Straße entlang war keine Menschenseele zu sehen. Eine Amsel schickte ihr einsames Lied in den Himmel. Es war fast dunkel. Wo steckst du, Junge? Verdammt, Marian, wo steckst du? Der Bus kam und mit ihm ein Fünkchen Hoffnung. Mehrere Leute stiegen aus und strebten in alle möglichen Richtungen davon. Marian war nicht dabei. Der Bus fuhr weiter und das Brummen des Motors verklang langsam in der Ferne. Zurück blieb nur das hohle Rauschen der Nacht. Selbst die Amsel war inzwischen verstummt. Jetzt näherten sich schwatzend und lachend zwei Radfahrer und fuhren mit Freudenschlenkern vorbei. Ihnen war es egal, dass da draußen gerade ein kleiner Junge herumirrte. Dass hier oben seine verzweifelte Mutter stand. Ein Windhauch streifte Coras Gesicht. Es war kalt geworden, aber sie würde hier ausharren und sich keine Jacke holen. Jetzt regte sich wieder etwas da unten. Aber es war nicht Marian, der da die Straße entlangkam. Es war ein alter Mann, der gemächlich einen Fuß vor den anderen setzte. Coras Blicke folgten ihm, als seien sie in einem Schleppnetz gefangen. Ihre Gedanken kamen für einen kurzen Moment zur Ruhe. Doch an der nächsten Straßenecke bog der Mann ab. Der Bann war gebrochen. Cora zuckte zusammen, als sei sie unsanft geweckt worden. Sie schaute auf die Uhr. Jetzt war es definitiv zu spät, um herumzutelefonieren, doch sie tat es trotzdem. Von denen, die noch ans Telefon gingen, wusste niemand, wo Marian war. Das Kind war unauffindbar. Jetzt blieben nur noch die Notaufnahmen der Krankenhäuser. Hier war wenigstens durchgängig jemand zu erreichen. Leider, oder zum Glück, war auch dieser Versuch vergebens. Marian war dort nicht registriert. Jetzt wusste Cora nicht mehr weiter. Sie sackte auf dem Sofa zusammen. Ihre Augen füllten sich mit brennenden Tränen. Die Zeit, die Welt, die Sorge drückten sie wie ein Schraubstock zusammen. Das Telefon klingelte. Cora fuhr auf. Marian? Sie riss den Hörer ans Ohr. Nein, es war nicht Marian. Es war nur Timm.

„Timm! Was ist los?“

„Nette Begrüßung! Ich habe dich wohl schon aus dem Bett geholt?“

„Nein, schon gut. Was ist denn jetzt?“

„Stell dir vor, Peter liegt ohne Besinnung im Krankenhaus.“

„Ach!“, sagte Cora. Für sie war das Telefonat hiermit beendet. Sie musste die Leitung freihalten, verdammt nochmal.

Aber Timm reagierte nicht auf Coras offensichtlich gestörte Geistesverfassung. Er hörte einfach nicht auf zu reden, und was er berichtete, war erschreckend und schockierend, aber im Moment konnte sie sich damit nicht beschäftigen. Nicht auch noch damit.

Timm atmete hörbar ein. „Was ist los, Cora?“

„Marian ist weg.“

„Weg? Du meinst abgehauen?“

Abgehauen? Auf diese bescheuerte Idee war sie noch gar nicht gekommen. Nein, so etwas würde Marian niemals tun!

„Also, ich kann mich gut erinnern, dass ich damals, als ich dreizehn …“

„Zwölf! Marian ist erst zwölf! Timm, lass uns morgen telefonieren, ja?“

„Okay“, seufzte Timm. „Aber mach dich nicht verrückt, Cora! Der Bengel taucht schon wieder auf.“

Zuerst war es nur ein lautes Stöhnen, doch sie ließen nicht von ihm ab. Die Schmerzen wurden unerträglich. Schließlich schrie der Delinquent schrill und spitz wie eine Frau. Vlad hatte nicht gewusst, dass ein Mann solche Schreie ausstoßen konnte. Er presste beide Hände auf die Ohren, doch es nützte nichts. Er konnte sich vom Fenster abwenden, doch seine Ohren verschließen konnte er nicht.

Selbstverständlich mussten Verbrecher bestraft werden. Wer einen Diebstahl beging oder gar einen Mord, musste für sein Vergehen büßen. Vlad war etliche Male Zeuge gewesen, wenn Urteile auf dem Burghof vollstreckt wurden. Fürst Dracul hatte seine Söhne früh gelehrt, diesen Anblick zu ertragen. Doch was einem Gefangenen des Sultans drohte, war unaussprechlich. Der Sultan wurde nicht müde, dem jungen Prinzen vor Augen zu führen, welche Methoden ihm zur Verfügung standen.

Eines Morgens war Vlad durch gellende Schreie aus dem Schlaf gerissen worden. Er war nach draußen gelaufen und hatte gesehen, wie sie einen Gefangenen zwangen, sich tief über einen dampfenden Kessel zu beugen. Vier kräftige Männer waren nötig gewesen, um ihn zu halten. Schließlich löste sich die Haut in

Fetzen, und das Gesicht schien zu schmelzen wie Butter in der Sonne. Vlad musste sich übergeben.

Das war schon mehrere Wochen her. Inzwischen waren unzählige grausame Bestrafungen vorgenommen worden. Immer, wenn ungewöhnliche Geräusche die Stille des frühen Morgens störten, erwachte Vlad mit hämmerndem Herzen. Und dann sah er sie wieder, die Bilder von sich windenden, blutüberströmten Gestalten, von abgetrennten Köpfen und Gliedmaßen, von herausgerissenen Eingeweiden, von zuckenden, sterbenden Leibern. Zu diesem Zeitpunkt hatte er sich an die Schreie schon gewöhnt. Auch der Anblick von Leid, Blut, Exkrementen und unaussprechlichem Leid konnte ihn nicht mehr erschüttern.

*C*ora würde nie richtig begreifen, wie sie diese Nacht hatte überstehen können. Die immer wieder enttäuschten Hoffnungen, die ganzen verzweifelten Aktionen, den blinden Aktionismus. Irgendwann war sie vor Erschöpfung sogar eingeschlafen. Als sie am nächsten Morgen erwachte, präsentierte die Sonne einen blitzblauen Tag und malte übermütige Kringel an die Wand. Cora fühlte sich wie die Zuschauerin eines abstrakten Theaterstücks. Aber Marians Bett war tatsächlich leer. Ihr Kind war tatsächlich nicht da. Es hatte sich nicht heimlich ins Haus geschlichen, um sich vor der verdienten Abreibung zu drücken. Cora knüllte sein Kissen zusammen und schleuderte es gegen die Wand. Verdammt, Marian, Junge, wo steckst du? Sie riss das Kissen wieder an sich und bohrte ihre Nase hinein. Sie saugte den vertrauten Duft in sich auf und begann zu heulen wie ein verwundeter Wolf.

Später, nachdem sie ihr Gesicht mit kaltem Wasser bespritzt hatte, schaffte sie es irgendwie, sich fertigzumachen und das Haus zu verlassen. Ihr blieb nur noch eins: Sie würde ihren Sohn als vermisst melden. Mit verknotetem Magen machte sie sich auf den Weg und stand kurz darauf vor der zuständigen Polizeidienststelle. Ein Uniformierter hinter Panzerglas, dem sie eine Kurzfassung ihres Anliegens vorschluchzte, bedeutete ihr, sich auf einen der Stühle im Gang zu setzen. Wenige Augenblicke später erschien ein weiterer Polizist, ein dicklicher Mann mit Schnauzbart. Er führte sie in sein Büro und bat sie auf väterlich beruhigende Art, sich erst einmal zu setzen. Dann schob er ihr ein großes Glas Wasser über den Tisch. Auch eine Packung Taschentücher lag bereit. Der Polizist lächelte, nickte, bat sie zu berichten, fragte nach, hörte zu und machte sich Notizen, während die Last auf Coras Schultern tatsächlich etwas erträglicher wurde. „Also, ich wiederhole nochmal", sagte der Beamte und las Cora das, was er notiert hatte, vor. Die Personalien, die Zeit des Verschwindens, Größe, Haarfarbe, Kleidung und so weiter. Dann Angaben zum Wohnort, zur Wohnsituation, zur familiären Situation, zur schulischen Situation. Gab es Lieblingsorte? Gab es einen Vertrauten, einen besten Freund? Ja, einen Johannes soundso, Wohnort soundso, aber der war im Moment nicht zu erreichen. Nein, seine Eltern auch nicht. Sie hatte es selbst tausendmal versucht. Marian hatte sich gestern mit Johannes treffen wollen. Nein, sie glaubte nicht, dass Marian gelogen hatte. Der Beamte tippte mit. Was war mit Lehrern, Trainern, Internetbekanntschaften, Mobbing, irgendwelchen Konflikten, fiel ihr da etwas ein? Nein, da war nichts. Glaubte Cora wenigstens. Eigentlich wusste sie es nicht. Eigentlich wusste sie viel zu wenig von ihrem Sohn. Marian redete nicht viel.

„Ist er schon mal weggelaufen oder hat damit gedroht?"

„Was? Nein! Marian ist doch erst zwölf!"

Der Polizist lächelte.

Dann ging es weiter: Hatten sie Streit gehabt? War irgendetwas Besonderes geschehen? Wie und wann lief die letzte Begegnung ab? Worüber hatten sie sich unterhalten? Konnte sie sich daran erinnern, mit welchen Worten sie sich voneinander verabschiedet hatten? Klar, das konnte sie. Marian war es nicht gut gegangen.

Sie war nicht darauf eingegangen. Sie hätte ihn niemals so gehen lassen dürfen. Und sie hätte ihn auch nicht übers Wochenende allein lassen dürfen. Sie machte sich Vorwürfe. Aber dem Polizisten sagte sie nur, dass Marian an diesem Morgen sehr müde und einsilbig gewesen sei. Und dass er nach der Schule zu Johannes wollte. Und dass sie gesagt habe, er solle spätestens um acht wieder zu Hause sein. Und dass man sich eigentlich auf ihn verlassen könnte.

„Dann versuchen wir es noch einmal bei diesem Johannes. Vielleicht haben wir ja diesmal Glück!“

Natürlich ging auch diesmal niemand ans Telefon.

„Was ist eigentlich mit Marians Vater?“

„Ach, Marian kennt seinen Vater gar nicht. Ich habe keine Ahnung, wo er ist, aber seinen Namen kann ich Ihnen selbstverständlich nennen.“

Der Polizist schrieb mit. Ob es noch weitere Kontaktpersonen gebe, fragte er dann. Nein! Doch! Peter! Timm! Aber der eine lag im Krankenhaus, der andere war schon informiert und wusste von nichts. Der Polizist schrieb trotzdem die Namen auf.

„Dann fehlt hier nur noch Ihre Unterschrift.“

Cora kritzelte ihren Namen auf das Papier.

Der Polizist stand auf, Cora auch, sie drückten sich die Hände, und dann stand Cora wieder ganz alleine da. „Soll ich jetzt einfach so nach Hause gehen?“
„Ja, das ist das Beste. Bleiben Sie erreichbar und versuchen Sie, sich nicht allzu viele Sorgen zu machen! Vielleicht ist Marian auch schon längst wieder da. Die meisten vermissten Kinder tauchen nach kurzer Zeit wieder auf.“
„Aber …“
„Wir tun alles, um Ihren Sohn zu finden. Wir sagen Ihnen sofort Bescheid, sobald wir etwas Neues wissen. Alles Gute!“

Als Cora auf den vertrauten Straßen nach Hause ging, sah sie überall ihren Sohn. Es gab so viele Jungs, die Marian auf den ersten Blick ähnlich sahen – Basecap, Turnschuhe, Baggyjeans, cooler Gang. Aber ihr Junge war es nie. Vielleicht war er ja tatsächlich längst zu Hause. Vielleicht hatte der Polizist Recht gehabt, und sie drehte umsonst am Rad. Was würde sie machen, wenn sie ihn zu Hause fand? Ihm den Hintern versohlen? Ihn anbrüllen? Ihn für die nächsten Tage einsperren? Quatsch! Sie würde ihn in die Arme reißen und fast totquetschen vor Erleichterung und Liebe.

Cora sah misstrauisch und erwartungsvoll zu den Fenstern ihrer Wohnung hinauf. Sie öffnete die Haustür und rannte nach oben. Vor Aufregung verfehlte sie zweimal das Schlüsselloch, doch dann schob sie eilig die Wohnungstür auf. Die Stille schlug ihr wie eine Ohrfeige entgegen. Sie wusste sofort: Marian war nicht zu Hause. Sie würde diese Stille nicht ertragen. Sie würde es auch nicht aushalten, einfach hier zu sitzen und nichts zu tun und sich Gott weiß was auszumalen. Sie griff zum Telefon. Bei Johannes meldete sich immer noch niemand. Marians Handy reagierte auch nicht. Offensichtlich war der Akku leer. Das hieß, jetzt war auch noch der letzte Faden zerrissen. Und jetzt? Und jetzt? Sie würde noch durchdrehen! Sie konnte nicht mehr! Verdammt, sie konnte längst nicht mehr! Und trotzdem stand die Zeit nicht still. Es wurde Nachmittag, es wurde Abend. Cora wühlte sich mit von Tränen blinden Augen durch Marians Sachen, spionierte in seinem Zimmer, ein unverzeihlicher Vertrauensbruch, aber es half ja nichts. Es half wirklich nichts, denn sie fand nichts, und schließlich legte sie sich aufs Marians Bett. Es wurde langsam dunkel. Noch eine Nacht, in der Marian nicht nach Hause käme, würde sie nicht überstehen. Wie lange würde ein Herz diese Qual ertragen, bevor es stehenblieb? Im Hintergrund tickte eine Uhr und gab den Rhythmus vor. Ein klickendes Geräusch mischte sich dazwischen. Es war ein Schlüssel, der sich leise im Schloss drehte. Cora sprang auf. Das Leben war schlagartig in ihren Körper zurückgekehrt. „Marian?“ Ihre Stimme klang erst rau, dann überschlug sie sich. „MARIAN?“ Ja, er war es! Marian war wieder da! Mein Gott! Marian ist wieder da! Danke, lieber Gott, danke!

Der junge Prinz hatte in den letzten Monaten viel gelernt. Die Schreie, das Wimmern und Flehen der Gepeinigten konnten ihn nicht mehr beunruhigen. Eines Tages war ihm klar geworden, was der Sultan bezweckte, indem er ihn zum unfreiwilligen Zeugen dieser Grausamkeiten machte. Er wollte ihn zerstören. Er wollte den trotzigen Willen eines Kindes brechen. Doch er hatte das Gegenteil erreicht. Jenes eingeschüchterte, empfindsame Kind, das sich zitternd verkrochen hatte, gab es nicht mehr. Er wollte verstehen, was geschah, wenn ein Mensch stundenlang, tagelang unerträgliche Schmerzen erlitt. Er glaubte zu erkennen, dass der Todeskampf seinen Höhepunkt in einer Ekstase fand, in der sich Lust und Schmerz vereinten und triumphal erhoben. Er war enttäuscht, wenn der Gepeinigte sich diesem grandiosen Zustand entzog, indem er das Bewusstsein verlor oder den vermeintlich gnädigen Todesstoß erhielt.

Vlad hatte versucht, mit Hilfe von Vögeln und Mäusen das nachzuvollziehen, was er nicht erleben, sondern nur beobachten konnte. Er trieb angespitzte Äste in den Anus der Tiere, bis er auf der Gegenseite wieder austrat. Dabei war er bemüht, wichtige Organe nicht zu verletzen, um den Tod so lange wie möglich hinauszuzögern. Vlad entwickelte eine große Geschicklichkeit in dieser Sache. Bei den seelenlosen Tieren dauerte die Pein trotzdem nur wenige Minuten. Bei den menschlichen Opfern, deren Hinrichtung er beobachtete, mehrere Stunden, manchmal sogar Tage.

Ja, der Sultan war ein guter Lehrer gewesen. Die Stählung des Herzens und des Gemütes waren wichtige Lektionen für einen jungen Mann, der eines Tages Heerscharen anführen wollte. Für einen Fürsten, dessen Bestimmung und glühender Wunsch es war, sein Volk aus der feindlichen Umklammerung zu befreien. Für einen Herrscher, der skrupellos und grausam genug war, jeden zu vernichten, der seiner Ehre und seinem göttlichen Auftrag entgegenstand. Der Sultan ahnte nicht, dass er sich seinen größten Feind selbst geschaffen hatte.

Liz saß im Schneidersitz auf dem kleinen tibetanischen Gebetsteppich, den Timm ihr mal aus dem Urlaub mitgebracht hatte. Ihre Augen waren geschlossen, ihre Gesichtszüge entspannt. Ihre Hände hatte sie vor der Brust aneinandergelegt, die Fingerspitzen zeigten nach oben. Sie sah aus wie eine meditierende Göttin und fühlte sich auch so. Sie schwebte in einer anderen Welt, in einem Kosmos aus Tönen, Formen und Farben. Es war ein buntes, herrliches Kaleidoskop. Alles passte perfekt zusammen, alles umwob sich, umschmeichelte sich, ergänzte sich. Alles war perfekt. Alles war gut. Die Liebe rieselte durch den Kosmos wie Sternenstaub. Man atmete sie ein, man atmete sie aus. Sie kribbelte unter der Haut, sie ließ einen lachen und weinen vor Glück. Peters Gesicht blitzte vor ihr auf. Ich wünsche dir Frieden, Peter. Ich liebe dich, aber ich gebe dich frei. Peters Gesicht verblasste, verschwand. Was zurückblieb, war Frieden, war unendliche Harmonie. Dann geschah lange Zeit nichts. Aber was bedeutete schon Zeit? Es formte sich ein anderes Bild. Coras Bild. Es war wie ein Schatten, der sich vor die strahlende Sonne schob. Liz beobachtete nur, beurteilte nichts, und das Bild flatterte wie ein hektischer Schmetterling davon. Alles kam und ging zur richtigen Zeit. Man konnte nichts erzwingen. Unendliches Vertrauen war das Einzige, was zählte. Unendliche Liebe, und die tauchte in immer neuen Formen auf. Peter, Cora, Ariane, sie selbst

- alles gehörte untrennbar zusammen. Jede Trennung war nur eine Illusion. Die meisten Leute ahnten das, aber sie bemühten sich nicht, hinter den Schleier zu sehen. Sie schon. Jetzt erschien Ariane vor ihr. Ihre schlanke Gestalt, ihre dunklen langen Haare, ihr durchdringender Blick. Es war, als wäre sie leibhaftig da. Liz streckte die Hände nach ihr aus, hätte sie fast berührt, aber in diesem Moment klingelte das Telefon. Das Display zeigte Peters Nummer. Sofort war auch Peters Gesicht wieder da, und nicht nur das, auch Peters Stimme. Liz presste den Hörer ans Ohr, aber sie konnte nichts verstehen.

Selim hätte ihm die Nachricht vom Tod seines Vaters nicht überbringen dürfen, jedenfalls nicht ohne des Sultans Erlaubnis. Und tatsächlich musste der Knabe für diesen Ungehorsam bitter bezahlen. Vlad bezeugte seine Hinrichtung, wie so viele andere zuvor, aber das erste Mal seit langem regte sich ein Gefühl des Bedauerns in ihm. Selim war ihm beinahe ein Freund gewesen. Jetzt, da Vlads Vater und auch Mircea, sein älterer Bruder, durch Bojarenhand den Tod gefunden hatten, musste ein neuer Thronfolger gewählt werden. Natürlich hatte der Fürst mächtige Freunde gehabt, die Vlads Anspruch unterstützen und sich für seine Befreiung einsetzen würden. Aber auch andere

Thronprätendenten machten ihre vermeintlichen Ansprüche geltend, allen voran Vladislav, der Sohn Dans. Die Magyaren schätzten ihn als dozilen Vasallen, da er ihnen Tribut und Bündnistreue versprach. Sie waren vermutlich sogar an dem hinterhältigen Mord beteiligt gewesen. Vlad hatte nicht vor, die Fäden zu entwirren, denn es war besser, sich Hunyad, den ungarischen Statthalter, nicht zum Feind zu machen. Vielleicht würde er ihm eines Tages von Nutzen sein. Es war nicht klug von seinem Vater gewesen, eine Konfrontation mit dem Gubernator zu wagen, nicht zu diesem Zeitpunkt! Die Allianzen konnten wechseln. Sie taten es ständig!

Was lag näher, als sich die Vertrautheit zunutze zu machen, die sich zwischen Radu und Mehmet, des Sultans Sohn, entwickelt hatte? Obwohl Vlad diese Verbindung mit Abscheu betrachtete, ließen sich etliche Vorteile dieser Allianz nicht leugnen. Vlad konnte sich nun, genau wie sein Bruder, frei im Palast bewegen. Und er war inzwischen klug genug, um von dieser Freiheit Gebrauch zu machen. Gottes Wege waren unergründlich!

Der Sultan hatte seinem Sohn nie einen Wunsch abschlagen können, und auch Radu wurde fast jede Bitte gewährt. Vlad stand also unter des Sultans Schutz. Er beglückwünschte sich dafür, dass er es nie zu einem offenen Bruch mit seinem Bruder hatte kommen lassen.

Siebzehn Jahre alt war Vlad, als er vor den Sultan trat und zweitausend Akindschis erbat, mit deren Hilfe er Vladislav II, den Sohn aus dem ehrlosen Haus der Danesti, aus Tirgoviste vertreiben und den Thron für sich erobern wollte. Vlad wusste, dass der Sultan ihm seine Unterstützung nicht verwehren würde, denn Vladislav hatte ihm stets erbitterten Widerstand entgegengebracht. Gerade jetzt befand er sich zusammen mit Hunyadi auf Kriegszug, um das Amselfeld von der türkischen Herrschaft zu befreien. Das bedeutete, die Burg Tirgoviste würde nur schwach verteidigt werden. Der Zeitpunkt war gut gewählt.

Vlad sollte Recht behalten. Tirgoviste, die Burg seines Vaters, war verlassen, und es gab kaum Widerstand. Vlad war enttäuscht und glücklich zugleich. Er hatte sich den Thron erfolgreich erstritten, aber es war erschreckend einfach gewesen.

*„G*ott sei Dank“, sagte Timm, als Cora ihm von Marians glücklicher Heimkehr erzählte. Er freute sich, dass die Episode einen guten Ausgang genommen hatte. Er mochte den kleinen

Kerl. Und er mochte Cora. Auch wenn er sie, abgesehen von ihren gelegentlichen Besuchen in der WG, und da hatte sie auf Peter gezielt, nicht auf ihn, gar nicht richtig kannte. Damals hatte er das bedauert, aber so sehr nun auch wieder nicht. Außerdem wollte er seinem besten Freund nicht in die Quere kommen. So was tat man einfach nicht. Aus Peter und Cora war dann doch nichts geworden, aber Cora hatte sofort einen anderen Kandidaten gehabt, irgendeinen blassen Verwaltungsfuzzi. Der hatte sie zwar geschwängert, war ansonsten aber nicht zu gebrauchen. Wenn sich jetzt doch noch eine Gelegenheit ergeben sollte, Cora besser kennenzulernen, hui, dann wäre er dabei. Und dass ausgerechnet Peters Zustand der Anlass dafür war – tja, alter Freund, das Leben spielt manchmal seltsame Karten aus! Das Leben. Peters Leben war in Gefahr. Er sollte sich schämen! „Hast du eigentlich eine Ahnung, was mit Liz los ist?“, fragte Timm und betrat hiermit neutralen Boden.

„Wieso? Was ist passiert?“

„Ich habe sie gerade angerufen, und sie hat mich tatsächlich mit Peter verwechselt. Ich konnte ihr das gar nicht ausreden. Keine Chance. Sie war fest davon überzeugt, ich sei Peter.“

Cora stöhnte. Sie hatte gerade überhaupt keine Nerven für Liz. „Keine Ahnung, was sie nun schon wieder hat. Was ist denn jetzt mit Peter?“

Es folgte ein langer Bericht, eine Horror- und Heldengeschichte mit offenem Ausgang. Mein Gott! Eine Kurzfassung hätte es auch getan! Freundschaft hin oder her, ihre Zeit und Liebe bekam im Moment nur Marian ab. Für mehr hatte sie keine Energie. Sie wusste immer noch nicht, was passiert war. Was Marian erlebt oder, Gott behüte, erlitten hatte. Natürlich würde sie mit ihm reden müssen. Natürlich würde es Konsequenzen geben. Aber erst einmal musste das Kind zur Ruhe kommen, und sie selber auch.

Timm hatte es sich auf seinem Altherrensessel gemütlich gemacht und scrollte sich durchs Internet, genauer gesagt, durch die Nachrichtenlage im und in Norden. Vielleicht stand da was über Peter. Nein, so spektakulär war der Vorfall nun auch wieder nicht. Ein alleinstehender Mann, der aus seinem Haus getragen und ins Krankenhaus gebracht wurde – das war natürlich keine Meldung wert. Selbst in einer Stadt wie Norden passierten wesentlich aufregendere Dinge. Was gab es sonst noch da oben? Die Querelen der Lokalpolitik interessierten ihn nicht. Die Politik im Allgemeinen auch nicht besonders, obwohl sie das vielleicht sollte. Ach was, die Hintergründe verstand sowieso keiner. Die Dinge waren zu komplex, um sich ernsthaft eine Meinung zu bilden, aber natürlich taten die Leute das trotzdem. Jeder glaubte, der Wahrheit auf der Spur zu sein. Wahrheit! Wahrheiten gab es so viele, wie es Menschen gab. Die absolute Wahrheit gab es genauso wenig wie den einzig wahren Glauben. Das war ein Thema, über das er sich mit Peter heftig streiten konnte. Auch wenn der immer behauptete, über den Dingen zu stehen. Klar war nur, an irgendwas glaubte jeder Mensch. Und er selbst? Wem oder was schenkte er seinen Glauben? Ja, genau, wem kam diese freiwillige Leistung zugute? Es war wichtig zu wissen, wohin man diese Energie entließ. Man sollte an sich selbst glauben. Und sich selbst lieben. Vielleicht waren Glaube und Liebe dasselbe, und damit war alles gesagt. Timm schwirrte trotzdem der Kopf. Er kam sich so nutzlos vor. Er saß hier rum und dachte darüber nach, was die Welt zusammenhielt, während anderswo alles auseinanderfiel. Er dachte über sein eigenes Leben nach. Über Dr. Schwarzwedel. Über die schöne, aber beschränkte Liz. Über Cora, die ihn nicht mal richtig wahrnahm. Und über Peter dachte er nach. Über Peter ganz besonders. Also, was hielt ihn zurück? War er immer noch sauer, weil Peter ihn so brutal hatte abblitzen lassen? War es die lächerliche Episode auf dem Hafenfest? Oder war es die Tatsache, dass er ihn mit den Kosten für die Wohnung sitzen ließ? Das widersprach der Vereinbarung, die sie vor Urzeiten getroffen hatten. Damals, als sie noch lustige Studenten gewesen waren. Nicht, dass Timm sich die Wohnung nicht hätte leisten können.

Inzwischen schon. Er saß beruflich fest im Sattel, ganz im Gegenteil zu Peter, dessen Sachen hier immer noch rumlagen. Timm hatte schon öfter daran gedacht, sie ihm einfach nachzuschicken. Damit würde die lockere Strippe, die ihn mit Peter verband, allerdings endgültig gekappt. Sie würde auf Nimmerwiedersehen im Schlick der Nordsee versinken.

Timm blätterte sich weiter durch die Nachrichten. Nicht ich habe hier Probleme, sagte er zu sich selbst. Mir geht es gut! Ich sollte dankbar sein und mich wenigstens aufraffen können, ins Bad zu gehen. Und ich sollte mir endlich was Ordentliches anziehen. Aber es ging nicht. Er saß einfach da und starrte Löcher in die Luft. Er dachte nach. Im Moment darüber, dass er überhaupt noch hier sitzen und nachdenken konnte. Das war überhaupt nicht selbstverständlich. Das hätte gestern verdammt schiefgehen können! Und dann hatte er ihn wieder vor Augen, diesen Koloss, dieses Monster, das ihn fast ins Jenseits befördert hätte. Scheiße, das war knapp gewesen! Warum hatte er das riesige Teil vorher nicht gesehen? Timm spielte die Szene wieder durch. Da war plötzlich dieser Lkw vor ihm aufgetaucht. Da waren die kreischenden Bremsen, die Nebelhornhupe, das Ruckeln, der Stillstand. Nein, es begann wieder von vorn. Das Monster im strahlenden Gegenlicht, das ohrenbetäubende Hupen, das Herumreißen des Steuers, das Quietschen der Reifen. Und noch einmal: Der Schreck, das Gehupe, das Spritzen von Erde und Sand, der Stillstand, die Ruhe, Schluss. Wie war das nochmal gewesen? Woher war der Truck plötzlich gekommen? Alles auf Anfang, Sendersuchlauf, Feinjustierung und wieder von vorn. Schluss jetzt! Es war doch überhaupt nichts passiert!

Andererseits hätte selbst Superman in dieser Situation Probleme bekommen. Und, wenn er so darüber nachdachte, hatte er gar nicht mal so schlecht reagiert. Okay, Superman war er nicht, denn diese Rolle hatte Peter gebucht. Und nun? Nun lag Peter wie ein Käfer auf dem Rücken und konnte noch nicht mal mit den Beinen rudern. Peter, der Crack, der Überflieger, das Allroundgenie. Der witzige, sportliche, gutaussehende Peter. Peter, sein Feind, sein Freund, sein Vorbild! Verdammt! Es war wirklich zum Heulen! Wie lange kannten sie sich eigentlich schon? Eine halbe Ewigkeit. Seit der Schulzeit. Seit den zähen, verbissenen Bemühungen auf dem Sportplatz, bei denen er, also Timm, sich sonst was aufgerissen hatte. Meistens vergeblich. Peter hingegen war fast unbesiegbar gewesen. Kein Wunder, dass er ihn anfangs nicht hatte leiden können. Aber irgendwann hatte er gemerkt, dass dieser Typ eigentlich ganz in Ordnung war. Gar nicht so arrogant, wie er vermutet hatte. Eigentlich überhaupt nicht arrogant, sondern sogar richtig cool. Sie waren gemeinsam um die Häuser gezogen. Sie hatten Lehrkräften, Eltern und Nachbarn den letzten Nerv geraubt. Sie waren sogar der Staatsgewalt - jaja, dieses Kapitel ihrer hormon- und alkoholgeschwängerten Jugend hatte es auch gegeben - fast immer ein Stück voraus gewesen. Sie hatten Dinger gedreht, auf die sie später gar nicht mehr stolz waren, naja, ein bisschen vielleicht doch. Man hätte darüber Romane schreiben können. Vielleicht fand sich noch Material in der einen oder anderen Polizeiakte oder in einem mit Herzchen verzierten Tagebuch.

Timm war in dieser Konstellation der harmlosere Part gewesen und Peter das, was man einen schlechten Einfluss nannte. Schwamm drüber, das war lange her. Was blieb, waren lebendige Erinnerungen und ein fettes Grinsen im Gesicht.

Irgendwann führten sie dann doch ein halbwegs solides Leben. Timm begann ein Studium der Betriebswirtschaft und Peter studierte Physik und Philosophie. Gegensätzlichere Wege hätten sie nicht einschlagen können, aber sie hatten sich ganz gut ergänzt.

Wenn es gar nicht geklappt hätte, hätten sie sich keine Wohnung geteilt.

Aber irgendwann war Schluss mit der Harmonie. Ihre Meinungen, Interessen, Gewohnheiten, einfach alle Dinge, die ein Zusammenleben schön oder auch nur erträglich machten, entwickelten sich in diametral entgegengesetzte Richtungen. Während Timm noch lange Zeit der Partylöwe blieb, trotz Studium, trotz Praktika, zog sich Peter immer mehr zurück. Schluss mit Feiern. Schluss mit lustig. Keine Frauen, kein Alkohol, kein Abhängen, keine gemütlichen Männerabende mehr. Peter meinte, es läge am Lernpensum. Eine Klausur nach der anderen, die Prüfungen, der ganze Stress, da blieb keine Zeit für Albernheiten. Er sagte auch, dass ihm eigentlich alles zu viel sei, dass er gar nicht mehr wüsste, wo ihm der Kopf stünde, dass seine Nerven dringend der Schonung bedürften. Timm hatte dafür Verständnis und passte seine Lebensweise weitestgehend an. Partys und andere Events fanden dann eben woanders statt. Dann sagte Peter - und darüber war Timm nun wirklich empört - das WG-Leben sei eine einzige Folter für ihn. Er zählte etliche Dinge auf, die für ihn absolut unerträglich wären. Timm fand seine Argumente kleinlich und übertrieben. Er gab sich dennoch Mühe und bewegte sich fortan fast lautlos durch die eigene Wohnung. Es war, als hätte er eine pingelige, dauernd nörgelnde Ehefrau. Wäre das der Fall gewesen, hätte er sich umgehend scheiden lassen.

Peter hatte sich innerhalb eines Jahres komplett verändert. Wie war so was möglich? Am liebsten hätte Timm seine nervenschwache Ehefrau vor die Tür gesetzt, aber er war kein Schwein. Er war gewillt, seinem Freund noch eine Chance zu geben und beobachtete ihn ganz genau: Hatte er ein Alkoholproblem? Nahm er Drogen? Hatte er Schulden? War er krank? Nichts davon schien sich zu bewahrheiten, aber das Problem blieb: Peter war von allem und jedem gestresst. Er lebte schon fast in Klausur, lernte ununterbrochen und versemmelte trotzdem eine Prüfung nach der anderen. Manchmal klagte er über Kopfschmerzen wie ein Kind, das Angst vor der Schule hatte. Er litt an allem Möglichen, nur an Geldnot litt er nicht. Sein Vater hatte den Ernst der Lage erkannt und ihm ein ordentliches Sümmchen überwiesen. Damit hatte er sich der Verantwortung für seinen längst erwachsenen Sohn entledigt. Peter blühte auf und kaufte sich umgehend ein Häuschen an der Küste. Hier konnte er seine Gesundheit und seine Marotten ungestört pflegen. Sein Studium ließ er nun endgültig schleifen.

Das war jetzt drei Jahre her. Timm hatte Peter in dieser Zeit nur einmal gesehen, nein zweimal, wenn man das kurze Intermezzo auf dem Hafenfest mitrechnete. Das hieß nicht, dass er nicht öfter mal an seinen alten Kumpel gedacht hätte. Und dass er sich nicht gewünscht hätte, dass er wieder auftauchen würde, dieser lustige, lässige Peter. Dass man irgendwie an die alten Zeiten anknüpfen könnte. Jetzt allerdings fragte er sich vor allem dieses: Wie ein versierter Autofahrer so blind und blöd sein konnte, einen riesigen Truck zu übersehen. Und schon startete er wieder, dieser Film in seinem Kopf. Nein, bitte, nicht schon wieder! Das Telefon klingelte. Peter?!, schoss es Timm durch den Kopf. Verrückt!

Die Türken hatten ihren Anspruch siegreich verteidigt. In Kossovopolje wurde Vladislav vernichtend geschlagen, und nun kehrte er, wütend und gedemütigt, mit seinem Heer nach Tirgoviste zurück. Die Akindschis zogen sich eilig zurück, nachdem die Nachricht von der Rückkehr Vladislavs zu ihnen gedrungen war. Vorher plünderten sie die Schatzkammern der Burg. Gold, Silber, Edelsteine, Münzen und Waffen mehrten nun des Sultans Besitz.

Vlad vermochte es nicht, seine Macht zu festigen. Auch die Bojaren waren nicht bereit, ihn zu unterstützen. Sie würden nur

dem folgen, der ihnen Schutz und Rechte gewährte. Das alles hatte Vladislav ihnen gegeben, und nun bereiteten sie ihm einen triumphalen Empfang.

Mehmet, Murads Sohn und Nachfolger, hatte keine Verwendung für Vlad. War Vladislav nicht ein bequemer, untertäniger Regent? Leistete er nicht zuverlässig die ihm abverlangen Tributzahlungen? War er nicht sogar bereit, auf türkischer Seite zu kämpfen, jetzt da Belgrad, wie zuvor schon Konstantinopel, fallen sollte? Sicher, Vladislav mochte gezögert haben, das zu tun, aber er hatte - wie klug, das zu erkennen – keine andere Wahl gehabt.

Doch Vladislavs Herrschaft sollte nur von kurzer Dauer sein. Hatte er wirklich geglaubt, die Türken würden seine Macht für alle Zeit sichern? Nun, Belgrad wurde nicht erobert. Mehmet wurde geschlagen und sein Heer zog sich zurück. Natürlich konnte Vladislav nicht mehr mit der Unterstützung Ungarns rechnen - er, der Verräter des Christentums. Johann Hunyadi, der ungarische Gubernator, beschloss stattdessen, Vlads Thronanspruch zu unterstützen.

Vlad war gut vorbereitet. Er hatte erfolgreich um das Vertrauen der Bojaren geworben. Er hatte die Siebenbürger Sachsen für sich gewinnen können, den Kaufleuten Handelsvorteile in Aussicht gestellt und dem Volk Schutz vor den Grausamkeiten der Ungläubigen garantiert. Unter seiner Hand würde die Walachei zu einem blühenden Land werden: reich, sicher, stolz und frei!

Es war Lizzies zarte Stimme, die er jetzt am Ohr hatte. Es war nicht Peter. Timm rutschte noch tiefer in seinen Sessel hinab. Er sah Liz vor sich: blond, schlank, zerbrechlich. Die blauen, fast transparenten Augen, den leicht flackernden Blick, der ihn immer leicht von unten traf. Liz war eine engelsgleiche Erscheinung, auch wenn sie ganz bestimmt kein Engel war. Dass sie ihn ständig anflirtete, war kein Geheimnis. Das tat sie allerdings nicht nur mit ihm. Zumindest hatte Cora das gesagt und dabei ziemlich fies gelacht. Liz war der Typ Frau, der heutzutage eigentlich ausgestorben war. Und eigentlich konnte Timm diese unterwürfige, berechnende Art nicht leiden

Nun, bei Liz lagen die Dinge etwas anders. Timm wusste, dass sie krank war. Man konnte ihr nicht böse sein. Man musste versuchen, sie zu verstehen, und im Verstehen der Marotten anderer Leute war Timm gut. Heute allerdings nicht so besonders.

Was wollte sie denn nun? Sich nach ihm erkundigen natürlich. Also, nach Peter in erster Linie. Ach, darum ging es! Wie schmeichelhaft! Naja, sagte Liz, es sei so, dass Peter versucht habe, sie anzurufen. Wie? Warum? Keine Ahnung! Es fiele ihr schwer, sich genau zu erinnern. Aber es sei eindeutig Peters Stimme gewesen. Nein, sie bilde sich das ganz bestimmt nicht ein! Ach, Liz! Timm würde ihr nicht noch einmal erklären, dass sie nicht Peter am Apparat gehabt hatte, sondern ihn. Sie würde ihm sowieso nicht glauben. „Peter, also Peter …"

„Ja?"

„… dem geht es leider gar nicht gut."

„Wieso? Was ist mit ihm?"

„Er liegt immer noch im Krankenhaus."

In diesem Moment fiel Timm ein, dass er einen taktischen Fehler gemacht hatte. Liz war völlig ahnungslos, was Peter betraf. Und das aus gutem Grund.

„Was?" Alarmglocken schrillten in Lizzies Stimme. Eigentlich war es zu spät, aber Timm gelang es, die Geschichte runter zu spielen, bis sie sich fast harmlos anhörte. Er redete und redete Liz beinahe in den Schlaf. „Och, der Arme!“, stöhnte sie. Mehr kam nicht. Halleluja!

Dafür hatte Timm in der Zwischenzeit eine geniale Idee entwickelt. Ob er Liz darauf ansprechen sollte?
„Timm?“, unterbrach Liz seinen Gedankenfluss. „Hast du Peter eigentlich schon im Krankenhaus besucht?“
Das war sie, die Chance. „Das würde ich ja sehr gerne tun, aber sie lassen mich nicht zu ihm. Sie geben mir ja noch nicht mal eine vernünftige Auskunft. Schweigepflicht und so.“
„So ein Mist! Und nun?“
„Hast du vielleicht eine Idee?“
Hatte sie natürlich nicht. Timm allerdings schon. Er ging zum Fenster, mit dem Hörer in der Hand. Draußen rauschte ein Krähenschwarm vorüber. Er drehte zwei Runden durch den Himmel und ließ sich krächzend auf einer toten Kiefer nieder.
„Also, wenn …“, begann Timm vorsichtig.
„Wenn was?“
„Was wäre, wenn stattdessen du in die Klinik fährst?“
„Mich lassen sie bestimmt auch nicht zu ihm.“
„Warum nicht? Du bist schließlich Peters Verlobte.“
„Verlobte? Wir sind nicht verlobt.“
„Das wissen die doch nicht.“

„Verlobte? Du meinst, ich fahre als Peters Verlobte?“
Das musste erst einmal sacken.
„Verlobte, Verlobte, ja klar, ich bin Peters Verlobte. Und du, Timm, bist einfach genial.“
„Du kannst dir die Sache ja nochmal in Ruhe überlegen“, sagte Timm, der sich plötzlich von seinem eigenen Vorschlag überrollt fühlte. Aber Liz hatte nichts zu überlegen. Sie würde gleich morgen losfahren und ihrem Verlobten einen Krankenbesuch abstatten.

Auf die erste Nacht ihres Lebens als angehende Ehefrau folgte ein strahlender Morgen. Die Sonne empfing Liz mit einem zärtlichen Kuss auf die Nasenspitze. Sie schlug beseelt die Augen auf. Oh ja, sie war bereit für diesen Tag, für dieses Abenteuer, für dieses Leben. Weg waren die Sorgen, verschwunden das lähmende Nichts. So schnell konnten die Dinge sich ändern. Das Schicksal hatte große Dinge mit ihr vor, aber das hatte sie eigentlich schon immer geahnt. Jetzt wusste sie endlich, was ihre Aufgabe war: Sie würde Peter retten. Also raus aus den Federn! Ihr Verlobter brauchte sie!

Es war kurz vor Mittag, als Liz vor dem Eingang der großen Klinik stand. Sie, Liz Seidel, war gekommen, um Herrn Peter Heimann, ihren Verlobten, zu besuchen. Sie straffte die Schultern und marschierte, mindestens fünf Zentimeter größer als gestern noch, durch die sich öffnende Tür. Was für ein unerträgliches Gewusel hier drinnen, aber Liz hatte den Counter der Anmeldung fest im Blick. Dahinter saß eine dickliche Dame und tippte vor sich hin. Sie blickte nicht sofort auf, als Liz vor ihr stand, was diese äußerst unhöflich fand. „Hallo?“ Liz trommelte mit ihren sorgsam lackierten Fingernägeln auf der Tischplatte herum. Die Dame sah in das leicht gerötete Gesicht ihres Gegenübers. Diese Sorte Frau kannte sie. Hielt sich für was Besseres. Meinte, für sie müsse es besonders schnell gehen. Pustekuchen! „Ja?“

„Mein Name ist Liz Seidel. Ich bin gekommen, um meinen Verlobten zu besuchen.“

Die Dicke sah sie an. Diesen Blick kannte Liz. So hatte man sie früher ganz oft angesehen: spöttisch und herablassend. Aber das war vorbei. Sie wusste jetzt, wer sie war.

„Name?“

„Äh, ach ja, Peter Heimann.“

Die Dame seufzte und widmete sich wieder ihrem Computer. Plötzlich stutzte sie.

„Was ist denn?“, fragte Liz.

Die Dame sah ihr wieder ins Gesicht. Diesmal hatte sie nichts Hochnäsiges im Blick. Das, was Liz in ihren Augen sah, war Bedauern. Sie wollte aber kein Mitleid. Sie war Liz Seidel, verdammt nochmal, und sie wollte – jetzt sofort – zu ihrem Verlobten. Eine Ärztin huschte mit wehendem Kittel den Gang entlang. Sie hatte es offenbar eilig, aber die feiste Dame bremste sie trotzdem aus. Die Ärztin sah auf den Bildschirm, sah auf Liz, erfuhr, dass vor ihr die Verlobte des Patienten stand, und sagte zu Liz: „Bitte kommen Sie mit in mein Büro."

Liz schrumpfte schlagartig um zwei Zentimeter. Sie folgte der Ärztin, die plötzlich Zeit zu haben schien, mit wild klopfendem Herzen.

„Herr Bender hat Sie gar nicht erwähnt. Er sagte, der Patient habe keine Angehörigen außer seinem Vater, den wir allerdings immer noch nicht erreichen konnten. Wie war doch gleich Ihr Name?"

Liz sagte es ihr, erwähnte dann, dass Herr Bender in der letzten Zeit kaum Kontakt zu Peter gehabt habe und unmöglich wissen konnte, dass sein alter Freund inzwischen verlobt war.

„Ach so! Dann erst einmal herzlichen Glückwunsch!"

Liz strahlte.

„Leider habe ich keine guten Nachrichten für Sie, Frau Seidel. Herr Heimann ist sehr krank, und ich kann Sie unmöglich zu ihm lassen."
Liz starrte sie ungläubig an.
„Ich verstehe Sie ja. Sie machen sich natürlich viele Sorgen, und Sie haben noch mehr Fragen. Aber ich kann Ihnen keine befriedigende Auskunft geben. Wir wissen selbst noch nicht, was Herrn Heimanns Zustand verursacht hat. Es stehen noch etliche Untersuchungen an. Wenn die Ergebnisse vorliegen, werden Sie natürlich informiert."
„Aber …"
„Was Herr Heimann jetzt braucht ist Ruhe. Absolute Ruhe."
Blödsinn! Was Peter brauchte, war ihre Nähe. Trost. Liebe. Seine Verlobte.
Die Ärztin lächelte. „Frau Seidel, Sie können Ihrem Verlobten am besten helfen, indem Sie uns ein paar Fragen beantworten. Wir wissen fast nichts über den Patienten. Über etwaige Vorerkrankungen, seine Lebensweise, seine physische und mentale Verfassung, bevor es zu diesem Ereignis kam. Alles, was Sie uns sagen, könnte uns weiterhelfen."
„Ich bin eigentlich gekommen, damit Sie mir Auskunft geben, nicht umgekehrt!"

Die Ärztin lächelte. Immer dieses Lächeln! Liz hätte sie ohrfeigen können. „Ich will zu ihm! Sofort!“, insistierte sie und wuchs wieder um zwei Zentimeter.
Die Ärztin schüttelte bedauernd den Kopf. „Zuerst muss sich Herrn Heimanns Zustand stabilisieren. Ich hoffe, Sie haben dafür Verständnis.“
Liz hatte überhaupt kein Verständnis. Sie wollte auch keine Auskünfte mehr geben. Und schon gar nicht wollte sie der Aufforderung folgen, das Haus zu verlassen. Das wäre ja noch schöner! Sie würde so lange bleiben, bis man sie zu ihrem Verlobten ließ. Aber, jaja, sie würde sich ins Foyer setzen und sich ruhig verhalten.

Hier war es eigentlich ganz nett. Klo, Sitzecke, Heißgetränke, Kaltgetränke, Süppchen, Süßkram, alles da. Außerdem gab es immer was zu gucken, also langweilig war es nicht. Mein Gott, was für ein Gewusel! Es war wie auf dem Rangierbahnhof. Eine Stunde war schnell um, dann kann die zweite, die dritte, Himmel, wie lange dauerte das denn noch? Liz schloss die Augen. Es schepperte und klapperte unaufhörlich, und dann waren da die vielen Stimmen, die Gesprächsfetzen, die Lautsprecherdurchsagen, das andauernde Geseier und Gedudel, all das. Selbst hinter

geschlossenen Lidern bekam Liz die Hektik mit, die Bewegungen, das Hin- und Hergerenne und Geschiebe, das Öffnen und Schließen der Fahrstuhltüren, Eingangstüren, Ausgangstüren, und immer wieder biep, pling, plong. Liz kniff die Augen noch etwas fester zusammen und atmete tief in den Bauch. Übungssache. Es nützte trotzdem nicht viel.
„Frau Seidel?“
Liz schreckte auf. Neben ihr, nein, über ihr hatte sich ein Weißkittel aufgebaut. „Nein!”, schrie alles in Liz, aber aus ihrem Mund kam nichts. Sie wusste, dass es in dieser Situation das Beste war, ruhig zu bleiben. Ruhig und kooperativ. Der Weißkittel nahm neben ihr Platz und schaute ihr prüfend ins Gesicht. „Frau Seidel, ich sehe, dass es Ihnen nicht besonders gutgeht. Diese Situation ist bestimmt sehr belastend für Sie.“
„Klar. Aber um mich geht es gerade nicht. Ich will nur wissen, was mit meinem Verlobten los ist. Ich will zu ihm!“
„Glauben Sie mir, dafür habe ich großes Verständnis“, sagte der Weißkittel. „Diese Ungewissheit ist schwer zu ertragen.“
„Was haben Sie denn damit zu tun?“, blaffte Liz. „Ihnen kann das doch egal sein. Mir aber nicht.“
Der Weißkittel seufzte.
„Herr Heimann ist mein Verlobter. Ich gehöre an seine Seite!“

Der Weißkittel holte tief Luft. „Wie Sie selber sagen, geht es im Moment aber nicht um Sie. Es geht um Herrn Heimann, der diesem Haus als Patient anvertraut ist.“
Liz starrte den Mann an. Ihr fiel gerade keine passende Antwort ein. Der Mann nickte Liz zu und stand auf. Als er sich zum Gehen wandte, hätte Liz sich fast an seinen Kittel gekrallt. „Bitte, bitte, ganz kurz nur!“, kam es schluchzend aus ihrem Mund. Sie hörte sich an wie ein bettelndes Kind im Supermarkt. „Okay, fünf Minuten unter Aufsicht. Keine Sekunde länger“, sagte der Weißkittel und ging kopfschüttelnd voran. Das wäre gar nicht nötig gewesen. Liz hätte den Weg auch so gefunden. Sie hätte ihr inneres GPS benutzt, das sie direkt zu Peter geführt hätte. Stattdessen schlurfte der Weißkittel vor ihr her, als hätte er Eisenkugeln an den Füßen. Es ging durch endlose Gänge, durch ein riesiges, völlig unübersichtliches Labyrinth. Dann öffnete sich auf Knopfdruck eine Glastür, dann kam noch ein Gang, noch eine Abbiegung und noch eine Glastür. Diesmal tippte der Weißkittel einen Code ein. Das hieß, Liz befand sich gleich in einer geschlossenen Abteilung. Der Boden unter ihren Füßen fing an zu schwanken. „Frau Seidel, ist Ihnen nicht gut?“ Der Weißkittel nahm ihren Arm. „Möchten Sie sich einen Moment setzen?“ Liz wollte sich nicht setzen. Sie wollte hier weg. Aber dann dachte sie

an Peter. Sie wischte sich mit dem Ärmel übers Gesicht und folgte dem Arzt. „So, da sind wir!“ Eine Tür neben der anderen und hinter einer davon lag Peter. Auf einem kleinen Schild stand sein Name. Liz wollte vor Aufregung explodieren. Stattdessen gab es eine kurze Unterweisung im Flüsterton: Keine hektischen Bewegungen, keine Berührungen, kein lautes Ansprechen, und vor allem, ganz, ganz wichtig, nur fünf Minuten! Ob sie das alles verstanden habe? Liz nickte. Der Weißkittel klopfte an, öffnete die Tür und schob seinen Kopf hindurch. Er lauschte. Worauf? Liz drängte sich kurzerhand an ihm vorbei. Der Weißkittel hob wie zur Entschuldigung die Hände und schloss leise die Tür.

Zuerst sah Liz fast nichts, denn die Mittagssonne hatte das Zimmer in gleißende Helligkeit getaucht. Ihr gegenüber, unter dem Fenster, stand ein Bett. Und in diesem Bett lag, bedeckt von einem weißen Laken, eine langgestreckte Gestalt. „Peter?“, flüsterte sie. „Peter?“ Natürlich erwartete sie nicht ernsthaft eine Antwort. Eine klitzekleine Reaktion würde schon reichen. Aber dafür musste sie noch etwas näher heran. Sie haben ihn abgedeckt wie einen Toten, schoss es ihr durch den Kopf, während sie sich dem Bett langsam näherte. Vielleicht schlief er ja. Vielleicht beobachtete er sie auch die ganze Zeit. Noch zwei, drei Schritte, leise, vorsichtig, dann stand sie direkt vor ihm. Das Leintuch ließ die perfekten Konturen seines Körpers erahnen. Ihr Blick tastete sich über seine reglose Gestalt, suchte seine Augen, seine schönen braunen Augen. „Peter?“ flüsterte sie. „Du bist ja wach!“ Peter reagierte nicht. Aber er wusste, dass sie hier war, und sie wusste, dass er das wusste. Er war nicht ohnmächtig oder so. Sie spürte das, und sie spürte noch mehr: Verzweiflung, Einsamkeit, Wut? All diese Gefühle prallten ungefiltert auf sie ein. Sie kannte ihn sehr gut. Sie war schließlich seine Verlobte. Sie beugte sich über ihn. Ihre langen blonden Haare fielen nach vorne und streichelten sanft Peters Gesicht.

Es war nicht Vladislavs Art, um Gnade zu betteln, und es hätte ihm auch nicht genützt. Er selbst hätte mit seinem Konkurrenten nicht anders verfahren. „Du wirst verstehen, dass mir keine andere Wahl bleibt“, hatte Vlad gesagt. „Ich will barmherzig sein, denn du bist kein Verbrecher und hast keinen qualvollen Tod verdient. Hab' keine Furcht! Ich weiß, dass der Scharfrichter sein Handwerk versteht.“

Das Urteil wurde am nächsten Morgen vollstreckt. Noch am selben Tag fanden sich zweihundert Männer in Tirgoviste ein, um Vlad III Dracula, dem neuen walachischen Fürsten, ihre

Aufwartung zu machen. Es erschienen hochrangige Vertreter aus Militär und Kirche, zudem etliche einflussreiche Kaufleute und Bojaren.

Vlad hatte sein Auge zufrieden durch den Saal schweifen lassen und sich mit einer bewegten Rede an die Anwesenden gewandt: „Ihr alle sollt es wissen und das ganze Volk wird es bald erfahren, dass eine neue Zeitrechnung begonnen hat. Unter meiner Regentschaft wird das Land zu Ruhm und ungeahnter Größe erblühen. Ich werde es mit meinem Blut gegen die Feinde des Christentums verteidigen. Falschheit, Faulheit, Untugend und Bestechlichkeit werde ich mit äußerster Härte bestrafen. Seid also gewarnt! Den Wohlstand der Gerechten will ich mehren, denn das Werk ihrer Hände ist heilig. Hingegen werde ich Bettler, Diebe und alle anderen, die keine Arbeit leisten, gnadenlos vernichten. Sie sind nicht mehr wert als Flöhe und Kakerlaken."

Atemlose Stille herrschte, während Vlad so sprach. Niemand zweifelte daran, dass der neue Fürst halten würde, was er versprach. Als Vlad Dracula seine Rede beendet hatte, verbeugten sich alle ohne Ausnahme. Etwaiger Widerspruch wurde sorgfältig verborgen.

Als Vlad sich erhob, hefteten sich alle Blicke auf ihn. Der Fürst war nicht groß, doch er strahlte eine Ehrfurcht gebietende Würde aus. Sein Blick aus grünen, von langen Wimpern umsäumten Augen war fordernd und hart. Wen er traf, der wich unwillkürlich zurück. Sein schmales Gesicht schien vor Zorn gerötet, der Hals war kurz, der Körper gedrungen und stark, das lange schwarze Haar von einer mit Rossschweif und Perlen verzierten Kappe bedeckt. Nun durchmaß der Fürst den Saal mit langen Schritten. Sein scharlachroter pelzverbrämter Mantel wäre auch eines Königs würdig gewesen.

*A*n eine Unterhaltung war nicht zu denken, denn sonst wäre Marian das Essen aus dem Gesicht gefallen. Essen und Sprechen schlossen sich gegenseitig aus. Andererseits brachen Cora und ihr Sohn heute mehrere Gesetze. Das erste Gesetz war: Mahlzeiten wurden am Esstisch, nicht am Couchtisch eingenommen. Das zweite Gesetz: Das Handy blieb beim Essen aus. Drittes Gesetz: Beim Fernsehen wurde nicht gegessen und umgekehrt auch nicht. Geguckt wurde ohnehin nur, was es durch Coras strenge Zensur geschafft hatte. Und der Film, den sie jetzt gerade sahen, hätte garantiert nicht dazugehört. Außerdem platzierte man Füße unter dem Tisch, nicht oben drauf. Ach ja, auch Pizza und Cola gab es normalerweise nicht. Nur zu Geburtstagen oder anderen besonderen Anlässen. Aber heute galt es, eine Atmosphäre zu schaffen, in der Marian sich wohlfühlte. In der er in Plauderlaune geriet. Jetzt war die Zeit gekommen, die Sache, die so lange zwischen ihnen gestanden hatte, aus der Welt zu schaffen. Marian hatte ihr Vertrauen empfindlich gestört. Sie musste wissen, was der Grund für sein Verhalten war. Andererseits wollte sie es auch nicht gleich wieder verschrecken, das gute Kind.

Das war noch völlig ahnungslos und freute sich vor allem über das leckere Essen. Raumschiffe schossen kreuz und quer über den Bildschirm, Laserschwerter durchteilten dies und das, während Marian krachend in seine Pizza biss. Es zischte, knallte, sprühte Funkenregen, als er die nächste Coladose öffnete. Was für ein Spektakel! Wrackteile flogen durch die Gegend, Feuerschauer rieselten herab, während Marian und Cora gemütlich auf dem Sofa saßen. So ging das bis kurz nach zehn, und Cora wäre trotz des ohrenbetäubenden Lärms um ein Haar eingeschlafen. Aber dann ertönte der orchestrale Schlussakkord, und schlagartig war sie wieder da. Marian schwang seine Beine vom Sofa und schickte sich an, den Ort des Geschehens zu verlassen. Cora pfiff ihn zurück. „Stopp!“ Marian blieb stehen.

„Bitte setz' dich nochmal! Ich möchte mit dir reden. Du kannst dir bestimmt denken, worum es geht."
Nein, das konnte er natürlich nicht.
„Du hast mir immer noch nicht erzählt, wo du in jener Nacht gewesen bist. Du wolltest nach der Schule zu Johannes, aber da warst du nicht, und du bist erst am nächsten Tag nach Hause gekommen. Klingelt was?"
Marian schwieg.
Cora wartete.
Marian richtete seinen Blick in die Ferne. Er hatte den verträumten Gesichtsausdruck aufgelegt, den Cora normalerweise hinreißend fand. Heute aber nicht. „Marian, ich möchte jetzt wissen, wo du gewesen bist. Warum hast du dich nicht gemeldet? Was ist an jenem Abend passiert?"
Das waren drei Fragen, aber Cora bekam keine einzige Antwort. Es war zum Verzweifeln.
„Marian! Ich bin vor Sorge fast durchgedreht. Ich bin sogar zur Polizei gerannt, um dich vermisst zu melden."
Marian zuckte gleichgültig mit den Achseln. Peinlich war es ihm also nicht. Oder?
„Mensch, Marian, ich habe mich doch sonst immer auf dich verlassen können. Was ist denn mit dir los?"

Keine Antwort. Die Spannung stieg. Der Blutdruck auch.
„Marian! Ich muss einfach wissen, was mit dir los ist. Ich bin schließlich deine Mutter!“
„Hast du deswegen das alles hier arrangiert?“ Marian beschrieb einen Bogen über dem Chaos aus Pizzakartons, Dosen und Sofakissen. Auf dem Bildschirm lief in rasender Geschwindigkeit der Abspann. Jetzt wurde Cora wütend. Sie wurde so wütend, dass sie Marian fast eine gescheuert hätte. „Freundchen, du sagst mir sofort, wo du gewesen bist! Mach den Mund auf, verdammt nochmal! Du kommst mir hier sonst nicht weg!“ Jetzt stand sie bedrohlich neben, nein über ihrem Sohn, denn sie war immer noch einen Kopf größer als er. Marian hatte so eine geballte Ladung mütterlicher Wut noch nie abbekommen und knickte tatsächlich ein. Er setzte sich hin. Cora blieb stehen. „Ich wollte wirklich zu Johannes“, begann Marian kleinlaut. „Aber er war nicht da. Dabei hatten wir uns fest verabredet.“
Dieser Teil der Geschichte stimmte vermutlich. Sie hatte Johannes ja auch nicht erreichen können. „Und weiter?“
„Ich habe auf ihn gewartet, keine Ahnung, wie lange. Als ich zurückwollte, war es plötzlich dunkel. Ich wollte auf dem schnellsten Weg nach Hause, und außen rum war es zu weit, und da bin ich ... *und dann bist du einfach durch den Park gelaufen? Ich habe dir doch tausendmal gesagt, dass du im Dunkeln nicht*

durch den Park gehen sollst... also durch den Park gegangen, und da habe ich dann… *Was denn? Nicht eine Sekunde daran gedacht, was ich dir gesagt habe? Meine ganzen Warnungen in den Wind geschlagen? Bist du wirklich so naiv?* ...gemerkt, dass mir schwindlig wurde, das ist mir noch nie passiert, und ich musste mich setzen, und kein Mensch hat mir geholfen, und dann... *O Gott!* ...sind alle an mir vorbeigelaufen, die dachten wohl, ich wäre besoffen oder so, aber dann kam doch einer, ein alter Mann, und der hat sich zu mir auf die Bank gesetzt und… O *Gott!* ...mit mir geredet und mir einen Schluck Wasser gegeben, und dann…weiß ich gar nichts mehr. *O Gott!* Ich habe keine Ahnung, was danach passiert ist. Ich habe überhaupt nichts mehr mitbekommen. Ich stand einfach irgendwann vor unserer Tür.“

Cora schüttelte heftig den Kopf.

„Ja, ich war einfach wieder hier. Alles andere ist einfach weg.

„Weg? Wie meinst du das?“

„Ich weiß es doch selber nicht!“ Marians Stimme zitterte leicht. Nein, er würde jetzt nicht anfangen zu heulen!

Vlad hatte Radu aus seinem Herzen verbannt. So sehr er ihn einst geliebt hatte, so sehr er sich gewünscht hatte, ihn dem Einfluss Murads und seines liebeshungrigen Sohnes zu

entziehen, so sehr verachtete er ihn jetzt. Radu hatte die falsche Entscheidung getroffen. Es war sein eigener, freier Wille gewesen. Er war jetzt ein Mann des Sultans und damit ein Feind des Christentums. Eines Tages würden sie sich auf dem Schlachtfeld begegnen und dann würde er ihn ohne zu zögern töten.

Doch noch war die Zeit nicht gekommen. Noch war es nicht möglich, einen offenen Kampf gegen die Ungläubigen zu führen. Zu mächtig war der Feind, zu unsicher die Allianz mit Ladislaus, dem ungarischen König. Vlad war klug. Er würde sich in Geduld üben. Er würde Wege finden, seine Macht und seinen Einfluss zu festigen.

Der Hausarzt fand nichts. Körperlich war also alles okay. Drogen oder so wurden auch nicht gefunden. Vielleicht war es dafür auch zu spät. Ein paar Tage später wurde sogar ein EEG veranlasst. Keine Auffälligkeiten. Was jetzt noch anstand, war ein CT des Kopfes, aber Cora ging davon aus, dass auch hier alles in Ordnung sein würde. War es auch. Gott sei Dank! Andererseits gab es immer noch keine Erklärung für Marians Aussetzer. Falls es überhaupt welche waren. Vielleicht log Marian ja auch. Jaja, auch diese Möglichkeit musste Cora in Betracht ziehen. Sie beobachtete ihren Sohn aufmerksam. Das Kind hatte Appetit, schlief gut, ging zur Schule, funktionierte sozusagen einwandfrei. Wenn da nicht diese rätselhafte Episode gewesen wäre! Cora bemühte sich, Marian ihr Misstrauen nicht spüren zu lassen. Sie gab sich lustig, spritzig, zugewandt. Trotzdem hatte sich Marians Verhalten ihr gegenüber verändert. Er war jetzt muffelig und einsilbig. Manchmal das Gegenteil davon. Sein Wortschatz hatte sich leider immens vergrößert. Alles in allem befand er sich im Kriegszustand, und man konnte gar nicht so schnell den Kopf einziehen, wie sich da was entlud. Marian war jetzt fast dreizehn. Das konnte natürlich so einiges erklären. Vielleicht sollte sie sich nicht zu viele Gedanken machen, sondern die Sache einfach aussitzen. Aber das ging nicht. Nicht für sie, die am liebsten in seine Seele gekrochen wäre. Aber, wenn sie ihm wirklich nicht helfen konnte, an wen sollte sie sich dann wenden?

Okay, heute passierte gar nichts mehr. Die Nacht senkte sich Stück für Stück herab und drückte schwer auf die Augenlider. Cora hätte mit dem Tag zufrieden sein können. Sie hatte nicht nur ihren pubertierenden Sohn halbwegs im Griff gehabt, sondern auch ihren ominösen Auftraggeber, dem es plötzlich nicht schnell genug gehen konnte. „Lassen Sie sich so viel Zeit, wie Sie brauchen“, hatte er seinerzeit gesagt. „Es drängt überhaupt nicht." Und nun plötzlich doch. Okay, das war jetzt fast ein halbes Jahr her.

Sie war Übersetzerin, nicht Schreibkraft. Sie hätte so einen Auftrag gar nicht annehmen müssen. Aber es hatte sie gereizt, sich durch diese spinnenartige Handschrift hindurchzuarbeiten. Naja, und dieser Doktor Balduin, diese seltsame Mischung aus emeritiertem Professor und Major a.D., hatte sie auch gereizt. Außerdem ist das leicht verdientes Geld, hatte sie gedacht, damit allerdings komplett falsch gelegen. Die Schwierigkeit lag nicht nur im Entziffern der Handschrift, sondern auch im Verdauen des Inhalts dieses *Werkes*. Was für ein krankes Hirn dachte sich denn sowas aus? Doktor Balduin hatte gesagt, er beziehe sich ausschließlich auf historische Quellen. Das machte die Sache allerdings auch nicht besser.

Erst wenige Wochen waren vergangen, als eine Abordnung der Ungläubigen in Tirgoviste erschien und eine Botschaft des Sultans überbrachte. Vlad willigte in die geforderten Tributzahlungen ein. Doch es war nicht sein Ziel, sich dauerhaft den Frieden zu erkaufen. Sollten sich die Ungläubigen in Sicherheit wiegen und glauben, in ihm einen unterwürfigen Vasallen zu haben. Sollten sie ihn unterschätzen, wusste Vlad

den neuen ungarischen König, Matthias Corvinus, auf seiner Seite.

*E*twas Bewegung, etwas frische Luft, das war's, was heute noch fehlte. Cora streifte sich eine Jacke über, zog die Wohnungstür hinter sich zu und stieg die Treppe hinab. Normalerweise lief sie um diese Zeit nicht mehr draußen rum. Sie war nicht ängstlich, aber was sie Marian die ganze Zeit predigte, beherzigte sie im Allgemeinen auch. Köln war keine Insel der Glückseligen. Viel Volk sozusagen. Aber der Ruf der Freiheit war zu verlockend, darum machte sie heute mal eine Ausnahme. Hier stand sie nun in der frischen Abendluft, nein, Nachtluft, und atmete tief durch. Sie kickte einen kleinen Stein durch die Gegend, der klimpernd und klackernd gegen die Bordsteinkante schlug. Das hier war die reale Welt. Das hier war echt. Nur die Gegenwart war echt. Alle anderen Dinge konnten sein, oder eben auch nicht. Sie hielt ihr Gesicht dem Himmel entgegen, saugte die kühle, frische Luft tief ein. Sie liebte das knirschende Geräusch, das ihre Schritte auf dem feuchten Pflaster machten. Sie lauschte dem Rauschen des Windes, der durch die dunklen Bäume fuhr. Die Straßen waren so herrlich still. Sie ging weiter, immer weiter, immer schneller, in ihrem eigenen Rhythmus. Sie freute sich über die Kraft, die in ihren Schritten steckte, in den weit ausholenden, federnden Schritten, die sie sonst wohin tragen konnten, wenn sie das nur wollte.

Vor ihr lag jetzt, wie in schwarze Watte gebettet, der kleine Park. Sollte sie drum herumlaufen? Oder ihre eigenen Ratschläge ignorieren und einfach mittendurch? Cora entschied sich für letztere Variante. Vielleicht war es Trotz. Der Versuch, dem vermeintlichen Schrecken die Macht zu nehmen. Das Schicksal herauszufordern. Dem Geschehen eine Dimension hinzuzufügen. Egal! Der Park war ihr zweites Zuhause! Der kleine Park in der Nachbarschaft, in dem sie so viele schöne Momente verbracht hatte: als Zahnspange tragende Schülerin, als verliebter Teenager, als Studentin mit einem Arsenal an Büchern, als junge Mutter mit Kinderwagen. Hier hatte Marian laufen gelernt. Fahrradfahren auch. Viele ihrer schönsten Erinnerungen verband sie mit dem Park, und das konnte ihr keiner nehmen!

Wieso sollte sie plötzlich Angst haben? Anders gesagt, warum flatterten plötzlich ihre Nerven? Okay, es war stockdunkel. Friedhofsstimmung. Schwarze Baumwipfel wie winkende Geisterhände. Flackerndes Laternenlicht und glitschige Wege, die im Nichts verschwanden. Aber in zehn, höchstens fünfzehn Minuten würde sie wieder gemütlich zu Hause sein.

Das Heer schob sich unablässig und erbarmungslos voran, wälzte sich durch die blühende Landschaft, zermalmte die Früchte der Felder, durchpflügte den weichen, fruchtbaren Boden, ließ ihn verwüstet und öde zurück. Ein Großteil der Ernte war vernichtet. Die Straßen würden für lange Zeit unpassierbar sein. Da die Kunde vom Nahen des Heeres rechtzeitig eingetroffen war, hatten sich die meisten Bewohner, allen voran die Frauen und Mädchen, in Sicherheit gebracht. Fluchtartig hatten sie ihre Häuser verlassen, mitgenommen, was immer sie tragen konnten, das Vieh in die Wälder getrieben und auch sich selber im Dickicht verborgen.

Vlad hatte das Heer zusammengestellt, um den aufsässigen Städten Siebenbürgens seinen Willen aufzuzwingen. Er würde den Widerstand der Siebenbürger Sachsen endgültig brechen und seinen Einfluss festigen. Wie Unkraut waren sie emporgeschossen, hatten den Handel an sich gerissen und alles daran gesetzt, seine Macht zu untergraben. Jetzt stellten sie sogar Gegenkandidaten auf. Hatten sie ihm nicht gerade erst

unbedingte Treue geschworen? Hatten sie nicht gerade erst seine Wahl unterstützt? Nun, sie würden es bitter bereuen, ihren Fürsten verraten zu haben.

Atemlos warteten die Menschen, bis das Klirren der Waffen und das Donnern der Hufe in der Ferne verhallt waren. Dann erst wagten sie sich aus ihren Verstecken, begutachteten die Schäden, schätzten ab, ob ihre Häuser ihnen noch Obdach boten, ob die vorhandenen Vorräte ihr Überleben sichern würden. Denn der Winter war nicht mehr fern.

Vlads Heer brach wie ein Rudel Wölfe über die Städte und Dörfer Siebenbürgens herein. Die Schreie der Überrumpelten mischten sich mit den johlenden Rufen der Soldaten, die mordend, plündernd und brandschatzend von Haus zu Haus gingen. Nur wenige Bewohner schafften es, dem Verderben zu entkommen. Nur Wenigen gelang die Flucht in die Wälder. Aber auch hier befanden sie sich nicht in Sicherheit, denn Vlad gab seinen Männern den Befehl, den Flüchtenden nachzusetzen und das dichte Unterholz, in dem sie sich verbargen, in Brand zu setzen.

Als Vlads Heer das Land geschändet zurückgelassen hatte, gab es niemanden mehr, der an der Entschlossenheit des neuen Herrschers zweifelte. Die Städte Siebenbürgens gaben ihren Widerstand auf und erklärten sich widerstrebend bereit, ihre Gegenkandidaten nicht weiter zu unterstützen.

*L*iz ließ den dicken Wälzer auf die Brust sinken. Uff, das war wirklich schwere Kost! Aber der Mensch brauchte auch mal was Herzhaftes. Er konnte nicht nur von Süßkram leben. Das war so wie mit der Unterhaltungsmusik im Radio: immer nur Rumtata, Trallala, davon wurde einem schlecht. Bei Peter gab es das sowieso nicht. Er hörte am liebsten Klavier und Fagott. So was in der Art. Und die Lektüre war so schwer, dass sich beinahe die Regalbretter bogen. Alles Oberflächliche war ihm zuwider. Hatte er hinter sich gelassen. Das waren Timms Worte, und wahrscheinlich hatte er damit Recht. Vielleicht hatte er sich auch über Peter lustig gemacht. Nun gut, auf den Musikgeschmack würden sie sich noch einigen müssen. Und auf das, was er da las. Aber das waren Nebensächlichkeiten. Gemeinsamkeiten gab es jedenfalls genug. Oh ja, da fielen ihr eine Menge aufregende Dinge ein!

Ob Peter auch über so was nachdachte? Nein, konnte er ja gar nicht. Im Moment jedenfalls nicht. Aber sie hatten ja noch die ganze Ewigkeit Zeit. Eine Ewigkeit wollte sie allerdings nicht mehr warten. Und Peter tat es überhaupt nicht gut, wochenlang nur so dazuliegen. Ihr musste also was einfallen! Sie musste was tun! Würde sie auch sofort, wenn sie nicht so erschöpft wäre. Diese Exkursion war verdammt anstrengend gewesen! Aber sobald sie sich ein wenig erholt hätte, würde sie sich wieder auf den Weg machen, den Drachen am Eingang überwältigen, das Labyrinth, in dem sie Peter versteckt hielten, auch, und dann sollte mal einer versuchen, sie aufzuhalten!

Cora zum Beispiel. „Was?!“, hatte die in den Hörer gebrüllt, „Timm hat dich gebeten, Peter zu besuchen? Was um Himmels Willen ist denn in den gefahren?“ Ja, hallo, wo war das Problem? Sie waren doch Freunde! Einer für alle, alle für einen. War doch normal. Aber für Cora offensichtlich nicht. Liz hatte ihr dann nur das Nötigste erzählt. Das mit der Verlobung jedenfalls nicht. Toll, da hatte man eine Freundin, traute sich aber nicht, ihr von seinem größten Glück zu erzählen. Okay, sie würde es ihr später sagen. Oder besser noch Timm. Oder Peter selber, haha, da würde Cora aber Augen machen! Peter! Peter! Sie sah sie wieder vor sich, die von einer dünnen Decke verhüllte, perfekte Gestalt. Das markante Gesicht. Die edle Nase. Die braunen Augen. Diesmal waren sie allerdings ganz kalt gewesen. Liz wollte nicht an diesen starren Blick denken. Sie wollte sich lieber daran erinnern, wie Peter früher gewesen war, viel früher. Sie gehörten zusammen, und alles war gut. Liz und Peter. Peter und Liz.

Im Geiste kuschelte sie sich an ihn. Peter, ach, Peter! Was für eine grandiose Zeit werden wir haben! Was für ein aufregendes Leben! Da! Weinte da nicht ein Baby? Da weinte ein Baby! Ein Baby in diesem Haus? Liz schaltete das Licht ein. Wenn es hell war, konnte sie sich besser konzentrieren. Sie lauschte in die Dunkelheit, in die Abenddämmerung, in die beginnende Nacht. Ein Baby im Haus, das wäre schön! Andererseits hatte sie sich das vielleicht nur eingebildet. Sie kannte sich ja, sie hatte zu viel Phantasie, sie träumte zu viel, und außerdem war sie müde. Da konnten einem die Nerven auch mal einen Streich spielen. Da, da, da war es wieder, und sie träumte nicht, sie war hellwach! Das Weinen kam von draußen, nein, von unten im Haus, sie würde gleich mal nachsehen. Liz tapste auf Socken zur Balkontür und trat hinaus. Die Straße war leer. Von einem Baby war nichts zu hören oder zu sehen. Liz machte die Tür wieder zu, nahm Peters schweres Buch zur Hand und legte es sich auf den Bauch. Dann nahm sie ein paar tiefe Atemzüge, genauso, wie man es ihr beigebracht hatte. Dabei zählte sie langsam rückwärts, spulte sich so runter. Da! Da war es wieder! Es war aber kein Weinen. Es war ein schrilles Kreischen. Liz sprang auf, vielleicht etwas zu schnell, denn plötzlich saß sie wieder auf der Sofakante. Ihr Sichtfeld zog sich wie eine Kameralinse zusammen. Das Baby! Das arme Baby! Was sollte sie jetzt tun? Im Moment gar nichts. In ihren Ohren fiepte es jetzt penetrant. Das tat es immer, wenn ihr Kreislauf versackte. Es hörte sich an, als ob ihr ständig eine Mücke um die Ohren flog. Das war unangenehm, aber lange nicht so unangenehm wie dieses Geschrei. Liz presste die Fäuste gegen die Ohren. Tausend Gedanken ratterten ihr durch den Kopf. Tausend Gedanken, aber sie fand keine Erklärung. Oder doch? Na klar, Frau Bremer, die Frau, die zwei Etagen tiefer wohnte, hatte Besuch. Vielleicht hatte sie ein Enkelkind. Mein Gott, warum war sie da nicht eher darauf gekommen? Jetzt ging es wieder. Liz stand auf und öffnete die Wohnungstür. Das Geschrei war deutlich zu hören, aber man hätte nicht sagen können, woher es kam. Liz stieg die Treppe hinab bis zu Frau Bremers Wohnungstür. Ein verstaubter Willkommenskranz empfing sie. Er schreckte Besucher eher ab, als dass er sie willkommen hieß. Hinter dieser Tür wohnte Frau Bremer. Eine unheimliche Frau, die inmitten unheimlicher Sachen lebte. Für ein Kind war das definitiv die falsche Umgebung! Aber von einem Kind war nichts mehr zu hören. Wahrscheinlich war es inzwischen eingeschlafen. Gut so! Liz drehte sich um und ging wieder nach oben, ganz leise, ganz vorsichtig, als ob sie das Kind mit einer unbedachten Bewegung wecken könnte. Mit jeder Stufe, die sie sich von Frau Bremers Wohnung entfernte, ging es ihr besser. Sie betrat ihr eigenes Reich und schloss sorgfältig hinter sich ab. Die Stille in ihrer Wohnung war erholsam, aber trotzdem bedrückend. Die Stille war wie ein neues Geräusch. Was sollte sie jetzt tun? Warten? Warum? Worauf? In dieser Situation hätte sie früher Cora angerufen. Sie hätten ein bisschen gequatscht, sie wäre auf andere Gedanken gekommen, und alles wäre wieder gut gewesen. Aber Cora behandelte sie immer, als sei sie bekloppt. Okay, vielleicht war sie das auch ein bisschen, aber ihre abfälligen Kommentare konnte sie sich trotzdem ersparen! Mit Ariane hätte sie sich jetzt gern unterhalten. Komisch, dass sie immer wieder an Ariane dachte. Es war wirklich schade, dass sie sie in der Fußgängerzone nicht erwischt hatte. Wer weiß, ob sie sich jemals wieder über den Weg laufen würden. Aber jetzt hatte sie Peter. Sie war verlobt! Und wenn Peter wieder gesund wäre, bräuchte sie keine anderen Freunde mehr. Sie bräuchte niemanden mehr. Sie bräuchte nur ihn.

Vlad war gewohnt zu bekommen, was er begehrte. Schon als er Constanza zum ersten Mal erblickt hatte, war er entschlossen gewesen, sie eines Tages zu besitzen. Constanza wusste, was von ihr erwartet wurde, als sie der Einladung des Fürsten folgte. Sie wusste auch, dass es gefährlich war, eine Bitte des Fürsten abzuschlagen. Constanza trug Stolz in ihrem Herzen. Sie zitterte nicht vor Scham und Furcht, als sie entblößt vor ihrem Fürsten stand. Sie senkte nicht beschämt den Blick, als seine Augen ihren Körper abtasteten. Sie wich nicht zurück, als er sich ihr fordernd näherte. Sie bat nicht um Schonung, als sein Atem ihre Haut verbrannte. Als er sie vollends in Besitz nahm, verwandelte sie sich in ein schnurrendes, weiches Kätzchen. Sie gab ihm Leib und Seele hin. Sie gehörte jetzt ihm.

Wenn man ein Kind erzog, noch dazu allein, freute man sich über jeden Tag, an dem mal *nichts* passierte. Heute war so ein Tag. Jedenfalls war es kein Tag für Pädagogik, Konfrontation und Tacheles. Auch nicht der Tag, um weitreichende Entscheidungen zu treffen. Schon gar nicht über Marians Kopf hinweg. Heute war Marian halbwegs friedlich gestimmt, und das fühlte sich an wie eine laue Brise im April. Wenn ihr Herr Sohn heute irgendwelche Wünsche geäußert hätte, hätte sie ihm die vermutlich erfüllt. Sie wäre mit ihm sonst wohin gefahren, hätte mit ihm die blödesten

Filme geguckt oder das langweiligste Fußballspiel, wäre mit ihm die steilsten Gipfel rauf- und runtergeradelt oder was auch immer. Aber Marian zeigte kein Interesse an irgendwas. Allerdings verspürte er auch nicht den Drang, sein Umfeld zu vergiften oder der mütterlichen Fürsorge zu entfliehen. Das war doch schon mal was!

Marian war der Meinung, er brauche viel Zeit für sich. Weil ihn alles nerve. Weil ihm alles zu viel sei. Weil man ihn nie in Ruhe ließe. Genau das hatte er gesagt. Er hatte noch ganz andere Dinge gesagt. Vielleicht wäre es besser gewesen, er hätte weiterhin geschwiegen, hatte Cora ketzerisch gedacht, sich dann aber doch gefreut, dass der schlummernde Vulkan ab und zu erwachte. Da musste sie durch.

Es stimmte ja: Sie hatte sich neulich bei Nacht und Nebel aus dem Haus geschlichen. Sie hatte ihre eigenen Grundsätze über den Haufen geworfen, sich nicht abgemeldet und einfach aus dem Staub gemacht. Wie konnte sie dann von ihrem Sohn ständigen Rapport erwarten? Sie hatte nicht darüber nachgedacht, dass der vielleicht aufwachen, nach seiner Mutter verlangen und sich Sorgen machen würde. Der große, kleine Junge! Gut, dass sie ihm nicht gebeichtet hatte, dass sie mitten in der Nacht durch den Park gelaufen war, einfach so. Wenn Marian das wüsste, hätte sie jegliche Glaubwürdigkeit verloren. Wenn sie ihm dann auch noch erzählt hätte, dass ihr ein schwarz gekleideter Mann begegnet war, eine Figur, die einfach aus den Nebeln aufgetaucht war, wahrscheinlich derselbe Mann, den sie immer wieder vom Fenster aus beobachtete, wie der die nächtlichen Straßen rauf und runterschlich wie ein Gespenst, oje, dann wäre es ganz aus gewesen. Damit musste sie erstmal selber klarkommen!

Also gut, sie hatte einen Fehler gemacht und sich dafür entschuldigt. Das war doch eine gute Basis für vertrauensvolle Gespräche, oder etwa nicht? Nein, das fand Marian ganz und gar nicht. Er überschüttete seine Mutter mit einer ganzen Litanei aus Vorwürfen. Das Wichtigste, was sie aus der leidenschaftlich vorgetragenen Anklage heraushörte, war, dass Marian Angst hatte. Vor was genau, sagte er natürlich nicht.
Jetzt hatten sie also beide ein Geheimnis, und dabei hätte man es bewenden lassen können. Marian würde aus der Sache irgendwann herauswachsen und sie, als geläuterte Mutter, würde aufhören, in seiner Seele herumzustochern. Das war der Plan!

Tage und Wochen vergingen in relativer Normalität. Cora konzentrierte sich auf ihre Arbeit und dachte nicht weiter über ungelöste Rätsel nach. Marian tat sein Bestes in der Schule. Er

ging pünktlich hin, lieferte ab und kam zuverlässig wieder. Wenn er zu Hause war, aß er was, muffelte ein bisschen und zog sich in sein Zimmer zurück. Da blieb er dann bis zum Abendessen. Cora ließ ihn gewähren. Wenigstens trieb er sich nicht draußen mit irgendwelchen Leuten rum. Sie bekam ihn
kaum zu Gesicht, aber wenigstens zu den Mahlzeiten bestand sie auf seiner geschätzten Gegenwart. Marian musste sich dann ihren zunehmend dringlicher werdenden Fragen stellen. Es ging aber nicht mehr um das ungelöste Problem seiner nächtlichen Abwesenheit. Dieses Thema hatte sie längst abgehakt. Etwas anderes machte ihr Sorgen: Marian litt plötzlich an partieller Blindheit, das hieß, seine Mutter war für ihn unsichtbar. Sie schaffte es nur noch mit der Gewalt ihrer Stimme, auf sich aufmerksam zu machen. Marian war nicht etwa aufsässig. Er stritt nicht, stritt auch nichts ab, sein gelangweilter Körper lag oder saß einfach da. Was, um alle Welt, sollte sie tun? Selbst wenn sie und Marian sich direkt gegenübersaßen, zwischen sich diverse Köstlichkeiten wie Pizza, Burger, Pasta, was auch immer, und sie ihn fragte: „Schmeckt's dir?“ kam bestenfalls ein Kopfnicken. „War was in der Schule?“ Achselzucken. „Hast du heute noch was vor?“ Achselzucken. Cora fürchtete immer, was Falsches zu fragen, was Falsches zu sagen oder zu wenig oder zu viel, also

schwieg sie meistens auch. Dabei linste sie über den Rand ihrer Brille, die sie strenger aussehen ließ, als sie war. Blass sah er aus, ihr Junge. Es ging ihm nicht gut. Wo waren eigentlich seine Freunde? Bastian zum Beispiel. Oder Johannes. Der könnte sich doch wenigstens ab und zu mal melden. Marian verdrehte die Augen. Was mischte sich seine Mutter auch immer wieder in seine Angelegenheiten ein? Als Cora das nächste Mal den Versuch unternahm, ihren Sohn in ein Gespräch zu ziehen, stand der einfach auf und ging. Am liebsten hätte sie ihm hinterher gebrüllt, ihn gepackt und geschüttelt und gerüttelt bis, bis irgendwas rauskam. Stattdessen wartete sie, bis sich Marians Schritte entfernt hatten. Dann war wieder alles still. Coras Blicke blieben wie Amors Pfeile vibrierend in der Zimmerdecke stecken.

Vlads Interesse an ihr war schnell erloschen. Weder ihr schönes Antlitz noch ihr geschmeidiger Körper waren genug, um seine Begierde erneut zu entfachen. Constanza konnte das nicht verstehen. Sie hatte den süßen Worten des Fürsten geglaubt. Sie hatte der Sprache seines Körpers vertraut, die kraftvoll und eindeutig gewesen war. Endlose Stunden saß sie am Fenster und wartete auf die Rückkehr des Geliebten. Die laute Geschäftigkeit der Menschen, ihr sinnloses, sorgloses Treiben bereiteten ihr nur mehr Qual. Trost fand sie allein in der Stille der Nacht.

Sehnsüchtig folgte sie der Bahn des Mondes, dessen fahle Finger auch das Antlitz des Geliebten liebkosten. Constanza strich lächelnd über ihren Leib. Sie trug Vlads Kind unter dem Herzen, und auch sie würde eines Tages voll und schön vor ihm stehen. Wie sanft der Wind mit ihren Locken spielte! Wie vorwitzig die Sterne am Himmelszelt funkelten! Morgen würde sie sich ein Herz fassen. Morgen sollte Vlad erfahren, dass sie, Constanza, dazu ausersehen war, ihm seinen ersten Sohn zu schenken.

Als sie am nächsten Morgen vor die Leibwache des Fürsten trat, wurde sie unsanft zurückgestoßen. Wie konnte diese Frau es wagen, sich dem Fürsten unaufgefordert zu nähern? Sie sollte nicht zetern und weinen, sondern dankbar sein, dass sie sie zurückhielten. Ihr Leben wäre sonst verwirkt!

Doch Constanzas verzweifelte Rufe blieben nicht ungehört. Schließlich öffnete sich ein Weg vor ihr, der Weg, der sie zu dem hohen Sitz führte, auf dem der Fürst Platz genommen hatte. Etliche Ratsuchende und Bittsteller warteten auf eine Unterredung, und sie, Constanza, war die letzte von ihnen. Der Fürst winkte sie dennoch vor. „Was willst du?“, fragte er mit

harter Stimme. „Mein Fürst", begann Constanza voller Zuversicht, „möge Gott der Allmächtige ..." „Was willst du?", wiederholte der Fürst. Constanza fuhr zusammen. Hatte er sie doch nicht erkannt? Nein, das war unmöglich. „Ich bringe gute Nachricht, mein Herr." Constanza sah lächelnd an sich hinab und legte behutsam eine Hand auf ihren Leib. Dabei umspielte ein Lächeln ihre Lippen. Oh, er würde sich freuen! Jeder Fürst, jeder Herrscher, war stolz, viele Söhne zu haben. Und sie, Constanza, würde ihm sein erstes Kind schenken! Sie sah strahlend zu ihm auf. In ihren Augen glitzerte die Mittagssonne. Doch wie entsetzt war sie über Vlads Mienenspiel. Wut, Abscheu, Hass spiegelten sich darin. Constanza prallte zurück, als habe er sie geschlagen. „Du trägst mein Kind unter dem Herzen?" Vlad lächelte sie an. „Das kann ich nicht glauben. Doch wir werden gleich sehen, ob du die Wahrheit sprichst." Er nickte einem Wachsoldaten zu, der Constanza mit eisernem Griff packte und zu Boden zog. Ein weiteres Nicken des Fürsten, und der Mann setzte seinen Dolch auf ihre Brust und riss ihn ihr durch den Leib. Vlad erhob sich. Er trat hinzu und betrachtete den geschundenen, sterbenden Körper aufmerksam. Schließlich wandte er sich zum Gehen und bedeutete seinen Männern, den Leichnam zu beseitigen.

*L*iz ließ ihre Blicke durch das lichtblau getünchte Zimmer schweifen, in dem sie sich am liebsten aufhielt. Bloß keine grellen Farben, nicht zu viele Gegenstände, nichts, was ihr geschwächtes Gemüt überfordern konnte. Diese Erkenntnis hatte sie aus der Klinik mitgebracht. Dort hatte man darauf geachtet, die Patienten nicht zu vielen Reizen auszusetzen. Bei Peter übertrieben sie es allerdings. In seinem Zimmer war rein gar nichts. Warum hielten sie ihn dort gefangen wie ein wildes Tier? Genau! Warum hatten sie nicht gleich die Fenster vergittert? Eins war sicher: Wenn sie ihn so sich selbst überließen, also, wenn er gar keine Ansprache hätte, wenn er nur so im Leeren dahinvegetierte, dann würde er garantiert nie wieder gesund. Aber jetzt war sie ja für ihn da! Sie würde ihn heute und morgen und noch ganz oft besuchen, und er würde das bekommen, was er am meisten brauchte: Liebe.

Liz packte sich warm ein und lief los. Es war ein so schöner Tag! Die strahlende Sonne, der kristallklare Himmel, der knackig kalte Wind, der Schnee, der in Pulverschleiern von den Zweigen wehte! Die Welt hatte sich in eine Zauberwelt verwandelt. Sie freute sich auf die Zugfahrt. In drei Stunden würde sie bei Peter sein und ihm ganz genau berichten, was sie gesehen hatte. Er musste wissen, wie schön die Welt hier draußen war. Dann strengte er sich vielleicht an und nahm wieder am Leben teil. Ach, der Winter war eine so herrliche Jahreszeit! Den Sommer mochte sie auch, aber nicht ganz so gerne. Im Winter konnte man sich verstecken, im Sommer nicht. Da wurde alles offenbar. Im Winter war alles gedämpft und still, und im Sommer war alles laut und bunt. „Du kannst dich aber nicht immer verstecken!“, hatte Peter gesagt. Ach Peter! Was tust du denn jetzt? Sieh mal, die Welt ist so schön! Alles ist schön. Zum Beispiel der schlanke Baum da draußen, und wie der vom Fenster eingerahmt wird und, schwupps, schon vorbei. Es war eine Birke, weißt du? Birken sind meine absoluten Lieblingsbäume. Sie sind so zart und biegsam wie eine Tänzerin. Ich wäre gerne Tänzerin geworden. Weiden mag ich übrigens auch, denn die tanzen genauso schön, vor allem die Trauerweiden, obwohl mich der Name stört. Trauerweiden haben Zweige und Blätter wie Engelshaar. Sie verströmen sich in alle Richtungen, genau wie ein Fluss sich verströmt, jeder einzelne Tropfen, und wie ein Mensch sich verströmt, der liebt und nicht weiß, wohin mit sich. Ach, Peter! Ich hätte dich längst besuchen sollen. Aber du kennst mich ja. Du weißt ja, wie schwer mir manche Dinge fallen. Dein Antlitz ist bezaubernd schön! Ganz blöder Text. Peters Gesicht sah bestimmt gar nicht mehr schön aus. Sie würde es streicheln, bis es ihm wieder ähnlichsah.

Als Liz Peters Krankenzimmer betrat, lag der da wie eine perfekt modellierte Marmorfigur. Kein Bogen, keine Linie hätte anders gestaltet sein dürfen. Er war so schön, dass Liz am liebsten ohnmächtig geworden wäre. So viel Schönheit war schwer zu ertragen. Sie streckte vorsichtig die Hand aus und berührte Peters Wange. Sie war eiskalt. Liz zuckte zurück. Sie wusste nicht, wie eine Leiche sich anfühlte, aber bestimmt ganz genau so! Liz zog die Bettdecke höher, bis sie seine Brust, seinen Hals und sein Kinn bedeckte. Den Mund ließ sie frei, denn hierhin wollte sie Peter küssen. Sie beugte sich über ihn, doch plötzlich fuhr ihr ein eisiger Windstoß ins Gesicht. Was war das denn gewesen? Das kam nicht von der Winterkälte, die sie mitgebracht hatte, nein, das war die Kälte, die von Peters Körper abstrahlte. Als sei er eine Marmorstatue und kein richtiger Mensch aus Fleisch und Blut. Vielleicht war er auch längst tot.

Als Liz aus dem Zimmer stürmte, hätte sie fast zwei Schwestern umgerannt. Der Geschirrwagen, an dem diese gerade hantiert hatten, schepperte laut und geriet ins Wanken. Die Schwestern sahen ihr kopfschüttelnd nach. Liz schaute sich nicht um und rannte nur, rannte, so schnell sie konnte, vorbei an Rollstühlen, Krankentragen, kranken Leuten, weg von dem ganzen kranken

Zeug und erreichte endlich die Tür. Dabei spürte sie Peters starren Blick die ganze Zeit. Obwohl seine Augen kalt und leblos waren, schienen sie ein Loch in ihren Rücken zu brennen. Liz rannte durch die endlosen, sich ewig verzweigenden Gänge, entwand sich den Krakenarmen des Krankenhauses und landete irgendwann wieder draußen an der kalten, frischen Luft. Inzwischen wurde es dunkel. Liz fühlte sich immer noch nicht sicher und rannte weiter, stolperte durch die Straßen und klammerte sich schließlich an eine Straßenlaterne. Als das Licht plötzlich aufflammte, als Liz plötzlich mitten im gleißenden Lichtkegel stand, wäre ihr vor Schreck fast das Herz stehengeblieben.

Irgendwie kam sie nach Hause, wo sie ein hektisch blinkender Anrufbeantworter erwartete. Er starrte sie aus roten Augen an. Wo bist du so lange gewesen? Warum hast du das getan? Liz presste sich an den Türrahmen, den Schlüssel immer noch fest in der Hand. Bildete sie sich das nur ein, oder pulsierten die Augen? Wurden sie größer und wieder kleiner? Das Telefon klingelte. Coras Stimme durchdrang den Raum. „Liz! Wo bist du die ganze Zeit gewesen? Was hast du getan?“ Vorwürfe, nichts als Vorwürfe. Sie konnte das nicht mehr ertragen. Sie würde sich das nicht mehr anhören. Klack. Cora hatte aufgelegt. Das rote Auge blinkte immer noch, es hörte einfach nicht auf. Liz warf ihren

Mantel darüber. Dann drosch sie mit beiden Fäusten auf ihn ein. Dann ging sie ins Bad und zog sich aus. Dann legte sie sich in die Wanne und wartete darauf, dass das warme Wasser sie bedeckte.
„Liz? Verdammt nochmal, Liz! Warum gehst du nicht dran?“ Liz schnappte nach Luft. Es hörte sich an, als stünde Cora in der Tür. „Timm hat mir erzählt, dass du Peter wieder besucht hast? Stimmt das?“ Vorwürfe, nichts als Vorwürfe. Sie ertrug das nicht mehr! Aber Cora gab und gab keine Ruhe. Schließlich griff Liz zum Hörer. “Hallo?“
„Da bist du ja endlich!“ rief Cora. „Du erzählt mir sofort, was passiert ist! Alles und von Anfang an!“
„Ich glaube, Peter ist tot.“
„Waas?“
„Er ist tot und keiner hat das gemerkt.“
„Blödsinn! Nein!“
„Er hat mir die ganze Zeit hinterhergestarrt, Cora! Ich konnte es spüren!“
„Na, was denn jetzt?“
„Seine Haut ist eiskalt gewesen.“
Cora schien nachzudenken. „Liz, tu mir den Gefallen und geh’ da nie wieder hin!“, sagte sie. Ihre Stimme klang jetzt gar nicht mehr schrill. Sie klang plötzlich sanft. „Du machst dich damit nur selber

fertig, Liz. Peter ist in guten Händen, und die kümmern sich da ausgezeichnet um ihn.“

Woher wollte Cora das denn wissen? „Nein!”, rief Liz. “Ich bin Peters Verlobte! Ich werde ihn niemals im Stich lassen!“

Genau genommen hatte sie gerade das heute getan, oder nicht? Liz schluchzte auf. Dass Cora genervt die Augen verdrehte, konnte sie zum Glück nicht sehen. „Also, was hat er denn nun genau? Oder rätseln die immer noch rum?“

“Keine Ahnung!” Liz schluchzte noch immer.

“Okay, Liz, lass gut sein! Am besten, wir sehen noch etwas fern und gehen dann ins Bett. Gute Nacht! Und melde dich mal wieder, ja?” Cora legte auf. Wahrscheinlich, dachte sie, würde Liz Peters Diagnose sowieso nicht verstehen. Wäre wohl besser gewesen, sie hätte sich selbst als seine Verlobte vorgestellt. Arme Liz!

Glaubte der Sultan, Vlad habe sich in die Rolle des Vasallen gefügt? Dachte er tatsächlich, der walachische Fürst würde die ständig steigenden Tributforderungen widerspruchslos hinnehmen? Besaß Mehmet wirklich zu wenig Verstand, um Vlads Provokationen als solche zu erkennen?

Nichts anderes nämlich war die Lektion gewesen, die Vlad den drei Gesandten des Sultans kürzlich erteilt hatte. Jedenfalls würde kein Ungläubiger es jetzt noch wagen, vor den Fürsten zu

treten, ohne sein Haupt zu entblößen. Wenn es ihre Sitte sei, die Turbane niemals abzunehmen, so hatte Vlad gesprochen, dann wolle er ihnen gerne behilflich sein. Mehrere in die Schädel geschlagene Nägel sollten fortan für den sichereren Sitz ihrer Kopfbedeckungen sorgen.

Mehmet hatte daraufhin Katabolino, seinen Sekretär, zu Vlad geschickt. Der Sultan sei so großmütig, ihm diese anmaßende Tat zu verzeihen, sagte er, und überreichte Vlad eine Auflistung der Bedingungen, die er damit verknüpfte. Doch Vlad ließ sich nicht erniedrigen. Er würde dem Sultan weder Geld noch Sklaven überlassen. Und er würde auch nicht der freundlichen Einladung des Sultans folgen. Doch er war selbstverständlich bereit, Katabolino, seinen Freund, bis zur Grenze zu begleiten und für seinen Schutz zu sorgen. „Das bin ich dir schuldig", sagte Vlad zu Katabolino und legte ihm den Arm um die Schultern. „Schließlich kennen wir uns schon seit Kindertagen. Wir haben uns gewiss viel zu erzählen."
„Du solltest mich bis zum Lager begleiten", meinte Katabolino daraufhin. „Du kennst die Türken. Wenn du ihnen schmeichelst, schenken sie dir ihr Herz. Auch Hamza, der Hauptmann, ist empfänglich für schöne Worte."

Vlad stimmte dem zu. „Das ist weise gesprochen, Katabolino. Wie unschätzbar wertvoll ist es doch, einen so treuen Freund zu haben. Schon damals, als wir Gefangene des Sultans waren, hätte ich dir mein Leben anvertraut!“
Katabolino errötete leicht. „Mein Fürst“, sprach er, „ich danke dem Allmächtigen, dass er das Schicksal dieses Landes in deine Hände gegeben hat. Ich sehne den Tag herbei, an dem ich zurückkehren kann. Möge dir der Herr zum Sieg verhelfen!“
„Es ist nicht mein Wunsch, gegen den Sultan zu kämpfen, Katabolino. Nur ein Wahnsinniger würde sich dieser Übermacht stellen.“
Katabolino sah Vlad erstaunt an, sagte aber nichts.
„Ich weiß, dass der Sultan seine Forderungen überdenken wird, wenn er meinen guten Willen erkennt. Das allein ist der Grund, warum ich dich bis zum Lager begleiten werde.“
Katabolino nickte.
„Außerdem weiß ich, wie sehr sich die Türken durch Stärke beeindrucken lassen“, sagte Vlad. „Daher werde ich einige bewaffnete Männer mitnehmen. Schließlich wollen wir den tapferen Hamza nicht beleidigen.“
„Das ist eine weise Entscheidung, mein Fürst.“

Katabolino ließ dem türkischen Hauptmann umgehend eine Nachricht übermitteln. Er empfahl ihm dringend, den geplanten Hinterhalt aufzugeben.

Hamza jedoch fürchtete den Zorn des Sultans mehr als eine Handvoll walachischer Soldaten und entschloss sich, den Angriff dennoch durchzuführen. Er musste jedoch erkennen, dass seine Lage aussichtslos war. Der Hinterhalt, der ihm zu Ruhm und Ehre hätte verhelfen sollen, endete als schmachvolle Niederlage. Die Männer, die nicht sofort den Tod fanden, suchten Schutz in den dichten Wäldern. Doch es gab kein Entrinnen. Vlad trieb die Flüchtenden wie ein Rudel Hirsche vor sich her und schnitt ihnen den Weg ab.

Zweitausendfünfhundert Akindschis fielen ihm so in die Hände. Mit ihnen Hamza, der stolze Hauptmann.
Vlad schritt die Reihen der Gefangenen mit einem zufriedenen Lächeln ab und blieb vor Katabolino stehen. „Wie bedauerlich, dass du deinem Sultan nicht persönlich Mitteilung machen kannst“, sagte Vlad. „Ein anderer ...”, er zeigte auf einen Jüngling, der mit angstgeweiteten Augen etwas abseits stand, “... wird seinem Herrn berichten müssen, was jetzt geschieht. Dann

wandte er sich an mehrere kräftige Männer, die beharrlich zu Boden starrten. „Es gibt genügend geeignete Bäume hier. Genug für einen jeden von euch. Fangt also an!“

Bereitwillig verteilte Tritte und Hiebe verliehen Vlads Worten Nachdruck, und so wurde Baum um Baum gefällt, bis ein ganzer Stapel glatter, schlanker Stämme aufgehäuft war und die Männer schwitzend vor Erschöpfung und Angst zu Boden sanken. „Ihr habt genug getan“, sagte Vlad. „Ihr sollt nicht länger leiden. Ich werde also mit euch beginnen, und eure Brüder hier werden die Vollstrecker sein!“
Sechs weiteren Männern wurden die Fesseln gelöst. Sie weigerten sich jedoch aufzustehen und ließen sich nur durch Fußtritte und Lanzenstiche antreiben. Vlad gebot diesem Treiben Einhalt. „Haltet ein!“, rief er und erhob die Hand. „Es gefällt mir, dass ihr so standhaft seid, denn Freundschaft und Treue sind ein kostbares Gut. Falls ihr mir dennoch den Dienst erweist, eure Brüder zu richten, werde ich mich dafür erkenntlich zeigen. Ich werde euch eure Leben schenken.“

Er brauchte keine weiteren Worte. Das Schauspiel konnte beginnen.

Katabolino musste mehrfach durch Schläge zur Besinnung gebracht werden. Er sollte sehen und lernen, dass niemand Vlad ungestraft hintergehen würde. Die grässlichen Schreie, die zuckenden, sich in Qualen windenden Leiber, der Anblick der hervorquellenden Eingeweide, der unbeschreibliche Gestank, all das war so entsetzlich, dass selbst Vlads Soldaten ihren Abscheu kaum verbergen konnten. Doch sie waren vorsichtig. Der Fürst duldete keinen Schwächling in seiner Nähe.

Ein Mann nach dem anderen wurde entblößt und auf die Knie gedrückt. Dann wurde er von kräftigen Händen niedergehalten, während ihm die abgerundete, eingefettete Spitze eines schlanken Stammes mit Hammerschlägen in den Anus getrieben wurde. Danach wurde der Pfahl an Seilen aufgerichtet, und der Körper sank Zentimeter um Zentimeter hinab. Stunden, manchmal auch Tage konnten vergehen, bis der Pfahl etwa in Schulterhöhe wieder aus dem Körper trat. Stunden, manchmal Tage konnte es dauern, bis das gequälte Opfer verschied.

Bald erstreckte sich ein ganzer Wald von Gepfählten vor den Augen der Betrachter, denn die Qual wiederholte sich hundertfach. Als sich schließlich die Sonne blutrot über den

Himmel ergoss, befahl Vlad seinen Männern, ein Lager zu errichten. Für heute war es genug. Die restlichen Gefangenen würden am morgigen Tag das Schicksal ihrer Gefährten teilen und jedem vor Augen führen, dass der Fürst der Walachei zu keinem feigen Handel bereit war.
Satt und zufrieden ließ sich Vlad auf sein Lager sinken.

Der Wald der Gepfählten dehnte sich bald bis vor die Tore Tirgovistes aus. Als sich auch der letzte Gefangene im Todeskampf befand, ließ Vlad den türkischen Jüngling holen und ihm Nase und Ohren abschneiden. Dann schickte er ihn zum Sultan. Er sollte berichten, was er gesehen hatte und was die Ungläubigen erwartete, wenn sie es wagten, ein christliches Land zu bedrohen. Dann begab er sich zu einer nahegelegenen Kapelle. Er sank auf die Knie, schlug die Hände vor die Brust und senkte sein Haupt.

Was war ein Volk ohne einen Führer, der das Herz und den Verstand besaß, um für den wahren Glauben zu kämpfen? Ohne einen Mann, der die Freiheit seines Landes und den Namen des Allmächtigen wie ein Löwe verteidigte? Der kein Opfer scheute und dessen Name allein seine Feinde vor Furcht erzittern ließ? Das gemeine Volk bestand aus Dummköpfen. Der Bauer würde jedem Herrn dienen, solange sein Bauch gefüllt war. Und die Kaufleute, diese Halsabschneider, verstanden es nur, sich eigene Vorteile zu verschaffen. Sie würden ihre Seele verpfänden, wenn sie sich davon einen Gewinn versprächen. Hatten sie nicht sogar mit den Türken Handel getrieben und ihnen Waffen und Munition verkauft? Und die Bojaren, diese fetten Säcke, saßen faul und feist auf ihren Gütern, mehrten Macht und Einfluss und rührten selbst keinen Finger. Jetzt besaßen sie auch noch die Frechheit, gegen ihn, ihren Fürsten, zu intrigieren. Pah! Das Land brauchte eine feste Hand! Nur ein unerschrockener Herrscher war in der Lage, dieses Land aus dem Sumpf von Korruption und Verrat, Armut und Verbrechen, Laster und Unkeuschheit zu befreien. Nur ein Mann, der sich der Gunst Gottes sicher war, und der den Teufel nicht scheute. Was zählte da das Schicksal des Einzelnen? Was war ein Menschenleben in Anbetracht dieses hehren Ziels? Der einzige Richter, dem es sich zu beugen galt, war Gott, der Allmächtige. Um seinen Namen zu ehren, war er, Vlad Dracula, für jedes Opfer bereit!

*L*eider hatte sich auch nach Wochen die Lage nicht verbessert. Peter lag nach wie vor im Krankenhaus. Liz drehte wie immer am Rad, Timm meldete sich nicht mehr, und hier in Köln ging alles drunter und drüber. Zu Coras vielfältigen Problemen – Doktor Balduins nachwachsende Loseblattsammlung, der Druck, den er machte, das kränkelnde Auto, das missgünstige Finanzamt – kam die beständige Sorge um Marian. Die stellte natürlich alle anderen Probleme in den Schatten. Nicht, dass er rumschrie oder Sachen durch die Gegend schmiss, rauchte, kiffte oder soff, nein, nein, so schlimm war es nun auch wieder nicht. Und, mein Gott, er war jetzt dreizehn Jahre alt! Ihr niedlicher Welpe wurde langsam erwachsen. Was erwartete sie eigentlich? Einen halbwegs zivilisierten Umgang zum Beispiel. Sie wohnten schließlich unter einem Dach. Sie ließ ihn ja schon in Ruhe, so gut es ging, aber wenigstens einmal am Tag erwartete sie ein kurzes Feedback, ein Kopfnicken, ein Lächeln. War das denn zu viel verlangt?

Und da sie schon vor Wochen am selben Punkt gewesen war, und da sie sich absolut keinen Rat mehr musste, musste jetzt ein Fachmann ran. Oder eine Fachfrau. Hauptsache, niemand vom Jugendamt.

Angefangen hatte alles mit dieser ominösen Nacht, in der Marian wer weiß was erlebt hatte. Das lag alles sehr tief. Da kam nur ein Psychologe dran. Der erste Schritt war natürlich ein Anruf bei ihrer Krankenkasse. Man mailte ihr eine ellenlange Liste zu, die sie in stundenlanger Fleißarbeit abarbeitete. Entweder sie bekam gar keinen ans Telefon, oder es rief keiner zurück, oder es gab keine freien Termine, zumindest nicht in den nächsten hundert Jahren, oder es passte aus anderen Gründen nicht. Manche Therapeuten waren ihr schon aus der Ferne so unsympathisch, dass sie dankend ablehnte. Als sie alle Kandidaten durchhatte und kurz vorm Verzweifeln war, weil ihr und ihrem Sohn absolut keiner helfen konnte, kramte sie besagte Liste noch einmal aus dem Papierkorb hervor. Einen Namen hatte sie rot umrandet. Warum, wusste sie selbst nicht mehr.

Es herrschte geschäftiges Treiben in den Straßen der Stadt. Da waren Frauen und Mädchen mit weiten Röcken und bunten Tüchern, die sich lachend durch die Gassen schoben, Kinder, die Bällen hinterherjagten, Handwerker mit schwerem Arbeitsgerät und Reiter mit glänzenden Sporen und klirrenden Waffen. Es gab Ochsenkarren und Pferdefuhrwerke, Marktschreier und allerlei Volk. Niemand erkannte ihn. Der Fürst hatte sich einen erdfarbenen Mantel übergeworfen und sein langes Haar unter einem Filzhut verborgen. Auch sein Schuhwerk unterschied sich nicht von dem eines gewöhnlichen Mannes. Trotzdem vermied er es, den Menschen unverwandt in die Augen zu schauen.

Vermutlich hätte ihn sein Blick verraten. Es war wichtig, dass die Leute sich völlig unbefangen gaben, denn nur so konnte er sich Kenntnis verschaffen über die Verhältnisse in seinem eigenen Land.

Seit einigen Monaten hatte er es sich zur Gewohnheit gemacht, Städte und Dörfer unerkannt zu bereisen. Der Erfolg seiner drastischen Maßnahmen war nicht ausgeblieben. Es gab tatsächlich kaum noch Bettler in den Straßen, und da, wo sich früher die Krüppel und anderes Lumpenpack getummelt hatten - vor den Kirchen etwa oder an den Brunnen –, fand sich niemand mehr, dessen Anblick ihn beleidigte. Kein Mann, keine Frau, kein Kind hätte es gewagt, um ein Almosen zu bitten. Wer jetzt eine Münze fallen ließ, würde sie noch eine Woche später an derselben Stelle vorfinden. Niemand hätte es gewagt, sich nach einem Geldstück zu bücken. Zu lebhaft stand jedem vor Augen, was mit Dieben und Bettlern geschah.

Selbst die Umgebung der Städte war sicherer geworden. Man hörte nur noch selten von Räubern, die arglosen Reisenden auflauerten. Es gab kaum noch Gesetzlose, Huren oder sonstigen Abschaum. War jemand des Diebstahls angeklagt, verlor er nicht wie vordem seine Bürgerrechte, sondern wurde

öffentlich gerichtet. Jedes dieser grausamen, absurden Spektakel wurde mit Abscheu und Entsetzen, aber auch mit unverhohlener Neugierde erfolgt.

Ja, die Walachei war im Begriff, ein blühendes Land zu werden – der Fürst hatte sein Versprechen gehalten. Selbst die Zigeuner, die vor den Städten lagerten, dieses abscheuliche Gesindel, das seine Existenz durch Betrug, Bettelei und allerlei Zauberkünste sicherte, hatte er nahezu ausgemerzt. Gott der Allmächtige würde wohlgefällig auf seine Taten schauen, denn er hatte die sündhafte Natur des Menschen besiegt. Mit Gottes Hilfe würde es ihm auch gelingen, das größte seiner Werke zu vollbringen: Er würde das christliche Abendland aus den Fängen der Infidelen befreien.

Cora hatte fast sofort eine Frau am Apparat. Nette Stimme, nicht zu jung, so Mitte vierzig. Sie räusperte sich, schilderte kurz ihr Anliegen und bekam einen Termin. Schon in einer Woche. Wow! Cora hätte vor Erleichterung heulen können. „Was ist denn mit dir los?“, fragte Marian, der plötzlich neben ihr aufgetaucht war. Cora sah ihren Sohn aus sternenumglänzten Augen an und machte Anstalten, ihm die Hand zu tätscheln. Marian schüttelte sie angewidert ab. Das machte überhaupt nichts. Cora schwebte förmlich durch die Küche, um ihren Erfolg mit einem Schluck Wein zu begießen. Außerdem musste sie darüber nachdenken, wie sie ihren Welpen zu dieser Psychologin transportieren könnte. Ihr fiel nichts ein. Sie nahm noch einen Schluck, aber ihr fiel immer noch nichts ein. Als die Flasche fast leer war, beschloss sie, es einfach darauf ankommen zu lassen. Marian war ja sowieso vorgewarnt, nein vorbereitet, und jetzt konnte sie nur hoffen, nein beschließen, dass er von sich aus die Chance erkennen, nein, ergreifen würde, an den Therapiesitzungen teilzunehmen. So sei es! Amen!

Die Stadt Slatina lag im flirrenden Sonnenschein. Es hatte seit Wochen nicht mehr geregnet. Staub und Hitze vertrockneten das Land und krochen in die Häuser, die sich vergeblich in den Schatten duckten. Die Menschen waren erschöpft und teilnahmslos. Es gab nichts mehr zu tun. Die Ernte war vernichtet, das Vieh auf den Weiden qualvoll verendet, die Brunnen förderten nur noch eine stinkende Brühe zutage. Die Alten wussten, was das bedeutete: Krankheit, Siechtum und Tod.

Und doch bestand Aussicht auf Rettung. Gestern war ein Bote des Fürsten in donnerndem Galopp auf den Marktplatz geritten

und hatte, als der Staub sich legte, den Menschen zugerufen, dass Vlad Fürst Dracula Kunde von ihrer Not bekommen und beschlossen habe, die Bevölkerung mit Hilfslieferungen zu unterstützen. Außerdem werde er neue, tiefere Brunnen bauen lassen.

Es erhob sich ein großes Jubelgeschrei. Der erhabene Fürst hatte die Stadt Slatina nicht vergessen! Gesegnet sei Vlad Dracula, ihr großmächtiger Fürst, ihr weiser und gerechter Herrscher!

Sie wurden nicht enttäuscht. Nur wenige Tage später erschienen Soldaten, und an ihrer Spitze ritt Vlad Fürst Dracula auf einem edlen schwarzen Ross. Auf dem Marktplatz stieg er ab und gab den Befehl, Säcke, Fässer und Werkzeug abzuladen. Dann schritt er über den staubigen Boden auf das Rathaus zu. Der Bürgermeister warf sich ihm zu Füßen und brachte vor Überwältigung kein Wort heraus. Da berührte Vlad ihn sanft an der Schulter und hieß ihn, sich zu erheben. Er habe der Stadt Slatina eine wichtige Mitteilung zu machen.

Kein Kind seines Landes solle jemals dürsten oder Hunger leiden, sagte Vlad, als sich der Rat versammelt hatte. Er, ihr Fürst, halte stets seine schützende Hand über sie. Dafür erbitte er sich nur eine kleine Gegenleistung, eine Selbstverständlichkeit sozusagen, und daher kaum der Rede wert. Er sah seinem Gegenüber fest in die Augen. Gewiss sei auch ihm, dem Bürgermeister, bekannt, welche Gefahr der Christenheit durch die türkischen Offensoren drohe. Nur unter Aufbietung aller Kräfte sei es möglich, den Vormarsch der Infidelen aufzuhalten. Der Bürgermeister nickte. Er mochte ahnen, was der Fürst mit seinen Worten bezweckte. Vielleicht fühlte er sich sogar geehrt, denn es war nicht üblich, dass ein Fürst seine Forderung in höfliche Worte kleidete. Die Stadt Slatina sei jetzt ihrer größten Sorge enthoben, fuhr Vlad fort, und daher werde es gewiss nicht schwerfallen, seiner Bitte zu entsprechen. „Ich will, dass sich jeder gesunde Mann zwischen vierzehn und sechzig Jahren meinem Heer anschließt.“, sagte er mit fester Stimme. „Das soll geschehen, sobald der Brunnenbau vollendet ist.“

Was hätte der Bürgermeister antworten sollen? Er nickte nur seine Zustimmung. Kaum waren die Brunnen fertiggestellt, verabschiedeten sich die Männer der Stadt von ihren Familien, und manche von ihnen trugen Stolz im Herzen. Ein jeder von ihnen dachte aber auch an das, was er zurücklassen würde: Weib und Kinder, Mütter und Väter, Haus, Hof, Vieh, sämtlichen Besitz. Würden sie ihre Familien wiedersehen? Wer würde für deren Schutz sorgen, den Hof bestellen, das Korn aussäen, die Ernte einbringen, das Überleben von Mensch und Tier garantieren? Aber sie hatten keine Wahl. Sie bewaffneten sich, mit dem, was sie vorfanden - Dreschflegel, Forken und Sensen - und schlossen sich den Soldaten des Fürsten an.

Zurück blieb eine schutzlose Stadt, die einem ungewissen Schicksal entgegensah. Wie konnte ein Bauernsohn, ein Tischlermeister, ein Bäckerlehrling sich gegen die wütenden Horden der Türken behaupten? Dass auch andere Städte auf dieselbe Weise entvölkert wurden, dass auch anderswo Tränen flossen, Kinder vergeblich ihre Ärmchen ausstreckten, Mutterherzen gebrochen wurden, Alte und Kranke in hilfloser Verzweiflung zurückblieben, konnten sie ahnen, aber es tröstete sie nicht.

Kapitel II (Alarm, Alarm!)

Es ist keine Tugend, sich auf das Übel der Welt zu konzentrieren, denn so erschafft man es ständig neu.

Nachdem Cora ihrem Sohn versprochen hatte, bei den Gesprächen nicht anwesend zu sein, erklärte er sich sofort bereit, dieser Frau eine Chance zu geben. Er und seine Mutter erschienen pünktlich auf die Minute vor Frau Brockmanns Haus. Da gab es sofort die erste Überraschung. Was war das denn bitte für ein Palast?! Eine todschicke Villa im Gründerzeitstil! Coras und auch Marians Blicke glitten bewundernd die üppige Fassade entlang. Während Cora sich fragte, ob die Kasse den Stundensatz dieser Dame überhaupt zahlen würde, empfand Marian beinahe Stolz. Schade, dass er mit dieser neuen Bekanntschaft nicht angeben konnte! Sie betraten ehrfürchtig die geschwungene Freitreppe, die zu einer zweiflügeligen Haustür führte. *Praxis Konstanze Brockmann, Psychologische Psychotherapeutin, Kinder- und Jugendpsychiatrie*, stand in geschwungenen Lettern auf dem goldenen Klingelschild. Ja, Frau Brockmann, jetzt haben Sie tatsächlich einen Brocken zu stemmen, dachte Cora gehässig. Nein, nicht gehässig. Sie wollte ja, dass das Vorhaben gelang. Sie drückten auf den Klingelknopf. Ein wohltönendes Dingdong erklang. Wie durch Geisterhand öffnete sich die schwere Tür.

Genauso hatte Cora sich diese Frau Brockmann vorgestellt, als sie mit ihr telefoniert hatte: rundlich, fröhlich, um die vierzig. Frau Brockmann ergriff erst Coras, dann Marians Hand und schüttelte sie herzlich. Dann geleitete sie ihre Gäste in einen zartgelb gestrichenen Raum, der ihr offenbar als Empfangszimmer diente. Hier gab es einen Tisch, ein paar Stühle und eine Sitzgruppe, auf der Cora und ihr Sohn Platz nehmen durften. Frau Brockmann setzte sich auch, nahm sich Zeit, um sich vorzustellen und ihre Gäste kennenzulernen. Cora und Marian entspannten sich mit jeder Minute etwas mehr. Sie sahen sich um, obwohl es hier eigentlich gar nicht viel zu sehen gab. An der Wand hing lediglich ein Bild mit einem zarten, gemalten Blumenstrauß. Hier störte überhaupt nichts, und es passierte auch erstmal nichts. Eine halbe Stunde später war dieses erste Treffen vorbei. Nächstes Mal würde Marian alleine kommen. Nächsten Mittwoch um vier.

Als Mutter und Sohn das mit einem dicken, roten Teppichboden belegte Treppenhaus durchschritten hatten und wieder draußen standen, atmeten sie erstmal tief durch. Marian fragte: „Was hat

Frau Brockmann eigentlich mit mir vor?“ Das war der erste vollständige Satz, den er seit langem an seine Mutter richtete. Und ausgerechnet darauf wusste die nichts zu sagen. Über das weitere Vorgehen hatten sie gar nicht gesprochen. Hätte Frau Brockmann das nicht zum Thema machen müssen? „Ich weiß es nicht. Gib ihr einfach eine Chance!“ Marian nickte und marschierte mit seiner Mutter nach Hause.

Dreißigtausend Männer musste die Stadt Tirgoviste neben der eigenen Bevölkerung ernähren, kleiden und mit Waffen versorgen. Tag und Nacht hörte man das Hämmern der Schmiede, unermüdlich waren die Schuhmacher, Sattler, Gürtler am Werk. Es qualmten die Öfen, es wurden Waffenübungen durchgeführt, es wurde gefeilscht, gestritten, gekauft, verkauft. Dennoch: Die meisten Männer würden unberitten und nur mit Hacke und Spaten bewaffnet dem Feind gegenüberstehen. Ein Schwert, eine Luntenbüchse, eine Rüstung oder ein Pferd konnten sich nur die wenigsten leisten. Wein und Bier floss in diesen Tagen in Strömen. Die Wirte konnten dem Andrang kaum nachkommen, geschweige denn allen Gästen genügend Unterkünfte zur Verfügung stellen. Die Männer saßen in Gruppen vor den Gasthäusern, sangen, grölten und betranken sich. Die Fesseln der Angst, die viele von ihnen noch kürzlich

umklammert hielten, lösten sich. Was sie jetzt verspürten, war der Drang zu ruhmreichen Taten.

Auch heute schritt Vlad Fürst Dracula unerkannt durch Tirgovistes Straßen. Ein schlichtes Gewand, eine unauffällige Kopfbedeckung genügten, um unerkannt zu bleiben. Er war zufrieden mit dem, was er sah. Er empfand Genugtuung über den Anblick der Menschenmassen, die sich auf den Plätzen Tirgovistes drängten, über die vielen kräftigen und gesunden Männer, die sein Heer verstärken würden, über den Fleiß, den Lärm, die Geschäftigkeit in dieser Stadt.
Dann fiel sein Blick auf einen Mann, dessen Hemd verschmutzt und zerrissen war. „Hast du kein Weib?", sprach der Fürst ihn an. „Doch, mein Herr", antwortete der Mann. „Wieso fragt Ihr?"
„Dein Hemd ist zerrissen!"
„Ruxandra arbeitet hart, und sie erwartet ihr sechstes Kind", sagte der Mann lächelnd. „Sie fand noch keine Zeit, mein Hemd zu flicken."
„Führ mich zu ihr!", befahl Vlad knapp. Der Mann schaute ihn erstaunt an. Vlads Blick und seine Stimme gefielen ihm nicht, doch er gehorchte. „Dies ist mein Heim", sagte er zögernd, doch

nicht ohne Stolz, als sie vor seinem Haus standen. Durch die Tür drang Kinderlärm. Eine hübsche, runde Frau öffnete ihnen lächelnd. An der Hand hielt sie ein kleines Mädchen, dessen braune Locken denen seiner Mutter ähnelten. Die Frau wischte sich eilig die Hände an der Schürze ab. „Dein Mann sagte, dass du fleißig bist", sagte Vlad, „doch das kann ich nicht glauben, denn sein Hemd ist zerrissen."

Das Lächeln auf den Lippen der Frau erstarb. Der Blick und die Worte dieses Mannes machten ihr Angst. „Oh, ich, ich war zu beschäftigt, um ..."

„Ich dulde nicht, dass ein Bürger dieser Stadt wie ein Bettler gekleidet ist", unterbrach sie Vlad. „Dein Mann hat eine bessere Frau verdient!"

Ruxandra sah ihren Mann erschrocken an. Das kleine Mädchen klammerte sich fest an ihre Hand. Der Mann stammelte Worte zur Verteidigung seiner Frau, wurde aber harsch unterbrochen. „Schweig!", gebot Vlad und packte die Frau am Arm. Das kleine Mädchen krallte sich an seine Mutter und begann zu weinen. Vlad riss es von ihr los und warf es seinem Vater in den Arm. „Pass gut auf dein Kind auf, denn es hat fortan keine Mutter mehr. Diese Frau hier ist niemandem von Nutzen."

Der verzweifelte Mann konnte nichts für die Unglückliche tun. Ihr wurden am nächsten Morgen die Hände abgeschlagen, und da Vlad verboten hatte, die Wunden zu versorgen, starb Ruxandra, noch bevor die Sonne ihren höchsten Stand erreicht hatte.

Dieser Tag war gerettet. Die nächsten Tage waren auch ganz okay. Und dann kam schon der Mittwoch. Cora war nervös, denn sie befürchtete, dass Marian in letzter Minute doch noch abspringen würde. Wäre nicht das erste Mal, dass er sie gegen die Wand fahren ließ. „Soll ich nicht doch nochmal mitkommen?“, fragte sie, um ihm das Gefühl zu geben, eine Wahl zu haben. „Ja, aber nur, wenn du im Wartezimmer sitzen bleibst.“
Damit hatte Cora nicht gerechnet. Eigentlich hatte sie gar keine Lust mitzukommen. Aber wenn Marian sie dabeihaben wollte, würde sie ihn begleiten. Das war ja wohl klar.

Frau Brockmann empfing sie wieder mit einem breiten, herzlichen Lächeln. Dass Cora nochmal mitgekommen war, konnte sie gut verstehen. Cora könnte ja hier im Wartezimmer Platz nehmen, während sie mit Marian – sie zwinkerte ihrem jungen Klienten zu

– in das Zimmer auf der anderen Seite des Flures gehen würde, in Hörweite sozusagen.
Weg war er, ihr Sohn. Cora, die unendlich dankbar und erleichtert war, nahm auf einem kleinen Sessel Platz. Sie fand einen Stapel Zeitschriften vor und richtete sich gemütlich ein. Draußen ratterte die Straßenbahn vorbei, und die Bäume schüttelten fleißig Schneewolken ab. Tauwetter. Langsam konnte der Frühling kommen.

Währenddessen befand sich Marian in Frau Brockmanns Praxis und auch wieder nicht. Er war in einer ganz anderen Welt. Er spürte imaginäres Gras unter seinen Füßen, sah imaginäre Blumen, imaginäre Schmetterlinge, imaginäres Sonnenlicht. Es war ein vollkommendes Bild des Friedens. „Wie fühlt sich der Boden unter deinen Füßen an, Marian?“ Warm. Weich. Marian ging weiter. Das Gras streichelte seine nackten Füße. „Kannst du den Weg vor dir erkennen?“ Vor ihm lag ein verschlungener Weg, der irgendwohin führte. Alles war in Ordnung. Warm und weich und wunderschön. Er setzte einfach einen Fuß vor den anderen. Er hätte ewig so weiterlaufen können. „Schau mal in die Ferne. Kannst du irgendetwas erkennen?“ Marian kniff die Augen zusammen. Runzelte die Stirn. Da war ein dunkles Band. Ein Wald wahrscheinlich. Er wollte da nicht hin. „Bleib einfach stehen und sieh dich um! Gut so! Atme tief durch!“ Marian schwankte leicht. Jedenfalls kam es ihm so vor. „Nimm dir so viel Zeit, wie du brauchst, Marian. Und wenn es dir lieber ist, gehst du einfach wieder zurück.“ Zurückgehen? Aber das Gras war weg. Wo war das ganze Gras geblieben? „Es ist alles in Ordnung, Marian! Wenn du willst, nimm meine Hand, und wir gehen gemeinsam zurück!“ Der feste Druck tat gut. Alles war wieder gut. So konnte es weitergehen. Leider war der Boden jetzt kratzig, steinig, unangenehm. Irgendwann ging gar nichts mehr. Ein kräftiger Ruck, und Marian schlug die Augen auf. „Da bist du ja wieder, Marian! Du hast es geschafft!“ Da war nur Frau Brockmanns Stimme. Die Zimmerdecke. Die baumelnde Lampe und eine vage Erinnerung. Kleiderrascheln, als Frau Brockmann sich erhob. Sie blieb neben Marian stehen und sah ihn lächelnd an. Marian setzte sich auf. Er fühlte sich nicht gut. Auch nicht schlecht. Er war immer noch nicht ganz da. „Lass dir Zeit, Marian. Und wenn du soweit bist, gehen wir nach nebenan zu deiner Mutter.

Wie konnte dieser kleine walachische Fürst es wagen, ihn, den Sultan, herauszufordern? Wie konnte er es wagen, ihm die Stirn zu bieten, da er doch wissen musste, dass ein einziger Befehl genügen würde, um diesen Haufen ungläubiger Bastarde zu

vernichten? Dracula musste den Verstand verloren haben. Glaubte er tatsächlich, dass seine zerlumpten, hungrigen Soldaten und seine mit Spitzhacke und Schaufeln bewaffnete Bauernschar das riesige türkische Heer bezwingen könnten?

Er hatte sich großmütig gezeigt. Er hatte versucht, den bissigen kleinen Tyrannen bei Laune zu halten, indem er ihm einige Freiheiten gewährte. Doch Dracula war zu gefährlich geworden. Nun galt es, seinem Schreckensregiment ein Ende zu bereiten. Hatte er es anfangs sogar begrüßt, dass Dracula selbst seine eigenen Leute nicht verschonte – die Methoden, mit denen er sich Respekt zu verschaffen wusste, waren wirklich bemerkenswert –, so war es doch eine Ungeheuerlichkeit, wenn er es wagte, das türkische Heer auf dieselbe Weise zu dezimieren. Sicher, jeder Muslim war bereit, für seinen Glauben zu sterben, aber das hier war kein ehrbarer Kampf. Sollte sich der Pfahlwoiwode doch wieder über die Siebenbürger Sachsen hermachen, um seine Mordlust zu befriedigen! Man hätte den Boten gleich töten und zusammen mit dem Sack ins Feuer werfen sollen. Darin mussten Nasen und Ohren von mindestens zweitausend Männern gewesen sein. Dieses Geschenk würde dem walachischen Monstrum reich vergolten werden!

Diese erste Sitzung hatte bestimmt etwas bewirkt. Allerdings nicht das, was Cora vor allem erhofft hatte, nämlich, dass Marian wieder etwas mehr aus sich herauskam, dass er wieder ein Gesprächspartner war, dass sich die Verkrustung löste. Naja, dafür war es wohl noch zu früh. Sie beobachtete ihren Sohn sorgfältig, aber so unauffällig wie möglich. Was hatte er erlebt? Was geschah in so einer Stunde? Was sollte die Therapie bewirken? Wie lange dauerte so was eigentlich? Sie musste Frau Brockmann unbedingt anrufen und sich nach dem genauen Ablauf so einer Sitzung erkundigen. Und nach dem erwarteten Ziel. Marian stand wie erwartet für diese Auskunft nicht zur Verfügung. Er hatte sich wieder in seinem Schneckenhaus eingerichtet, schien aber ganz zufrieden.

Leider passierten in der folgenden Woche eine Menge anderer Dinge, die Coras Aufmerksamkeit beanspruchten. Jedenfalls, und das bedauerte sie außerordentlich, fand sie für einen Anruf bei Frau Brockmann keine Zeit. Außerdem wollte sie die Verantwortung doch abgegeben, oder nicht? Es war nicht ihre Aufgabe, den Erfolg einer Therapie zu überwachen. Sie konnte überhaupt nicht beurteilen, was sinnvoll war. Vielleicht sollte sie sich einfach zurückziehen und Frau Brockmann komplett das Feld überlassen.

Der nächste Mittwoch kam und mit ihm der nächste Termin. Marian machte sich ohne viel Aufhebens für seine nächste Therapiestunde bereit. Er schien diese Frau zu mögen, was eine großartige Chance für ihn und den Erfolg der Sitzungen war. Allerdings, und das kam völlig unerwartet, bat er seine Mutter wieder, mitzukommen. Das hätte Cora nicht gedacht! Ihr großer Junge war doch noch ziemlich klein! Aber natürlich würde sie ihn begleiten. Zumindest solange, wie er das wollte und Frau Brockmann keine Einwände hatte.

Sie machten sich also wieder gemeinsam auf den Weg. Busfahrt, kurzer Spaziergang, das schicke Geisterschloss, die Freitreppe, Dingdong, die dick gepolsterten Stufen nach oben. Cora wusste, wo sie warten sollte, und nahm wie letzte Woche auf dem kleinen Sessel Platz. Ratternde Straßenbahn, die Bäume inzwischen kahl, dieselben Zeitungen auf dem Tisch. Marian verschwand wieder mit seiner Therapeutin hinter der anderen Tür.

„Gut“, sagte Frau Brockmann, nachdem sie sich nach Marians Befinden erkundigt und einige banale, aufmunternde Sätze gesagt

hatte. „Bist du bereit für die nächste Runde?“ Marian nickte und schloss schon mal die Augen. Er hatte es sich auf einer Liege recht bequem gemacht. Frau Brockmann legte trotzdem noch eine Decke über ihn. Dann nahm sie wieder am Kopfende Platz. „Es ist Zeit, sich den Wald mal aus der Nähe anzusehen!“ Marian kniff die Augen zusammen. Da stand er nun, im Nirgendwo, aber Frau Brockmann dirigierte ihn schnell weiter. „Wir machen nun eine kurze Phantasiereise. Für einen längeren Ausflug haben wir sowieso keine Zeit.“
Toller Witz! Echt toll! Marian lächelte tapfer.

Frau Brockmann schaffte es innerhalb kürzester Zeit, dass Marian nicht mehr auf seiner Therapieliege lag, sondern wieder auf der blühenden Wiese stand. Wahrscheinlich hatte er selbst zurückgefunden, denn er kannte sich hier aus. Der Weg war da, die Schmetterlinge auch und die Blumen und alles. Sogar der schwarze, bedrohliche Waldrand im Hintergrund.
„Meinst du, wir schaffen es heute bis zu den Bäumen da hinten?“, fragte Frau Brockmann. Marian war sich da nicht so sicher. „Ich könnte dich begleiten, wenn du willst.“ Marian nickte. „Sehr schön! Lass uns gehen!“

Marian ergriff ihre Hand. Gemeinsam stiefelten sie durch mannshohes, kitzelndes Gras. „Warte einen Moment“, sagte Frau Brockmann plötzlich. „Wir machen eine kurze Pause.“ Sie ließen sich fallen. Marian setzte sich neben sie. Sie steckten so tief im Gras, dass sie den Waldrand gar nicht mehr sehen konnten. Und dann ließ sich Frau Brockmann berichten, was Marian gerade sah. Und spürte. Und riechen konnte. Das war eine ganze Menge. Er hatte gar nicht gewusst, wie interessant so eine Wiese war. Was hier alles wuselte und auf Entdeckung wartete. „Und? Was glaubst du, was sich da hinten im Wald versteckt?“, fragte Frau Brockmann. Marian hatte keine große Lust, das herauszufinden. „Räuber vielleicht?“, sagte er, um die Sache abzukürzen. „Kann sein!“, sagte Frau Brockmann tatsächlich und stand auf. Dann nahm sie ihren Wanderstock zur Hand und fuchtelte damit herum. Sie war bestens ausgerüstet. „Pah! Denen werden wir es zeigen!“ Marian musste lachen. Dann erhob auch er sich, und gemeinsam zogen sie weiter. Sie waren schon zwei schräge Gestalten!

Langsam konnte man schon einzelne Bäume erkennen. Marian blieb stehen.
„Was ist?“, fragte Frau Brockmann.
„Mir tun die Füße weh!“ Das war kein Wunder, denn inzwischen lief er nicht mehr über weiches Gras, sondern über spitzes Gestein.

„Nur noch ein kleines Stück!“, sagte Frau Brockmann, aber es ging nicht mehr. Die Schmerzen waren zu groß.
„Schau mal in deinen Rucksack!”, sagte Frau Brockmann. „Du hast alles dabei, was du brauchst.“ Sie hatte Recht. Marian trug plötzlich samtweiche Stiefel. Mit ihnen schwebte er förmlich durch die Luft. „Besser? Und jetzt mach dich auf zum Waldrand und beschreibe mir alles, was du siehst!“
Marian ging weiter. Ihm tat nichts mehr weh, und seltsamerweise hatte er auch keine Angst. Frau Brockmanns Wanderstock befand sich jetzt in seiner eigenen Hand. Dafür war die Wiese plötzlich weg. Alles war weg. Marian blieb irritiert stehen.
„Was ist?“, fragte Frau Brockmanns Stimme.
„Ich sehe nichts mehr.“
„Dann gehe noch etwas näher ran!“
Der Wald schlängelte sich jetzt wie eine Schwarze Mamba über den Horizont. Marian hasste Schlangen.
„Kannst du schon einzelne Bäume erkennen?“ Marian konzentrierte sich. Das schwarze Band war scheinbar näher gerückt. Es kam bedrohlich auf ihn zu. Immerhin war die Schlange weg. „Sehr gut!“, sagte Frau Brockmann. „Du hast es fast geschafft.“ Jetzt sah Marian nur noch dichtes Gestrüpp. Er roch den fauligen Atem des Waldes. Plötzlich wurde ihm schlecht.

„Zieh deine Jacke an! Du zitterst ja." Marian streifte eine warme Jacke über, aber es half nichts. Im Gegenteil, sie schnürte ihm die Luft ab. Er hielt das fast gar nicht aus.
Frau Brockmann hatte ihn jetzt fest an der Hand. „Ich bin bei dir, Marian. Lass uns einfach weitergehen!"
Und dann schob und zog sie ihn durch die Gegend, als sei er ein störrisches Kind. Marian war ja auch noch ein Kind. Er hatte überhaupt keine Chance. Er sah sich immer wieder mit huschenden Blicken um, ob ihm jemand folgte. Irgendetwas. Er kam hier nicht weg, und er hatte jetzt solche Angst, dass er die Reißleine zog. Er fiel um. Einfach so. Aber er hörte immer noch das Heulen und Jaulen des Windes.

Frau Brockmann hatte natürlich bemerkt, dass Marian Probleme hatte. Abbrechen? Weitermachen? In solchen Momenten fragte sie sich, ob sie ihre Kompetenzen überschritt. Aber sie waren kurz vor dem Durchbruch, und Aufgeben war keine Option. „Sieh' mal, was ich hier habe, Marian. Du kannst dir etwas aussuchen." Sie hielt ihm ein ganzes Waffenarsenal hin. Zur Auswahl standen eine Pistole, Pfeil und Bogen, ein Gewehr und etwas, das aussah wie ein Laserschwert. Das interessierte ihn am meisten. Marian griff danach. Dann stand er wieder auf. Plötzlich fühlte er sich

unbesiegbar. Er würde das jetzt durchziehen. Und zwar allein! Er brauchte diese Frau nicht mehr.
Frau Brockmann beobachtete ihn aufmerksam. Sein Kindergesicht war kantiger geworden. Seine Muskeln waren hart und angespannt. Marian war wild entschlossen, aber irgendwas passte nicht. Irgendwas machte ihr Angst. „Stopp!“, rief sie und packte Marian am Arm. „Dort drüben ist eine Höhle, in der wir uns verstecken können. Komm mit!”
Doch Marian wollte sich nicht mehr verstecken. In seinem Kopf brauste ein Orkan.
„Marian! Komm! Jetzt!“ Frau Brockmanns Stimme klang ganz anders als sonst. Sie hatte Angst. Aber Marian war kein Mädchen. Er hatte keine Angst. Er wusste, was zu tun war. Und dann hörte er das Trampeln und Donnern von unzähligen Hufen. Eine Horde Reiter preschte johlend heran. Frau Brockmanns Stimme war nicht mehr zu verstehen. Es war sowieso zu spät. Das Letzte, was Marian hörte, war das verzweifelte Wiehern seines Pferdes. Das Letzte, was er sah, war der sich aufbäumende Leib des Tieres. Das letzte, was er spürte, war der gnadenlose Hieb. Und der Aufprall, als er zu Boden fiel.

Vlad hatte in den letzten Nächten kaum Ruhe gefunden, denn vor allem eines bereitete ihm große Sorge: Hatte er sich ursprünglich auf die Hilfe des ungarischen Königs verlassen, so schien ihm diese jetzt unwahrscheinlich. Matthias hatte es stets verstanden, eine eindeutige Zusage zu umgehen. Seine Worte waren unklar geblieben. Nun ritt Vlad durch die stillen Wälder seiner Heimat und suchte nach Antworten auf seine drängenden Fragen. Er war nicht blind. Er wusste, dass die walachische Armee allein das riesige, gut ausgerüstete Heer des Sultans nicht bezwingen konnte. Standen ihm inzwischen auch genügend kräftige Männer zur Verfügung, so fehlten ihm doch ausgebildete Kämpfer und vor allem Geld und Waffen, um sein Land dauerhaft zu schützen.

Auf einer weiten Lichtung zog Vlad die Zügel an und ließ seinen Blick über das Land schweifen, das gerade erst aus seinem Schlummer erwacht war. Dieser Boden, diese heilige Erde, diese milchige Schönheit würde schon bald getränkt sein vom Blut unzähliger Menschen. Von diesen schweigenden Wäldern würde bald der Donner der Geschütze widerhallen. Sie würden erschüttert werden vom Kriegsgeschrei, vom Klirren der Waffen, von den Wehklagen der Verletzten und Sterbenden, von den Freudenschreien der erfolgreichen Invasoren. Erst der

Siegestaumel der Feinde, dann die tödliche Stille der Niederlage. All das würde unweigerlich geschehen, wenn nicht rechtzeitig Hilfe käme. Wie sonst könnte er die Sintflut aufhalten?

Auch dieser Tag brachte keine Antworten. Das Land war leer, die Sonne kalt, die Schatten wurden länger. Noch zwei, drei Stunden Ritt durch die Einsamkeit, dann breitete Vlad die Satteldecke auf dem Boden aus und legte sich nieder. Über ihm schimmerten die ersten Sterne. Die Weisheit und Liebe des Allmächtigen überspannte die Welt, die letzten Lichtstrahlen bahnten sich den Weg, doch Vlad lag in tiefer Finsternis. Er erflehte Antworten zu seinen drängendsten Fragen. Wie konnte er der Gerechtigkeit zum Sieg verhelfen? Was fehlte noch? Welches Opfer sollte er bringen? Wer würde ihm helfen? Was sollte er tun?

Bald war es tiefe Nacht. Die eisigen Klingen des Windes zerschnitten den Stoff seines Mantels, ließen ihn sich schutzlos, nackt, wehrlos fühlen. Vlad erhob sich und schlug die Arme um den Körper. Dann nahm er die Satteldecke auf und bedeckte damit sein zitterndes Pferd. Es antwortete, indem es ihn zärtlich anstieß. Vlad drückte sich an den Körper des Tieres und sog seine Nähe ein, seine Wärme, seinen Trost. Plötzlich hörte er Stimmen in der Ferne. Türken? Vlad versuchte vergeblich, das Geflecht der Dunkelheit zu durchdringen. Umso deutlicher drangen nun die Geräusche an sein Ohr. Gelächter. Hufgetrappel. Kamen sie auf ihn zu? Nein, das waren keine Pferde. Das Trappeln kam von vielen kleinen Hufen, von Schafen vermutlich, und das Gelächter stammte von den Hirten, die ihre Herde begleiteten. Tatsächlich konnte Vlad jetzt die Tiere als weiße Flecken ausmachen, als größer werdende Punkte, die sich durch die Dunkelheit bewegten. Doch die Männer kamen nicht näher. Vermutlich hatten sie ihr Ziel erreicht. Nun wurde ein Feuer entfacht, um das sich die Männer niederließen. Sein Schein erleuchtete warm und hell die Nacht.

Nach kurzer Zeit löste sich Vlad aus seinem Versteck und schritt auf die Hirten zu. Die blieben ruhig sitzen und blickten dem Fremdling erstaunt, aber nicht unfreundlich entgegen. Vlad richtete das Wort an sie: „Darf ich mich zu euch setzen, meine Freunde? Die Nacht ist kalt, und ich sehne mich nach Gesellschaft und einem wärmenden Feuer."

Die Männer nickten einmütig und bedeuteten dem Fremden, sich zu ihnen zu setzen. Ein Becher mit einer dampfenden Flüssigkeit machte die Runde und wurde auch Vlad gereicht.

„Woher kommst du, Fremder?“, wollte einer der Männer wissen. „Bist du vom Weg abgekommen?“

„Du sagst es“, antwortete Vlad. „Ich bin vom Weg abgekommen, aber ich habe Vertrauen, dass Gott der Allmächtige mir den rechten Weg weisen wird.“

Der Mann nickte. „Du hast bestimmt Recht, aber heute ist es zu spät für solche Betrachtungen“, sagte er und füllte den Becher erneut. „Du wirst dich jetzt ausruhen und am Feuer wärmen. Der morgige Tag wird für sich selber sorgen.“

Vlad lächelte freundlich. Die Schatten, die die Flammen auf sein Gesicht warfen, ließen es dennoch hart und grimmig erscheinen. Die Hirten mochten ahnen, dass dieser Fremdling ein ungutes Geheimnis barg, aber es wäre nicht Gottes Wille gewesen, einen verlorenen Wanderer zu dieser Stunde abzuweisen.

*C*ora warf die Zeitschrift weg und spitzte die Ohren. Sie hörte Frau Brockmanns immer dringlicher klingenden Appelle, und als dann noch der dumpfe Aufprall kam und danach nichts mehr, sprang sie auf und stürmte den Therapieraum. Sie kam gerade dazu, als Frau Brockmann ihren Sohn an der Schulter gepackt hatte und heftig durchschüttelte. „Was ist hier los?!“ Cora riss Marian an sich. Er hing völlig schlaff in ihren Armen. Sie ratterte das ganze Erste-Hilfe-Programm durch, das ihr Kopf gespeichert hatte, während Frau Brockmann nur blöd herumstand. Marian war immer noch völlig weg. „Rufen Sie den Notarzt!“, brüllte Cora, während sie Marian die zusammengerollte Decke unter die Füße schob. Frau Brockmann sah Marian und seine Mutter unschlüssig an. So ein Vorfall konnte sie die Zulassung kosten. Auf jeden Fall würde es eine Menge Ärger geben. „Los! Machen Sie schon!“ Frau Brockmann zögerte immer noch. Wahrscheinlich hoffte sie, dass der Junge von alleine zu sich kommen würde. Aber schließlich griff sie doch zum Hörer, wählte die 112, schilderte den Vorfall mit knappen Worten und fiel auf einen Stuhl.

Tatsächlich schlug Marian zwei Minuten später die Augen auf. Er sah, dass seine Mutter völlig aufgelöst war, und er sah Frau Brockmann kreidebleich auf ihrem Stuhl sitzen. Er konnte sich keinen Reim darauf machen. Er rieb sich die Stirn, denn in seinem Kopf surrte und brummte ein Bienenschwarm. Als er aufstand, schwankte er etwas, aber seine Mutter packte beherzt zu. Die schwitzt ja, die hat ja Angst, dachte er noch, und dann sackte er wieder weg. Bilder und Szenen tauchten auf. Der Wald. Die Waffen. Die Reiter. Die Angst. Das Wasser. „Wasser?“, fragte Frau Brockmann und drückte ihm ein volles Glas in die Hand.

„Hallo Marian!“, sagte sie munter. „Schön, dass du wieder bei uns bist!“

Als der Notarzt eintraf, war nicht mehr viel zu tun. Blutdruck messen, in die Augen leuchten, noch einen kräftigen Schluck Wasser trinken, eine Viertelstunde warten, und dann durfte Marian mit seiner Mutter nach Hause gehen. Frau Brockmann sah ihnen nachdenklich hinterher. Hoffentlich würde die Sache für sie ohne Konsequenzen bleiben. In einem war sie sich jedoch völlig sicher: Sie würde Marian niemals wiedersehen. War auch besser so!

Die Kriegskasse war gut gefüllt. Vlad Tepes hatte keine Mühe gehabt, die Bojaren zu überreden, ihm ihre Ländereien, ihre Leibeigenen und sonstigen Besitztümer abzutreten. Schließlich standen ihm Methoden zur Verfügung, die sie von der Dringlichkeit dieser Maßnahmen überzeugten - beeindruckende Berichte schilderten, was mit jenen geschah, denen die nötige Einsicht fehlte. Nur wenige Bojaren zeigten sich unbelehrbar und mussten die bitteren Folgen ihres Starrsinns tragen. Für die meisten war das eigene Leben und das ihrer Angehörigen ein zu hoher Preis. Viel wertvoller als alles, was in die Hände des Fürsten gelangen konnte.

Eine offene Auseinandersetzung mit dem Sultan schien dennoch unmöglich zu sein. Mehmet hatte ein Heer von hunderttausend Mann zusammengezogen, und Vlad wusste, dass er gegen die überlegene Feuerkraft der türkischen Geschütze machtlos war. Es galt also, auf andere Wege zu sinnen, um dem Feind größtmöglichen Schaden zuzufügen. Es galt, die türkischen Truppen zu zermürben und die Macht des Sultans zu untergraben.

Im Januar des Jahres 1462 erschien ein türkisch gekleideter Reiter vor den Toren der Festung Giurgiu und begehrte stürmisch Einlass. Er werde von den Walachen verfolgt, rief er und wies hinter sich. Sie kommen, schrie er, man möge ihn einlassen, er sei sonst verloren.

Die Walachen waren tatsächlich dicht hinter ihm. Sie stürmten auf den Hof, noch bevor das Tor wieder geschlossen werden konnte. Plötzlich riss sich der Reiter den Turban vom Haupt, zog sein Schwert und schwenkte es siegessicher im Kreis herum. Dabei rief er den Walachen einige knappe Befehle zu. Die überraschten und entsetzten Burginsassen - überwiegend Alte, Frauen und Kinder - versuchten verzweifelt, sich in Sicherheit

zu bringen, doch es gab kein Entkommen. Auch die wenigen Männer, von denen die meisten noch nicht einmal ihre Waffe trugen, wurden überwältigt und fielen Vlad Tepes fast ohne Gegenwehr in die Hände.

So wurde die Festung Giurgiu in kürzester Zeit genommen. Die Hälfte der Infidelen fand sofort den Tod, die Restlichen wurden als Gefangene abgeführt. Auf sie wartete ein Schicksal, das nicht weniger grausam sein sollte.

Am nächsten Tag gab Vlad Tepes seinen Männern den Befehl, die zugefrorene Donau zu überqueren. Der Großteil des Trupps erreichte das andere Ufer mühelos. Nur da, wo sich unvermutete Stromschnellen befanden, hatte es vereinzelte Opfer gegeben. Vlad Tepes nahm mehrere Festungen mit seiner bewährten Verkleidungsmethode ein, ließ deren Bewohner töten, etliche Garnisonen vernichten und Dörfer und Städte niederbrennen. Mit reicher Beute und mehr als zwanzigtausend Gefangenen kehrte er schließlich nach Tirgoviste zurück.

Timm klingelte an Lizzies Haustür, aber die blieb, wie erwartet, zu. Er zückte sein Handy und tippte ihre Nummer ein. Leider auch

wieder umsonst. Na gut, dann würde er sie eben von zu Hause aus anrufen. Irgendwann würde er sie schon kriegen. Und falls sie bis morgen noch nicht mal auf seine Mails geantwortet hätte, na, dann würde er sich irgendwie Zutritt verschaffen. Warum spielte sie auch wieder die Geheimnisvolle? Er hatte da so einen Verdacht: Cora hatte gegen ihn Stimmung gemacht. Das mit der erfundenen Verlobung war ja auch eine Schnapsidee gewesen! Dass solche Aktionen für die labile Liz gefährlich sein könnten, hätte er sich selber denken müssen.
Konnte also sein, dass Liz beleidigt war und erstmal in der Versenkung verschwand. Aber warum beunruhigte ihn das so? Weil er Cora versprochen hatte, Liz im Auge zu behalten. Den Mist wiedergutzumachen, den er angerichtet hatte. Cora hatte gesagt, Liz redete von nichts anderem mehr als von Peter, ihrem Verlobten, und welche grandiose, gemeinsame Zukunft sie hätten. Neuerdings hörte sie sogar Babygeschrei da, wo gar keine Babys waren. Auweia! Kein Wunder, dass er sich Sorgen machte.

Cora hatte ihm zu Recht ein schlechtes Gewissen gemacht. Andererseits hätte sie sich auch selbst mehr um ihre Freunde kümmern können. Aber sie war mit anderen Dingen beschäftigt. Irgendwas war ja immer! Im Moment wieder was mit Marian. Keine Ahnung, was der Bengel nun schon wieder angestellt hatte, aber allzu schlimm würde es nicht sein. Marian war ein toller Typ! Ein Mann brauchte seine Geheimnisse, und Marian war auf dem besten Weg, einer zu werden. Wenn man ihn denn ließ.

Timm warf einen letzten Blick auf das unbeleuchtete Fenster im zweiten Stock, hinter dem Liz ihr Wohnzimmer hatte. Wer weiß, wo sie sich um diese Zeit noch rumtrieb? Und dass er sie nicht angetroffen hatte: War das nun ein gutes oder ein schlechtes Zeichen? Liz saß viel zu viel zu Hause rum und brütete unbefruchtete Eier aus. Es wäre ihr zu wünschen, den einen oder anderen Streifzug zu unternehmen. Timm grinste in sich hinein und startete den Motor. Er würde hier noch ein bisschen auf und ab fahren und die Augen offenhalten. Vielleicht hatte er ja Glück und er entdeckte sie irgendwo. Er wartete eine Lücke ab und fädelte sich in den Verkehr ein. Dafür, dass es schon recht spät war, war noch eine Menge los. Er kurvte durch die eine oder andere Nebenstraße, schwamm dann aber mit dem Verkehrsfluss Richtung Feierabend. Und morgen nochmal dieselbe Prozedur? Vergebliche Anrufe? Vergebliches Lauern vor Lizzies Tür? Er opferte der Dame seine wertvolle Zeit, während die ihrem Peter hinterherschmachtete. Ausgerechnet Peter, der sie nie richtig ernst genommen hatte. Im Gegenteil, er machte sich sogar noch über sie lustig. Aber das war Lizzies Art, die Welt zu sehen: Dinge, die sie nicht wahrhaben wollte, blendete sie einfach aus. Dafür kamen andere hinzu. Ja, Liz betrachte das Leben wie einen bunten Film und schnitt manche Szenen einfach heraus. Das war das genaue Gegenteil von dem, wie er die Dinge sah. Puh! Nicht darüber nachdenken! Er war hundemüde und wollte nur noch nach Hause! Sofa, Bierchen und der selige Schlaf der Ahnungslosen.

Ach ja, was wäre eigentlich gewesen, wenn Liz dagewesen wäre? Sie hätte ihn aus ihren veilchenblauen Augen angeschaut und ihn hereingebeten. Sie hätte ihm was zu Trinken angeboten. Vermutlich etwas Alkoholisches, obwohl sie selbst ja gar keinen Alkohol trinken durfte. Er auch nicht, weil er ja mit dem Auto da war. Aber das wäre Liz egal gewesen. Und dann? Und dann? Mein Gott, unglaublich, wer um diese Zeit noch alles unterwegs war! Als er sich zur selben Stunde zu Peter aufgemacht hatte, waren die Straßen fast leer gewesen. Damals hatte er keine Ahnung gehabt, was auf ihn zukommen würde. "Timm! Konzentrier dich!", rief er sich selber zu. „Nicht, dass wieder ein Unglück geschieht!"

Zur selben Zeit saßen Cora und Marian bei ihrem Italiener um die Ecke. Marian wickelte und schlürfte seine Spaghetti, während Cora eine Schüssel Lasagne verspeiste. Sie befanden sich hier auf neutralem Boden, und da war es nicht schwer, die Waffenruhe einzuhalten. Zu Hause war der Frieden ständig bedroht. Nach der missglückten Therapiesitzung erst recht. Cora konnte nicht wissen, was Marian überhaupt mitbekommen hatte. Ob sie ihn darauf ansprechen sollte? Eins war sicher: Sie würde ihren Sohn nie wieder zu einer Therapiestunde schleppen.

„Haben Sie noch einen Wunsch?“, fragte der glutäugige Kellner, als er die Teller vom Tisch räumte. „Ganz bestimmt”, sagte Cora, „aber den verrate ich Ihnen nicht.“ Marian verdrehte die Augen. „Ich habe jedenfalls genug!“, rief er und knallte sein Glas auf den Tisch. Cora hätte ihm am liebsten gegen das Schienbein getreten. Stattdessen bestellte sie höflich die Rechnung.

Eigentlich hatte Cora noch gar keine Lust, nach Hause zu gehen. Früher hatte sie sich ganze Nächte um die Ohren gehauen. Aber inzwischen war sie liebende Mama und total seriös. Schade, dass das keiner zu schätzen wusste.
„Ich muss noch Mathe machen“, sagte Marian.
„Wie bitte?“
„Ich muss noch Mathe machen“, wiederholte Marian etwas lauter.

Cora hätte sich freuen sollen. Aber sie fühlte sich, als ob ein Eisklotz an ihr zog.

Sobald sie zu Hause waren, verschwand Marian wortlos in seinem Zimmer. Cora hätte ihn am liebsten zurückgepfiffen, aber sie überlegte es sich anders. Sie würde die günstige Gelegenheit nutzen. Sie würde sich stumpf an den Schreibtisch setzen und Geld verdienen.

Man konnte sich nicht aussuchen, was einem vorgelegt wurde. Meistens war es nur strohtrockenes Zeug: Bedienungsanleitungen, juristischer Kram, technischer Wirrwarr. Man kämpfte sich da durch, hatte ein Ergebnis, wurde bezahlt. Und wenn dann doch mal was ganz anderes von einem verlangt wurde, eine Literaturübersetzung zum Beispiel, schöpfte man aus dem Vollen, wurde kreativ. Man blühte auf und wusste dennoch, dass man davon nicht leben konnte. Was ihr Doktor Balduin vorgelegt hatte, passte allerdings überhaupt nicht in ihr Konzept. Sie hatte ihm trotzdem sofort eine Zusage gegeben. Die Herausforderung, seine krakelige Handschrift zu entziffern, war das eine, die überaus großzügige Bezahlung das andere. Kein schlechter Deal! Wäre da nicht der schwer verdauliche Inhalt! Wenn sie das alles abgetippt hätte, hätte sie zwar für ein Jahr ausgesorgt, wäre aber reif für die

Klapse. Sie drückte sich erfolgreich um jeden Horrorfilm, zog sich aber dieses Konglomerat aus historischen Fakten, Gewaltorgien und spirituellem Humbug rein. Gott sei Dank sollte sie das Zeug nicht übersetzen, sondern nur abtippen und digitalisieren. Ihren Verstand brauchte sie dabei nicht. Den könnte sie getrost in Urlaub schicken.

Das war der anfängliche Plan gewesen. Da hatte sie auch noch nicht gewusst, welche Ausmaße das Ganze annehmen würde. Das Zeug wurde schubweise geliefert, ständig frische Ware sozusagen, und es nahm und nahm kein Ende. Als sie Doktor Balduin genauer nach dem Umfang seines Werks befragte – schließlich musste sie wissen, was auf sie zukam und wie lange sie gebunden sein würde, denn, hey, sie war Übersetzerin und keine Schreibkraft –, da hatte der nur mit den Achseln gezuckt. Das Werk sei noch nicht abgeschlossen, hatte er gesagt, es handele sich um einen dynamischen Prozess. Was, bitte schön, sollte das denn heißen?

Inzwischen verspürte sie einen deutlichen Widerwillen, diesen Gemeinheiten und Grausamkeiten, die da aus Doktor Balduins Feder flossen, diesen Kriegs- und Folterszenen, die vielleicht irgendwann mal stattgefunden hatten, digitales und somit ewiges Leben einzuhauchen.

Sich mit so was zu beschäftigen, tat der Seele nicht gut. Was für ein Typ mochte dieser Doktor Balduin wohl sein? Vielleicht handelte es sich um einen polizeilich gesuchten Massenmörder? Vielleicht war es ganz gut, dass er sich mit der Feder austobte. Auf jeden Fall war es gut, dass sie den Typen nicht persönlich kannte. Ihr Kontakt fand übers Internet statt. Wenn er so fit in diesen Dingen war: Warum hatte er seine mentalen Ergüsse nicht selbst in den Computer gehackt? Er hätte damit eine Menge Geld gespart. Wozu brauchte er sie überhaupt? Irgendwann hatte sie ihn das gefragt. Die Reaktion ließ nicht lange auf sich warten. „Sie sind meine Muse", hatte Doktor Balduin geantwortet. „Ohne Sie funktioniert dieses Projekt nicht."
Na, vielen Dank für dieses zweifelhafte Kompliment!

Cora holte sich einen Kaffee, schaltete ihren Computer ein, arretierte die Lehne ihres Schreibtischstuhls und legte los.

Im Juni des Jahres 1462 sah Mehmet die Zeit der Rache gekommen. Achtzigtausend Mann erwarteten des Sultans Befehl, den gefährlich gewordenen walachischen Fürsten endgültig in

die Knie zu zwingen und die Walachei als Vorposten des Abendlandes dem türkischen Reich anzugliedern. Zuerst allerdings galt es, weitere Einfälle dieses Christenhundes in türkisches Gebiet zu verhindern.

Mehmets Großwesir, Mahmud Pasa Grecul, fiel die Aufgabe zu, das gegenüberliegende Donauufer sorgfältig zu beobachten. Es war davon auszugehen, dass der tollkühne Fürst auch jetzt, im Sommer, einen weiteren Angriff plante. Sollte er nur kommen! Die türkischen Truppen waren bereit, ihm einen ehrenvollen Empfang zu bereiten.
Doch Vlad kam nicht. Er war nicht so dumm, sich seinem Feind direkt in die Arme zu werfen. Und er hatte Geduld.

Die allerdings fehlte dem Großwesir. Einige Tage waren ereignislos vergangen, als Pasa Grecul beschloss, die Ereignisse voranzutreiben, mit einem Stoßtrupp die Donau zu überqueren, die in Sichtweite liegende walachische Festung anzugreifen und mit reicher Beute zurückzukehren.

Die Verteidiger waren dem Ansturm der Türken nicht gewachsen und mussten die Burg nach heftiger Gegenwehr dem

Feind überlassen. Sie wurde von den johlenden Horden der Eroberer geplündert und dem Erdboden gleichgemacht. Dann trieb man die Überlebenden zusammen und führte sie in einem glorreichen Triumphzug ab. Fünfhundert Sklaven hatten die Türken gewonnen, zudem Kisten voller Schätze und Waffen.

Doch ihre Freude sollte von kurzer Dauer sein. Kurz bevor sie das Ufer erreichten, wurden die stolzen Sieger von einem kleinen Trupp walachischer Soldaten überrascht. Es war ein grausamer, kurzer Kampf, in dessen Verlauf die Türken mehr als die Hälfte ihrer Männer verloren. Die restlichen flohen und ließen ihre gesamte Beute und sämtliche Sklaven zurück. Die Schande war unbeschreiblich. Als der Großwesir Mahmud Pasa Grecul sich später vor seinem Sultan auf die Knie warf, sollte er eine schallende Ohrfeige erhalten. Er konnte sich glücklich schätzen, dass er nicht dem Scharfrichter übergeben wurde.

Die Kunde von diesem denkwürdigen Ereignis verbreitete sich wie ein Lauffeuer im ganzen Land. Auch die türkische Bevölkerung bekam von dieser Niederlage Kenntnis. Immer mehr Menschen zogen sich nun über den Bosporus zurück. Es konnte keinen Zweifel geben: Vlad Tepes stand mit dem Teufel

im Bunde. Wie sonst hätte er den übermächtigen Gegner wieder und wieder bezwingen können?

„*Ist* schon gut, Schwester. Ich bin ja kein Pflegefall." Timm schwenkte die Beine von der Pritsche und erhob sich. Da stand er nun, doch Blut und Bewusstsein rauschten bergab. Das Nächste, was Timm sah, waren stramme Waden in weißen Schlappen. Dann hörte er von oben: „War wohl doch etwas zu schnell, was?" Die Schritte entfernten sich irgendwohin. „Hallo?", rief Timm. „Hallo?!" Er musste unbedingt wissen, was passiert war. „Hallo!" Plötzlich stand die Schwester wieder da. „Na, na, nun beruhigen wir uns erst einmal!", sagte sie und legte Timm ihre schwere Pranke auf die Schulter. Timm musste jetzt unbedingt wissen, was passiert war. War die Frau zu blöd, um das zu kapieren, oder tat sie nur so? Timm wand sich unter ihrem Krallengriff, schubste sie sogar ein wenig, und dann, und dann war er plötzlich ganz allein. Da war keiner mehr. Keine Schwester, kein Arzt, kein niemand. Timm robbte zur Tür. „Hallo!", schallte es durch die Gänge. „Hallo!", schallte es von den kahlen Wänden zurück. Das konnten sie doch nicht mit ihm machen! Ihn einfach ignorieren. Und nun? Liz hatte Recht gehabt: So ein Krankenhaus war ein Krake. Auch wenn man ihn in Stücke hackte, wuchs immer was nach. Er würde hier niemals alleine rausfinden. Timm lief trotzdem los, lief und lief, während sich das Laufband unter seinen Füßen konsequent in die falsche Richtung bewegte. Er kam nicht voran, obwohl die Bilder an den Wänden in rasender Geschwindigkeit vorbeiflitzten. Das kam ihm seltsam vor. Da stimmte was nicht. Und als er das dachte, wusste er plötzlich, dass er träumte. Todesmutig und mit letzter Kraft sprang er ab.

Noch im selben Monat setzte sich Mehmets Flotte in Bewegung. Einhunderttausend Mann drangen mit ihren Schiffen in die Donaumündung ein, um auf diesem Weg weit in das Feindesland vorzustoßen. Die an der Flussmündung gelegene Festung Chilia fiel und wurde fortan als Stützpunkt genutzt. Da das türkische Heer seinen Feinden an Zahl und Stärke weit überlegen war, hegte Mehmet keinen Zweifel, dass seine Truppen den Krieg in kürzester Zeit und mit nur geringen Verlusten endgültig für sich entscheiden würden. Wieder und wieder stießen sie in walachisches Gebiet vor. Doch ihre Beutezüge blieben erfolglos. Sie bekamen keine Menschenseele zu Gesicht, nur verwüstete Felder, geräumte Speicher, verlassene und niedergebrannte Häuser, Ställe und Scheunen, aus denen noch der Rauch emporstieg. Der Woiwode hatte den Befehl gegeben, Dörfer und Felder zu vernichten, das Vieh

zusammenzutreiben und die Brunnen zu vergiften. Den Menschen hatte er befohlen, in den dichten Eichenwäldern Schutz zu suchen. Wohin auch immer die Türken ihren Fuß setzten, fanden sie nichts vor als leeres, verlassenes Land.

Es war ein heißer Sommer. Wochenlang brannte die Sonne erbarmungslos und riss tiefe Wunden in das nach Wasser lechzende Land. Die Hitze, der Hunger und vor allem der Durst wurden unerträglich. Zogen sich die Türken, geschwächt und entmutigt, von einem ihrer missglückten Raubzüge zurück, hatten die walachischen Kämpfer leichtes Spiel. Unvermittelt wie ein Rudel Wölfe brachen sie zwischen den Bäumen hervor. Tausende Männer metzelten sie nieder, unzählige wurden gepfählt. Die restlichen Kämpfer wurden als Sklaven vorangepeitscht. Nachfolgenden türkischen Einheiten boten sich entsetzliche Bilder. Die Wege waren gesäumt von den Kadavern der Gepfählten, in deren Leibern die Krähen nisteten. Der Schrecken war unbeschreiblich.

Doch die Armee des Sultans war groß. Unentwegt rückten weitere Soldaten nach und überfluteten das walachische Gebiet.

Der Sultan selbst führte das gewaltige Heer an, das nun Tirgoviste bedrohte. Es konnte keinen Zweifel geben, dass die Mauern der schlecht befestigten Stadt dem Bombardement türkischer Geschütze und dem Ansturm von zwanzigtausend Soldaten nicht lange würden Stand halten können. Nur zwei Tagesritte entfernt ließ Mehmet ein Lager errichten. Er befahl seinen Kundschaftern, in Erfahrung zu bringen, ob sich Dracula in der Stadt befand und ihn, falls sich hierzu die Möglichkeit ergeben sollte, kurzerhand zu töten. Er erwartete seine Männer noch vor Tagesanbruch zurück.

Es war eine mondhelle Nacht, und im türkischen Lager herrschte lebhaftes Treiben. Die entscheidende Schlacht stand kurz bevor. Es würde ein großer, ruhmreicher Tag werden, und doch wusste jeder, dass dieser Tag für ihn der letzte sein konnte. Wenn er durch die Hand des Feindes fiel, würde sein Opfer nicht umsonst sein. Allah würde es ihm reich entlohnen.

In der Ferne war jetzt das Trampeln und Klirren eines sich nahenden, bewaffneten Reitertrupps zu vernehmen. Das mussten die erwarteten Kundschafter sein. Brachten sie gute Nachricht? Hatten sie Vlad den Pfähler endlich zur Strecke gebracht? An ihrer Kleidung war ersichtlich, dass es sich tatsächlich um die

Kundschafter handelte, und ihren Mienen war zu entnehmen, dass ihre Mission erfolgreich gewesen war. Sie wurden freudig begrüßt und durften ungehindert passieren.

Im Lager verteilten sie sich schnell und nahmen jedes Zelt, jede Feuerstelle in Augenschein. Überall wurde geredet, gewürfelt und gelacht. Niemand beachtete sie. Vielleicht sah der eine oder andere auf, lächelte sogar, doch keiner erkannte die Gefahr. Vlad und seine Männer durchstreiften das gesamte Lager unerkannt, doch Mehmets Zelt konnten sie nicht ausmachen. Eine Behausung ähnelte der anderen. An keinem war ein Hinweis zu erkennen, ob sein Bewohner von herausragender Stellung war. Das Ziel dieses Ausfalls, nämlich den Sultan zu töten, schien verfehlt.

Plötzlich, ohne Vorwarnung, zogen Vlad und seine Männer ihre Waffen und mähten die Männer nieder, die in ihrer Nähe standen. Die Feinde waren völlig überrascht und kaum zur Gegenwehr fähig. Sie versuchten verzweifelt, Messer, Säbel und Lunten an sich zu raffen, doch es blieb ihnen nicht viel Zeit. „Der Sultan ist tot, der Sultan ist tot“, drang es an ihr Ohr. Wie ein Lauffeuer verbreiteten sich diese Worte. Die Türken,

erbarmungslos in die Falle getrieben, liefen orientierungslos umher. Vlads Worte hatten ihre Wirkung nicht verfehlt. Nun war es offensichtlich, wo sich der Sultan verborgen hielt, denn einige Janitscharen eilten zu seinem Zelt. Trotzdem: Zu viele Männer hatten sich inzwischen bewaffnet. Die Zeit zum Rückzug war gekommen. Vlad und seine Männer trieben ihre Pferde durch die Reihen der Infidelen, schlugen eine breite Schneise durch deren Mitte und preschten davon.

*N*achdem er seinen Wagen flüchtig begutachtet hatte, denn er erinnerte sich lebhaft an seinen Traum, machte sich Timm frühmorgens auf den Weg zu Liz. Hätte er sie gestern angetroffen oder wenigstens telefonisch oder anderswie erreichen können, hätte er sich noch ein Stündchen hingelegt. Er hatte hundsmiserabel geschlafen, aber ausgerechnet heute musste er topfit sein. Ausgerechnet heute hatte er einen Termin mit Doktor Schwarzwedel. Schlimm genug, aber die Sache mit Liz lag ihm noch schwerer im Magen. Natürlich hätte er sich vornehmen können, gleich nach der Arbeit hinzufahren, so wie gestern Abend. Aber genau wie gestern würde er sich durch den Verkehr quälen müssen, nur um vielleicht wieder vergeblich vor ihrer Haustür stehen. Nein, er würde gleich jetzt hinfahren. Haken dran.

Er erreichte Lizzies Wohnhaus ohne Zwischenfälle. Was war das für ein riesiges, altes Gemäuer. Es war seltsam, dass Liz sich hier wohlfühlte. Sie war ein zartes Pflänzchen, sie gehörte in ein luftigeres Haus. Liz fühlte sich ständig überfordert und von allem Möglichen bedroht. Und ausgerechnet sie saß hier inmitten einer Mixtur aus Kulturen, Altersgruppen, Lebensformen, ach, allem Möglichen. Liz war ein Phänomen!

Timm drückte auf den Klingelknopf. Dann trat er ein paar Schritte zurück und schaute hoch. Ein Fenster stand auf Kipp. Gestern war es zu gewesen. Liz war also zu Hause. Warum reagierte sie dann nicht? Timm versuchte es noch einmal. Vielleicht stand sie unter der Dusche. Vielleicht telefonierte sie gerade mit Cora. Vielleicht hatte sie Kopfhörer auf. Nächster Versuch, aber wieder umsonst. Mensch, Liz, mach endlich die Tür auf! Timm klingelte Sturm. Meine Güte, er hatte nicht ewig Zeit! Er drückte gegen die Haustür, die ehemals prunkvoll gewesen sein musste, jetzt aber vor sich hinblätterte. Und, siehe da, sie ging auf.

Multikulturelle Essensgerüche hingen in der Luft, und das am frühen Morgen. In Kombination mit blütenweißem Waschpulverduft und dem typischen Altbaumief. Bunte, teilweise zerschlagene Bodenfliesen, prächtiger Stuck an Wänden und Decken, ein gusseiserner Leuchter, schöner, vergammelter Jugendstil. Verstreute Reklamezettel auf dem Boden. Ein Fahrrad, ein Dreirad, ein Rollstuhl. Eine Reihe überquellender Briefkästen, eine Art Pinnwand, die nachlässig gerahmte Hausordnung. Niemals, niemals hätte sich Timm hier wohlgefühlt. Bei ihm musste alles klar und übersichtlich sein.

Einen Fahrstuhl gab es hier natürlich nicht. Timm begann den Aufstieg. Früher brauchte man kein Fitnessstudio, denn die Kohlen wurden vom Keller bis unters Dach geschleppt. Gute, alte Zeiten! Erster Stock, zweiter Stock, er sollte sich langsam über das weitere Vorgehen Gedanken machen. Was, wenn Liz die Tür nicht öffnete? Erneuter Rückzug? Nein, das war keine Option. Er hätte keine ruhige Minute mehr, und er war ja nun schon mal hier. Dritter Stock. Er würde sich irgendwie Zutritt zu ihrer Wohnung verschaffen. Vielleicht hatten die Nachbarn ja einen Schlüssel. Er würde einfach fragen. Vierter Stock. Nein, an einen Ersatzschlüssel hatte Liz bestimmt nicht gedacht. Warum hatte sie ihm eigentlich keinen gegeben? So! Geschafft! Timm klingelte und linste gleichzeitig durch den Türspion. Praktische Erfindung, aber so was funktionierte natürlich nur in eine Richtung. Vielleicht hatte Liz ihn schon bemerkt.

„Kann ich Ihnen helfen?“
Timm fuhr herum.
„Frau Seidel ist nicht zu Hause.“ Eine Frau um die sechzig spähte durch den Türspalt gegenüber. Lockenwickler, Morgenmantel, vorgelegte Sicherheitskette. Bestimmt trug sie auch noch gefütterte Pantoffeln. Timm stellte sich vor. Er schilderte seine Sorge um seine liebe Freundin. Seine vergeblichen Versuche, sie zu erreichen. Die Frau löste rasselnd die Sicherheitskette und trat einen Schritt vor die Tür. Das mit den Pantoffeln stimmte tatsächlich. „Frau Seidel ist in letzter Zeit selten zu Hause“, sagte die Frau. „Ich habe mir auch schon Gedanken gemacht.“
Aha, hier ist es doch nicht so anonym, dachte Timm. Man steht unter Beobachtung. „Aber gestern war ihr Fenster geschlossen“, sagte Timm, war sich da aber gar nicht mehr so sicher. „Ich bin wirklich beunruhigt. Frau Seidel hat zwei Verabredungen platzen lassen. Das ist gar nicht ihre Art.“
„Und jetzt wollen Sie da drinnen auf sie warten?“
Humor hatte sie ja. Oder meinte sie das ernst?
„Genau!“, sagte Timm. „Aber ich habe keinen Schlüssel.“
Die Nachbarin verschwand kommentarlos in ihrer Wohnung. Vielleicht schickte sie ihm die Polizei an den Hals. Nein, sie kam

zurück und hielt ihm klimpernd einen Schlüssel entgegen. „Wie ist Ihr Name?“, fragte die Frau.
„Bender. Timm Bender.“
Vielleicht hatte die Frau seinen Namen ja schon mal gehört. Sie überreichte ihm jedenfalls den Schlüssel.
Frau Porst, so hatte sie sich vorgestellt, entfernte sich. Sie hatte was auf dem Herd stehen. Den Schlüssel könnte er ihr ja später in den Briefkasten werfen.
Mein Gott, diese Dame war ja ebenso naiv wie Liz!
Timm drehte den Schlüssel im Schloss. Erster Eindruck: Keiner da. Es schlug ihm auch kein Leichengeruch entgegen. Zweiter Blick: Der Flur, die Garderobe, alles sah aufgeräumt aus und war in bester Ordnung. Die Schuhe standen säuberlich aufgereiht im Regal: elegante Schuhe, sportliche Schuhe, Alltagsschuhe, viel zu viele Schuhe. Auf der Ablage unter dem Spiegel ein Kamm, ein Schlüssel, ein Portemonnaie. Dritter Blick: Das Bad war ordentlich und blitzblank, die Handtücher gefaltet und hübsche farbliche Akzente setzend. Vierter Blick: Das Wohnzimmer sah aus wie aus dem Katalog: klare Linien, klare Farben, schlicht und schick. Auf dem gläsernen Couchtisch lagen mehrere Zeitschriften und Bücher, als seien sie von kundiger Hand dahin drapiert. Nichts verriet ihre Persönlichkeit, ihren Charakter. So aufgeräumt und gut sortiert, wie es in dieser Wohnung aussah, war Liz einfach nicht.

Und die Küche? Nichts! Kein Krümel, kein Fleck, nur chromblitzende Pracht. Was jetzt noch fehlte, war ein Blick ins Schlafzimmer. Was hatte er erwartet? Achtlos auf den Boden geworfene Wäschestücke? Ein zerwühltes Bett? Irgendeinen Hinweis auf richtiges Leben? Nein, auch dieser Raum war völlig steril. Ein peinlich glatt gestrichener Bettüberwurf, farblich passende und ordentlich arrangierte Kissen. Auf dem Nachttisch ein Wecker und ein Buch. Was las Liz denn so vor dem Einschlafen? Einen Gedichtband. Emily Dickinson. Echt jetzt? An die Wand gegenüber schmiegte sich ein schlichter Einbauschrank. Seine Schwebetüren glitten fast von alleine auf und gaben den Blick auf ordentlich aufgereihte Kleider, Röcke und Hosen frei. In den Fächern daneben stapelten sich sauber gefaltete Pullis und andere Wäschestücke. In diesen Schrank passte absolut nichts mehr rein. Also hatte auch keiner was rausgenommen. Liz war jedenfalls nicht auf der Flucht.

Wohin hätte sie sich absetzen können und warum? Wann hatte er sie eigentlich zuletzt gesehen? Wann das letzte Mal mit ihr telefoniert? Warum hatte sie ihre Wohnung so aufgeräumt, als ob sie gewusst hätte, dass jemand nachsehen kam? Wenigstens hatte sie keinen Brief, äh, Abschiedsbrief hinterlassen. Und da sie überhaupt niemandem Bescheid gesagt hatte, wollte sie wohl in Ruhe gelassen werden. Liz mochte ein bisschen seltsam sein, aber sie war eine selbstständige Frau. Sie konnte tun und lassen, was sie wollte. Seine Mission war hiermit beendet. Jetzt noch schnell das Fenster schließen und dann ab ins Büro.

Da fiel ihm etwas ein: Er hatte überhaupt noch nicht in den Kühlschrank geguckt. Warum hatte er nicht gleich daran gedacht? Wenn er wissen wollte, ob Liz geplant hatte zu verreisen, dann würde er da einen Hinweis finden. Also nochmal zurück in die Küche. Der Kühlschrank war ein amerikanisches Modell und viel zu wuchtig für die zarte Liz. Timm zog die Tür auf und knallte sie im nächsten Moment wieder zu. Oh Gott! Maden! Es kostete ihn einige Überwindung, aber er öffnete die Tür noch einmal. Ganz vorsichtig und nicht zu weit. Maden, Maden, alles voller Maden! Sie klebten an der Dichtung, sie kringelten sich auf der Glasplatte, sie waren überall. Einige Exemplare fielen wie reife Früchte herab. Timm würgte und schlug die Tür wieder zu. Er sah trotzdem noch den schmierigen Käse vor sich, dazu die grünlich glänzende Salami, das schleimige Gemüse. Er hatte auch den Gestank noch in der Nase. Also dieser Gestank, das war das Allerschlimmste.

„Und? Haben Sie etwas gefunden?“ Timm zuckte zusammen. Frau Porst stand direkt hinter ihm. Hatte sie noch einen Schlüssel?
„Nein ...Äh ... Doch. Sagen Sie, wann haben Sie Frau Seidel das letzte Mal gesehen?“
„Vor drei Wochen ungefähr. So genau weiß ich es nicht. Wissen Sie, in diesem Haus wohnen so viele Menschen, da kriegt man wirklich nicht alles mit.“
„Schon klar. Vor drei Wochen, sagen Sie?“
„Ja. Aber sie gefiel mir gar nicht. Sie hat mich noch nicht mal gegrüßt, was ich sehr unhöflich fand. Andererseits … Vielleicht war sie krank … Sie war wirklich sehr blass.“
„Ist Ihnen sonst noch was aufgefallen?“
Frau Porst sah Timm flackernd an. „Ich habe mir schon länger gedacht, dass irgendwas mit ihr nicht stimmt.“
„Wieso?“
„Also, wissen Sie …“, die Frau räusperte sich, „ich mische mich nur ungern in die Angelegenheiten anderer Leute ein, aber wenn in diesem Haus solche Dinge …“
Timm sah sie fragend an.
„Also, zuerst habe ich gedacht, Frau Seidel hätte dauernd Besuch. Herrenbesuch. Sie wissen, was ich meine …“ Die Frau tätschelte

Timms Arm. „Aber so war es nicht. Frau Seidel führte nur laute Selbstgespräche."
Timm atmete tief ein.
„Das ist ja nichts Schlimmes. Das tun viele Menschen, wenn sie einsam sind, aber ... aber nicht in dieser Lautstärke! Wissen Sie, ich wohne ja gleich nebenan, und da stört es natürlich, wenn dauernd geschimpft, palavert, gestritten wird, was weiß ich. Und dabei war sie allein. Als ich sie mal darauf ansprach, denn wenigstens nachts will man ja seine Ruhe haben, und ich schlafe sowieso schon sehr schlecht, wissen Sie .. Also, als ich Frau Seidel doch einmal darauf ansprach, da wusste sie angeblich von nichts."
„Oh!"
„Sagen Sie …" Frau Porst schaute Timm forschend an. „Sagen Sie, ist Frau Seidel vielleicht irgendwie, na, irgendwie krank?" Sie ließ einen Zeigefinger neben ihrer Schläfe kreisen.
Timm wusste darüber natürlich nichts zu sagen. Er bedankte sich bei der äußerst hilfsbereiten, verständnisvollen, aufmerksamen Nachbarin, kassierte ein breites Lächeln und ging seiner Wege. Den Schlüssel nahm er mit.

Die Burg Poenari war nur einer der vielen Unterschlüpfe, über die Vlad verfügte, und er hielt sich selten hier auf. Marilena sehnte seine Rückkehr inständig herbei, denn ohne seinen

Schutz waren die Burg und ihre Bewohner den türkischen Horden hilflos ausgeliefert.

Das Leben hier war angenehm, zumindest jetzt, im Sommer. Doch es gab wenig zu tun, und die Tage wollten kein Ende nehmen. Marilena sehnte sich noch immer nach dem bunten Treiben in ihrem Heimatdorf, nach ihren Geschwistern, nach ihrer geliebten Mutter, ja sogar nach ihrem Vater, der sie den kalten Händen des Fürsten überlassen hatte. Sie war ihm nicht mehr gram, denn er hatte keine andere Wahl gehabt. Sie wusste bis heute nicht, warum Vlads Wahl gerade auf sie gefallen war, denn sie war weder klug noch besonders schön. Es war vermutlich ihre abweisende Art gewesen, die ihn gereizt hatte – er wollte ihren Willen brechen. Ja, sie hatte diesem Mann, der ihren Körper mit starrem Blick taxierte, eine tiefe Abneigung entgegengebracht. Sie hatte sich nicht vorstellen können, dass dieses Ungeheuer auch von ihrer Seele Besitz ergreifen könnte. Und doch – inzwischen war genau das geschehen. Wenn sie jetzt an ihren Fürsten dachte, tat sie das nicht mehr voller Abscheu, sondern voller Sehnsucht. Wenn sie des Nachts in ihren weichen Kissen lag, sah sie ihn vor sich, neben sich, über sich, und in seinen Augen brannte ein Feuer, an dem sie sich gerne verbrannte.

Tagsüber saß Marilena oft am Fenster und blickte über die Felder, Wege und Wälder, die sich fast bis in die Unendlichkeit erstreckten. Tief unter ihr wand sich der Fluss Arges wie eine Silberschnur durch das Tal. Wie oft hatten sich ihre Augen getäuscht! Die flatternden Fahnen in der Ferne hatten sich als Vögel erwiesen, das Donnern von Pferdehufen als Gewittergrollen, die polternden Schritte auf der Treppe hatten immer ein anderes Ziel. Es war so still hier! Sie vermisste die rauen Stimmen, das bunte Treiben, die Geschäftigkeit und den Lärm, die die Ankunft des Fürsten und seines Gefolges mit sich brachten. Warum sandte er keinen Boten mehr? War er besiegt worden? Hatten die Türken ihn gefangen oder gar ermordet? Diese Gedanken quälten sie nun Tag und Nacht.

Jeden Tag zur gleichen Stunde begab sie sich zur Kapelle. Sie betete für ihre Sicherheit und die der Menschen in ihrer Nähe. Vor allem aber betete sie für ihn, ihren Fürsten, ihren Geliebten. Sie betete für sein Wohlergehen, für sein Leben, für sein Wiederkommen. Sie betete dafür, ihn bald in die Arme schließen zu können. Vlad mochte grausam zu seinen Feinden sein, doch

sie kannte ihn besser, und zu ihr war er stets gut gewesen. Marilena stellte sich vor, wie er vor ihr stand und ein Lächeln seine strengen Züge erhellte. Ja, er würde zu ihr zurückkommen. Wenn es einen Gott gab, würde er zurückkommen. Allmächtiger Vater im Himmel, ich flehe dich an, halte deine schützende Hand über ihn. Amen.

Frau Brockmann hatte Cora noch zweimal angerufen. Sie hatte nicht versucht sie zu überreden, die Therapie fortzusetzen, sondern sich lediglich erkundigt, wie es Marian inzwischen ging. Wahrscheinlich plagte sie die Angst, dass Cora ihr doch noch Ärger machen könnte. Recht so! Eigentlich hätte sie das verdient. Aber Cora wollte die Sache so schnell wie möglich hinter sich lassen und Marian vermutlich auch. Der hatte nie auch nur ein einziges Wort darüber verloren. Wahrscheinlich war es das Beste, die Sache zu vergessen und zum Alltag zurückzukehren.

Der gestaltete sich eigentlich als ganz angenehm. Marian sprach zwar nach wie vor nicht viel, aber wenn er was sagte, war es nachvollziehbar und respektvoll. Was wollte man mehr? Cora saß meistens am Schreibtisch und verdiente Geld. Sie beschäftigte sich oft mit der Loseblattsammlung von Doktor Balduin. Dieser Typ

wurde ihr immer unangenehmer. Sie meinte, immer tiefer in seine Seele zu blicken. In ein schwarzes Loch, das immer größer wurde und ihre Energie immer schneller verschlang.
„Was schreibst du da eigentlich?“, hatte Marian vor ein paar Tagen gefragt und ihr neugierig über die Schuler geguckt. „Scheint ja irre spannend zu sein!“
Das war neu, dass er Interesse an ihrer Arbeit zeigte. Aber in diesem Fall war das höchst unerwünscht. „Ach, das sind irgendwelche Geschichten, die sich ein alter Mann zusammengereimt hat“, hatte sie möglichst beiläufig geantwortet. „Gar nicht spannend. Total langweilig.“ Damit, hatte sie gedacht, wäre das Thema erledigt. Sie wollte nicht noch mehr Stoff für Marians blühende Phantasie liefern.

Je länger sie sich mit dem Text beschäftigte, desto schlechter ging es ihr. Früher hatte sie sich länger konzentrieren können. Im Moment brauchte sie ganz viele Pausen. Länger als eine Stunde am Stück konnte sie nicht am Schreibtisch sitzen. Sie stand dann auf, machte ein paar Lockerungsübungen, trank einen Schluck Wasser, kramte hier, putzte da, machte dies oder das. Manchmal musste sie einfach raus. Sie machte dann einen kleinen Spaziergang durch die Nachbarschaft. Sie wohnte in einer wirklich hübschen Gegend: schöne alte Häuser, alter Baumbestand, eine

Grünanlage, alles vorhanden. Liz, die Furchtsame, hatte bei einem ihrer seltenen Besuche mal gesagt: „Hier könnte ich mich nie entspannen. Dieser Park ist irgendwie gruselig.“ Damals hatte Cora gelacht. Heute tat sie das nicht mehr. Nachts konnte einem der Park tatsächlich unheimlich und undurchdringlich vorkommen. Da merkte man ja auch nicht, wie klein er war. Wenn man ihn von Süden her betrat, war man in einer Viertelstunde durch. Wenn man von links oder rechts kam, dauerte es etwas länger, da der Hauptweg sich in mehrere Wege auffächerte. Ein raffiniertes kleines Labyrinth. Hier gab es Sitzgelegenheiten, die entweder für sich alleine standen oder in Gruppen angeordnet waren. Lauter kleine, geschlossene Einheiten mit Hecken und Rabatten drum herum. Diese Minigärten waren vor allem bei Liebespaaren sehr beliebt. Hier hielten sich auch Familien gerne auf. Sie konnten sich dann vorstellen, einen eigenen kleinen Garten zu haben, falls sie so was zu Hause nicht hatten. Natürlich zogen diese abgeschirmten Sitzgelegenheiten auch Leute an, die man lieber nicht hier haben wollte. Das sah man vor allem an deren Hinterlassenschaften. Die Stadtreinigung hatte eine Menge zu tun.

Wenn man auf dem Hauptweg blieb, kam man an einer mit gepflegten kleinen Rosenbüschen eingefassten Rasenfläche vorbei.

In deren Mitte stand eine Brunnenfigur, ein drolliger Knabe, der einen Wasser spuckenden Fisch festhielt. Dann gab es noch beeindruckend realistische Skulpturen, männlich und weiblich, und zwar in jeder äußeren Ecke, denen der Zahn der Zeit beide Arme abgebissen hatte. Alle anderen Attribute waren unversehrt.

Grölenden Jugendlichen und einsamen Säufern begegnete man selten. Eher schon Kinderwagen schiebenden Mamis, Pärchen jeglichen Alters, Leuten, die zum Theater gingen oder ins Konzert oder, ihrem Aussehen nach, von da gekommen sein konnten. Da war zum Beispiel ein eleganter Herr, der hier regelmäßig seine Runden drehte. Mit Hut und Spazierstock ausgestattet sah er aus, als sei er aus der Zeit gefallen. So was tat den Augen gut. So was regte die Phantasie an. Wie und wo lebte er? War er ein einsamer Witwer? Ein Professor, der in komplexen Gedankengängen die Welt zerlegte? Ein Erkenntnis suchender Philosoph, der seinen Weltschmerz pflegte? War es, und das könnte durchaus sein, derselbe Mann, den Cora immer beobachtete, wenn sie nachts aus dem Fenster guckte? Oder war es der Typ, der ihr eines Nachts hier im Park begegnet war? Schlecht zu sagen. Es war stockdunkel gewesen.

Natürlich kam ihr die Geschichte vom Schwarzen Mann in den Sinn. Dem Kinderschreck, dem Unhold, vor dem in einem witzigen, aber durchaus ernst gemeinten Kinderlied gewarnt wurde. Sie schämte sich fast dieser Gedanken. Sie wollte dem Mann nicht Unrecht tun. Er sah auch gar nicht gefährlich, sondern im Gegenteil sehr zivilisiert aus. Allerdings hatte sie ihm noch nie in die Augen gesehen, denn der Mann blickte immer irgendwohin, wo sie gerade nicht war. Das war schade und irritierte sie ein wenig. Normalerweise suchten Männer gerne ihren Blick.

Jedenfalls hätte sie gern mehr von ihm gewusst. Ob er Marian auch schon aufgefallen war? Cora schalt sich für diesen Gedanken. Nein, Marian konnte sie nicht als Informationsquelle nutzen. Sie würde selbst die Augen offenhalten müssen. Wer weiß, vielleicht lief ihr der Mann demnächst wieder über den Weg. Und wenn nicht, war es auch egal.

Was für ein Segen der stinknormale Alltag doch war! Wenn Cora etwas aus den vergangenen Monaten gelernt hatte, dann dies. Sie würde sich nie, nie wieder über Kleinkram aufregen! Amen. Nur Timms Anruf hatte sie ganz kurz aus dem Konzept gebracht. Als das Telefon geklingelt hatte und sein Bild auf dem Display

erschien war, hatte sie kurz gezögert, das Gespräch anzunehmen. Es war gerade alles so rund, so friedlich. Sie konnte keine Störung ertragen. Und dass was passiert sein musste, war ihr sofort klar. Ohne triftigen Grund rief Timm nicht an. „Liz ist verschwunden!“, knallte er ihr ans Ohr. Bämm! Noch nicht mal eine Begrüßung!
„Hallo Timm! Ich wünsche dir auch einen schönen guten Abend!“, hatte Cora gesagt und sich erstmal bequem zurückgelehnt. „Wie geht es dir denn? Hast du mal wieder was von Peter gehört?“
Dermaßen ausgebremst, blieb Timm nichts anderes übrig, als seinerseits eine Begrüßung zu nuscheln. Es folgte eine ausführliche Erläuterung seiner Sorgen um Liz und seiner vergeblichen Exkursionen. Zum Schluss kam das mit den Maden. Wow! Sah Liz ähnlich, dass sie sogar vergaß, ihren Kühlschrank leerzumachen, bevor sie in Urlaub fuhr. Und dass sie in Urlaub gefahren war, lag ja wohl auf der Hand.
„Allein?“, fragte Timm.
„Ja, warum denn nicht? Liz ist nicht so hilflos, wie sie tut. Sie findet nur immer wieder Leute, die sie in diesem Irrglauben bestätigen.“
„So einen wie mich, meinst du?“
Cora stöhnte. Sie würde jetzt nicht mit Timm streiten. Nicht wegen Liz, nicht wegen Peter und überhaupt nicht. „Timm, sei mir nicht böse, aber ich habe zu tun.“

Draculas hinterhältiger Angriff war für Mehmet und seine Männer eine unbeschreibliche Schmach gewesen. Jeder einzelne Kämpfer spürte sie wie einen Stachel im eigenen Fleisch. Doch der Sultan war ein kluger Mann. Er wusste, dass Wut, wenn man sie in die richtigen Bahnen lenkte, ungeahnte Kräfte erwachsen ließ. Fühlten sich seine Soldaten jetzt gedemütigt, so würden sie in Kürze wie tolle Hunde über den Feind herfallen und jeden zerfleischen, der sich ihnen in den Weg stellte. Als sich das gewaltige türkische Heer in Bewegung setzte, fieberte jeder einzelne Mann der Schlacht mit wilder Entschlossenheit entgegen. Die Stadt Tirgoviste würde untergehen und mit ihm der Pfahlwoiwode Vlad Dracula.

Weithin schillerte die bewegliche Flut der Türkenkrieger. Bis zum Horizont erstreckte sich der farbenprächtige Zug und ließ den Boden erzittern. Das ohrenbetäubende Schmettern und Pfeifen der Tschinellen, Pauken und Trompeten zerriss die Luft, und über allem wehten stolz die Fahnen. Feurige Rosse trugen geharnischte, mit Luntenbüchsen oder Armbrüsten bewaffnete Reiter. Ihnen folgten weitere Kämpfer, malerisch angetan mit weiten, bunten Beinkleidern und glänzenden Kaftanen. In ihren breiten Gürteln steckten Dolche, Messer und krumme Säbel. Manche von ihnen ritten auf kostbaren, niedrigen Araberhengsten. Andere hatten sich den Fußtrupps angeschlossen. Auch Zigeuner, Gaukler, Kurpfuscher, Kaufleute und anderes Volk folgten dem Zug wild entschlossen, den Christenhunden eine Lektion zu erteilen. Vor allem aber, weil sie auf ihren Anteil hofften. Der von unzähligen Hufen aufgewirbelte Staub nahm jedem den Atem. Von den geröteten Gesichtern perlte der Schweiß. Die Gier nach Ruhm und Vergeltung trieben das Heer dennoch unerbittlich voran.

Mit unbewegter Miene ritt Mehmet unter einem Baldachin aus Pfauenfedern, den zwei halbnackte Mohren über ihn spannten. Seine Augen tasteten den Horizont ab. Noch waren die Türme Tirgovistes nicht zu erkennen, doch in wenigen Stunden würde die Stadt in Flammen stehen. Der Feuerschein würde weiter leuchten, als das Auge jetzt blicken konnte.

Es war fast Abend, als das türkische Heer sein Ziel erreichte. Wie ein dunkles Band schmiegten sich die Mauern um die Stadt. Sie waren niedrig und würden leicht zu überwinden sein. Die Stadt lag in tiefer Stille. Sie schien vor Entsetzen wie erstarrt. Selbst den türkischen Kämpfern stockte bei diesem Anblick der

Atem. Eine Zeitlang war nur das Scharren und Schnauben der Pferde zu hören. Doch dann brach der Sturm los.

Freunde sind die Familie, die man sich aussucht, hieß es. Da hatte Timm wohl die falsche Wahl getroffen. In Anbetracht der Häufung menschlicher Katastrophen konnten einem wirklich Zweifel kommen. Andererseits hatte er ja selbst mit Aussetzern aufzuwarten. Er bekam jedes Mal zittrige Knie, wenn er ins Auto stieg. Er fuhr jetzt ungefähr so langsam wie sein eigener Urgroßvater, wenn er noch einen Urgroßvater gehabt hätte. Was, wenn seine Beinahe-Unfälle nur Vorboten gewesen wären? Was, wenn ihm wirklich jemand vors Auto lief und er sich das nicht nur einbildete wie vor ein paar Tagen, als da plötzlich etwas Schwarzes von rechts kam, viel zu schnell um es genau zu identifizieren. Aber den Rumms, das Poltern der Bremsen, als er in die Eisen stieg, der Riesenschreck saßen ihm noch immer in den Knochen. Natürlich war er gleich ausgestiegen. Natürlich hatte er nachgesehen. Aber da war nichts gewesen. Also, was bitte sollte das? War das eine Vorahnung? Oder reihte er sich langsam in die Gemeinschaft der Bekloppten ein?

Wenn er im Büro war, hatte er keine Zeit für störende Gedanken. Schlimm war es, wenn er alleine zu Hause saß. Er hätte niemals gedacht, dass er mal freiwillig Überstunden machen und sich Doktor Schwarzwedel länger als notwendig ausliefern würde. Alles besser, als zu Hause zu sitzen und sinnlose Gedanken zu denken. Aber irgendwann war auch der längste Arbeitstag zu Ende. Er fuhr nach Hause. Das Kopfkino konnte beginnen.

*A*ls Marians Klassenlehrerin anrief und zu einem dringenden Gespräch einlud, war Coras erster Gedanke: Lass mich bloß in Ruhe! Wenn du mit meinem Sohn nicht klarkommst, ist das allein dein Problem! Sie erklärte sich – natürlich – dann doch bereit, den vorgeschlagenen Termin wahrzunehmen und machte sich mit flauem Gefühl auf den Weg. Eigentlich war sie ja ganz nett, diese Frau Schnabel. Sie hatte Cora immer beschwichtigt und unterstützt: „Machen Sie sich nicht zu viele Sorgen!", hatte sie gesagt. „Marian ist so ein lieber, intelligenter Junge! Haben Sie Vertrauen in ihn!" Was wollte sie also jetzt? Cora legte sich schon mal ein paar Argumente zurecht, mit denen sie einen Angriff abwehren könnte. Ein pubertierender Dreizehnjähriger war eben von Natur aus unzurechnungsfähig. Er war ein Wesen der dritten Art. Er konnte nichts dafür. Hatte nicht sogar Einstein schlechte

Noten gehabt? Von Schulverweigerung und Respektlosigkeit gegenüber dem Lehrkörper ganz zu schweigen.
„Bitte, nehmen Sie Platz!“ Frau Schnabel zeigte auf einen Holzstuhl. Gab es diese unbequemen Dinger immer noch? Cora fühlte sich in ihre eigene Schulzeit zurückversetzt und ergab sich in ihr Schicksal. Mal sehen, was als Nächstes kam.
„Es ist mit sehr unangenehm”, begann Frau Schnabel.
Bestimmt war die Situation für sie nicht halb so unangenehm, wie sie es für Cora war. Frau Schnabel räusperte sich. „Es gab da kürzlich einen Vorfall, dem wir leider nachgehen müssen.“
Cora merkte auf. „Streng genommen ist es bis jetzt nur ein Verdacht. Allerdings ist die Schule verpflichtet, derartige Hinweise sehr ernst zu nehmen.“ Wovon, um Himmels Willen, faselte die Frau? „Wir hoffen natürlich, dass es sich um falschen Alarm handelt. Aber die Gesellschaft ist sensibilisiert in diesen Dingen, und das ist natürlich gut. Es ist schließlich unsere gemeinsame Aufgabe, unsere Kinder vor Gefahren zu beschützen, so gut es geht.“ Komm endlich zum Punkt! „Nächste Woche gibt es eine Elternversammlung, aber ich dachte, es sei besser, ich informiere Sie vorab.
„Was, um Gottes Willen, ist denn los?“

„Ein Schüler hat berichtet, dass er regelmäßig von einem älteren Mann belästigt wird.“
„Ach so!“
Die Lehrerin sah Cora irritiert an.
„Äh, Entschuldigung, belästigt? Von einem älteren Mann? “
Frau Schnabel nickte.
„Ist er das einzige Opfer? Ich meine, wenn man hier überhaupt von Opfer sprechen kann.“
„Das versuchen wir gerade herauszubekommen.“
„Und wo ist das passiert? Und was genau? Und wie hat der Mann ausgesehen?“
Frau Schnabel atmete tief durch. „Der Junge sagt, dass der Mann ihm regelmäßig auflauere. Und zwar in dem kleinen Park, der auch auf Marians Schulweg liegt.“
Cora schluckte schwer.
„Das ist auch der Grund, warum ich Sie hergebeten habe. Hat Marian diesen Mann mal erwähnt? Hat er irgendwas erzählt? Zum Beispiel in Zusammenhang mit dem, was in der Nacht passiert ist, als er nicht nach Hause gekommen ist? Hat er sich dazu inzwischen überhaupt geäußert?“
Cora schüttelte den Kopf. Sie würde jetzt kein Fass aufmachen. Kein Wort über die Psychologin, Marians Zusammenbruch in der Praxis, ihre eigenen Beobachtungen, was den *Schwarzen Mann*

betraf. War es überhaupt derselbe? War es vielleicht auch der, der sich neben Marian auf die Parkbank gesetzt hatte? Auweia!

„Der Schüler berichtet, dass er diesem Mann fast täglich begegne. Er fühle sich regelrecht verfolgt. Es würde mich wundern, wenn Marian diesen Mann nicht auch schon gesehen hätte."

„Regelrecht verfolgt? Was heißt denn das? Und wie sieht dieser Mensch überhaupt aus?"

„Der Schüler sagte, dass der Mann immer wieder unverhofft und an allen möglichen Ecken auftauche. Er stehe einfach nur da und schaue ihn durchdringend an. Dieses Anstarren und dieses plötzliche Auftauchen machten ihm solche Angst, dass er sich kaum noch aus dem Haus traue. Und selbst da fühle er sich inzwischen nicht mehr sicher."

„Das hört sich alles ziemlich verrückt an. Um welche Uhrzeit finden diese Begegnungen denn überwiegend statt?"

„Das ist ganz unterschiedlich. Meistens kurz bevor es dunkel wird."

„Was treibt sich der Junge denn da noch draußen rum?"

Frau Schnabel schaute stirnrunzelnd auf. Offensichtlich war diese Frage unpassend gewesen. „Entschuldigung!", sagte Cora. „Ich bin vielleicht überängstlich. Ich habe meinem Sohn nämlich verboten, im Dunkeln noch rauszugehen. Ich weiß, das ist schwierig durchzusetzen. Vor allem im Winter, wenn die Tage so kurz sind." Die Lehrerin nickte, stand auf und streckte Cora die Hand hin. Man einigte sich darauf, dass Cora ihren Sohn warnen würde, dass eventuelle Auffälligkeiten, Aussagen und Vorkommnisse von beiden Seiten weitergegeben würden, dass man sein Möglichstes tun werde und so weiter und so fort. Dann war Cora endlich entlassen. Auf dem Heimweg fiel ihr ein, dass sie immer noch nicht wusste, wie dieser ominöse Mann aussah. Dabei hatte sie zweimal nachgefragt.

Heute war Marian noch stiller als sonst. Er zog konzentrische Kreise durch die Bratensauce.

„Schmeckt's dir nicht?"

„Doch, doch."

„Du siehst blass aus! Du bist doch nicht etwa krank?" Cora streckte ihre Hand aus und betastete Marians Stirn. Das mochte Marian überhaupt nicht. Er wich angewidert zurück. „Hast du Sorgen, Marian? Ist irgendwas passiert? Du kannst mir alles erzählen! Wirklich alles! Das weißt du doch, oder?"

Marian stöhnte. Er beschleunigte die Nahrungsaufnahme, ließ klirrend Messer und Gabel fallen, erhob sich und wollte gehen.

„Marian!", rief Cora. „Du setzt dich jetzt nochmal hin!"

Marian zögerte kurz, nahm aber wieder Platz. Allerdings sah er nicht seine Mutter an, sondern starrte Löcher in die Tischplatte. Cora holte tief Luft und bat um himmlischen Beistand. Jetzt bloß die Ruhe bewahren! Das Radio dudelte, die Wanduhr tickte, die Regentropfen perlten im Zickzack die Scheibe hinab. Dann, plötzlich, kam folgender Satz aus Marians Mund: „Das Problem ist, dass ich einfach nicht richtig schlafen kann."

Cora sah ihn an.

„Ich kann noch nicht mal richtig schlafen, wenn ich todmüde bin."

„Oh", sagte Cora. „Wie lange geht das schon so?"

„Keine Ahnung. Schon ziemlich lange."

„Das tut mir leid!" Sie hatte Marian Unrecht getan. Sie hatte dem Kind sonst was unterstellt, dabei war es einfach nur müde gewesen. Dagegen konnte man, dagegen musste man was tun. Zuerst aber entschuldigte Cora sich für ihre Ungeduld.

Marian nagte an seiner Unterlippe. „Immer, wenn ich die Augen zumache, ist er wieder da."

„Wer?"

„Dieser Mann. Diese dunkle Gestalt."

Cora glaubte, einen eisigen Luftzug zu verspüren.

„Er steht einfach nur da und sieht mich an.“ Jetzt blickte Marian seiner Mutter direkt ins Gesicht. „Ich bilde mir das nicht ein, Mama! Ehrlich nicht! Und ich lüge dich auch nicht an!“
Cora nahm ihren großen, kleinen Jungen in den Arm.

In Windeseile sprach sich die Kunde herum. Ungläubigkeit und Entsetzen spiegelten sich in den Gesichtern, und selbst dem Sultan gelang es nur mit Mühe, Ruhe zu bewahren. Mit versteinertem Gesicht, das nervös tänzelnde Pferd unter sich, rang er um Fassung. Er versuchte, das Unglaubliche zu begreifen: Vlad Dracula war ihm ein weiteres Mal entkommen. Dieser Christenhund hatte ihm tatsächlich ein weiteres Mal ins Gesicht geschlagen.

Die Stadt Tirgoviste hatte die Invasoren mit weit geöffneten Toren empfangen. Es war sofort offensichtlich: Die Ambitionen und die Ehre der glorreichen Türkenkrieger wurden hier verhöhnt. Nicht nur die Burg und das Waffenlager, nein, jedes einzelne Haus, jede Hütte, jeder Speicher waren ausgeräumt und menschenleer. Da war nichts, auf das sich die hungrigen Männer stürzen konnten. Da war kein Schatz, kein Teller, kein Tisch, kein Getreide, keine Frucht, kein Vieh, kein einziger Schluck Wasser, kein einziger Tropfen Blut. Als einzige

Genugtuung blieb den verspotteten Kämpfern nur, brennende Fackeln in die grinsenden Fensterhöhlen zu werfen. In diese Stadt sollte niemand zurückkehren können.

Das Feuer, das ein freudiges Fanal hätte sein können, wurde zum Symbol unsäglicher Schmach. Schon wieder hatte Vlad Fürst Dracula über den Sultan triumphiert. Schon wieder war es Dracula gelungen, sich seinem Zugriff zu entziehen. Doch er würde blutige Rache nehmen. Selbst wenn dieser Woiwode mit dem Teufel im Bunde stand, würde er letztendlich unterliegen. Bis dahin würde das türkische Heer sich damit begnügen, eine Spur der Verwüstung durch das Land der Ungläubigen zu legen. Jedes dreckige Stück Erde würde zu Staub zerquetscht werden. Jede Stadt, jedes Dorf, jedes Haus würde in Schutt und Asche gelegt. Jeder Mann, jede Frau, jedes Kind würde vor Entsetzen erzittern. Und Poenari, Draculas hoch über dem Fluss Arges gelegene Burg, sollte das erste Opfer sein.

Sie musste ihren Eltern einen fürchterlichen Schrecken eingejagt haben, als sie völlig aufgelöst vor deren Tür gestanden hatte. Natürlich hatten sie den Ernst der Lage sofort erkannt. Sie hatten ihrer kranken und lang vermissten Tochter das gegeben, was sie am meisten brauchte: Ruhe und Sicherheit. Aber jetzt waren vier Wochen um. Liz wollte wieder nach Hause, in ihre eigene Wohnung, in ihr eigenes Bett. Kommen und gehen, wann und wohin sie wollte. Essen, wann und was sie wollte. Sehen und hören, was sie wollte. Keine Sportschau im Fernsehen. Keine Volksmusik von früh bis spät. Keine forschenden Blicke, keine gut gemeinten Ratschläge mehr. Aus und vorbei. Sie war wieder fit für das richtige Leben.

Zumindest, wenn sie regelmäßig ihre Pillen schluckte. Wenn nicht, sah das allerdings anders aus. Dann schob sich sofort diese andere Welt dazwischen. Dann konnte es sein, dass sie Dinge sah, die andere Leute nicht sahen. Oder dass sie etwas hörte, was andere Leute nicht hörten. Das hieß aber noch lange nicht, dass da nicht wirklich ein Baby gewesen war.

Mit dem Anrufbeantworter war das anders: Anrufbeantworter waren tote Dinge. Ihr rotes, zuckendes Auge wirkte zwar echt, aber es konnte niemals böse sein. Das zu denken, war natürlich Quatsch. Für die meisten Dinge, die ihr passiert waren, gab es eine vernünftige Erklärung. Das konnte sie akzeptieren. Genauso wie die Tatsache, dass sie ihre Tabletten regelmäßig nehmen musste. Oder die Tatsache, dass Ariane längst wieder in München war.

Und die Sache mit Peter? Natürlich waren sie nicht verlobt. Peter lag seit Wochen mehr oder weniger besinnungslos im Bett.
Was man ihr allerdings nicht ausreden konnte, war die Tatsache, dass sie neuerdings verfolgt wurde. Dafür hatte sie handfeste Beweise.

Liz schaute aus dem Fenster, auf die Postkartenidylle, die da draußen an ihr vorüberzog. Die Welt war wunderschön, aber sie war nur eine perfekte Illusion. Ob ihre Mitreisenden das wussten? Liz hatte darüber was im Fernsehen gesehen. Wie die das erklärt hatten, war das alles schwer zu verstehen. Man musste studiert haben, so kompliziert war das, doch sie verstand das trotzdem, einfach so, aus dem Bauch raus, und darüber hätte sie gerne mit Peter gesprochen, aber das ging leider nicht. Ein paar Dinge waren ihr im Gedächtnis geblieben: Alles bestand aus allerkleinsten Dingen, die sich fortwährend bewegten, umeinander huschten, sich veränderten, immer woanders auftauchten, manchmal auch doppelt oder auch gleichzeitig und immer genau da, wo man sie nicht erwartete. Es war wie Zauberei

Immerhin kam keiner von ihren Mitreisenden auf die Idee, laut zu telefonieren. Es herrschte eine fast andächtige Stille. Jeder hing seinen eigenen Gedanken nach und lebte in seiner eigenen Welt. Es gibt unendlich viele Welten, hatte Peter einmal gesagt. Alle sind miteinander verbunden, alles passiert gleichzeitig und alles beeinflusst alles andere. Es ist wie ein unendlich großes, waberndes Netz, in dem wir alle gefangen sind.

Es tat gar nicht gut, zu viel über solche Dinge nachzudenken. Da hatte Cora schon Recht gehabt. Liz sah auf die Uhr. Eine ganze lange Stunde noch. Über die Zeit nachzudenken, hatte auch keinen Sinn, denn auch sie existierte angeblich nicht. Ihr kam sie trotzdem vor wie ein altes, ausgeleiertes Gummiband.

Und dann endlich berührten ihre Füße das vertraute Pflaster ihrer geliebten Heimatstadt. Ja, sie war hier willkommen. Es fühlte sich alles richtig an. Sie ging auf den riesigen Bahnhofsplatz und schaute sich erstmal um. Alle Leute, die in den Häusern drum herum waren, konnten sie jetzt sehen, aber das war ihr egal. Sie gehörte hier hin. „Geht es Ihnen nicht gut?" Eine junge Frau stand plötzlich neben ihr. „Passen Sie auf! Hier kommen dauernd Straßenbahnen!" Sie schob Liz mit der einen Hand weiter, während sie mit der anderen einen Kinderwagen in Sicherheit brachte. Das Baby! Da war es wieder! Liz schloss kurz die Augen. Dann flitzte sie zum Taxistand, zum ersten Wagen in der Reihe, riss die Tür auf und stieg ein. Der Fahrer schaute sie breit grinsend an. „So eilig? Wohin soll es denn gehen?“ Nach Hause natürlich. Liz nannte ihm ihre Adresse.

Der Motor erzeugte ein sattes, zufriedenes Brummen. Alles war so vertraut, die Straßen, die Häuser, die Geschäfte, und über allem lag ein seltsamer Zauber, eine zarte Melodie. Liz wäre um ein Haar eingeschlafen. Aber sie durfte nicht einschlafen. Sie musste wachsam sein, und außerdem waren sie fast da. Der Fahrer hielt vor ihrer Haustür, kassierte ab und verabschiedete sie mit einem augenzwinkernden Lächeln.

Liz ließ ihren Blick die Fassade des Hauses hinaufgleiten. Ihre Wohnung erwartete sie schon: Ein Fenster stand auf Kipp. Sie drehte den Haustürschlüssel im Schloss und ließ sich ein. Im Treppenhaus empfing sie der vertraute Geruch aus Linoleum, Zement und was auch immer. Liz zerrte ihre schwere Reisetasche die Treppe hoch und blieb kurz vor Frau Bremers staubigem Türkranz stehen. Alles still. Gott sei Dank! Und dann ging es weiter, Stück für Stück, bis sie endlich vor ihrer eigenen Wohnungstür stand. „Frau Seidel! Wie schön, dass Sie wieder da sind!“ Liz wäre vor Schreck fast der Schlüssel aus der Hand gefallen. Frau Porst stand in voller Pracht vor ihr. „Wir haben uns schon große Sorgen gemacht!“ Wir? Liz wischte sich mit dem Ärmel über die Stirn. „Ach!“, sagte sie nur und öffnete ihre Tür. Es war verdammt unhöflich, aber sie ließ ihre Nachbarin einfach stehen.

Als ihr Gemahl in dieser Nacht zu ihr kam, weinte sie vor Glück. Wie sehr hatte sie diesen Augenblick herbeigesehnt! Wie viele lange Tage und wie viele einsame Nächte lagen hinter ihr! Doch Gott der Allmächtige hatte ihre Gebete erhört. Ihr Gemahl war wohl behalten zurückgekehrt. Er war in Sicherheit, und er war bei ihr. Nichts anderes zählte. Das kalte Verhalten, das er ihr entgegenbrachte, störte sie nicht. Es war Teil seines Wesens. Er war ein Feldherr, ein Herrscher. Sie liebte ihn und konnte ihn verstehen.

Es war noch finstere Nacht, als ein Geräusch sie aus dem Schlaf fahren ließ. Sie setzte sich auf und stellte fest, dass das Lager an ihrer Seite leer war. Sie erhob sich, öffnete die Tür und trat auf den Gang hinaus. Sie war keine neugierige Frau. Und doch stand sie nun mit klopfendem Herzen da, hinter einem Pfeiler versteckt, beobachtete und lauschte. Was war geschehen? Das hektische Treiben, die leise erteilten Befehle, die gedämpfte,

schneidende Stimme ihres Gemahls – all das deutete auf einen bevorstehenden Aufbruch hin. Das konnte nicht sein! Das durfte nicht sein! Weitere Wochen voller Sehnsucht und Angst könnte sie nicht ertragen!

Den Gedanken, zu ihrem Gemahl zu laufen und ihn um eine Erklärung zu bitten, verwarf sie sofort. Sie konnte ihn nicht vor seinen Männern zur Rede zu stellen. Gewiss bestand kein Grund zur Sorge. Ihr Gemahl hatte einige Kundschafter auf den Weg geschickt, um den Feind auszuspähen. Ja, genau so musste es sein! Marilena kehrte in ihr Gemach zurück. Sie legte sich nieder und betrachtete die schweren Vorhänge an ihrem Bett, die prächtigen, das Gefieder spreizende Pfauen, die sich auffächernden Blätter, die Girlanden aus Blättern und Blüten. Sie verwoben und verwickelten sich wie ihre Ängste und Sorgen. Was würden die Türken mit ihr tun, wenn sie ihnen in die Hände fiel? Was würde geschehen, wenn es ihrem Gemahl nicht gelänge, den Feind zu bezwingen? Was, wenn all seine Finten, sein Mut, seine Klugheit nicht genug wären? Marilena schämte sich für diese Gedanken. Sie sollte stark sein und Vertrauen haben. Mit Gottes Hilfe würde er siegreich sein. Marilena lauschte mit bangem Herzen, bis sich der Schlaf auf ihre Lider senkte. Kurze Zeit später schreckte sie wieder hoch. Laute Befehle und wütende Schreie drangen an ihr Ohr. Dazu das Klirren von Waffen, dumpfe Schläge, Kriegsgeschrei. Sie hätte gar nicht zum Fenster laufen müssen, um sich zu vergewissern. Das Entsetzliche war geschehen. Die Türken waren da.

Eine unendliche Flut bärtiger, abscheulicher Kreaturen umzingelte die Burg wie ein Rudel geifernder Wölfe. Über allem wehten stolz und drohend die bunten Standarten des Sultans. Wo war ihr Gemahl? Sie lief auf den Gang, die Treppe hinab, stürmte in den Saal. Wo war er? Die Türken! Die Türken waren da! Oh Gott, die Türken griffen an! Sie lief zurück, sie lief, rief und schrie, ihre klammen Füße schmerzten, sie sah es nicht ein, und doch musste sie es verstehen: Er war nicht mehr da. Er war geflohen. Die Burg würde dem Ansturm der Türkenkrieger nicht standhalten können, und er hatte das gewusst. Marilena sank erschöpft auf die Stufen. Heiße Tränen der Wut und der Verzweiflung stiegen ihr in die Augen. Es gab keine Hoffnung! Er hatte die Burg aufgegeben. Er hatte sie einem grausamen Schicksal überlassen, sich selbst aber in Sicherheit gebracht. Warum nur, warum hatte er das getan?

Als das grauenhafte Pfeifen, Trommeln und Scheppern der türkischen Kriegsmusik einsetzte, dazu das Brüllen aus abertausend Kehlen, als das Donnern der Geschütze einsetzte und vereinzelte, verzweifelte Schüsse antworteten, als sich mit brennenden Fackeln bestückte Pfeile durch das Holz fraßen, als eine grinsende Fratze nach der anderen sich über die Brüstung schob, da hatte Marilena längst einen Entschluss gefasst. Sie lief die schmale Treppe hinauf, die sich bis zur Turmspitze wand, erklomm die Brüstung und stürzte sich in die kühlen Fluten des Arges.

Liz merkte sofort, dass irgendetwas anders war. Es roch ganz seltsam. Irgendjemand war in ihrer Abwesenheit hier gewesen. Sie riss die Wohnungstür, die sie gerade sorgsam geschlossen hatte, wieder auf. „Hallo?“, schrie sie in den Flur. Frau Porst erschien augenblicklich. Sie hatte wohl auf so was gewartet. „Haben Sie jemanden in meine Wohnung gelassen?“, fragte Liz. Die Anklage war eröffnet. „Ja, ähm“, begann Frau Porst, während Liz unruhig von einem Bein auf das andere trat. „Da war ein junger Mann…“
„Timm!“
„Ja, genau so hat er sich vorgestellt. Timm ...“
„Timm Bender!“

„Ja, genau. Herr Bender hatte gesehen, dass Ihr Fenster nicht verschlossen war, und da …“
„Und da haben Sie ihm einfach meinen Wohnungsschlüssel gegeben?“
„Ja, denn ich hielt es für besser, wenn...“
„Wo ist der Schlüssel jetzt? Ich möchte ihn gern wiederhaben.“
Frau Porst zögerte. Sie dachte nach. Herr Bender hatte ihr den Schlüssel gar nicht zurückgegeben. Sie hatte noch einen, aber das durfte Liz natürlich nicht wissen.
„Oh, oh, Herr Bender hat mir den Schlüssel nicht zurückgegeben, fürchte ich. Ich hatte das ganz vergessen. Oh, das tut mir sehr leid! Entschuldigen Sie bitte!“
Was für ein Vertrauensbruch! Sie hatte Frau Porst den Schlüssel nur anvertraut, damit sie im allergrößten Notfall in die Wohnung käme. Nicht, um ihn irgendeinem Mann zu geben, den sie noch nicht mal kannte. Und Timm, dieser Mistkerl, hatte kein Recht, sich hier in aller Ruhe hier umzusehen. Und das hatte er garantiert getan. Und dass sie den Schlüssel nicht sofort zurückbekam, war ja wohl das Allerletzte! Da musste Frau Porst ihr natürlich zustimmen. Sie war jetzt noch kleiner und schrumpeliger als sonst und zog sich mit tausend Entschuldigungen zurück.

Liz hielt schnuppernd die Nase in die Höhe. Nach was roch es hier? War außer Timm noch jemand hier gewesen? Sie begann ihre Spurensuche im Wohnzimmer. Vielleicht wäre es besser gewesen, wenn das Fenster die ganze Zeit offengeblieben wäre. Hier hatte es nämlich noch nie reingeregnet. Also, was sollte die ganze Aktion? Alles in Ordnung hier und im Schlafzimmer auch. Und in der Küche? Uh, hatte sie vergessen, den Mülleimer zu leeren? Nein! Alles blitzblank! Aber der Gestank war hier besonders präsent. Der ließ sich nicht ignorieren. Liz setzte sich an den Küchentisch und dachte nach. Was war hier los? Sie hatte sich schon oft Sachen eingebildet und darauf bestanden, dass es sie gab, obwohl es sich nur um Hirngespinste handelte. Vielleicht konnte sie ihrem Geruchssinn genauso wenig trauen. So was sollte es ja geben. Geruchshalluzination hieß das. So was hatte ihr Gehirn also auch im Repertoire. Auweia, dachte Liz. Auf den Schreck brauche ich erstmal was in den Magen. Hoffentlich ist noch was da!

Sie hätte die Kühlschranktür sofort wieder zuschlagen können, tat es aber nicht. Sie begriff zuerst gar nicht, was sie da vor sich hatte: Ihr Kühlschrank hatte sich in eine stinkende Kloake verwandelt. Eine fette Made klatschte ihr direkt vor die Füße. Liz schrie auf und sprang zurück. Im selben Moment brach ein ganzer Orkan los.

Es war das ohrenbetäubende Brummen und Surren von Fliegen. Von unendlich vielen Fliegen. Ein Schwarm ekelhafter, grässlicher, fetter, behaarter, bläulich schimmernder Fliegen schwirrte los und verteilte sich in der ganzen Küche. Er besetzte alles und bekackte alles, ploppte gegen die Scheibe, landete auf Fensterbänken, Schränken, Wänden, überall. Ein ganzes Kampfgeschwader schwarzer Drohnen sauste um ihren Kopf herum, saß auf ihren Schultern, verfing sich in ihrem Haar. Liz wusste gar nicht, wohin mit sich und hielt sich verzweifelt die Ohren zu. Es half nichts. Sie war rasend schnell in einen dicken Pelz gehüllt, in den Pelz eines Monsters, das sie selber war und auch wieder nicht, und sie sah sich selbst wimmernd auf dem Boden liegen.

Radu hatte das Vertrauen des Sultans nicht enttäuscht. Er hatte die Truppen siegreich geführt. Die Burg Poenari war zerstört und deren Bewohner getötet worden. Radu hatte sich wahrlich als würdig erwiesen, die Nachfolge seines skrupellosen Bruders anzutreten. Doch Dracula war schon wieder entkommen. Es stand zu befürchten, dass er unter dem Schutz von Matthias Corvinus, dem ungarischen König, stand. Mehmet beschloss daher, sein Heer zunächst zurückzu ziehen, die Entwicklung zu

beobachten und vorerst Radu, seinen Vertrauten, als Woiwoden der Walachei zu unterstützen.

Während die türkischen Truppen nach und nach das Land verließen und die geschundene Bevölkerung aufatmen konnte, hatte sie doch mit dem türkischen Joch auch die Schreckensherrschaft ihres Fürsten überwunden, harrte Vlad mit wenigen Getreuen in den Bergen aus. Er wartete auf die versprochene Hilfe seines Verbündeten, des ungarischen Königs.

Es dauerte mehrere Wochen, bis endlich ungarische Reiter erschienen. Doch sie waren nicht gekommen, um Dracula eine Mitteilung ihres Königs zu überbringen. Sie waren gekommen, um ihn in Gewahrsein zu nehmen. Sie führten den walachischen Fürsten als Gefangenen mit sich und übergaben ihn Matthias, der ihn sofort in den Kerker werfen ließ. Die Haft und gleichermaßen die Vergeblichkeit aller bisherigen Bemühungen waren für Vlad nur schwer zu ertragen. Auch der Verrat, den er durch Matthias, seinen erklärten Freund und Verbündeten, und durch Radu, seinen eigenen Bruder, erfahren hatte, lastete schwer auf seinem Gemüt.

Der Entschluss, Dracula gefangen zu nehmen und sich mit dem Sultan zu verbünden, war vor Papst und Kaiser schwer zu rechtfertigen. Es dauerte nicht lange, da erreichte Matthias Corvinus eine päpstliche Mitteilung, mit der er aufgefordert wurde, zu den Vorkommnissen Stellung zu beziehen. Vlad Dracula, den erklärten Athleten des Christentums, wie einen gewöhnlichen Verbrecher in den Kerker zu werfen, sei unverhältnismäßig und bedürfe einer Erklärung.

Mochte Matthias auch antworten, dieser Schachzug habe die Walachei davor bewahrt, von der türkischen Übermacht zermalmt zu werden, mochte er auch schildern, mit welcher Grausamkeit der Fürst geherrscht hatte, so änderte das nichts am Unwillen des Papstes, einen Ritter des Drachenordens wie einen gewöhnlichen Verbrecher einzukerkern. Matthias wäre in Ungnade gefallen, wenn er es nicht verstanden hätte, neue, vermeintliche Gründe und Beweise zu erbringen. So gelangten Berichte in Papst Pius' Hände, in denen sächsische Kaufleute die grausame Vorgehensweise Draculas beklagten. Nicht nur Türken seien gepfählt, verstümmelt oder verbrannt worden – nein, auch Bettler, Kranke, Zigeuner, Kaufleute, Bauern, Diebe, Frauen und Kinder. Niemand sei sicher gewesen. Das geringste Vergehen, etwa das Aufheben einer Münze, die im Straßenstaub lag, wurde aufs Grausamste bestraft. Es wurde berichtet, dass Frauen und ihre Säuglinge gemeinsam getötet wurden, indem man einen Pfahl durch die Mutterbrust trieb. Es war zu lesen, dass Frauen und Kinder lebendig gehäutet und gebraten wurden. Dass Mütter gezwungen wurden, ihre eigenen Kinder zu essen. Es gab auch Berichte und Bilder, die belegten, dass Vlad unter den gepfählten Leibern seine Mahlzeiten eingenommen und sein Brot in das Blut seiner Opfer getunkt hatte. Außerdem gelangten Schriftstücke in Umlauf, deren Unterschrift zu belegen schien, dass Vlad Fürst Dracula mit dem Feind paktiert und einen Verrat geplant hatte.

Dennoch, die Unzufriedenheit Papst Pius' über die Gefangennahme Vlad Draculas wuchs. Die Walachei wurde nun von Radu, einem Hörigen des Sultans regiert, und die osmanische Bedrohung war nicht geringer geworden. Außerdem war der ungarische König an seinem eigenen Machterhalt interessiert. Letztendlich musste Matthias sich fügen. Er entließ Vlad aus der Kerkerhaft und stellte ihn stattdessen unter Hausarrest.

Viele Wochen vergingen, bis der König ihn endlich zu sich rief. Matthias empfing Vlad mit ausgesuchter Höflichkeit und maß seine Erscheinung mit einem langen, prüfenden Blick. In seinem Verhalten und seinen Worten lagen weder Abneigung noch Bedauern. Dieser ersten Begegnung, die nichts verriet, sollten viele weitere folgen. Nach einiger Zeit saß man fast jeden Abend zusammen, besprach die politische Entwicklung, scherzte, tafelte und trank edlen Wein. Fürst Dracula war misstrauisch, da er ahnte, dass Matthias einzig und allein dem Druck Roms nachgegeben hatte. Dass die Kirche nun wieder Verwendung für ihn hatte, denn die osmanische Bedrohung wuchs von Tag zu Tag. Die größte Hoffnung, den Feind zu vernichten, setzte die Kirche in ihn, Vlad Fürst Dracula. Er hatte sich schon oft in ausweglos erscheinender Lage bewährt. Er besaß das Herz eines Löwen und den Verstand eines listigen Fuchses.

Dracula wusste also, dass Matthias ihn brauchte. Außerdem wähnte er sich im Vorteil, denn der König stand in seiner Schuld. Doch vorläufig war er noch immer sein Gefangener. Darüber konnte auch das Verhalten des Königs nicht hinwegtäuschen, der ihm dasselbe Wohlwollen entgegenzubringen schien wie einem guten, alten Freund.

Natürlich war dieses herzliche Gebaren nur eine Täuschung. Er selbst verhielt sich nicht anderes.

Als Matthias ihn zu einer Aussprache bat, lehnte sich Dracula entspannt zurück. Umständlich und mühsam lenkte der König das Gespräch in die gewünschte Richtung. Er werde ihn unterstützen, den Fürstenthron zurückzugewinnen, und Radu, den Schwächling, des Landes verweisen. Er werde ihm ein Heer zur Verfügung stellen, dessen Truppengröße er selbst bestimmen möge. Tatsächlich mehrten sich die Anzeichen, dass ein erneuter Einfall der Türken bevorstand und die Ungläubigen den Bosporus ein weiteres Mal überqueren wollten. Wenn sich ihnen kein schlagfertiges Heer entgegenstellte, wäre Ungarn ihr nächstes Ziel. Radu schien die Bedrohung nicht wahrzunehmen, denn den Gesandten des Sultans gelang es immer wieder, ihn in Sicherheit zu wiegen und mit Geschenken, Versprechungen und schönen Worten einzulullen. Obwohl Papst Pius zu einem neuerlichen Kreuzzug aufgerufen und Kaiser Friedrich die Kreuzzugsbulle im Reich hatte veröffentlichen lassen, bemühte Radu sich noch immer um Neutralität. Doch der Türke, da sei Matthias sich sicher, verlangte eine deutliche Antwort. Deshalb

habe er die Entscheidung getroffen, ihm, seinem Freund Vlad Fürst Dracula, Freiheit und Befehlsgewalt zu schenken.

Dracula lächelte, als er diese Worte hörte. Matthias hätte ihn nicht zu bitten brauchen, diesen Kampf zu führen, denn die Vernichtung des Osmanischen Reiches war immer sein heiligstes Ziel gewesen.

*J*etzt saßen wieder alle beisammen – alle, bis auf Peter. Dafür war diesmal Timm mit von der Partie. Früher war es Peter gewesen, der ihre Treffen angeregt und organisiert hatte. Warum er dabei Timm mit schöner Regelmäßigkeit übergangen hatte, wusste wohl nur er. Vielleicht aber auch nicht. Cora hatte vorgeschlagen, dieses Treffen im Krankenhaus abzuhalten, damit Peter auch die Chance hätte, dabei zu sein. Aber das war eine naive Idee gewesen, denn sie hatte dabei nicht an Liz gedacht. Es war Timm, der sie erst darauf aufmerksam machen musste: „Wie denkst du dir das bitteschön? Willst du Liz etwa quälen?“ Timm hatte natürlich Recht. Liz stand wieder auf sehr kippeligen Beinen. Seit der Fliegenattacke, die sie immer wieder und sehr anschaulich schilderte, hatte sich ihre Paranoia erheblich verschlimmert. Sie sah jetzt überall gruselige Schatten, irgendwas Dunkles, das sie bedrohte.

Jedenfalls saßen sie jetzt hier in Bremen zusammen, nur wenige Kilometer von Peter entfernt, in einer schicken Bar und sprachen über alles Mögliche, nur nicht über Peter. Obwohl garantiert alle an ihn dachten, wurde er mit keinem Wort erwähnt. Vielleicht, weil es zu schmerzhaft war. Vielleicht, weil sie ein schlechtes Gewissen hatten, vielleicht, weil es sonst zu gegenseitigen Vorwürfen gekommen wäre. Vor allem aber, weil Liz geschont werden musste. Tabu waren auch die Themen Fliegeninvasion und Marians missglückte Therapie. Über was unterhielt man sich denn dann? Über Alltäglichkeiten. Über Umweltschutz. Über Doktor Schwarzwedel. Über die Grippewelle. Und über Ariane. Warum denn Ariane? Cora hatte das Gespräch auf sie gebracht. Sie erzählte von einem Traum, in dem Ariane vorgekommen sei. Wie, was, warum? Keine Ahnung. Es sei alles ziemlich nebulös gewesen. In ihrem Traum war Ariane jedenfalls tot.

Cora hatte nie viel auf Träume gegeben. Liz dafür umso mehr. Als Cora sie plötzlich kerzengerade dasitzen sah, hätte sie sich für ihre Unbedachtheit ohrfeigen können. Andererseits: Mussten sie denn immer auf Liz Rücksicht nehmen?

Timm lieferte, wahrscheinlich um die Spannung in andere Bahnen zu lenken, auch mehrere Geschichten. Es ging um mehrere Beinahe-Unfälle mit dem Auto und um eine geträumte Situation in der Notaufnahme. Träume konnten einen wirklich fertig machen. Uh!

Alle nickten beifällig.

„Und?“ Nun wandte er sich an Cora. „Was macht eigentlich das Buchprojekt?“

„Das nimmt und nimmt kein Ende. Dieser Doktor Balduin quetscht sich immer wieder neue Scheiße raus.“

Liz kicherte.

„Und wie geht es Marian?“

„Lebt und atmet. Mehr kann ich nicht sagen. Er redet ja kaum.“ Es folgte ein Seufzer aus tiefstem Herzen.

„Pubertät eben“, meinte Liz „Blöde Zeit!“ Für sie war dieses Thema abgehakt.

„Immerhin weißt du, was er gerade tut“, sagte Timm und schaute Cora lachend in die Augen. „Er nimmt sich jetzt, wo seine Mama nicht da ist, Doktor Balduins Horrorgeschichte vor. Alternativ könnte er sich auch irgendeinen Mist auf Netflix anschauen.“

Timm setzte sein Glas an die Lippen und genehmigte sich noch einen kräftigen Schluck. „Ein Hoch auf die abendländische Kultur!“

Oh Gott! Warum hatte sie nicht selbst daran gedacht? Cora hatte es plötzlich sehr eilig. Sie musste unbedingt den Zug noch kriegen.
„Es ist doch noch nicht mal neun, Cora! Eine Stunde hast du auf jeden Fall noch Zeit."
Aber Cora hatte ihre Jacke schon angezogen. „Sorry, Leute, ich muss weg!"
„Supermom muss nach Hause!", feixte Timm. Cora beachtete ihn nicht. „Was glaubst du denn, was für Sachen sich Marian jeden Abend in seinem Zimmer reinzieht? Mensch, Cora, er ist dreizehn. Lass ihn seine Erfahrungen machen! Und du mach dich bloß nicht verrückt!" Cora hatte die Klinke schon in der Hand. „Eigentlich kann ich mir nicht vorstellen, dass er sich mit einem fetten Stapel Papier beschäftigt. Schon gar nicht mit der krakeligen Handschrift eines alten Mannes. Und was du in den Computer getippt hast, ist ja wohl passwortgeschützt."
Nein, verdammt, das war es nicht! Cora winkte flüchtig über die Schulter und verschwand in der Schwärze der Nacht. „Der Junge kann einem wirklich leidtun", sagte Timm. „Kein Wunder, dass er so von der Rolle ist."

Matthias sann über eine Möglichkeit nach, den wackeligen Bund, den er mit Vlad Dracula eingehen sollte, zu festigen. So kam er zu dem Entschluss, Ilona, eine seiner Nichten, mit dem Fürsten zu vermählen. Auch wenn ihm die Entscheidung, dass Vlad der Schlächter fortan zu seiner Familie gehören würde, nicht leichtgefallen sein mochte.

Die prunkvolle Hochzeit fand im Budaer Schloss statt. Dracula war zu diesem Zweck vom orthodoxen zum katholischen Glauben konvertiert – ein Zugeständnis, das er nur widerwillig gemacht hatte. Doch der Preis schien ihm nicht zu hoch. Nun besaß er den Segen der Kirche und die Unterstützung des Papstes. König Matthias würde sich seiner Verantwortung nicht ein weiteres Mal entziehen können.

Ilona war ihm nur widerwillig in die Ehe gefolgt, doch sie kannte ihre Verantwortung in diesem Spiel. Vlad wiederum fand schnell Gefallen an seiner jungen Frau. Seine süßen Worte, Geschenke und Aufmerksamkeiten konnten das Feuer der Leidenschaft jedoch nicht entfachen. Ilona gab ihm ihren Körper hin, nicht aber ihre Seele. Sie gebar ihm zwei Söhne, deren Versorgung auf Vlads Geheiß eine Amme übernahm. Er würde sie in der Kriegskunst unterweisen, wenn sie alt genug wären. Bis dahin hatte er keine Verwendung für sie.

Der plötzliche Tod Radus, seines ehrlosen Bruders, kam Vlads Plänen sehr gelegen. Seiner Machtübernahme stand nun nichts mehr im Weg. Auch die Last, über das Leben seines eigenen Bruders richten zu müssen, war ihm jetzt genommen.

Nicht nur König Matthias' Hilfe konnte Vlad einfordern, sondern auch die Unterstützung des Fürsten Stefan Báthory aus Siebenbürgen. Báthory erklärte sich nach kurzen Verhandlungen bereit, Vlad zu unterstützen, woraufhin sich Basarab, der erst kürzlich gewählte walachische Fürst, zur Flucht entschied. Vlads Machtübernahme traf nur noch auf vereinzelten Widerstand. Das Gerücht, dass ein türkischer Angriff unmittelbar bevorstand, machte es deutlich: Die Walachei verlangte nach einer starken Hand. Nur Vlad Dracula war in der Lage, den nötigen Schutz zu gewähren.

Am nächsten Tag klingelte Liz pünktlich auf die Minute an Timms Tür. Timm hatte damit noch gar nicht gerechnet, denn normalerweise kam Liz mindestens eine halbe Stunde zu spät.

Manchmal erschien sie allerdings auch überhaupt nicht, wofür sie, auf Nachfrage, die unglaublichsten Begründungen produzierte. Aber jetzt war sie ja da! Frisch und ausgeschlafen stand sie vor ihm und reichte ihm die versprochene Tüte mit frischen Brötchen, während Timm, naja, die eine oder andere Nachlässigkeit zu verbuchen hatte. Er entschuldigte sich und ging nochmal ins Bad. Währenddessen sah Liz sich um. Seit Peter nicht mehr hier wohnte, hatte sich viel verändert. Sie konnte sich an das Chaos der Männer-WG noch ganz genau erinnern. Wie lange war das jetzt her? Drei Jahre? Fünf Jahre? Liz öffnete den Geschirrschrank und stellte schon mal Tassen und Teller auf den Tisch. Sie befüllte die Kaffeemaschine und fühlte sich beinahe wie zu Hause.

Als Timm aus dem Badezimmer kam, verströmte er den Duft einer frischen Meeresbrise. Liz hielt ihm sehnsüchtig die Wange hin und bekam einen flüchtigen Kuss. „Danke, dass du Kaffee gekocht hast, Liz, aber ich mache mir lieber einen Tee."
„Oh!"
„Mein Magen spielt in der letzten Zeit verrückt." Timm hängte einen Teebeutel in seine Tasse. Als er kochendes Wasser darüber goss, roch es plötzlich sehr gesund. Liz rümpfte die Nase. „Ich bin wohl etwas überarbeitet!", sagte Timm und rührte einen Löffel Honig in seinen Tee. Dann säbelte er sein Brötchen in zwei

Hälften und strich kommentarlos Butter darauf. Liz beobachtete ihn aufmerksam. Es kam ihr so vor, als ob Timm leicht zitterte.
„Ich brauche unbedingt ein paar Tage Urlaub. Diese verdammte Tretmühle macht mich noch kaputt.“
„Du meinst diesen Doktor Schwarzwedel?“ Timm schüttelte den Kopf. „Nicht nur der. Alles!“ Timm setzte seine Tasse an die Lippen. „Hast du Lust auf einen Städtetrip? Wollte sagen: Fährst du mit mir für ein paar Tage nach München?“
Wow! Das kam unerwartet! Na klar!
„Wann denn?“
„So bald wie möglich. Am liebsten schon nächste Woche. Ich schaue im Internet nach einem schicken Hotel, und dann nichts wie los!
Liz strahlte. Das würde toll werden! Hotel! München! Timm! Und Ariane ganz in der Nähe! „Wie kommen wir denn hin? Mit dem Auto? Mit dem Zug?“
„Mit dem Zug natürlich. Ich will mich schließlich entspannen.“
„Sehr gut!“ Liz kippte ihren Kaffee hinunter. Sie war schon fast weg. Es gab ja so wahnsinnig viel zu tun!
„Jetzt mach mal langsam, Liz! Ich weiß ja noch nicht mal, ob ich so spontan Urlaub kriege.“

Liz hatte daran überhaupt keinen Zweifel. So überarbeitet wie Timm war!

„Großer Fürst!" Der Hauptmann warf sich Vlad zu Füßen. „Erhabener Herrscher! Mehmet hat den Bosporus überquert. Es ist das größte Heer seit Menschengedenken."
„Fürchtest du dich?", fragte der Fürst und blickte ruhig auf seinen Untertanen hinab.
„Nein, nein, natürlich nicht!" Der Mann schwitzte stärker denn zuvor. „Der Zorn Gottes wird diese räudigen Hunde vom Angesicht der Erde tilgen. Sie werden vergeblich um Gnade winseln."
„Das ist wohl gesprochen", sagte Dracula und lächelte sanft. „Und nun wirst du dem tapferen Báthory eine Nachricht überbringen. Ich wünsche, ihn umgehend zu sehen."
Der Hauptmann verbeugte sich und zog sich auf Knien rutschend rückwärts zurück. Erst als er die Wachen passiert hatte, die links und rechts des Eingangs standen, richtete er sich auf und lief eilig davon.

Vlad erhob sich und durchmaß den Raum mit langen Schritten. Dann stieg er die Stufen zu einer kleinen Kapelle hinab. Den Rest des Tages würde er hier verbringen. Bäuchlings zu Füßen

des Kreuzes liegend, würde er den Allmächtigen um Schutz und Beistand bitten.

„**Darf** ich mal gucken?“, fragte Cora. „Bin neugierig, was du so liest.“
Marian wollte noch protestieren, aber es war zu spät. Ein schneller Blick, und Cora fing schallend an zu lachen.
„Was ist denn an dem Buch so komisch?“
„Da haben wir ja deinen Schwarzen Mann“, gluckste Cora, drückte das Buch an sich und strich über den schwarzen Einband, als handele es sich um ein Streicheltier. Was für eine affige Geste war das denn bitte?! Er hätte eher erwartet, dass seine Mutter das Buch sofort in die Mülltonne warf.
„Weißt du eigentlich, dass sich der Autor hier auf eine historische Grundlage bezieht?“
Da war er wieder, dieser Oberlehrerinnenton! Den konnte er auf den Tod nicht leiden! Normalerweise hätte er sofort auf Durchzug geschaltet, aber diesmal war sein Interesse geweckt. „Was? Vampire hat es wirklich gegeben?“
„Quatsch!“, sagte Cora zu seiner maßlosen Enttäuschung. Mehr sagte sie nicht, aber sie dachte sich ihren Teil. Marian hatte ihre Unterlagen nicht durchforstet. Er hatte nicht irgendeinen

irreparablen Schaden davongetragen. Er hatte sich diesen uralten Schinken geschnappt, der in Millionen Bücherschränken stand. Das war also die Erklärung für Marians Schlafprobleme, für seine Tagträume und alles andere auch. Ha! Sie war raus aus der Nummer!

Alles, was mit Vampiren zu tun hatte, verkaufte sich fast von selbst. Vielleicht schwamm Doktor Balduin auf dieser Welle mit. Mal sehen, wohin sich seine Geschichte noch entwickeln würde. Es war eigentlich ganz einfach: Sie hatte den Auftrag, das Zeug zu digitalisieren. Ziemlich leicht verdientes Geld, solang es einem gelang, seinen Verstand auszuschalten. Und da der Stapel nicht schrumpfte, sondern beständig wuchs, hatte sie bis auf weiteres eine zuverlässige Einkommensquelle. Was wollte sie mehr?

Aus der Schule waren keine Vorkommnisse mehr gemeldet worden. Der Junge, der seiner Lehrerin erzählt hatte, dass er verfolgt und belästigt werde, hatte sich die Sache wohl nur ausgedacht gehabt. Jedenfalls hing er dauernd auf dem Spielplatz und in der Parkanlage rum. Gut, dass Cora den alten Herrn nicht in die Schusslinie gebracht hatte. Sie ging jetzt wieder regelmäßig spazieren, ob bei Dunkelheit oder nicht, und lachte über ihre kindische Angst vor Schatten, finsteren Ecken und Ästen, die nach ihr griffen wie Geisterhände.

Eines späten Abends, als Cora sich durch eine Zeitschrift blätterte und Marian mit dem Smartphone auf dem Sofa hing, schrillte das Festnetztelefon. Festnetz? Das konnte nur Liz sein! Cora stemmte sich hoch, hielt die Sofadecke fest und hüpfte zum Telefon. Ein gequältes, aufdringliches Stöhnen drang an ihr Ohr. Och nee! Cora hüpfte zum Sessel zurück.

„Wer war das, Mama?“

„Irgendein perverser Idiot!“

„Was wollte er denn?“

Marian, der Unschuldsengel! „Keine Ahnung“, gluckste Cora. „Eine ausführliche Unterhaltung vermutlich.“ Schon wieder klingelte das Telefon. Cora erhob sich fluchend, aber Marian war schneller. Er hatte den Hörer schon in der Hand. „Peter? Bist du das?“

„Nein, das ist nicht Peter!“ Cora wollte ihm den Hörer entwinden, hatte aber keinen Erfolg. Auf Marians Stirn hatten sich zwei steile Falten gebildet. Er lauschte angestrengt.

„Marian, gib mir den Hörer!“

Aber Marian schüttelte den Kopf und hielt seine Mutter mit der freien Hand auf Abstand. Kurz entschlossen zog Cora den Stecker aus der Wand. „Was sollte das denn jetzt?“, schrie Marian. „Das war Peter! Du hast ihn einfach abgewürgt!“ Bevor Cora irgendwas sagen konnte, rannte Marian aus dem Zimmer und knallte die Tür so heftig hinter sich zu, dass der Putz rieselte. Jetzt hatte er wirklich genug von seiner Mutter! Für heute, für morgen, für immer!

Niemand hätte es gewagt, den Fürsten Báthory einen Feigling zu schimpfen. Er war ein kampferprobter und mutiger Mann. Allerdings wusste er, wann eine Auseinandersetzung sinnlos war. Man konnte das Schicksal nicht in die Knie zwingen! Die Wege des Herrn waren unergründlich, und wenn es ihm gefiel, die Walachei in Türkenhand zu geben, nun, dann war das sein Plan. Ein Menschenleben umspannte nur wenige Jahre, doch Gott der Herr hielt die Ewigkeit in seinen Händen. Eines Tages würden die Infidelen vom Angesicht der Erde vertilgt werden! Eines Tages würden in jeder Stadt, in jedem Dorf die Siegesglocken läuten, mochten auch noch Jahrhunderte vergehen.

Doch Báthory war es seinem Verbündeten schuldig, ihn über seine Entscheidung, die Truppen zurückzuziehen, in Kenntnis zu setzen. Gott gebe, dass Vlad Dracula endlich Vernunft annahm! Er musste erkennen, dass die gegenwärtige Lage aussichtslos war! Selbst Ungarn, das sich zu Recht um die Verteidigung seiner Grenzen sorgte, hatte das erkannt. Wenn Dracula seinen irrwitzigen Plan dennoch verfolgte, so hätte er die schmerzhaften Konsequenzen selbst zu verantworten.

Die Botschafter, die Báthory unverzüglich entsandte, sollten ihr Ziel allerdings nie erreichen. Sie wurden von Verrätern abgefangen, beraubt und erschlagen. Erst Wochen später würde man ihre verwesten Körper entdecken. Man würde die Bedauernswerten für Kaufleute halten, die Räubern zum Opfer gefallen waren. Niemand würde jemals erfahren, dass Báthory seinen Freund und Vertrauten hatte warnen wollen.

Vlad Dracula sah keinen Grund, die Unterstützung, die ihm sowohl Ungarn als auch das Fürstentum Siebenbürgen in Aussicht gestellt hatten, anzuzweifeln. Hatte Matthias ihm seine Hilfe nicht unmissverständlich zugesagt? Hatte er ihn nicht sogar gedrängt, den Kampf gegen die Ungläubigen wieder

aufzunehmen? War er nicht überdies durch den Bund, den die Heirat geschaffen hatte, verpflichtet, zu seinem Wort zu stehen? Auch die Aufrichtigkeit seines Freundes Báthory stellte er nicht in Frage. Dracula kannte den Mann gut genug, um ihm zu vertrauen. Vielleicht war er sogar der einzige Mensch, dem er jemals Vertrauen geschenkt hatte. Dass sich Siebenbürgen ohne den Schutz seines walachischen Nachbarn niemals würde behaupten können, war eine Tatsache, die ihn zusätzlich in diesem Glauben bestärkte.

Die drei Streitkräfte, zu einem mächtigen Heer vereint, dem Befehl eines einzigen fähigen Mannes folgend - seinem Befehl -, würden siegreich sein. Daran konnte es keinen Zweifel geben.

Als sich Dracula an jenem letzten Abend zur Ruhe begab, schmerzte und tröstete ihn die Gewissheit, dass sein Auftrag beinahe vollendet war. Schon bald würde der göttliche Schiedsspruch fallen. Als er am nächsten Morgen den Befehl zum Aufbruch gab und an der Spitze seines Heeres der aufgehenden Sonne entgegenritt, fühlte er sich von einer Woge der Zuversicht getragen. Eine unübersehbare Anzahl tapferer Männer folgte ihm, genau wie er bereit, ihr Blut und ihr Leben für das Kreuz zu geben. In Kürze würden sich ihnen noch

weitere anschließen. Ja, das Kreuz würde über den Halbmond triumphieren! Ja, er würde siegen! Es konnte nicht anders sein! Im Namen des Allmächtigen würde er den Sieg erringen!

Wenn von einer Städtetour nach München die Rede ist, denkt der eine zuerst an das Hofbräuhaus, der andere vielleicht ans Shoppen in der Kaufingerstraße. Und natürlich denkt man an die Pinakothek, die Frauenkirche und das Nymphenburger Schloss. Und an den Englischen Garten, in dem man sich nackt sonnen darf. Und an prall gefüllte Dirndl, knackige Waden und schwartige Lederhosen. Natürlich gibt es in München noch viel mehr zu sehen. Deshalb kauft man sich einen Reiseführer und einen Stadtplan. Oder man läuft wie ferngesteuert mit dem Handy durch die Gegend. Für Paare empfiehlt sich das allerdings nur eingeschränkt. Kommunikativer ist es, zusammen alle Heftchen, Programmzettel und Karten durchzublättern, die man in die Hände kriegt. Timm und Liz hatten das so gemacht. Jetzt gingen sie gemütlich an den Ufern der Isar spazieren. Die Isar ist kein mächtiger Strom, sondern ein ruhiger, manchmal auch übermütiger Fluss, der sich durch die Stadt schlängelt und schiebt. Es gibt unzählige Buchten, schneeweiße Kiesbänke und glitzerndes, kristallklares Wasser. Das alles ist so unglaublich schön, dass man die Zeit anhalten möchte und gar nicht glauben kann, dass man gerade jetzt gerade hier steht. Vor allem, wenn es warm ist und sich der Himmel stahlblau über einen spannt. Dann überkommt einen ein Glücksgefühl, das man unbedingt mit jemandem teilen muss. Wenn man dann die Hand des anderen greift, fühlt sich das absolut richtig und selbstverständlich an.

Timm und Liz bewegten sich wie Treibholz durch die Stadt, hingen mal hier fest, mal dort, rissen sich los, wurden wieder auf geordnete Bahnen, sprich befestigte Straßen gelenkt und standen schließlich vor einer riesigen Kirche. Das war also die Frauenkirche, trara, das hatten sie natürlich sofort erkannt. Sie verrenkten sich staunend die Hälse. „Wie hoch das wohl ist?“, fragte Liz und hielt sich schützend eine Hand vor die Augen. Timm wusste es nicht, wagte aber eine Schätzung. Er lag grandios daneben. „Kann man da eigentlich rauf?“, fragte Liz. München von oben! Das müsste großartig sein! Aber der Turm war wegen Bauarbeiten gesperrt. Was ihnen jetzt noch blieb, war eine Besichtigung des Kirchenschiffs. „Hier gibt es eine ganz besondere Sehenswürdigkeit“, sagte Timm und raschelte im Prospekt. „Hier drinnen, liebe Liz, kann man den Fußabdruck des Teufels bestaunen.“
„Ach Gottchen“, sagte Liz.

„Also, da steht was von nicht vorhandenen und dann doch vorhandenen Fenstern, deren Bau den Teufel fürchterlich in Rage gebracht hat. Dieser Wutausbruch ist von einem heftigen Sturm begleitet gewesen, und dieses Sausen und Brausen ist da drinnen immer noch zu hören. An manchen Tagen jedenfalls. Außerdem spukt noch der eine oder andere Maurergeselle durch die Türme."
„Ach Gottchen", wiederholte Liz. „Hoffentlich ist heute alles ruhig!"
Sie schoben die schwere Tür auf. Was sie empfing, war kein tosender Wind, sondern schwere, würdevolle Stille. Unterlegt wurde das Ganze von einem intensiven, betörenden Weihrauchduft. Liz atmete ihn tief ein. Auch Timm war beeindruckt. Er liebte alte Gemäuer, und in einer Kirche etwas ehrfürchtig zu sein, schadete garantiert nicht.

Das heutige Programm wurde durch den Verzehr eines ortstypischen Abendessens abgerundet. Dass es auch etwas Ortstypisches zu trinken gab, verstand sich eigentlich von selbst. Das war allerdings gar keine gute Idee! Das wurde Timm klar, als Liz vorschlug, tanzen zu gehen. Als er ablehnte, denn es gab nicht viel, was er noch mehr hasste, räumte Liz kurzerhand ein paar Stühle zur Seite und stellte sich in die Mitte. Eine nicht existente

Kapelle spielte einen Tusch. Die Hauptakteurin verbeugte sich tief und begann zu singen und kunstvolle Pirouetten zu drehen.
Timm zog sich vorsichtshalber an den Bühnenrand zurück.
Auch wenn das applaudierende Publikum fehlte, bekam Liz doch zunehmend Spaß an der Sache. Sie war munter wie schon lange nicht mehr. Die blonden Haare wirbelten um ihren Kopf, und ihre blauen Augen funkelten wie Saphire. Ihre Wangen glühten, ihre Lippen waren prall und rot. Jetzt scharten sich doch einige Bewunderer um sie. Manche pfiffen sogar durch die Finger oder riefen ihr irgendwas Obszönes zu. „Wer hat Angst vorm Schwarzen Mann?“, rief, nein, sang Liz jetzt. „Wer hat Angst vorm Schwarzen Mann? Wer hat Angst vorm Schwarzen Mann?“, rief sie, tanzte sie, schrie sie in die Welt. Wie ein Derwisch drehte sie schnell und immer schneller. Sie hob sogar die Arme in die Höhe, schwankte zwar etwas, fing sich aber wieder. Timm mischte sich jetzt doch ein. „Bravo, Liz. Aber du kannst jetzt aufhören!“
Liz hörte nicht auf. Sie ließ sich auch nicht von der Bühne ziehen. „Wer hat Angst vorm Schwarzen Mann? Wer hat Angst vorm Schwarzen Mann? Wer hat Angst vorm Schwarzen Mann?“ Sie kreischte jetzt beinahe und manchen Leuten gefiel das. Die Leute mögen es, wenn eine betrunkene, bildschöne Frau sich auf diese Weise präsentiert. Timm versuchte wieder, Liz von der Bildfläche zu ziehen, aber die wehrte sich mit Händen und Füßen. „Wer hat

Angst vorm Schwarzen Mann?' Nicht nur, dass dieses Kinderlied umstritten war – nein, die ganze Frau war eine einzige Provokation. Alles an ihr wogte und schaukelte und geriet in heftige Wallung. „Wer hat Angst vorm Schwarzen Mann? Wer hat Angst vorm Schwarzen Mann? Wer hat Angst vorm Schwarzen Mann? Wer hat Angst vorm Schwarzen Mann?"

Himmel! Wie sollte das noch enden? Timm startete noch einen Versuch, Liz von der Tanzfläche zu zerren. Er war jetzt sehr energisch und sogar etwas grob. „Schluss jetzt, Liz! Du kommst sofort mit!"

Doch Liz wollte nicht. Sie war ein ganz, ganz unartiges Mädchen. Sie krallte sich an Tischen und Tischdecken fest. „Wer hat Angst vorm Schwarzen Mann? Wer hat Angst vorm Schwarzen Mann? Wer hat Angst vorm Schwarzen Mann? Wer hat Angst vorm Schwarzen Mann?", schrie sie über die Schulter, während Timm an der anderen Seite zerrte und zog. Stück um Stück näherten sie sich so der Tür. Stück um Stück steigerte sich aber auch Lizzies Raserei. Zwei Gläser und eine Vase gingen zu Bruch. Schließlich landete auch Liz auf dem Boden. Sie heulte und jaulte wie ein verwundetes Tier. Jetzt waren auch die letzten Zuschauer nichts als Gaffer. Keiner tat was, keiner reagierte, aber was hätte man auch machen können? Timm war so wütend und verzweifelt, dass er Liz beinahe an den Haaren nach draußen zog. Was für ein würdeloser Abgang!

Am nächsten Morgen konnte sich Timm noch an jede Kleinigkeit erinnern, Liz aber nur an wenige Details. Was sich in ihr Gedächtnis eingebrannt hatte, war die Tatsache, dass Timm sie mit Eisenkrallen gepackt hatte. Dass er sie gezwungen hatte, irgendwas zu tun. Am rechten Arm hatte sie mehrere blaue Flecke. Ihr ganzer Körper tat weh. Ihre Kehle schmerzte. War das nicht Beweis genug? Sie würde jedenfalls keine Minute länger in Timms Nähe bleiben.

Während Timm noch im Badezimmer war, stand sie schon mit gepacktem Koffer im Fahrstuhl. Im Foyer duftete es nach frischem Kaffee. Schade, sie hatte sich eine Nacht im Hotel und das anschließende Frühstück so schön vorgestellt! Aber sie musste hier so schnell wie möglich weg. Sie ging zum Empfang und klingelte hektisch. „Auschecken bitte!“ Sie zahlte genau die Hälfte, schwang die Reisetasche über die Schulter und machte sich davon. Weg waren sie, die schönen Erinnerungen an den gestrigen Tag. An die tollen Erlebnisse, die sie mit Timm geteilt hatte. Die Stadt war ein Moloch. Alles war zu groß und zu schwer. Andererseits erfüllte sie die Vorstellung, dass Timm vergeblich hinter ihr herschnüffeln würde, mit einem Gefühl der Leichtigkeit. Sie würde nicht nach Hause fahren. Sie würde erst wieder auftauchen, wenn sie Ariane gefunden hatte. Dass die sich längst nicht mehr in München befand, konnte sie natürlich nicht wissen.

Als Timm merkte, dass Liz weg war, war er tatsächlich ziemlich überrascht. Er konnte verstehen, dass Liz keine Lust auf eine Konfrontation hatte, und die hätte er ihr bestimmt nicht erspart, aber dass sie sich nun ganz alleine auf den Weg machte, nun ja, das hätte er ihr niemals zugetraut. Liz hatte ihren Anteil gezahlt. Das hieß dann wohl, dass er frei war, das zu tun und zu lassen, was ihm gefiel. Und genau das würde er tun. Schließlich verbrachte er hier seinen wohlverdienten Urlaub.

Ganz kurz dachte Timm über seine Verantwortung in dieser Angelegenheit nach. Hatte er überhaupt eine? Mehr Gedanken machte er sich allerdings über die Begegnung mit den anderen Gästen, wenn er gleich runter in den Frühstücksraum ging. Die Blicke! Die hinter der Hand geflüsterten Kommentare! Egal. Er hatte Hunger, und so schlimm würde es schon nicht werden.

Tatsächlich frühstückte Timm völlig ungestört. Er futterte sich durch das reichhaltige Buffet und dachte darüber nach, wie er den heutigen Tag gestalten wollte. Dass er Liz nicht hinterherfahren würde, war schon mal klar. Hoffentlich lief er ihr nicht gleich an der nächsten Ecke über den Weg!

Es folgte ein informativer Vormittag, ein superleckeres Mittagessen, ein lustiger Nachmittag und ein noch viel lustigerer Abend. Allerdings würde die Nacht nicht ganz so lustig sein. Das lag daran, dass Timms in Alkohol badendes Hirn sich unaufhörlich um sich selber drehte. Alles drehte sich um sich selber. Sein Bett, sein Körper, seine Gedanken. Kein Wunder, dass einem davon schlecht wurde! Und auch kein Wunder, dass man dann nur Blödsinn träumte! Aber musste es ausgerechnet was mit Liz sein? Sie sah ihn aus veilchenblauen Augen an, während ihr Erdbeermund folgende Sätze formte: „Da ist sie wieder, die schwarze Gestalt! Timm, pass auf! Sie steht direkt neben dir!" Puh! Trotz seines desolaten Zustands saß Timm plötzlich aufrecht im Bett. Aber da war nichts, Gott sein Dank! Es war nur wieder einer seiner bescheuerten Albträume gewesen!

Cora wählte und wartete, während ihr Puls ungebremst durch die Decke schoss. Was sie zu sagen hatte, würde auch am anderen

Ende für überhöhte Werte sorgen. Sie versuchte es noch einmal, wählte, wartete, klimperte mit den Fingern auf der Tischplatte, nichts. Also noch einmal wählen, warten, nichts. Peter war tot. Peter war tot. Sie würde ihn nie wiedersehen. Niemals! Sie würde nie erfahren, was wirklich passiert war. Warum ging denn nicht wenigstens Timm ans Telefon? Wählen, warten, nichts. Sie würde sich nicht mehr mit ihm versöhnen können. Sie würde nie gutmachen können, was sie falsch gemacht hatte. Sie hatte ihn zum Beispiel nie gefragt, wie es ihm wirklich ging. Sie hatte immer nur über sich selbst gesprochen, blablabla, und jetzt bekam sie noch nicht mal Timm ans Telefon. Immer noch nicht! Wo steckte der Kerl bloß? Sie hätte sich damals nicht beleidigt zurückziehen sollen.

Sie hatte nichts, absolut nichts unternommen, um Peter zu helfen, und alle Aktionen Timm und Liz überlassen. Liz! Ausgerechnet Liz! Was für ein armseliges Verhalten! Aber diese Erkenntnis kam definitiv zu spät. Und jetzt konnte sie noch nicht mal Timm erreichen. Verdammt! Sie hätte nachbohren, hinterfragen, auf Antworten bestehen müssen. Warum hatte er sich so verändert? Wann hatte es angefangen? Warum lag er überhaupt im Krankenhaus? Und wie oft hatte sie ihn da besucht? Sie hatte ihn im Stich gelassen. Ihm nie gesagt, wie wichtig er ihr war und wie sehr sie ihn vermisste. Marian auch. Marian! Vielleicht hatte er ja Recht gehabt! Vielleicht war es wirklich Peter gewesen, der vorgestern angerufen hatte. Scheiße! Scheiße! Dieses Röcheln am anderen Ende. Das war Peter gewesen! Warum hatte sie das nicht gemerkt? Marian würde ihr ewig Vorwürfe machen.

„Mama?“

Cora schrak zusammen.

„Mama, was ist los?“

Natürlich merkte Marian, dass seine Mutter heulte. Es hatte überhaupt keinen Sinn, ihm etwas vorzumachen. Trotzdem hätte sie gern einen anderen Zeitpunkt gewählt, denn sie musste ja erst mal selbst wieder klarkommen. „Peter ist tot.“

Marian erstarrte.

Cora hätte ihren Sohn gern fest in den Arm genommen, aber der ließ das nicht zu. „Woher … Wie …Warum?“, stammelte Marian, und in seinen Augen glitzerte es.“

„Das Krankenhaus hat sich eben gemeldet. Etwas Genaues wollten sie mir aber nicht sagen.“

„Dann stimmt es also“, sagte Marian, drehte sich um und ging ohne einen weiteren Kommentar in sein Zimmer. Cora hätte ihm folgen sollen, ihn fragen, was er damit gemeint hatte, sie hätte ihn trösten, ihm beistehen sollen, was auch immer. Aber es ging nicht. Peter war tot! Peter war tot, und der Zeiger an der Uhr drehte sich gnadenlos weiter. Ticktack, ticktack. Sie hätte das hässliche Ding längst wegwerfen sollen! Ticktack, ticktack. Cora kletterte auf den Küchenstuhl und zerrte und zog an dem gelbbraunen Plastikgehäuse, das bombenfest an seinem Haken hing und erst aufgab, als es nur noch aus einem Haufen Splitter bestand.

Kapitel III (Ariane)

Hass ist nicht das Gegenteil von Liebe. Er ist der verzweifelte Versuch, sie zurückzugewinnen.

Das kleine Mädchen mit den dunklen Zöpfen, das seit Stunden selbstvergessen im Garten spielte, musste auf jeden Betrachter wirken wie ein ganz normales, glückliches Kind. Würde er das Schicksal der Kleinen kennen, mochte er sie bedauern - sie selbst hätte das nicht verstanden, denn an das was passiert war, konnte sie sich nur schemenhaft erinnern. Sie hatte ein liebevolles Zuhause. Es gab kaum einen Wunsch, der ihr verwehrt blieb, und die Angstträume kehrten nur noch selten zurück. Seit kurzem konnte sie wieder alleine schlafen. Nur nicht im Dunkeln. Sie schlief gut, sie aß gut, sie hatte Freunde, sie war eigentlich wie jedes andere Kind. Onkel Kurt und Tante Agnes waren immer in ihrer Nähe. Sie waren nie weiter weg als ein Zuruf, ein Winken, ein durch die Luft gehauchter Kuss. Und da war das schöne, alte Haus mit seinen dicken Mauern. Und da war der riesige Garten mit seinen hohen Bäumen, seinen verschwiegenen Büschen und dem Spielplatz zum Klettern, Buddeln und Burgenbauen. Sie hätte es nicht besser treffen können. Die Nachbarskinder kamen inzwischen oft zum Spielen rüber, denn so einen schönen Garten wie Ariane hatten sie nicht. Eigentlich hatte Ariane, was sie sich wünschte. Nur einen Hund durfte sie nicht haben. Auch kein anderes Haustier. Aber daran war sie selber schuld.

Es war nämlich so: Wenn sie traurig oder wütend war, und das kam meistens auf dasselbe hinaus, passierten manchmal ziemlich schlimme Dinge. Ihre Freunde liefen dann weg und ließen sie einfach allein. Da saß sie dann und wusste überhaupt nicht mehr, wohin mit ihrer Wut. Um sich trotzdem zu beruhigen, half manchmal einer der Tricks, die man ihr gezeigt hatte: Einen Boxsack mit beiden Fäusten zu bearbeiten zum Beispiel. Oder eine kratzige Bürste über die Haut zu scheuern. Das alles konnte helfen, aber meistens war es zu spät. Dann hatte sich die Wut schon so weit aufgebläht, dass sie wie eine Bombe platzte. Dann half dieser ganze Kinderkram nicht. Sie war nämlich kein kleines Kind mehr. Sie war schon sechs Jahre alt!

Manchmal bekamen sogar Onkel Kurt und Tante Agnes Angst vor ihr. Sie hatte ja selber Angst. Sie fürchtete sich vor dieser Wutwelle fast genauso, wie sie sich vor den bösen Männern gefürchtet hatte, die damals in ihr Haus eingedrungen waren. Da hatte sie auch nichts tun können. Da hatte sie nur beobachtet, wie sich ihre Mama vor der Haustür aufgebaut hatte. Sollten sie doch kommen! Sollten sie es doch wagen! Das war ihr Haus! Ihre Familie! Wenn Mama richtig wütend war, kam niemand an ihr vorbei. Auch nicht die Männer mit ihren Gewehren und Messern und Schlagstöcken, pah, sollten sie doch kommen! Mama war stark und mutig wie eine Löwin.

Jedenfalls in ihrer Erinnerung. In ihrer Erinnerung waren die Männer vor Schreck erstarrt und hatten sich schleunigst davongemacht. Wenn das tatsächlich so gewesen wäre, dann wäre das, was Ariane so sorgfältig aus ihrem Gedächtnis gestrichen hatte, niemals passiert. Dann hätten die Männer ihre Mama nicht einfach überrannt. Dann hätte nicht einer von ihnen, als er Mama da liegen sah, ein blitzendes Messer gezogen und es ihr in den Leib gestoßen.

Aber genau so war es: Der Soldat wischte das Messer im Gras ab und lief seinen Kumpanen lachend hinterher. Im Gebüsch flatterte panisch ein kleiner Vogel auf. „Mama!“ schrie Ariane und rannte zur Tür. Da lag ihre Mama mit weit offenen Augen, aber sehen konnte sie ihr kleines Mädchen nicht. „Mama! Mama!“, schrie, weinte, kreischte Ariane und rüttelte an dem schlaffen Körper. „Mama! Mama!“ Plötzlich explodierte etwas in Arianes Kopf. Erst war es ganz hell, dann war alles schwarz und still. Und so sollte es lange, lange Zeit bleiben.

Überhaupt war es das Beste, einfach weg zu sein. Nichts hören, nichts sehen, einfach weg sein. Da waren keine Gedanken, keine Stimmen, kein Leben. Ariane rollte sich wie ein Igel zusammen. Wenn sie doch jemand berührte, pikste er sich die Finger wund. Die meisten Leute gaben irgendwann auf.

Aber Onkel Kurt und Tante Agnes waren anders. Sie versuchten immer wieder, den Ariane-Igel aufzurollen. Aber streicheln, gut zureden, all das funktionierte nicht richtig. Sollten sie doch froh sein, wenn sie einfach nur hier saß und nichts kaputt machte. Sie hatte sich in ihrer Igelwelt ganz gut eingerichtet. Warum ließ man sie nicht einfach in Ruhe? „Wir müssen unbedingt etwas tun!“, sagte Tante Agnes und seufzte schwer. „Das Mädchen wird immer blasser und dünner. Sie sieht schon aus wie ein Gespenst.“ Gespenster sind tot, dachte Ariane, und tot zu sein, wäre eigentlich gar keine schlechte Idee. Dann wäre sie endlich wieder bei ihrer Mama. Aber sich tot zu hungern, schaffte Ariane nicht. Hunger tat weh. Und weil sie das nicht auch noch ertrug, aß sie eine Kleinigkeit hier und da. Und eigentlich war das ja auch egal, ob sie was aß oder nicht, denn sterben würde sie sowieso. Wahrscheinlich schlugen Tante Agnes und Onkel Kurt sie vor Wut irgendwann tot.

Aber da täuschte sie sich. Schließlich begriff Ariane, dass Tante Agnes und Onkel Kurt sie ganz fest ins Herz geschlossen hatten. Dass sie ihr nie wehtun würden, auch wenn sie manchmal wütend wurden und rumbrüllten. Und sie merkte auch, wie lieb sie selbst sie hatte. Natürlich lange nicht so lieb wie Mama und Papa.

Außerdem hatte Ariane jetzt einen besten Freund. Er kannte sie ganz genau, und sie stritten sich nie. Er wusste immer, wenn sie traurig war, und dann tröstete er sie, und dann gingen sie Hand in Hand. Sie redete ununterbrochen mit ihm, obwohl sie eigentlich gar nicht reden musste, weil er sie so gut kannte. Aber die Leute redeten miteinander, also tat sie das auch. Es war schön, einen Freund zu haben. So machte das Leben beinahe Spaß.

Onkel Kurt und Tante Agnes merkten natürlich, dass Ariane sich langsam veränderte. Dass sie oft vor sich hinplapperte, gestikulierte und manchmal sogar lachte. Sie waren nicht beunruhigt, denn sie wussten, dass viele Kinder einen unsichtbaren Spielkameraden haben. Arianes verwundete Seele begann, sich selbst zu heilen. Es war nur eine Frage der Zeit, bis Ariane aus ihrer Igel-Höhle auftauchte. Was für eine schöne Vorstellung! Dann würden sie ihr zeigen können, wie herrlich die Welt war und wie liebenswert die meisten Menschen, die auf ihr wohnten. Dann würden die schrecklichen Erinnerungen nach und nach verblassen und Platz für neue Erfahrungen machen. Sie konnten es kaum erwarten.

Aber noch war Ariane spröde und zerbrechlich wie eine Eisprinzessin. Sie ließ sich zwar manchmal in den Arm nehmen, aber wer dann tropfte und dahinschmolz, waren Agnes und Kurt. Garantiert nicht Ariane. Trotzdem! Das Mädchen wand sich nicht mehr, als befände es sich im Würgegriff einer Schlange. Im Gegenteil: Ariane wickelte sich manchmal selbst so fest um Onkel Kurts Hals, dass der kaum noch Luft bekam. Aber der genoss das, versuchte zu lachen und hoffte, dass sie ihn nie, nie mehr losließ.

Manchmal gingen sie spazieren wie eine richtige Familie und die Leute ringsherum lächelten ihnen zu. Sie gingen zum Beispiel ins Aquarium oder in den Zoo. Hier warteten schon diverse Tiere auf Ariane und fraßen ihr manchmal sogar aus der Hand. Oder sie machten andere lustige Sachen: Kletterpark, Schwimmen,

Turmspringen, Radfahren, Kirmes – nichts war ihr zu hoch, zu wild, zu gefährlich. Die arme Tante Agnes brachte das manchmal an den Rand des Nervenzusammenbruchs. Onkel Kurt dagegen hatte seinen Spaß.

Zu Hause wurde Ariane verhätschelt und verwöhnt, als hätte sie jeden Tag Geburtstag. Sie schaufelte Unmengen an Gummibärchen in sich hinein und manchmal eine ganze Packung Schokoküsse. War das zu viel? Bestimmt, aber die Hauptsache war doch, dass das Kind endlich Kind sein konnte, dass es sich geliebt fühlte, dass es nachholen durfte, was es verpasst hatte. Dass es endlich den Anteil an Glück bekam, der ihm zustand! Jeder Tag war ein neues, spannendes Abenteuer. Auch deshalb, weil Ariane jederzeit platzen konnte wie ein angestochener Luftballon. Wann auch immer, warum auch immer, jetzt wehte ein anderer Geist. Auch Onkel und Tante hatten sich verändert. Oft lachten und schäkerten sie herum, als seien sie wieder junge Leute. Oder sie drehten die Musik auf volle Lautstärke und hüpften und sprangen durchs Haus wie übermütige Hunde.

Apropos Hund. Ariane wünschte sich ganz dringend einen Hund. Obwohl Tante Agnes entschiedenen Widerstand leistete, wurde sie schnell eines Besseren belehrt. Das lag daran, dass Onkel Kurt alle möglichen therapeutischen und psychologischen Argumente vorbrachte. Außerdem fand er die Idee, einen Hund im Haus zu haben, sowieso großartig. Das war sie aber nicht, denn das kuschelige Fellknäuel, das kurz darauf einzog, lebte nicht lange. Konnte sein, dass Ariane das arme Tier vor lauter Liebe zerdrückt hatte. Oder sie war aus Versehen draufgetreten, als es ihr kreuz und quer durch die Beine wuselte. Vielleicht hatte der kleine Kerl sie auch gezwickt und furchtbar wütend gemacht. Jedenfalls lag das Hundekind, das noch nicht mal einen Namen hatte, am zweiten Abend tot im Flur. An seinem Mäulchen klebte Blut. Agnes und Kurt waren viel zu geschockt, um auf Ariane zuzugehen, die sprachlos und mit vor Entsetzen geweiteten Augen im Türrahmen stand.

Gott sei Dank hielt Arianes unsichtbarer Freund trotzdem zu ihr. Der verstand ganz genau, wie so etwas Schreckliches passieren konnte. Er wusste, wie verzweifelt Ariane war und dass sie getröstet werden musste. Er stand auch daneben, als Onkel Kurt im Garten ein winziges Grab aushob. Er sah zu, wie das Bündel hineingebettet wurde und legte sogar ein Blümchen dazu. Wenn es ihren Freund nicht gegeben hätte, dann, ja dann, hätten sie sie am besten gleich mit beerdigt. Dann hätte sie keinen Spaß mehr am Leben gehabt. Dabei hatte sie sich so darauf gefreut!

Tatsächlich ging auch am nächsten Tag wieder die Sonne auf. Es war beinahe, als sei gar nichts geschehen. Nur Agnes und Kurt waren irgendwie komisch. Sie redeten kaum, nicht mit ihr, aber auch nicht miteinander. Ariane wusste natürlich, dass sie der Grund für ihr seltsames Verhalten war. Sie wusste, dass sie etwas Furchtbares getan hatte. Also war sie auch lieber still.

Obwohl das Hundchen tot war, kehrte nach und nach das Leben ins Haus zurück. Es wurde wieder geredet. Es erklang wieder Musik. Agnes und Kurt waren fast wieder normal. Ariane allerdings nicht. Es gab so viel Furchtbares, Seltsames, Unverstandenes in der Welt. Sie fand sich überhaupt nicht mehr zurecht. Nur ihr unsichtbarer Freund glaubte, dass alles gut werden würde. Irgendwie.

Als Ariane sieben Jahre alt wurde, feierte sie ein großes Fest. Kurt und Agnes waren so stolz auf ihre kleine Prinzessin, dass sie fast die ganze Nachbarschaft eingeladen hatten. Den Vorfall mit dem Hund konnten sie inzwischen einordnen. Sie waren ja so naiv gewesen! Aber wenn man sich so umsah und umhörte, hatten auch andere Eltern ihre Probleme. Die süßen Kleinen waren gar nicht immer so süß! Was die sich teilweise leisteten, hui, das wollte man auch nicht haben, und wie die Eltern damit umgingen, na ja! Heute allerdings herrschte zuckersüße Eintracht. Kein Wunder bei dem Angebot an Köstlichkeiten und Spielgeräten. Überall im Garten lagen Bälle, Springseile und Reifen herum. Topfschlagen, Wattepusten, Schokoladeessen, die Spiele aus ihrer eigenen Kindheit funktionierten noch immer, und später würde es leckeren Kartoffelsalat mit Würstchen geben. Na bitte! Es klappte doch! Was für ein gelungener Nachmittag!

Als auch der letzte Gast gegangen war und sich abendliche Ruhe über den Garten legte, waren Kurt und Agnes völlig erschöpft. Ariane allerdings kein bisschen. Sie spielte mit ihren neuen Spielsachen und thronte inmitten ihrer Schätze wie eine Königin. Sie fühlte sich wieder wohl in ihrem Reich. Erst als es dunkel wurde, ließ sie sich widerstandslos ins Bett bringen. Tante Agnes gab ihr einen Kuss auf die Stirn und schaltete das Licht aus. Das Licht auszumachen, war kein Problem, denn ihr unsichtbarer Freund passte auf sie auf. Davon wussten Agnes und Kurt natürlich nichts. Sie wussten überhaupt nicht sehr viel von ihr.

Ariane merkte ziemlich schnell, dass sie nicht die Einzige war, die Geheimnisse hatte. Sie wusste das, weil erwachsene Leute manchmal aufhörten zu reden, wenn sie ins Zimmer kam. Sie taten dann so, als sei gar nichts und lachten und schäkerten mit ihr herum, als sei sie noch blöde sechs Jahre alt. Manchmal warfen sie ihr ganz komische Blicke zu. Vielleicht stimmte etwas nicht mit ihr. „Doch, doch!“, sagte Onkel Kurt und zog sie auf seinen Schoß. „Mit dir ist alles in Ordnung. Du bist nur noch viel süßer und viel schlauer und viel, viel knuddeliger als alle anderen Kinder.“ Und dann kitzelte er sie durch, bis sie vor Lachen kaum noch Luft bekam. Onkel Kurt war toll, aber er log. Sie merkte doch, dass irgendwas nicht stimmte. Sie würde es bei Tante Agnes probieren. „Ach!“, sagte Tante Agnes und rührte weiter in dem riesigen Suppentopf. „Es ist gar nichts. Du tust den Leuten einfach leid.“
„Was? Warum denn?“
Tante Agnes’ Blick wanderte zu Kurt. Der seufzte und sagte: „Du tust ihnen leid, weil du keine Eltern mehr hast.“
„Aber ich habe doch euch!“
„Genau! Du hast ja uns!“ Onkel Kurt drückte sie fest an sich. Sein Stoppelbart kribbelte lustig an ihrer Wange, und er duftete nach Zimt oder anderen Gewürzen. „Du bist jetzt bei uns, Ariane, und du weißt gar nicht, wie glücklich uns das macht!“

Ariane war auch sehr glücklich. Sie hüpfte wie ein Gummiball auf und davon.

Als sie in die Schule kam, begann der Ernst des Lebens. Das sagten zumindest die Erwachsenen. Keine Ahnung, warum das Leben jetzt ernst sein sollte, denn eigentlich machte das Lernen Spaß. Es war viel toller, als irgendein Spiel zu spielen, bei dem nur einer gewinnen konnte, der andere aber traurig war. Überhaupt waren Spiele was für kleine Kinder. Sie war aber kein kleines Kind mehr. Sie war jetzt ein richtig großes Mädchen. Tatsächlich war sie die Älteste und Größte in der Klasse, und Tante Agnes sagte ihr auch, warum. Aber Ariane verstand nur die Hälfte. Natürlich hatte Tante Agnes ihr auch nur die Hälfte erzählt.

Es dauerte nicht lange, bis sich Ariane eine ganz neue Welt erschlossen hatte. Sie gewann nicht nur neue Freunde, die ganzen Altersstufen rauf und runter, nein, das Wichtigste war, dass sie ganz schnell lesen lernte und nicht mehr Onkel Kurt oder Tante Agnes bitten musste, denn die waren oft einfach zu müde oder zu beschäftigt. Sie klemmte sich einfach das Buch unter den Arm, suchte sich ein nettes Plätzchen und träumte sich irgendwo hin.

Wer lesen kann, sagte Onkel Kurt immer, ist nicht mehr abhängig von dem, was um ihn herum geschieht. Er weiß, dass da noch mehr ist. Er findet Trost und Bestätigung, wann immer er sie braucht. Da hatte er wohl Recht, aber die Gespenster der Vergangenheit waren sehr hartnäckig. Ein Knall, ein Blitz, eine Erinnerung, und dann waren sie wieder da, die schrecklichen Szenen, der Lärm, das Blut, die Gewalt, die Angst, der Hass. Mitten im schönsten Sonnenschein konnte die Welt untergehen. Dann war es wieder da, das fiese, stachelige Ariane-Igelchen, und es würde lange dauern, bis es sich in voller Größe ans Tageslicht traute.

Immer wieder versuchte Ariane, sich das liebe Gesicht ihrer Mama vorzustellen. Es machte sie traurig, dass sie sich nicht mehr so genau erinnern konnte, aber Gott sei Dank hatte sie ihren unsichtbaren Freund. Der kannte Mama und Papa auch sehr gut und wusste, wie sie aussahen und was mit ihnen passiert war, und irgendwie tröstete sie das.

Kurt und Agnes machten sich trotzdem Sorgen. Wo war ihr kleiner Sonnenschein geblieben? Seit langem waren die Tage wie von einem trüben Dunst verhangen, und es wurde gar nicht mehr richtig hell. „Komm mal her“, sagte Onkel Kurt und zog Ariane zu sich heran. Dann legte er ihr seine Hand auf die Stirn. Kein Fieber! Immerhin! Ariane wand sich aus Onkel Kurts Armen und setzte sich so steif auf ihren Platz, dass man denken konnte, sie habe einen Stock verschluckt. Plötzlich flog ein Brötchen quer über den Tisch und landete direkt vor ihr auf dem Teller. „Volltreffer!" Onkel Kurt lachte, Tante Agnes gluckste ein bisschen, Ariane schnappte nach Luft. Sie packte sich das blöde Geschoss und schlug wortlos ihre Zähne hinein. Sie kaute lustlos darauf herum und dann, nein, währenddessen, fing sie an zu reden. Mit vollem Mund zu sprechen, war natürlich nicht erlaubt, aber Kurt und Agnes unterbrachen sie nicht. Sie freuten sich ja, dass sie überhaupt was sagte.

Es war eine grausliche Erzählung eines grauslichen Traums. Männer mit blitzenden Augen kamen darin vor. Außerdem ganz viel Geschrei, Messer, Gewehre, alles Mögliche. Es war ein totales Durcheinander. Und Blut kam darin vor, ganz viel Blut. Und Kinder, die durch die Gegend liefen und nach ihren Mamas schrien. Und die Erwachsenen schrien auch und liefen auch durch die Gegend, oder sie lagen tot oder halbtot auf der Straße. Und die Pferde schrien auch. Sie schrien genauso wie die Menschen, und sie hatten genauso viel Angst. Und wenn Ariane sich nicht versteckt hätte, dann hätten die Männer sie auch erwischt, und dann wäre sie jetzt auch tot, und dann würde sie auch da liegen. Ariane kniff ganz fest die Augen zusammen. „Oje“, sagte Onkel Kurt. „Das war aber ein wirklich böser Traum!“

„Aber Gott sei Dank war es nur ein Traum“, sagte Tante Agnes, obwohl sie ahnte, dass das nur die halbe Wahrheit war. Ariane steckte immer noch mittendrin in dem ganzen Schlamassel. Sie hatte noch einen weiten Weg vor sich.

„Und dann war da noch ein ganz tiefer See“, fuhr Ariane fort. „Aber der See sah gar nicht aus wie See. Er sah aus wie ein riesiges Auge, und das hat mich die ganze Zeit angeguckt.“ Arianes eigene Augen waren jetzt auch riesengroß. Und dann erzählte sie weiter. Zumindest das, woran sie sich halbwegs erinnern konnte. Den Rest reimte sie sich zusammen, aber das war völlig egal, denn genauso hätte es sein können. Und vielleicht war es auch genauso gewesen. Erst als Onkel Kurt sich räusperte, hörte sie auf zu reden. War er böse auf sie? Hatte sie zu viel geredet? Nein! Nein! Überhaupt nicht! Er gab ihr einen Kuss auf die Stirn. Sie schmiegte sich an seine Brust, und plötzlich kullerten Tränen über ihr Gesicht. Verdammt, jetzt machte sie auch noch seinen Hemdkragen nass! „Meine kleine, traurige Prinzessin“, sagte Onkel Kurt, den der nasse Kragen überhaupt nicht störte, und strich ihr zärtlich über das Haar. Jetzt war alles zu spät! Ariane begann zu schluchzen und zu schniefen und hörte gar nicht mehr auf. Tante Agnes hielt ihr irgendwann ein Taschentuch hin. Ariane schnäuzte sich ausgiebig und kringelte sich auf Onkel Kurts Schoß zusammen. Sie war jetzt wieder sein kleines Igelchen. Doch nein, sie war kein Igelchen mehr, denn sie hatte jetzt ein richtig flauschiges Fell.

Onkel Kurt war Papas Bruder. Kein Wunder, dass er so lieb war, denn Papa war ja auch lieb gewesen. Meistens jedenfalls. Er konnte auch ziemlich wütend werden, doch so was hatte sie bei Onkel Kurt nie erlebt. Einmal hatte Papa sie sogar verhauen. Hauen durfte man nicht, und das hatte Mama ihm auch ins Gesicht geschrien und dafür selbst Haue riskiert. „Da siehst du, wohin das alles führt“, hatte Mama gesagt und damit das Schnapstrinken gemeint. Papa trank ziemlich viel Schnaps. Früher hatte er sich immer über die Leute aufgeregt, die zu viel Schnaps getrunken hatten und besoffen irgendwo rumlagen. „Diese Idioten!“, hatte er gesagt. „Jetzt saufen sie sich auch noch den letzten Rest ihrer Würde weg!“ Inzwischen trank er selbst zu viel Schnaps. „Das ist der Krieg!“, hatte Mama ihr erklärt. „Der Krieg hat ihn kaputtgemacht.“ Ariane hatte das nicht ganz verstanden, denn Papa war ja gar nicht kaputt. Er lebte ja noch. Er hatte viel mehr

Glück gehabt als seine Eltern, seine Schwester und viele seiner Freunde.

In der letzten Zeit dachte Ariane dauernd an den Krieg. Wenn sie im Bett lag und nicht schnell genug einschlief, dann sah sie wieder die kaputte Stadt. Dann hörte sie das Heulen der Flugzeuge, das Jaulen und Zischen der Bomben, die dumpfen Einschläge und die Explosionen danach. Manchmal sah sie aber auch, wie die Stadt vor dem Krieg gewesen war. Sie sah sich selbst und wie sie im Sonntagskleid mit Mama und Papa spazieren ging. Sie sah die weißen Häuser, die blühenden Büsche, die saubere Straße und den Kirchturm, der wie ein Finger in den blitzblauen Himmel stach. Und dann fegte wieder ein Sturm über die Stadt, und alles sah ganz anders aus. Alles war kaputt. Die Häuser waren kaputt, die Kirche war kaputt, die Menschen waren kaputt. Überall lagen Schutthaufen, und man konnte gar nicht richtig erkennen, wo man war. Männer, Frauen und Kinder liefen herum, durchwühlten Stein um Stein, hatten rotgeweinte Gesichter und blutverschmierte Hände. Manche standen oder saßen aber auch da, als ginge sie das alles nichts an. Ihre Gesichter waren vollkommen leer. Sie sahen genauso trübsinnig aus wie der Fluss im Hintergrund. Ja, genau, was war eigentlich aus dem fröhlich vor sich hinplätschernden

Fluss geworden? Er schlängelte sich nun als stinkende Kloake zum Meer.

Und dann wachten die Vögel wieder auf, und die Kinder spielten Fangen in den Straßen. Die Blumen reckten und streckten sich dem Licht entgegen. Die Sonne übergoss ihr Haus mit flüssigem Gold. Sie hätte bestimmt auch die anderen Häuser mit Gold übergossen, aber das ging gar nicht, denn die meisten waren ja weg. Ihr Haus war das einzige im ganzen Ort, das nicht kaputt war. Deshalb verstand sie auch nicht, warum Mama trotzdem dauernd weinte. Jetzt, wo Papa wieder zu Hause war, hätte es doch sein können wie früher.

Ariane war erst sechs Jahre alt. Sie strengte sich an, so sehr sie konnte, aber Mama wurde nicht fröhlicher. Papa erst recht nicht. Was dann passierte, war wie ein Traum, den man lieber ganz schnell wieder vergisst. Vielleicht stimmte ja auch alles gar nicht. Vielleicht stand Papa ja morgen vor der Tür und fing sie mit ausgebreiteten Armen auf. Aber in ihrem Kopf saß eine ganz andere Geschichte fest, und die ging so: Es war Abend, und sie warteten auf Papa. Es wurde immer später, und sie warteten und warteten. Plötzlich polterte etwas vor der Tür. Papa war da. Er stolperte ins Zimmer und schlug am anderen Ende der Länge nach hin. Er hatte wieder zu viel Schnaps getrunken. Zumindest dachte sie das und Mama ganz bestimmt auch. Gleich würde es wieder ein fürchterliches Gezeter geben. Mama lief auf Papa zu. Dann zog sie ihn kräftig am Ärmel und schüttelte ihn durch. Papa lag einfach nur da und rührte sich nicht. Jetzt ließ sich Mama neben ihm auf die Knie fallen und hielt ihr Ohr vor sein Gesicht. Sie schien ihm zuzuhören, obwohl er gar nichts sagte. Dann begann sie selbst zu reden, und ihre Stimme wurde immer lauter. Ihre Stimme klang trotzdem nicht wütend, sondern flehend und verzweifelt. Als Papa immer noch nicht antwortete, bettete sie seinen Kopf auf ihren Schoß. Sie begann ihn zu streicheln und zu küssen und hin- und herzuwiegen wie ein Baby, und dabei schrie und weinte sie die ganze Zeit. Das war so unheimlich, dass es Ariane eiskalt über den Rücken lief. Genauso schrien und weinten die Frauen da draußen, wenn sie mit nackten Händen die Schuttberge durchwühlten. Was war denn nur mit Papa los? Warum sagte er nichts? Mama hielt ihn immer noch fest im Arm und schaukelte ihn, vor und zurück, vor und zurück, und ihr Mund war jetzt nur noch ein schmaler Strich. Plötzlich begann sie zu zittern, als sei ihr kalt. Und dann stieß sie einen so fürchterlichen Schrei aus, dass einem fast die Ohren zersprangen. Und dann fing sie an zu fluchen und schleuderte die schlimmsten Wörter hervor, die man sich denken konnte. „Ihr Hurensöhne!“, schrie sie. „Ihr verdammten Hurensöhne! Ihre verdammten, elenden Schweine! Der Teufel soll euch holen!“ Gott sei Dank war da niemand, der sie hören konnte. Nur Papa war da und seine kleine Tochter, die vor Schreck mit der Wand verschmolz. Plötzlich kam das Leben in Papas Körper zurück. Kein normales Leben, denn Papa wand und kringelte sich wie ein Wurm. Dabei machte er ganz seltsame Geräusche. Er klang wie ein gurgelnder Wasserfall. Und dann spritzte eine Fontäne aus seinem Mund. Er kotzte tatsächlich auf den Teppich, mitten auf den schönen Teppich. Der war jetzt nicht mehr himmelblau, sondern schmutzig rot. Mama störte das offensichtlich nicht. Sie wiegte Papa wieder in den Armen und flüsterte ihm seinen Namen ins Ohr. Sie wischte ihm mit ihren Haaren den Dreck aus dem Gesicht. Sie pustete sogar in ihn hinein, als sei er ein riesiger Luftballon. Schließlich bohrte sie ihre Nase in Papas Brust und schrie und schluchzte fürchterlich. Ariane konnte das nicht ertragen, aber sie konnte auch nichts dagegen tun. Sie saß die ganze Zeit unsichtbar in ihrer Ecke und rührte sich nicht. Gut, dass Papa nicht merkte, dass Mama so laut weinte, denn heulende Weiber konnte er gar nicht leiden. Aber jetzt lag er ganz ruhig bei Mama, und Mama lag bei ihm, und sie lagen nebeneinander, als seien sie beide gestorben, und das war alles so traurig, dass jetzt auch Ariane ganz laut weinen musste.

Die Heulerei hörte überhaupt nicht mehr auf. Irgendwann war Ariane so ausgedörrt wie eine Trockenpflaume. Ihr Hals tat weh. Ihr Bauch tat weh. Ihr Herz tat weh. Oh, sie vermisste Papa entsetzlich, aber immer an ihn denken wollte sie auch wieder nicht. Es passierten noch viel mehr entsetzliche Dinge. Sie konnte nicht mehr weinen, aber zu lachen hatte sie auch verlernt. Ariane fühlte sich wie eine dieser Steinfiguren, die früher in ihrem Garten standen. Obwohl, fühlen war das falsche Wort, denn genau das tat sie ja nicht.

Besser wurde es erst, als Agnes und Kurt sie zu sich nahmen. Onkel Kurt und ihr Papa waren Brüder gewesen. Brüder gehörten zusammen, und sie hatten sich lieb. So war es auch bei Papa und Onkel Kurt gewesen. Aber so war es leider nicht immer, denn draußen herrschte Bruderkrieg. Bruderkrieg! Also, wenn sie einen Bruder hätte, würde sie ihn sehr, sehr liebhaben und garantiert keinen Krieg mit ihm anfangen. Eine Schwester hätte sie allerdings auch sehr gerne. Tante Agnes lächelte, als Ariane das sagte. „Alle Frauen sind wie Schwestern“, sagte sie. „Wir müssen wie Schwestern zusammenhalten, denn nur so kommen wir durch.“ Ariane verstand das nicht, und Tante Agnes erklärte es ihr auch nicht. Sie nahm nur Arianes Hand und drückte sie so fest, dass es fast wehtat. „So ein schönes Land!“, fuhr Tante Agnes fort. „So ein schönes Land, aber alles kaputt. Die Häuser, die Straßen, alles. Die Menschen auch. Sonst würde so etwas nicht geschehen. Lauter kaputte, traurige Menschen. Es ist ein Jammer! Sei froh, dass du da raus bist!“

Ariane dachte an Mama und Papa und ihr schönes Zuhause und war überhaupt nicht froh.

„Hier bist du in Sicherheit“, sagte Tante Agnes. „Du wohnst jetzt bei uns, und deine Mama und dein Papa wohnen hier in unseren Herzen.“ Sie pochte zur Bestätigung auf ihre Brust. „Ihr seid alle in Sicherheit. Euch kann überhaupt nichts passieren!“ Damit war das Thema erstmal erledigt. Warum fühlte Ariane sich trotzdem so schlecht? Onkel Kurt und Tante Agnes taten ihr Bestes, aber das war nicht genug. Was wussten sie eigentlich? Sie taten immer so schlau, aber sie hatten keine Ahnung! Wovon genau sie keine Ahnung hatten, konnte Ariane nicht sagen. Da war nur diese unbändige Wut in ihr. Wenn Ariane ihren unsichtbaren Freund nicht gehabt hätte, hätte sie wer weiß was kaputt gehauen.

Dass der Weg ins Erwachsenenleben kein gemütlicher Spaziergang sein würde, war Agnes und Kurt von Anfang an klar gewesen. Sie hatten auch gewusst, dass bei Ariane zu dem ganz normalen Pubertätskram noch ganz andere Probleme hinzukommen würden. Sie hatten sich trotzdem darauf eingelassen. Zum einen natürlich, weil sie Ariane sehr liebhatten. Zum anderen, weil es eine Selbstverständlichkeit war, dass sie ihrer verwaisten Nichte ein neues Zuhause gaben. Außerdem: Sie waren ja selbst einmal jung gewesen. Und so lange war das ja auch noch nicht her, oder? Sie würden das schon schaffen, und so schlimm würde es schon nicht werden!

Doch! Es wurde schlimm! Mit solchen Naturgewalten hätten Agnes und Kurt niemals gerechnet. Trotzdem war ihnen in jeder verzweifelten Sekunde klar, dass Ariane am meisten litt. Sie biss und kratzte sich durch die Welt und zerrupfte sich außerdem selbst. Mit all den Blessuren auf der Haut gab sie ein schauriges Bild ab und traute sich kaum vor die Tür. Sie hatte wenig Kontakt zu Gleichaltrigen, und wenn doch, dann kamen die meistens zu ihr. Lauter ähnlich zerrupfte, blasse, klägliche Gestalten. Dadurch, dass sie sich hier und nicht auf der Straße treffen, dachten Agnes und Kurt, haben wir die Dinge halbwegs unter Kontrolle.

Es dauerte ziemlich lange, aber irgendwann merkten auch Agnes und Kurt, dass hier Elemente und Substanzen im Spiel waren, denen sie nicht gewachsen waren. Sie beherbergten Zombiegäste, in deren Augen das Licht fast erloschen war. In dieser Gesellschaft befand sich ihre Ariane. Wie sollte man da reagieren? Kontaktverbote? Drohungen? Gespräche? Alles umsonst! Ariane entglitt ihnen immer mehr. Wenn sie ihrem Mädchen jetzt in die Augen sahen, in diesen Pool aus Misstrauen und Wut, diskutierten sie nicht, sondern hielten lieber den Mund. Die kleinste Bemerkung konnte zum Supergau führen. Zum ersten Mal, seit sie Ariane bei sich hatten, ach was, zum ersten Mal in ihrem Leben, waren sie mit ihrem Latein am Ende. Was ihnen jetzt noch blieb, war, ein Stoßgebet nach dem anderen gen Himmel zu schicken.

*A*ls das Unglück passierte, war Ariane siebzehn Jahre alt. Es hatte die Nacht zuvor heftig geregnet. Die Straßen waren immer noch nass und glänzten in der Aprilsonne. Ariane war die Nacht über bei Maria, eine ihrer sogenannten Freundinnen, gewesen. Sie hatte es nach einer exzessiven Feier nicht mehr nach Hause geschafft. Das hieß, sie war wenigstens vernünftig genug gewesen, es gar nicht erst zu probieren.

Als Ariane gegen Mittag immer noch nicht aufgetaucht war, machten Agnes und Kurt sich kurzerhand auf den Weg, um sie zu holen. Sie ahnten ja, dass sie wieder bei Maria war, dieser grässlichen Kreatur. Warum musste sich Ariane auch immer die falschen Freunde suchen?

Hätte es nicht so heftig geregnet, wären die Straßen nicht so nass und glitschig gewesen. Die ersten Fuhren, die die Bauern auf den Feldern verteilt beziehungsweise auf den Fahrspuren hinterlassen hatten, steigerten diesen unschönen Effekt. Normalerweise fuhr Kurt, gerade wenn es geregnet hatte, besonnen und langsam, aber heute hatte er anscheinend nicht aufgepasst. Jedenfalls war der Wagen von der Straße abgekommen. Er überschlug sich und blieb kopfüber, mit sich hilflos drehenden Rädern, im Straßengraben stecken. Glücklicherweise gab es keine Schwerverletzten. Es grenzte an ein Wunder. Die Unfallbeteiligten hatten unfassbares Glück gehabt. Irrtum! Onkel Kurt und Tante Agnes hatten gar kein Glück gehabt. Aber das stand zu diesem Zeitpunkt noch nicht fest.

Ariane hing nachmittags immer noch bei Maria herum. Sie wusste, dass ihr eine unangenehme Konfrontation bevorstand, also war sie ganz froh, dass Agnes und Kurt sich so viel Zeit ließen. Sie hörte schon die üblichen Reden: Das ist kein Umgang für ein Mädchen

aus gutem Hause. Diese Maria ist sozialer Abschaum. Allertiefste Unterschicht. Tante Agnes war mit ihrem Urteil nicht zimperlich, obwohl das eigentlich gar nicht ihrer menschenfreundlichen Natur entsprach. Außerdem: In welchem Jahrhundert lebten sie eigentlich?
Onkel Kurt hatte seine Bedenken etwa so formuliert: Ariane solle sich auf ihre Werte und Ziele besinnen, sie solle ihre Zukunft nicht in die Tonne kloppen, sie solle ihr Potential nicht verschwenden, sich auf ihre Stärken konzentrieren, blablabla. Mit diesem Gelaber würde er rein gar nichts erreichen. Höchstens, dass sie sich irgendwann gar nicht mehr meldete. Aber das wollte sie nicht. Das wäre zu krass.

„Mist!“, sagte Maria und hielt Ariane ihr Handy hin. „Ist das nicht euer Wagen?“ Tatsache. Das war der Wagen von Agnes und Kurt. Er hatte einen Unfall gehabt. „Was ist passiert?“, fragte Maria, und Ariane scrollte hektisch die Meldung durch. „Von der Straße abgekommen. Überschlagen. Zwei Verletzte. „Ich muss sofort ins Krankenhaus!“ Ariane sprang auf. „So etwa?“ Marias Blicke wanderten an Arianes Outfit rauf und runter. Nein, so nicht. Sie musste erst nach Hause. Sich umziehen. Rauskriegen, wo Agnes und Kurt überhaupt waren. „Ich muss jetzt los!“ Maria nickte. Dann packte sie Ariane und drückte sie kurz.

Ariane hatte sich umgezogen, ein paar Sachen zusammengerafft und war schon wieder auf dem Sprung, als es schellte. Sie öffnete die Tür. Zwei Polizisten standen vor ihr. Daneben eine Frau, die aussah, als käme sie vom Jugendamt. Verschiedene Dinge ratterten Ariane durchs Hirn, und nichts davon hatte mit Agnes und Kurt zu tun. „Was ist denn los?“, fragte Ariane. Es war nicht ihre Art, vor der Staatsgewalt zu erstarren. Trotzdem schlug ihr das Herz plötzlich bis zum Hals. Zuerst kam der obligatorische Namensabgleich. „Also, was ist denn jetzt? Ich habe eigentlich überhaupt keine Zeit.“
Der eine Polizist räusperte sich. „Dürfen wir reinkommen?, fragte er. Ariane nickte und trat zur Seite. Was hätte sie sonst tun sollen? Sie ging mit den Leuten ins Wohnzimmer, als ob sie ganz normale Gäste wären. „Vielleicht setzen wir uns besser“, sagte der Polizist. Der andere sagte nichts. Die Frau blieb dicht an Arianes Seite. „Frau Schwarz, es tut uns unendlich leid, aber wir haben …“ Ariane hörte nicht mehr zu. Das Dröhnen und Röhren in ihren Ohren übertönte die Welt da draußen. Nein! Nein! Nein!, schrie eine Stimme in ihrem Kopf, oder war es ihre eigene Stimme gewesen? Nein! Nein! Nein! Irgendjemand drückte ihr ein Glas

Wasser in die Hand. Irgendjemand setzte sich neben sie, legte ihr die Hand auf den Arm und sprach beruhigend auf sie ein. Aber die Stimme in ihrem Kopf schrie immer weiter. Nein! Nein! Nein!
„Wir brauchen ein Sedativum“, sagte irgendjemand. „Schnell! Sie klappt uns gleich weg.“ Kurz darauf war Ruhe. Totenstille. Gar nichts mehr. Ariane wurde verschnürte wie ein Paket und in dasselbe Krankenhaus gebracht wie Agnes und Kurt zuvor.

Vielleicht war es albern, aber als Ariane im Krankenwagen lag, wachte ein Teddy über sie, als sei sie noch ein kleines Kind. Neben dem Teddy saß noch jemand, nämlich Onkel Kurt. Und Onkel Kurt nahm sie in die Arme und gab ihr einen Kuss auf die Stirn. Sonst war da niemand. Nur Ariane und Kurt und der Teddy. Und wenig später auch ihr unsichtbarer Freund. Und Maria würde gleich kommen. Die hatte sofort erfasst, was diese Katastrophe für Ariane bedeuten musste, und dass ihre Seele genauso in Fetzen lag wie die Körper ihrer Verwandten. Sie brachte in Erfahrung, wo Ariane war. Nämlich genau da, wo Agnes und Kurt verstorben waren.

Maria tauschte ihr Ghettooutfit gegen Jeans und Sweatshirt und fuhr umgehend los. Sie war nicht sehr geübt im Umgang mit dem

Leid und der Trauer anderer Leute. Sie hatte auch wenig Ahnung von gesellschaftlichen Konventionen. Deshalb verhielt sie sich auch jetzt ziemlich taktlos und stürmte auf Ariane zu, als handele es sich um einen Überfall. Ariane saß kerzengerade im Bett und starrte Maria aus rotgeränderten Augen entgegen. Ihr kalkweißes Gesicht war umrahmt von einem Stachelkranz aus pechschwarzen Haaren. „Oh Gott! Wie siehst du denn aus?!“, platzte es aus Maria heraus. Dann ging sie auf Ariane zu und riss sie in die Arme. Wie eine leblose Puppe hing ihre Freundin da, so schlapp, so hilflos, dass Maria fest zupacken musste, damit sie ihr nicht aus den Armen rutschte. Maria glaubte, so eine Situation zu kennen, wenn auch nur aus einem Film. Sie drapierte den schlaffen Körper auf mehreren Kissen, zog einen Stuhl heran und setzte sich daneben. Sie hätte jetzt gern die richtigen Worte gesagt, aber ihr fiel nichts ein. Also blieb sie neben Ariane sitzen, drückte ihr manchmal die Hand und war einfach da.

Irgendwann klopfte es. Eine Krankenschwester betrat auf leisen Sohlen das Zimmer. „Ihr müsst was trinken, Mädchen“, sagte sie und stellte ein Tablett mit Wasser, Cola und Gläsern ab. „Wenn Ihr Hunger habt oder sonst etwas braucht, drückt einfach hier.“ Sie zeigte auf einen roten Knopf an der Wand. Dann verließ sie wie ein guter Geist den Raum. Die Zeit verging. Was für eine unwirkliche Situation! Nichts hier fühlte sich echt an. Alles war falsch! Und so verdammt ungerecht! Ariane liefen jetzt unaufhörlich Tränen übers Gesicht. Kurt und Agnes waren tot. Mama und Papa waren tot. Sie war ganz allein. Alle hatten sie allein gelassen. Alle hatten ihr versprochen, immer auf sie aufzupassen, aber jetzt war sie doch allein. Alle ließen sie irgendwann im Stich. Alle waren irgendwann weg. Warum konnte sie nicht auch einfach weg sein?

Alles wiederholte sich.

Alles wiederholte sich.

Und alles tat so entsetzlich weh!

Es tat so entsetzlich weh!

Scheiße! Scheiße! Scheiße!

Alle waren irgendwann weg.

Alle ließen sie irgendwann allein.

Aber Maria ließ sie nicht allein. Sie blieb bei ihr und wachte über sie, bis der Schlaf übernahm.

Das Schlimmste kam noch. Das Schlimmste war natürlich die Beerdigung. Von da an wurde es langsam besser. Aber die Trauer ist kein gleichmäßiger Fluss, sondern eine verzweigte, abenteuerliche Wildwasserbahn. Immer wieder peitschen einem

Wellen der Verzweiflung ins Gesicht. Das ist verdammt anstrengend und bringt einen fast um den Verstand. Man denkt, das würde nie aufhören und verflucht Gott und die Ewigkeit. Aber der Sturm beruhigt sich irgendwann. Die Wellen flachen ab, man atmet freier, und schließlich trifft einen sogar ein Sonnenstrahl. Die Welt ist eine Welt der Lebenden. Für die Toten wird anderswo gesorgt. Solche und ähnliche Sprüche hatte Maria auf Lager. Ariane hätte ihr das niemals zugetraut. Und sich selbst hätte sie nicht zugetraut, dass sie aus dem Sumpfland der Trauer wieder herausfinden würde. Dass sie sich im Leben überhaupt irgendwie zurechtfinden würde. Ein kleines bisschen war sie stolz auf sich.

Als Ariane neunzehn Jahre alt war, hatte sie das Abitur in der Tasche und marschierte auf federnden Schritten durchs Leben. Da sie das Schlimmste hinter sich hatte, dachte sie, stand ihr jetzt die ganze Welt offen. Hilfreich war, dass sie keine finanziellen Sorgen hatte. Agnes und Kurt waren recht wohlhabende Leute gewesen, und außerdem war da das Haus. Am Anfang hatte noch das Jugendamt ein Auge auf sie gehabt, jetzt aber nicht mehr. Sie kam alleine klar.

Irgendwie ging es weiter. Immer ging es irgendwie weiter. Vielleicht hatten auch Agnes und Kurt nach wie vor ein liebendes

Auge auf sie. Oder Mama und Papa. Wahrscheinlich alle zusammen. Ariane saß fest im Sattel, obwohl sie gar nicht reiten konnte. Sie klemmte sich hinters Steuer, obwohl sie noch gar keinen Führerschein hatte. Das alles natürlich nur metaphorisch gesehen, denn sie war ein vernünftiges Mädchen. Sie wollte keine Probleme mehr. Davon hatte sie genug gehabt. Das fand natürlich auch Arianes unsichtbarer Begleiter. Es gab kaum eine Sekunde, in der er nicht an ihrer Seite war. Sie sah die Welt nicht nur durch ihre eigenen, sondern auch durch seine Augen. Sie spiegelte sich in ihnen, und was sie sah, waren Respekt und Bewunderung. Vielleicht sogar Liebe. Ja, Liebe. Ariane hatte einen Rettungsring geworfen und sich einen Begleiter fürs Leben an Land gezogen. Vielleicht war es auch anders herum, dachte sie manchmal. Vielleicht wollten sie beide gerettet werden.

Natürlich hatte Ariane versucht, ohne ihren unsichtbaren Begleiter auszukommen. Das war doch nicht normal, wenn man dauernd Selbstgespräche führte! Dass man sich einbildete, dass immer jemand neben einem am Tisch, auf dem Sofa oder sonstwo saß, der jede Begegnung, jedes Erlebnis, jeden Gedanken, jedes Gespräch, einfach alles mitbekam. Dass man wusste, dass man sich das nur einbildete und trotzdem nicht davon loskam. Das war fast wie eine Sucht. Das kriegte man nicht alleine in den Griff.

Sie konnte sich lebhaft vorstellen, welche Erklärungen andere Leute für ihr Verhalten hätten. Ariane, das Kriegskind. Ariane, die Waise. Ariane, das traumatisierte Mädchen, das sich einbildete, es sei fröhlich, aber in Wirklichkeit war es todunglücklich. Da brodelte ordentlich was unter der Oberfläche! Das konnte gar nicht gut gehen! Das würde noch ein böses Erwachen geben! Aber Arianes Seele hatte beschlossen, sich selbst zu helfen. Sie würde das alleine schaffen. Ja, sie war allein, aber eben nicht so ganz.

Einmal hatte Maria sie dabei erwischt, wie sie mit ihrem unsichtbaren Begleiter sprach. „Mensch, Ariane, du hast wirklich einen Schatten“, war der freundschaftlich besorgte Kommentar. Mein Gott, war ihr das peinlich gewesen! Selbst vor Maria, die sonst alles von ihr wusste, hatte sie dieses Geheimnis bewahrt. Ariane öffnete sich trotzdem nicht, und Maria kam nie mehr darauf zu sprechen. Eins musste man Maria lassen: Die Aussage, sie hätte wirklich einen Schatten, hatte den Nagel auf den Kopf getroffen.

Maria zog sich immer mehr zurück. Zumindest reduzierten sich ihre Kontakte auf ein Mindestmaß. Allerdings nur so weit, dass man diese Entwicklung auf ihr neues, bürgerliches Leben schieben konnte und keine Absicht zu erkennen war. Vermutlich war es auch keine Absicht. Maria hatte schlichtweg kaum noch Zeit. Sie saß jetzt täglich acht Stunden im Büro und half anderen Leuten, das zu verkaufen, was garantiert keiner brauchte. Zum Ausgleich trieb sie Sport. Sie besuchte dreimal wöchentlich eines dieser sauteuren, todschicken Fitnessstudios und schlabberte Energydrinks. Ariane hatte keine Ahnung, wie man so ein Leben aushalten konnte. Sie wäre aber die Letzte, um jemandem sein Lebenskonzept madig zu machen. Was wusste sie schon? Sie wünschte Maria alles Glück dieser Welt und ließ sie ziehen. Sie waren Freundinnen für immer. Daran würde sich garantiert nichts ändern. Alles war gut!

Trotzdem! Das Haus, in dem sie mit Agnes und Kurt und zuletzt mit Maria gewohnt hatte, war jetzt nur noch ein Gespensterschloss. Es beherbergte allerhand Erinnerungen, aber es lebte nicht mehr. Selbst die Gesellschaft ihres unsichtbaren Freundes reichte nicht, um damit klarzukommen. Im trüben November wurde es besonders schlimm. Dann kam die Weihnachtszeit mit ihren glitzernden Lichtern und schwülstigen Chorälen, und das ganze Haus vibrierte vor Einsamkeit. So konnte es nicht weitergehen!

Ariane ging ins Bad und kippte sich einen Schwall kaltes Wasser ins Gesicht. Dann sah sie sich selbst in die Augen und fasste einen Entschluss.

Maria, die umgehend darüber informiert wurde, hielt gar nichts von ihrem Plan. Das war ja auch gar kein Plan, sondern einfach nur eine bescheuerte Idee. Wenn Ariane einen Plan brauchte, dann war das einer für ihr Leben. Keine verzweifelte Fluchtreaktion, doch nichts anderes war es, was Maria da präsentiert wurde. Maria, die Vernünftige! Ihre bunten Schmetterlingsflügel waren tatsächlich abgefallen. Dafür waren Arianes Flügel jetzt groß und stark. Vielleicht noch nicht so stark, um sie bis ans Ende der Welt zu tragen, aber immerhin. Wenn man bedachte, dass sie bis jetzt außer der Gegend rund um München kaum was kannte, brauchte sie auch gar nicht weit zu reisen.

Nur nicht in die alte Heimat zurück! Ganz Osteuropa war tabu! Auch wenn sich die Schönheit der Landschaft, die schroffen Berge, die bewaldeten Höhen, die saftigen, grünen, duftenden Wiesen fest in ihre Erinnerung eingebrannt hatten. Aber sie sah auch die qualmenden Steinhaufen, in denen einmal Menschen gelebt hatten. Sie konnte die Schreie und Schüsse immer noch hören. Die Blitze des Artilleriebeschusses durchzuckten sie noch immer. Die Schreie, die Kommandos, das vergebliche Weinen und Flehen hallten immer noch in ihren Ohren. Das war alles wirklich passiert. Das war alles real. Es nützte nicht viel, sich damit zu trösten, dass es schon eine Ewigkeit her war. Sie ertrug diese Bilder einfach nicht!

Die aufgehende Sonne im Rücken machte sich Ariane auf den Weg, sobald die ersten Frühlingswinde erwachten. Sie hatte Zeit, sie hatte Geld. Also, wo war das Problem? Mit der Bahn quer durch Deutschland, Schweiz, Frankreich, bis zur Küste und zwei Wochen später wieder zurück. Schlafen irgendwo, essen irgendwas, sie war ja nicht anspruchsvoll! Kurz gesagt, es war herrlich! Zu Hause sortierte sie Fotos, Tickets und Prospekte in Hefter und stellte sie wie Trophäen in den Schrank. Das sah beeindruckend aus, aber es konnte erst der Anfang einer umfangreichen Sammlung sein. „Du spinnst wohl!“, sagte Maria, ihre Herzensfreundin, als sie ihr von dem Globetrotterleben erzählte, das sie fortan zu führen gedachte. „Jetzt krieg erstmal dein Leben klar! Du kannst schließlich nicht dauernd wegrennen! Und dann auch noch Nordafrika! Und dann auch noch allein. Hallo! Manchmal glaube ich, du bist lebensmüde. Ariane, mein Schatz, ich mache mir Sorgen um dich!“ Ariane lachte nur.

Lebensmüde! Quatsch! Ihr Leben ging jetzt erst richtig los! „Du kennst die Sprache gar nicht. Und die Sitten. Und du hast null Orientierungssinn!“ Na und? Sie sprach Englisch. Und ein bisschen Französisch. Sie würde sich schon irgendwie zurechtfinden. „Außerdem bist du absolut nicht fit. Bist du eigentlich jemals weiter als zehn Kilometer gelaufen? Am Stück, meine ich.

“Hallo?! Sie hatte nicht vor, die Sahara zu Fuß zu durchqueren. Was waren das eigentlich für bescheuerte Argumente?

Maria gab auf. Arianes Entschluss stand sowieso längst fest. Was redete sie sich hier Fusseln an den Mund.

„Hast du wirklich Angst, dass ich dir verlorengehe oder bist du vielleicht neidisch?“, fragte Ariane. „Ich glaube, du gönnst mir die Freiheit nicht, weil du so ein Spießbürgerleben führst. Ich will mein Dasein aber nicht als Zimmerpflanze fristen.“

So, das musste mal gesagt sein! Maria schwieg fortan und Ariane stiefelte wohlgemut los.

Erstmal Strecke machen mit dem Bus, mit der Bahn, zu Fuß. Nicht viel Ballast auf den Schultern, nur das Allernötigste. Ziel unbekannt, aber der Weg war wunderschön! Landschaften zum Niederknien. Ortschaften voller Charme. Kleine Orte, große Orte, kleine Hotels, große Hotels, manchmal sogar eine Nacht unter dem glitzernden Sternenhimmel. Blasen an den Füßen, Knieschmerzen, Kopfschmerzen, Rückenschmerzen, überall Schmerzen. Suche nach Heilung, nach Schatten, nach dem nächsten Schluck Kaffee. Eine kurze Rast. Ein paar Tage Rast. Aufmunternde Worte von wildfremden Leuten, sie hatte sie ja so nötig gehabt! So viele Begegnungen, so viele Geschichten, so viele interessante Gespräche! Arianes Kopf war randvoll und manchmal schwer wie Blei. Sie hielt ihn weiter tapfer in die Höhe und reckte ihn Kirchen, Schlössern, allen möglichen Sehenswürdigkeiten entgegen. Abends bettete sie ihr müdes Haupt auf mehr oder weniger bequeme Kissen und träumte sich in den weichen Busen der Natur. Heimweh kann man nur haben, wenn man eine Heimat hat. Ariane beschloss stattdessen, dass sie überall zu Hause war.

Nach diesem ersten Teil der Reise, die sie Maria als Bildungsreise verkaufte, folgte der robuste Teil, also der Teil, auf den sie sich am meisten gefreut, vor dem Maria sie allerdings eindringlich gewarnt hatte. Ein wochenlanges Nomadenleben stand ihr bevor. Ihr Körper sehnte sich manchmal nach Ruhe, aber ihr Geist war rastlos und wach. Die erste Nacht in der Wüste, diese erste Begegnung mit der stillen Unendlichkeit, ließ sie ahnen, wonach sie sich die ganze Zeit gesehnt hatte. Andererseits war die Nacht genauso grausam wie ein Peitschenhieb. Die erbarmungslose Kälte in der Nacht, die gnadenlose Hitze am Tag, die lähmende Müdigkeit, die stechenden Sonnenstrahlen, der schwer zu stillende Durst, die Schmerzen, die kompromisslose Schönheit der Natur, all das war schwer zu ertragen. Dazu noch das giftige Viehzeug, das überall auf der Lauer lag. Dazu zählte sie auch den einen oder anderen Menschenmann. Außerdem war es schwer, die heilsame Stille der Wüste zu genießen, wenn man Begleiter hatte, die mit Gewehren und Messern ausgestattet waren. Stolz und abweisend dirigierten sie die kleine Karawane, zu der auch Ariane gehörte, durch ihr Land. Es gab keinen Schutz, keine Sicherheit, kein sauberes Wasser und keinen, na ja, fast keinen Schlaf. Es war die harte Art zu leben, die harte Kante von Mensch und Natur. Der Mensch kann sich an alles gewöhnen, hatte Tante Agnes immer gesagt. Toller Spruch, aber Ariane konnte ihn nicht bestätigen. Erst Monate später, als sie längst wieder Zuhause war, gewann sie dieser unbequemen Wüstenexkursion etwas Gutes ab: Sie hatte sich lange nicht mehr so lebendig gefühlt.

Und jetzt war alles vorbei. Katalogisiert und weggeschlossen. Ein weiteres Kapitel ihrer viel zu bewegten Vergangenheit. Ariane nahm nach und nach ihre alten Kontakte wieder auf. Sie jobbte mal hier, mal da, kam und ging, wie es ihr gefiel, und hatte immer noch keinen Plan. Maria war inzwischen zweifache Mama. Sie hatte jetzt so viel um die Ohren, dass sie kaum noch Zeit zum Telefonieren fand. Ariane kannte das ja schon, war aber trotzdem enttäuscht. Gleichzeitig freute sie sich, dass sie selbst einen anderen Weg eingeschlagen hatte. Den der Freiheit. Den des unbegrenzten Abenteuers.

Sie zog sich ihr ergonomisch geformtes Kissen unter den Kopf (das hatte sie sich gleich nach ihrer Rückkehr gegönnt) und betrachtete das Moskitonetz, das sich schützend über ihr Bett spannte. Es gab hier einige Annehmlichkeiten, die sie jetzt erst zu schätzen wusste. Dazu gehörte das Frühstück, das sie gleich erwartete. Schwarzbrot. Filterkaffee. Schinkenwurst. Sie freute sich auf den Massagestrahl ihrer Dusche. Auf das kuschelige Handtuch, in das sie sich anschließend hüllen würde. Sie war hier zu Hause. Im Moment fühlte es sich auch so an.

Aber so ist es eben bei Eroberungen: Kaum hat man etwas geschafft, juckt es einen schon wieder unter den Flügeln. Weiter, immer weiter! Eine Festung nach der anderen muss fallen. Ein Gebiet nach dem anderen muss erobert werden. Neue Probleme, neue Erfahrungen, neue Herausforderungen müssen her. Glücklicherweise ist die Welt voll davon.

Zuerst wollte Ariane nicht wahrhaben, dass der Wind schon wieder an den Segeln zerrte. Die Blessuren waren doch gerade erst verheilt! Konnte sie die Erfahrungen nicht erstmal sacken lassen, bevor sie neue Pläne schmiedete? Aber das Anschauen und Katalogisieren der Erinnerungsstücke waren längst nicht mehr genug. Auch nicht das Gucken diverser Dokumentationen, in denen es um andere Länder, Sitten, Sprachen, Menschen, Landschaften und so weiter ging. Ihre Zukunft lag irgendwo da draußen. Jedenfalls nicht hier im gemütlichen Nest.

Natürlich war es auch Ariane klar, dass dieser unstillbare Hunger ein Schrei ihrer verletzten Seele war. Eine weitere Reise würde daran überhaupt nichts ändern. Um das zu erkennen, hätte sie Marias weise Kommentare nicht gebraucht. „Ariane!“, hatte die auf ihre mütterlich betuliche Art gesagt. „So kann das nicht weitergehen! Hast du überhaupt keine Idee, wonach du wirklich suchst? Was muss passieren, damit du endlich Ruhe gibst?“ Boah! Ruhe! Sie wusste nicht viel, aber Ruhe wollte sie ganz bestimmt nicht haben. Sie lag niemandem auf der Tasche. Sie könnte bis an ihr Lebensende so weitermachen.

Ariane verkaufte ihr schönes, großes Haus. Das ging so schnell und so reibungslos, dass ihr selbst beinahe schwindelig wurde. Sie verscherbelte ihr gesamtes Hab und Gut, das heißt, diese Zeit nahm sie sich gar nicht, denn das meiste davon landete im Müll. Eine ganze Flotte von Container-Müllwagen fuhr zur Deponie und wieder zurück. Gut, dass Maria nicht in der Nähe war. Sie hätte es womöglich geschafft, ihr ein schlechtes Gewissen einzureden. Als das Haus leer war, fegte Ariane es ein letztes Mal durch und übergab den Hausschlüssel ihren Nachfolgern: einer Familie, die ihr Glück kaum fassen konnte. Noch am selben Tag setzte sie sich in den Zug nach Nirgendwo. Sie war sich zu dem Zeitpunkt völlig sicher, dass eine goldene Zukunft sie erwartete.

Erst während der Bahnfahrt, auf der sie nur ihr unsichtbarer Freund und ihr treuer, schon leicht zerfledderter Rucksack begleiteten, überflog sie die nächsten Schritte. Frei von Ballast würde sie sich erstmal eine provisorische Unterkunft suchen. Ein kleines, möbliertes Zimmer. Ein paar Tage würde sie brauchen, um sich zu sortieren und die nächsten Schritte zu überdenken. So lange das Geld vom Hausverkauf noch nicht auf ihrem Konto war, konnte sie sowieso nicht viel mehr tun.

Die Landschaft da draußen veränderte sich, wurde platter, schlichter, unscheinbarer. Die geliebten Berge, die sanften Hügel, all das verschwand nach und nach. Wie ein Traum, der im Licht der Morgensonne verblasste. Ob sie die Bergkulisse vermissen würde? Ob sie überhaupt woanders als in München sesshaft werden könnte? Aber sie wollte ja gar nicht sesshaft werden!

Erste Station war Berlin. Natürlich. Wer wollte nicht nach Berlin? Als sie ankam, war es fast Mitternacht, sie war todmüde, und eine Unterkunft fand sie auf die Schnelle nicht. Sie hatte auch keine Energie mehr, sich ein Hotel zu suchen. Na und? Es war Sommer, und sie hatte schon viele Nächte unter freiem Himmel verbracht. Die ganze Welt stand ihr offen. Genauso hatte sie es gewollt. Sie rollte sich auf einem Grünstreifen zusammen, während der Verkehr im Hintergrund rauschte wie der weite Ozean.

Eine feuchte Hundenase stupste sie am nächsten Morgen vorsichtig wach. Huch! Der Hund wurde zurückgepfiffen und verschwand schwanzwedelnd irgendwo im Gebüsch. Ariane setzte sich auf. Es war noch früh. Und es war kalt. Und sie war nicht die Einzige, die hier auf der Wiese genächtigt hatte. Nicht weit von ihr lagen noch andere Gestalten, eingewickelt in Decken, Zeitungen oder Schlafsäcke. Umgeben von Einkaufswagen, Flaschen, Kleidungsstücken, einem ganzen Sammelsurium von Habseligkeiten, die für den einen Müll, für den anderen womöglich sein ganzes Leben bedeuteten. Es wäre gelogen zu sagen, dass Ariane sich mit dieser Situation arrangiert hätte. Im Gegenteil: Sie wollte schleunigst weg. So hatte sie sich den Sprung in die Freiheit nicht vorgestellt. Aber es gab immerhin einen großen Unterschied. Sie war nicht hier, weil sie keine andere Wahl hatte. Sie war hier, weil das ihr erster Schritt in ein großartiges, unabhängiges Leben war. „Guten Morgen, meine Schöne!“, rief ihr ein vollbärtiger, rotgesichtiger Mann über den Rasen hinweg zu. „Guten Morgen!“, rief Ariane zurück. Dann warf sie sich den Rucksack über die Schulter. „Vielleicht sieht man sich bald wieder?“ Ariane schüttelte den Kopf. Sie würde garantiert keine Nacht mehr hier verbringen. Heute Abend erwartete sie ein richtiges Bett. Bevor sie ging, checkte sie ihre Jackentaschen. Ihr Geld und ihr Ausweis waren Gott sei Dank noch da.

Das mit dem Hotel war natürlich keine Dauerlösung. Das mit der Zimmersuche gestaltete sich allerdings schwieriger als erwartet. Weil sie keinen angemeldeten Wohnsitz und keine Arbeitsstelle hatte. Weil sie ziemlich strubbelig und ungepflegt war. Weil sie einfach nicht besonders vertrauenserweckend rüberkam. Weil sie kaum Besichtigungstermine bekam. Weil sie zwar Bargeld, aber ein leeres Konto hatte. Weil sie noch nicht mal einen Koffer besaß. Wer, bitte schön, würde einer zotteligen Streunerin was vermieten? Wenn schon das mit dem möblierten Zimmer schwierig war, wie würde es da wohl mit einer ganzen Wohnung aussehen? Schlecht natürlich, aber Ariane wollte sowieso nicht sesshaft werden. Fürs Erste tat es ein Hotelzimmer. Aber auch da öffneten sich nur sehr widerstrebend die Türen. Meistens mit dem Hinweis, das jeweilige Etablissement am nächsten Tag wieder zu verlassen.

Nach drei Wochen war sie die Sache leid. Diese Bettelei war restlos unter ihrer Würde. Dummerweise machte der Sommer gerade jetzt eine Pause, was zusätzlich auf die Stimmung drückte. Es war richtig eklig da draußen, man konnte sie doch nicht einfach so vor die Tür setzen! Doch, konnte man! Ariane verdoppelte ihren Einsatz und legte regelmäßig zwei Hunderter auf den Tisch. Das, dachte sie, würde garantiert helfen. Tat es auch, aber sie wurde trotzdem misstrauisch beäugt.

Das konnte doch nicht wahr sein! Sie war keine von denen, die sich am Bahnhof zusammengerottet hatten. Sie war Ariane

Schwarz. Sie hatte Abitur. Sie hatte Grips. Sie soff nicht, sie nahm keine Drogen und sie hatte Geld. Nur leider immer noch nichts auf dem Konto. Was musste eigentlich passieren, dass man den Glauben an den guten Ausgang der Dinge verlor? Dass man sich mit diesem erbärmlichen Vagabundenleben arrangierte? Ehrlich gesagt: Ariane bekam langsam eine Ahnung davon. Ariane zog den Kragen ihrer Jeansjacke enger zusammen und drückte sich an eine Mauer, die ihr wenigstens Windschutz gab. Sie rutschte an ihr herunter, als sei sie die tragische Heldin in einem Hollywood-Film. Sie faltete die Hände um die Knie und legte ihre Stirn darauf ab. Sie saß jetzt genauso da wie viele der Leute, zu denen sie partout nicht gehören wollte. Sie gehörte auch nicht zu denen. Sie hatte immer noch ein paar Scheinchen und gab großzügig ab.

Es hatte sich schnell herumgesprochen, dass die junge Frau mit den langen, dunklen Haaren Bargeld hatte. Natürlich waren die meisten Leute ganz okay, aber manche konnten sich den Luxus eines Gewissens nicht leisten. Eines Morgens war Arianes Geldbeutel weg. Mit ihm die Bankkarte, der Personalausweis und alles andere, mit dem sie sich hätte ausweisen können. Sie könnte jetzt noch nicht mal zum Zahnarzt gehen. Selbstmitleid ist allerdings ein ganz schlechter Berater. Das meinte auch ihr unsichtbarer Freund, der sie ordentlich in den Hintern trat. Los jetzt! Lass dich nicht hängen! Du siehst ja, wohin das führen kann!

Aber Ariane rührte sich nicht vom Fleck Sie war wie ein Sandsack, der regennass in irgendeiner Ecke lag. Offensichtlich brütete sie irgendwas Ekliges aus. Schlafen, schlafen, schlafen, das war das Einzige, woran sie jetzt noch denken konnte, aber ausgerechnet das ging ja nicht, denn sie hatte kein Bett. Sie fand ein geschütztes Plätzchen unter einer Treppe. Hier lag sie nun inmitten von allerlei Ausdünstungen und Müll. Schlafen, schlafen, schlafen, dachte Ariane noch, und dann dachte sie gar nichts mehr.

Plötzlich spürte sie eine Hand auf der Schulter und ein leichtes Rütteln.
„Hallo?!“ Das Rütteln wurde energischer. „Hallo? Können Sie mich hören?“
Hören konnte sie wohl, aber sie schaffte es nicht, die Augen zu öffnen. Warum auch? Es war alles okay. Sie wollte einfach ihre Ruhe haben. Was dann geschah, bekam sie kaum mit. Der schaukelnde Transport irgendwohin. Als sie wieder zu sich kam, war sie umgeben von blitzblanker Sauberkeit. Weiße Lamellenvorhänge schaukelten fröhlich im Wind. Sie lag in einem richtigen Bett. Wenn sie das nicht alles nur träumte, hatte sie

irgendwer aufgesammelt und ins Krankenhaus gebracht. Es war gut, dass das geschehen war. Andernfalls wäre sie womöglich verreckt. Aber jetzt bekam sie Medikamente, das Fieber war weg, sie konnte endlich ausschlafen und in Ruhe nachdenken.

Als Ariane wieder halbwegs hergestellt war, kümmerte sie sich als Erstes um einen neuen Ausweis. Sie ging zur Polizei. Sie nahm mit ihrer Bank Kontakt auf. Und mit ihrer Krankenkasse. Es war schwierig, aber es ging voran. Sie verspürte ein neu erwachtes Gefühl von Sicherheit und Lebendigkeit. Es konnte schließlich nur noch aufwärts gehen! Sie nahm auch die Menschen um sich herum wieder wahr. Zum Beispiel diesen Typ da auf der anderen Straßenseite. Vermutlich ein Geschäftsmann, der gerade Mittagspause hatte. Als hätte der Mann ihre Blicke gespürt, schaute er in diesem Moment zu ihr rüber. Hui, das saß! Arianes Wangen röteten sich augenblicklich. Himmel! Und nun? Der Mann nahm ihr die nächste Entscheidung ab und wechselte die Straßenseite. Mit anderen Worten: Er kam direkt auf sie zu. Eindrücke und Assoziationen flitzten durch Arianes Hirn: Um die vierzig, groß, selbstbewusst. Für eine Fluchtreaktion war es zu spät. Warum hätte sie auch abhauen sollen? Weil sie sich nicht gerne in die Enge treiben ließ. Und weil sie sie sich nicht besonders anziehend fand. Nicht in diesen Klamotten, mit diesen Haaren, mit diesen Fingernägeln, mit diesen Schuhen. Vor ein paar Wochen hatte sie noch ganz anders ausgesehen. „Verzeihen Sie“, sagte der nette Typ, der vielleicht gar nicht nett war. Aber woher sollte sie das wissen? „Sind wir uns nicht schon einmal begegnet?“ Plumpe Anmache, hätte Ariane normalerweise gedacht. Aber an diesem Mann war gar nichts plump. Nur mit ihr selbst stimmte irgendwas nicht. Sie räusperte sich. „Nein, bestimmt nicht. Ich bin noch nicht lange in Berlin.“ Aha! Interessant! Woher? Wohin? Wieso? Und schon befand man sich mitten in einem lockeren Gespräch. Man sollte immer so unbefangen miteinander plaudern können. Warum machten sich die Leute manchmal das Leben so schwer?

Es tat gut, einen Gesprächspartner zu haben, der so kultiviert und selbstbewusst war. Ariane richtete sich zu voller Größe auf. Hielt ihr Gesicht wieder der Sonne entgegen. Sah und wurde gesehen. Tolles Gefühl! Reinhard, so hieß der Typ, ging neben ihr her, kommentierte dies und das, lachte über dieses und jenes, schwieg und hörte zu, fand immer genau die richtigen Worte. Alles war stimmig, alles war gut. Arianes Schattenfreund hielt sich während der ganzen Zeit dezent, vielleicht auch misstrauisch, zurück.

Natürlich kamen sie irgendwann auf Arianes Wohnsituation zu sprechen. Schließlich sah man ihr dieses ungelöste Problem an. Wohnsituation?! Verdammt, sie hatte gerade einen vereinbarten Besichtigungstermin verpasst. Ja, sie sei, das musste sie zugeben, im Moment obdachlos. Sie habe zwar Geld in der Hinterhand, käme aber im Moment nicht ran. Zum Verzweifeln sei das! Reinhard machte ihr einen Vorschlag. Bis das mit der Bank geklärt sei, sagte er, könne sie erstmal bei ihm übernachten. Ariane war sofort einverstanden. Ja, was denn? Was war schon dabei? Außerdem barg die Sache auch für Reinhard ein gewisses Risiko. Wer garantierte ihm, dass er nicht eine Wahnsinnige ins Haus ließ?

Ariane schwang lachend ihren Rucksack über die Schulter und folgte Reinhard durch die Straßen Berlins. Es gibt da traumhafte Gegenden und auch Wohngebiete, die sich eher für Ratten als für Menschen eignen. Reinhards Wohnung lag irgendwo dazwischen. Mietskaserne mit Garagenhof. Grünfläche mit Teppichstange. Überquellende Müllcontainer mit Flaschen daneben. Durchschnittsleben. Durchschnittstyp. Ariane war ein wenig enttäuscht. Immerhin gab es nichts, was ihre Alarmglocken schrillen ließ. Ein Mensch half dem anderen, wenn er in Not war. So war es hier, und genau so sollte es sein.

Als sie das nach Waschpulver riechende Treppenhaus durchquert und die Wohnungstür hinter sich zugezogen hatten, gab es erstmal einen Kaffee. Dann dauerte es nicht mehr lange, und Reinhard wurde *romantisch.* Ariane allerdings nicht. Der Kaffee war immer noch heiß, aber Ariane hatte sich in einen Eisblock verwandelt. Daran änderten auch Reinhards Versuche nichts, sie mittels Reibungshitze aufzutauen. Ariane fand das alles lästig und unangenehm. Natürlich sagte sie das auch.

Reinhard konnte das allerdings überhaupt nicht verstehen. Er war wohl der Meinung, ihm stünde eine Art von Bezahlung zu. War doch alles okay, meinte er, was zicke sie denn plötzlich so rum? Verdammt! So lief das aber nicht! Da hatte er wohl gewaltig was missverstanden. Sie war hier definitiv raus.

„Ach, du willst hier raus?“, fragte Reinhard und zeigte plötzlich ein hässliches Haifischgrinsen. „Aber du bist doch gerade erst angekommen!“

Reinhard stand jetzt viel zu dicht vor ihr. Sie roch seine überhitzte, brutale Männlichkeit. Sie erkannte zwar die Gefahr, zögerte aber zu reagieren. Weil sie es nicht wahrhaben wollte, weil sie so enttäuscht war, weil ihr so was einfach nicht passierte, nicht passieren konnte. Jedenfalls war es zu spät, um das zu tun, was sie in dieser Situation hätte tun können. Reinhard drückte sie kurzerhand aufs Sofa, kniete sich auf sie drauf und nestelte an seiner Hose herum. Ariane drehte den Kopf weg, aber es half nichts. Er presste ihr Gesicht gegen seinen Unterleib, bis sie kaum noch Luft bekam. Und dann hatte sie es plötzlich im Mund, dieses stinkende Etwas, und sie würgte und rang nach Luft, während Reinhard wie ein brünstiger Ochse grunzte, immer wieder zustieß und irgendwann auf den schlecht gesaugten Teppich sackte. Da lag es nun, das dreckige Stück Scheiße! Ariane kotzte sich neben ihm aus. Dann holte sie nach, wozu sie vorhin keine Gelegenheit gehabt hatte und trat mit aller Kraft zu. Reinhard jaulte auf. Er versuchte es, kam aber nicht auf die Beine. Das machte Ariane nur noch wütender. Sie trat noch einmal zu, und Reinhard jaulte noch einmal auf. Er krümmte sich zusammen und wand sich am Boden wie ein Wurm. Er war jetzt tatsächlich nicht mehr als ein getretener, immer wieder getretener, jämmerlicher, stinkender, ekelhafter Wurm!

Ariane dampfte förmlich, als sie wieder auf die Straße trat. Sie war sich sicher, dass jeder ihr ansehen konnte, was eben passiert war. Wasser! Ich brauche jetzt Wasser, dachte sie. Ich hätte ihn beinahe umgebracht, dachte sie. Oder er mich. Ich hoffe, dass er verreckt,

dachte sie. Aber sie dachte auch: Was passiert eigentlich, wenn er mich anzeigt? Wenn er mich sucht?
Nichts davon würde passieren. Sie würde niemals zur Rechenschaft gezogen werden. Er allerdings auch nicht.

Auch nach mehreren Wochen passierte nichts. Einerseits war das gut, andererseits natürlich nicht. Inzwischen hatte Ariane eine Garage zu ihrer Wohnstatt gemacht und immerhin ein Dach über dem Kopf. Lange würde sie hier sowieso nicht bleiben. Der Hausverkauf lag knapp drei Monate zurück, und das Geld konnte jederzeit auf ihrem Konto sein. Vielleicht war es auch zurückgebucht worden. Sie hatte ihr Konto ja zwischenzeitlich gesperrt. Wahrscheinlich hatte sich die Sache deswegen verzögert. Im Großen und Ganzen befand sie sich also auf der Zielgeraden.

Doch dann geschah wieder etwas, das Arianes Weltbild erneut erschütterte. Hätte sie das, was jetzt passierte, Maria anvertraut, hätte die gedacht, auweia, auweia, jetzt dreht das gute Mädchen komplett durch. Es war schon spät gewesen, so um die zweiundzwanzig Uhr. Es war immer noch Sommer, also war es noch nicht ganz dunkel und man konnte die trübselige Umgebung, in der sie sich befand, noch ganz gut erkennen. Ariane lag auf ihrem Matratzenlager (die Sachen hatte sie sich irgendwie organisiert) und dachte über dies und das nach. Sie starrte so vor sich hin, wie man das eben tut, wenn man sich entspannen will und das Gehirn auf Durchzug stellt. Da war etwas! Spinnen? Nein, keine Spinnen. Irgendwelche Schatten, die die Wand entlang gehuscht waren. Sie hatte die Bewegung aus den Augenwinkeln gesehen. Sie stellte die Linsen auf scharf und fixierte die nackte Wand. Da saß tatsächlich was in der Ecke. Klein. Rund. Viele. Jetzt bewegten sich Punkte über die Wand, kleine Schatten von irgendwas ballten sich zusammen und bildeten einen Fleck, der aussah, wie der berühmte Teufel nach dem man am besten ein Tintenfass schmiss. Ariane fand das spannend. Sie beobachtete das Schauspiel, reagierte aber nicht. Sie war zu müde, um irgendwas zu tun. Die Umrisse des Schattens bewegten sich jetzt, waberten irgendwie, bildeten immer wieder neue Formen. Machte da jemand Schattenspielchen? Stand da draußen jemand? Außerdem musste irgendwo eine Lichtquelle sein. Gewesen sein, denn plötzlich war das Schattendings weg. Jetzt herrschte absolute Dunkelheit. Nun gut! Ariane dachte nicht weiter darüber nach. Sie klappte die Augen zu und schlief ein.

Als sie sich am nächsten Tag den Unbilden des Alltags stellte, war der Schattenmann kein Thema mehr. Jetzt galt es, sich mit realen

Problemen auseinanderzusetzen. Außerdem bestand ständig die Gefahr, dass sie Reinhard Schwanzlurch über den Weg lief. Wenn sie ihm auch nicht mehr den Tod wünschte – seine Fresse hätte sie ihm trotzdem gerne poliert. Dass er mit ihr dasselbe machen wollte, stand leider außer Frage.

Am nächsten Abend waren die ominösen Flecken wieder da. Einer saß diesmal ruhig an der Garagendecke, und zwar direkt über ihrem Kopf. Die Assoziation mit der Spinne war also mehr als gegeben. Ariane versteckte sich unter ihren Klamotten, die ihr als notdürftige Decke dienten, und kniff fest die Augen zu. Solange nichts verrutschte, konnte nichts passieren. Tatsächlich schlief sie ziemlich schnell ein.

Am nächsten Morgen bewertete sie das Erlebnis wie einen lästigen Traum. Träume, hatte Ariane festgestellt, sind nur selten ein Spiegel der Realität. Viel öfter holen sie unbewusste Ängste ans Licht. Oder sie erlauben einen kurzen Blick in eine andere Welt. Eine Welt, die nicht starr und eindeutig ist, sondern eine, die man nach Belieben formen kann. Im Traum klappt das spontan und augenblicklich, während das im Wachzustand zäh und mühsam ist. Aber es klappt auch. Zum Beispiel das mit Reinhard Knallfrosch.

Das war eine Scheißsituation gewesen. Aber es hätte schlimmer kommen können, oder?

Früher, als sie noch ein kleines Mädchen gewesen war, hatten alle möglichen Monster ihr Zimmer bevölkert und sie in Angst und Schrecken versetzt. Sie war fast jede Nacht zu Agnes und Kurt ins Bett gekrochen, damit sie in Ruhe schlafen konnte. Lass sie, hatte Kurt zu Agnes gesagt. Es ist kein Wunder, dass das Kind überall Monster sieht. Nach all dem, was es durchgemacht hat. Er hatte seine bibbernde Nichte fest in den Arm genommen und so lange gehalten, bis sie sich beruhigt hatte. Irgendwann hatte Ariane beschlossen, keine Angst mehr zu haben. Sie war auf die Idee gekommen, sich die fiesen Monster zu Freunden zu machen. Und das hatte tatsächlich geklappt. Von da an hatte sie einen unsichtbaren Freund und eine ganze Monsterarmee zu ihrem Schutz.

Die schwarzen Flecken, die jetzt jeden Abend erschienen, beunruhigten sie also nicht so sehr, wie sie wohl andere Leute beunruhigt hätten. Sie ließen sich sowieso nicht vertreiben. Einmal hatte sie in blindem Aktionismus irgendwelche Gegenstände nach ihnen geschmissen, aber die Dinger hatten nicht reagiert. Natürlich nicht. Sie waren ja nur irgendwelche Projektionen von irgendwas.

Eines Abends, als Ariane frustriert und besorgt, weil das Geld immer noch nicht da war, auf ihrer Pritsche saß, spürte sie ein leichtes Kribbeln auf der Haut. So, als ob eine forschende Hand sich ihr langsam näherte. Ariane scannte die Wände, die Decke, das Garagentor, und dann sah sie sie, die Gestalt. Den Schatten, der jetzt eine eindeutig menschliche Form angenommen hatte. Nichts mit Hörnern, Dreizack oder so. Eher ein Schutzengel ohne Flügel. Genauso, wie sie ihn sich insgeheim ersehnt hatte. Deshalb verspürte sie, als das Ding jetzt vor ihr stand, fast gar keine Angst.

Kapitel IV (Die Begegnung)

Du erschaffst das, worauf du dich konzentrierst. Es gibt keine andere Regel.

*W*ie so oft in der letzten Zeit saß Doktor Balduin im obersten Stockwerk seines Hauses in einer kleinen, spärlich eingerichteten Kammer und spähte aus dem Fenster. Er hatte die Vorhänge fast zugezogen – was blieb, war nur ein schmaler Spalt, durch den er die Welt da draußen beobachtete. Dabei gab es außer den prächtigen Villen mit ihren Säulen, Erkern und Dachterrassen nicht viel zu sehen. Und wenn doch, dann war es jemand, der seinen Hund ausführte oder jemand, der für jemand anderen den Rasen mähte oder die Fenster putzte oder die Hecke zurückschnitt. Es war eine piekfeine Gegend hier. Ohne lärmende Kinder oder Leute mit Plastiktüten oder Nachbarn, die über den Zaun hinweg ein Schwätzchen hielten. Selbst in den akkurat gepflegten Gärten hinter den Häusern saß selten jemand, um die Pracht zu genießen. Die dekorativen, verschnörkelten Sitzgelegenheiten neben den Haustüren blieben unbesetzt. Blumen und Büsche blühten nur für sich selbst. Man konnte meinen, das Ganze sei nichts weiter als eine schöne Kulisse. Aber für wen? Man sah ja keinen. Die meisten Leute verließen frühmorgens das Haus und kehrten erst abends von ihren gut bezahlten Jobs zurück. Dann sah man Licht hinter den Fensterscheiben und das bläuliche Flimmern von Fernsehgeräten. Zwei, drei Stunden später war alles dunkel. Dann senkte sich die Nacht schweigend herab, und am nächsten Morgen begann alles von vorn.

Bei Doktor Balduin lagen die Dinge anders. Er hatte das Glück, sein Anwesen rund um die Uhr nutzen zu können. Er verbrachte die Tage nicht in irgendeiner Kanzlei, Praxis oder Chefetage. Er saß meistens an seinem Fenster unter dem Dach und sah den Vögeln und Eichhörnchen bei ihrem geschäftigen Treiben zu. Er beobachtete, wie die Nachbarskatze in seinem Garten herumschlich oder sich sonnte. Er erfreute sich an der Farbsymphonie der Blütenpflanzen und an den streng geometrischen Formen der Beete. Er wanderte im Geiste die geharkten Wege entlang, die den Garten in verschiedene Themenbereiche unterteilten. Er sah den Wolken beim Ziehen zu und der Sonne bei ihrer geduldigen Wanderung über den Horizont. Am liebsten hatte er allerdings die Nacht. Jetzt war die Stunde der Schattenwesen gekommen. Jetzt besaß die Phantasie Flügel und flatterte wie betrunken durch Raum und Zeit. Bis zum frühen Morgen konnte Doktor Balduin hier sitzen, in die Dunkelheit lauschen und schauen und mit krakeliger Schrift zu Papier bringen, was endlich aufgeschrieben werden musste.

Natürlich brauchte Doktor Balduin ab und zu frische Luft und Bewegung. Auch hierfür nutzte er am liebsten die Nacht. Er war ein ausgiebiger Spaziergänger, eine dunkle Gestalt, die durch die Straßen und Grünanlagen strich. Nicht wenige Anwohner hatte er zu wilden Spekulationen angeregt. Doch was sie über ihn sagten, war ihm herzlich egal. Wer ihn näher kannte, der wusste, dass er harmlos war. Was tief in ihm brodelte, würde niemals an die Oberfläche kommen. Aber das war wohl bei den meisten Menschen so.

Doktor Balduin kannte die Mechanismen von Körper und Seele. Schließlich hatte er nicht jahrelang umsonst studiert. Er kannte Mittel und Methoden, um den menschlichen Geist zu kontrollieren. Entfesselte Energie wieder einzufangen. Ihr eine Richtung und eine Form zu geben. Mit ihr zu arbeiten. Etwas Gutes zu bewirken. Auch wenn Doktor Balduin keine Zulassung mehr besaß – die hatte er nach einem unschönen Vorfall abgeben müssen – so genoss er doch in esoterischen Kreisen hohes Ansehen. Aber er war vorsichtig geworden. Er flog weit unter dem

Radar, und wer ihn aufsuchen wollte, der brauchte einen triftigen Grund. Es war schon lange her, dass sich seine Schüler hier im Garten versammelt hatten. Dass die Terrasse als Bühne und die überdachte Sitzecke als Ruhebereich fungiert hatte. Dass jemand außer dem Gärtner die kiesbedecken Wege entlanggelaufen war, die Rosen betrachtet, die Katze gestreichelt, die Wildnis gezähmt hatte. Ja, das war lange her. Alles hatte sich geändert. Etwas anderes war jetzt in den Vordergrund getreten. Hatte Mittel und Wege gefunden, um sich von den auferlegten Fesseln zu befreien. Was war zu tun? Musste man überhaupt etwas tun?

Doktor Balduin lauschte dem melancholischen Abendgesang einer Amsel, während die Konturen der finsteren Koniferen verschwammen. Er ließ seinen Blick über die Buchsbaumhecke schweifen, die den Weg wie ein dunkles Band begrenzte. Inzwischen war es dunkel geworden. Schwere Wolken hielten die Sterne zurück. Nur ab und zu blitzte die Sichel des Mondes hindurch, und ein dünner Lichtstrahl erreichte das Zimmer. Tanzende Staubpartikel überall, ein sich ständig veränderndes Bild. Jetzt musste man aufpassen, dass man sich nicht etwas einbildete, was es gar nicht gab. Aber dieser Gedanke stimmte auch wieder nicht, denn irgendwie war alles real. Es kam nur darauf an, wohin man seine Aufmerksamkeit lenkte. Doktor

Balduin lehnte sich entspannt zurück. Er atmete bewusst und tief ein und aus. Ein und aus. Er versuchte, entspannt und gleichzeitig konzentriert zu sein. Es geschehen zu lassen, sich aber gleichzeitig zu schützen. Was für ein seltsamer Zustand! Eine Mischung aus Vorfreude und Angst. Doktor Balduin erwartete, dass heute Nacht das geschehen würde, was er sich schon so lange gewünscht hatte. Woran er geforscht und gearbeitet hatte. Ausgerechnet heute. Ausgerechnet hier.

Ein altes Haus hat viele Geräusche. Doktor Balduin kannte sie alle. Trotzdem zuckte er bei jedem Knacken oder Klopfen unwillkürlich zusammen. Natürlich war es grundfalsch, sich auf seine Ängste zu konzentrieren. Er war Psychologe. Er wusste das. Man konnte sich so schnell selbst in die Falle gehen kann. Das provozieren, was man gar nicht haben will. Gedanken in die falsche Richtung steuern und Dinge völlig falsch interpretieren. Gerade deshalb brauchte er noch etwas mehr Zeit. Tatsächlich war er sich über die eigene Position immer noch nicht klar. Außerdem hatte er, obwohl er an nichts anderes denken konnte, immer noch keine geeignete Strategie. Das musste er sich eingestehen. "Stopp!", schrie alles in ihm. "Für einen Durchbruch ist es zu früh!"

Köln ist keine Stadt, die für ihre architektonische Schönheit bekannt ist. Der Krieg hatte einfach zu viel kaputt gemacht. Als alles vorbei war, wurde dringend Wohnraum gebraucht. Billig, schnell, warm. Das waren die Hauptkriterien gewesen. Architekten und Bauherren bauten wild drauf los. So entstand eine Bausünde nach der anderen, und deshalb steht auch heute noch Scheußlichkeit neben Scheußlichkeit. Doch Ausnahmen gibt es immer. Köln hat auch wunderschöne Ecken. Zum Beispiel die Altstadt, die Südstadt, die Rheinstrände, die Stadttore, die Brücken, die Kirchen, der Rhein. Der riesige, mächtige Rhein! Das Herz geht einem auf, wenn man auf den gigantischen Strom blickt, mit dem herrlichen Dom im Hintergrund und der Reihe liebevoll sanierter Giebelhäuser in allen möglichen Farben. Wenn man auf die zahlreichen Brücken blickt und die riesigen Schiffe aus aller Herren Länder. Wenn man spürt, dass man mitten in einer uralten Welt- und Handelsstadt steht. Wenn man daran denkt, dass diese Stadt über zweitausend Jahre alt ist und was sie erlitten, erkämpft, verloren und gewonnen hat. Dann sind die Bausünden der jüngeren Vergangenheit gar nicht mehr präsent. Dann lässt man sich mitreißen von dieser Energie, dem Trubel, der Fröhlichkeit, den Menschen, den Traditionen und schwimmt einfach mit. Kölle alaaf!

Cora war froh, dass sie in Köln lebte. Das lag nicht nur an dem äußeren Drum und Dran, sondern daran, dass sie hier längst Wurzeln geschlagen hatte. Nach über zwanzig Jahren am selben Ort ist das normal. Sie hatte hier berufliche und private Erfolge und Niederlagen erlebt. Sie hatte Freundschaften geschlossen, die bis heute hielten, und diverse Liebschaften zähneknirschend begraben. Es war nicht einfach mit ihr. Sie wusste das. Aber wenigstens das mit dem Kinderkriegen hatte auf Anhieb geklappt. Halleluja! Trotzdem war die Bilanz nicht ausgeglichen. Glücksmomente und Kümmernisse schaukelten sich gegenseitig hoch. Es war ein ständiges, nervenaufreibendes Auf und Ab. Heute zum Beispiel ging es ihr gar nicht gut. Marian war mal wieder abwesend, nicht physisch, aber auf emotionalem Gebiet. Er ließ seine Mutter einfach an ausgestreckter Hand verhungern. Liz war inzwischen total durchgeknallt und Peters Tod blieb ein Rätsel. Ja, und Timm, ihr einstiger Fels in der Brandung, tickte auch nicht mehr ganz richtig. Cora hatte dauernd ein schlechtes Gewissen, ohne genau zu wissen, warum. Und dann war da noch diese unsägliche Schreiberei! Balduins literarische Ergüsse, die von Seite zu Seite skurriler und blutiger wurden. Mein Gott!

Coras überanstrengter Geist sehnte sich nach Leichtigkeit, Frieden und Zuckerwatte. Da war es ein Segen, dass sie wenigstens in der Natur etwas Ruhe fand. Der kleine Park lag fast vor ihrer Haustür. In erreichbarer Nähe gab es diverse kleine Seen, Wildgehege, Waldgebiete und Radwege. Wenn es sie noch mehr juckte, setzte sie sich ins Auto und fuhr einfach irgendwo hin. Eigentlich, dachte Cora, geht es mir verdammt gut.

Bei einer ihrer Exkursionen hatte sie einen Stadtteil entdeckt, der ihr Herz sofort zum Klingen brachte. In Köln gab es also doch noch schöne Häuser! Alles, was den Krieg, den Zahn der Zeit und die blinde Abrisswut überlebt hatte, hatte sich anscheinend hier versammelt. Da waren sie, die hochherrschaftlichen Gebäude mit Türmchen, Erkern, Risaliten, Freitreppen, Fassadenstuck und so. Und das alles in mehr oder weniger harmonischer Nachbarschaft zu modernen, funktionalen Stadtvillen. Die hatten irgendwie auch ihren Reiz. Wer in dieser Gegend wohnte, musste stinkreich sein. Wenn man daran dachte, wie astronomisch hoch die Miet- und Kaufpreise im Moment waren, konnte einem ganz anders werden. So viel Luxus, aber ein paar Straßen weiter schliefen die Menschen auf der Straße und suchten Pfandflaschen im Müll. Doch darüber wollte Cora jetzt nicht auch noch nachdenken.

Sie spazierte über die glänzenden Pflasterklinker, spähte durch kunstvoll geschmiedete Tore und verrenkte sich den Hals nach immer neuen Ausblicken und Anblicken. Wie es wohl wäre, hier zu leben? Oder einfach den Knauf herunterzudrücken und über den Kies bis zur schweren Haustür zu laufen? Und wenn sie schon nicht ins Haus käme, einfach nachzuschauen, was sich dahinter verbarg? Bestimmt ein sehr weitläufiger Garten mit Blumenrabatten, Buchsbaumhecken, Obstbäumen, Pavillons, Springbrunnen und so. Und wenn sie sich dann noch vorstellte, wer über dieses Zauberreich herrschte, befand sie sich schlagartig in einer anderen Welt. Doch genauso schlagartig war sie wieder zurück. Mist! Dieses Pflaster! Hochmut kommt vor dem Fall, dachte sie und rappelte sich wieder auf. Sie wartete, bis sich die Lage etwas beruhigt hatte und hangelte sich vorsichtig am Zaun entlang. Irgendwie musste es ja gehen! Nach fünf Metern stand sie vor einem schmiedeeisernen Eingangstor. Daneben ein unauffälliges Klingelschild. Balduin stand darauf. Was? Aber es gab bestimmt noch mehr Leute mit diesem Namen. Ihren Doktor Balduin verortete sie jedenfalls im schönen Süddeutschland.

Sie schaute trotzdem nach oben. Edle Hütte, etwas düster vielleicht. Uralter Efeu wucherte unkontrolliert nach allen Seiten, wand sich um die Fenster und streckte seine Blütenstände fast bis zum Dach. Er hatte dicke Stämme gebildet, die wie Bäume rechts und links des Eingangs standen. Dieses Haus war dazu geeignet, sich vor der Welt zu verstecken. Sie konnte sich gut vorstellen, wie jemand durch die Fenster spähte, ohne selbst gesehen zu werden. Sie nahm sogar an, dass das im Moment so war.

Ihre Annahme, dass Timm, sagen wir, psychische Probleme hatte, stimmte übrigens nicht. Er befand sich in diesem Moment in Peters Haus, nachdem er das Meer mit ausgebreiteten Armen begrüßt, einen langen Spaziergang gemacht, Schäfchen gezählt, ein Matjesbrötchen verspeist und Tee gekocht hatte. Er filzte Peters Schreibtisch. Er sah alles durch, was ihm in die Hände kam. Er entschuldigte sich immer wieder bei seinem Freund und vermisste ihn ganz schrecklich. Es konnte nicht angehen, dass das Geheimnis seines Todes ungeklärt blieb. Irgendetwas Schlimmes war geschehen. Es musste einen Hinweis darauf geben, und solange der nicht gefunden war, wäre es kein Wunder, wenn Peter als unerlöstes Gespenst durch die Gegend flatterte.

Im Schreibtisch war nichts. Nur noch ein paar uralte Fotos, Kassenzettel, Kleinkram. Der Nachlass war natürlich schon von Peters Familie durchgesehen worden. Das Haus war fast leer.

Draußen baumelte wie in einem amerikanischen Film ein Verkaufsschild im Wind. Peter! Wo hast du was versteckt? Schluss mit der Geheimniskrämerei! Hilf mir! Wie in einem Krimi konnte es hier diverse Verstecke geben. Unter der Türschwelle. Im Kamin. In einem Zwischenboden. Gab es hier so was? Timm ging auf die Knie und kroch und klopfte den Fußboden entlang. Tatsächlich entdeckte er unter dem Teppich in der Stube eine Falltür. Wer hatte denn einen Keller in diesem von Überflutungen bedrohten Gebiet? Timm hing kopfüber in der Luke und spähte hinab. Einen Lichtschalter gab es natürlich nicht. Aber ein Mann hat nicht nur stets ein Taschenmesser dabei. Es gehört auch eine Taschenlampe zur Grundausstattung. Timm ging zum Auto und kam mit zwei Dosen Bier und einer Taschenlampe zurück. Erst knipste er eine Dose auf. Fisch macht durstig. Dann leuchtete er das Loch aus und stieg vorsichtig hinab. Puh! Hier könnte man auch mal wieder lüften, dachte Timm und lachte über seinen eigenen Witz. Sein Humor verließ ihn allerdings, als er eine fette Spinne sah. Direkt vor seiner Nase. Kurz vor dem Sprung. Timm musste sich kurz sammeln. Aber ein Detektiv kennt keine Angst, und vor so einem Kleinzeug schon gar nicht, also los jetzt, weiter im Text!

Hier unten standen diverse Kartons herum, und alles war spakig, muffig, eklig. Kein vernünftiger Mensch würde Pappkartons in einen feuchten Keller stellen. Hoffentlich war nichts Wichtiges drin. Timm öffnete mit spitzen Fingern den ersten Karton. Er war groß genug, um darin einen Bernhardiner zu beerdigen. Waren aber nur alte Langspielplatten drin. Dann die erste Kiste. Sie ließ sich mühelos öffnen. Ein paar Kellerasseln suchten schleunigst das Weite. Außerdem entwich ein äußerst unangenehmer Geruch. Timm hielt tapfer seine Lampe hinein und entdeckte ... nichts. Auch die anderen drei, vier, fünf Kisten waren leer. Da war wohl jemand schneller gewesen. Nur in der letzten Kiste war tatsächlich etwas: faulige Kartoffeln bis zur Oberkante. Der Gestank war unbeschreiblich. Timm knallte den Deckel zu und kletterte zurück in die Freiheit, vorbei an der reglosen, geduldig wartenden Spinne. Dass er nochmal runter musste, war ja klar! Zumindest ein Blick in die schimmeligen Kartons stand noch aus. Aber erst einmal brauchte er ein zweites Bier. Mehr ging nicht, sonst müsste er hier womöglich noch übernachten. Brrh!

Nun war es ja nicht so, dass man seine Unterlagen immer in Papierform aufbewahrte. Vielleicht war es wirklich unmöglich, etwas zu finden, was nicht gefunden werden sollte. Timm hatte wenig Ahnung, welche technischen Möglichkeiten es heutzutage gab beziehungsweise wie man Verschlüsselungen knackte, und er kannte auch niemanden, der sich gut genug damit auskannte. Trotzdem, wo waren eigentlich Peters Handy und sein Computer? Das ließe sich herausfinden. Und dann? Puh! Es war erstaunlich, welchen Durst man nach dem Verzehr eines einzigen Fischbrötchens bekam. Als Timm es sich mit einem weiteren Bier in der kahlen Stube gemütlich gemacht hatte, merkte er erst, wie müde er war. Vielleicht lag die Lösung des Rätsels ja gar nicht im Keller. Vielleicht lag sie irgendwo hier oben.

Wenn man sich darauf konzentriert, kann man überall Muster und Gesichter, erkennen. In der Gardine, in der Tapete, in den Bodenfliesen, im Teppichboden. Aber das Haus war kahl. Das Einzige, was Timm sah, waren Mouches volantes, eine lästige, harmlose Alterserscheinung. Timm fand das gar nicht toll. Er war noch nicht mal fünfunddreißig. Peter war keine dreiunddreißig geworden, und er hatte nie was gehabt. Nur verrückte Ideen. Und davon mehr als genug. Zum Beispiel diesen Quatsch mit der Séance. Verdammte Scheiße!

Das nächste Bier musste dran glauben. Ah, das tat gut! Peter hatte auf dem Hafenfest noch nicht mal ein zweites Bier trinken wollen.

Vielleicht hätte er da misstrauisch werden müssen. Peter, der nicht bereit war, mit einem zweiten Bierchen anzustoßen? Mit ihm, seinem alten Kumpel? Gab es denn so was? Zum Schluss war Peter wirklich seltsam gewesen. Ihre WG-Zeit kam Timm in den Sinn. Peters Dünnhäutigkeit. Seine Ausraster. Vielleicht hatte er ja dasselbe wie Liz. Irgendwas Psychisches. Oder er hatte ein Alkoholproblem. Es ist zwar zu spät, um auf dein Wohl zu trinken, aber trotzdem! Prost, Peter! Ich vermisse dich!

Nein, bei Liz lagen die Dinge ganz anders. Sie war immer entsetzlich naiv gewesen. Hübsch, nett, aber na ja... Peter hingegen war so schlau wie ein Fuchs. Hörst du mich, Peter? Du bist so schlau wie ein Fuchs! Und jetzt kannst du mir bitteschön einen klitzekleinen Hinweis darauf geben, was passiert ist. Ist ja wohl nicht zu viel verlangt, oder? Los, Kumpel, streng dich an!

Bestimmt lag es am Bier, aber heute passierte gar nichts mehr. Schotten dicht. Timm starrte noch eine Weile stumpf vor sich hin und wartete auf eine einfache Lösung des Rätsels. Er hatte überhaupt keine Lust, in den stinkenden Keller zu gehen. Oder nach losen Dielen zu suchen und die Wände nach Hohlräumen abzuklopfen. Das konnte alles bis morgen warten. Möbel gab es hier keine mehr, also auch kein Bett. Das hieß dann wohl, er müsste auf dem nackten Boden schlafen. Zusammen mit Wollmäusen, Schaben und wer weiß was noch. Na toll! Wenigstens war es inzwischen zu dunkel, um den Dreck zu erkennen. Trotzdem keine schöne Vorstellung, im Haus eines frisch Verstorbenen die Nacht zu verbringen. Aber Timm war, wie gesagt, keine Memme. Er ging ein letztes Mal zum Auto und kam mit dem restlichen Bier und einer nach Benzin stinkenden Decke zurück. Wenig später wickelte er sich ein und verabschiedete sich ins unruhige Land der Träume.

Von was er geträumt hatte, daran erinnerte er sich am nächsten Morgen leider nicht. Vielleicht hatte Peter versucht, ihm was ins Ohr zu flüstern. Wenn das so war, dann leider umsonst. Andererseits verspürte Timm, trotz des gestrigen erheblichen Alkoholkonsums, eine unerwartete, nicht zu bremsende Tatkraft. Er würde nicht mit leeren Händen nach Hause fahren! Irgendeinen Sinn musste diese Exkursion haben. Außerdem, er rechnete kurz nach, würde er sowieso bis zum Nachmittag mit dem Autofahren warten müssen.

Zum Frühstück gab es nichts, ein paar Möweneier vom Strand vielleicht, aber das wäre nicht nach seinem Geschmack. Er kratzte ein paar Kekskrümel zusammen, die er im Handschuhfach fand, ging ins Haus und öffnete die Kellerluke. Gleich jetzt. Konnte sein, dass ihn der Elan sonst wieder verließ.

Er dachte kurz an die Spinne, aber die war nicht mehr da. Er machte sich an den Abstieg und versuchte, ausschließlich durch den Mund zu atmen. Als er die Kartoffelkiste mit einem kühnen Schwung öffnete, war der Gestank trotzdem fast unerträglich. Aber das hatte er ja erwartet. Die Idee, dass jemand was unter den Kartoffeln versteckt haben könnte, war ihm eben erst gekommen. Nun hieß es, die stinkenden Knollen von der vollen in eine der leeren Kisten umziehen zu lassen. Leider hatte er keinen Eimer, um alle Exemplare gesammelt auf den Kompost zu schmeißen. Was für eine Rennerei! Und dieser Gestank! Wäre schön, wenn er wenigstens Handschuhe hätte! Es war grässlich, sich mit bloßen Händen durchzuarbeiten.

Aber so viele Kartoffeln waren es gar nicht. Ziemlich schnell entdeckte er, dass unter der Schichte noch etwas anderes lag. Der Himmel sei ihm gnädig! Was war das? Er stieß das Ding sachte an. Es war weich und fest zugleich. Timm raffte die restlichen Kartoffeln zusammen. Dann hielt er die Taschenlampe in die Kiste. Bei dem Gebilde handelte es sich um einen prall gefüllten

Müllsack. Aber was war da drin? Timm dachte nicht weiter darüber nach. Stattdessen hob er den Sack vorsichtig an und schätzte sein Gewicht. Er war nicht so schwer, wie er befürchtet hatte. Timm wuchtete ihn aus der Kiste und legte ihn sich vor die Füße. So! Sollte er den Sack gleich hier öffnen oder lieber oben? Am liebsten hätte er ihn an der frischen Luft untersucht. Aber womöglich riss er auf der Treppe auf, und das, was darin war, würde sich verteilen. Nein, das konnte er nicht riskieren. Er knibbelte an dem Bindfaden, mit dem der Sack zugebunden war. Leider sah er nicht viel, denn eine Taschenlampe zu halten und gleichzeitig den Knoten zu lösen, ging nicht. Den Sack aufreißen? Lieber nicht! Immerhin handelte es sich um eine Schwerlasttüte. Also doch hoch damit! Stufe für Stufe ging es aufwärts. Schritt für Schritt. Nicht nur die schmale Stiege ächzte und stöhnte.

Oben angekommen, ging es ganz leicht. Der Knoten ließ sich problemlos lösen und Timm kippte den Inhalt des Müllsacks auf den Boden.

*C*ora hatte das Telefon gar nicht gehört. Sie befand sich gerade in einer Endlosdiskussion mit ihrem Sohn. Marian war jetzt in dem Alter, in dem er alles bis zur Unkenntlichkeit zerkaute. Was auch immer Cora sagte, war falsch, verstand er falsch oder verstand er gar nicht. Immerhin redete er. Und, mein Gott, er war ein großartiger Redner! Allerdings wollte er immer das letzte Wort haben. Und Cora war seine Mutter. Die wollte das natürlich auch. „Dein Telefon klingelt!“ Marian hatte nicht nur ein begnadetes Mundwerk, sondern auch Ohren wie ein Luchs. Tatsächlich! Ihr Handy! Aber Marian war schneller. Ein Satz, und er hatte das Ding in der Hand. Bevor er es seiner Mutter gab, warf er einen Blick aufs Display. Das war doch Peters Nummer! Was?! „Her damit!“, rief Cora, aber Marian krallte sich am Handy fest. Denn, wie gesagt, er traute seiner Mutter nicht mehr über den Weg!

Natürlich war es doch nicht Peter. Es war Timm, der gerade in Peters Haus rumhing, warum auch immer. Er rief von da aus an. Timm war für Marian nur zweite Wahl gewesen, also relativ uninteressant. Marian überreichte seiner Mutter das Handy. Er beobachtete ihren Gesichtsausdruck, der von erfreut zu überrascht zu irgendwas anderem wechselte. Was war denn nun schon wieder los?

Das war nicht einfach zu erklären. Timm hätte irgendwelche Briefe gefunden, die es eigentlich nicht geben dürfte. Und die las er sich gerade durch. Und das wollte er Cora nur erzählen.

Marian versuchte gar nicht erst, ein Gähnen zu unterdrücken. Er hatte etwas viel Spannenderes erwartet. Erst als Cora immer wieder den Kopf schüttelte und murmelte: „Doktor Balduin, wieso denn Doktor Balduin?“, merkte er auf. Balduin - war das nicht der Typ, für den seine Mutter arbeitete? Was hatte Peter denn mit dem zu tun?
Eben. Genau das galt es jetzt, herauszufinden. Aber dabei störte Marian natürlich. Und so wurde er wie ein kleines Kind verabschiedet und auf sein Zimmer geschickt. Es war ja auch schon spät!
Danach telefonierte Cora noch einmal.

Doktor Balduin lehnte an einer Säule seiner großen Loggia. Er betrachtete die prächtige Clematis, die sich um den steinernen Rundbogen rankte. Ihre zarten lila Blüten wickelten sich um jeden erreichbaren Vorsprung und verströmten einen betörenden Duft. Kaum zu glauben, dass dieses zauberhafte Geschöpf in der Lage ist, zu töten.
Die Säulen, der Bogen, die rankende Clematis – all das bildete den üppigen Rahmen für den atemberaubenden Anblick des Abendhimmels. Ein Gemälde, für das kräftig in den Tuschkasten gegriffen worden war. Zartblau vermischte sich mit Orange, Weiß,

Rot, Gelb und Grau, und alles wirkte zerfetzt, verwischt, irreal. Kein impressionistischer Maler hätte sich getraut, sich dieser Palette so hemmungslos zu bedienen. Es war einfach zu kitschig, zu falsch, zu schön. Doktor Balduin kannte sich mit schönen Dingen aus. Sein ganzes Anwesen zeugte von seinem erlesenen Geschmack.

Natürlich hatte er Cora sofort erkannt. Da er ganz genau wissen musste, wer für ihn arbeitete, hatte er sie im Internet ausfindig gemacht. Er wusste nicht nur, wie sie aussah, sondern auch, wo sie wohnte und welche täglichen Routinen sie hatte. Er wusste, dass sie geschieden war, und er wusste von Marian, ihrem Sohn. Er kannte auch ihre Freunde mit Namen: Liz und Timm. Und er kannte Peter. Aber das war eine andere Sache.

Alle diese Personen waren wichtig für sein Vorhaben. Sie dienten ihm als Basisstation. Als Spiegel, als Übungsplatz, als Arena, als Anker zur *richtigen*, zur dinglichen Welt. Es war ein Glücksfall gewesen, dass Cora seinerzeit seinen Auftrag angenommen hatte. Sie war nicht nur seine Mitarbeiterin, sondern auch seine Muse wider Willen. Ihre Persönlichkeit und ihre geradlinige Art trieben sein Projekt wesentlich voran. Und ihre komplizierten Freunde taten das Ihre.

Natürlich wusste Cora nicht genau, woran er arbeitete, und sie durfte es auch nicht wissen. Deshalb war es auch so beunruhigend, dass sie ihn offensichtlich ausspionierte. Oder war alles nur ein Zufall gewesen? Er glaubte nicht an Zufälle. Natürlich nicht. Er wusste ja, dass die Dinge, alle Dinge, untrennbar miteinander verbunden sind. Also: Was war zu tun? Er war nicht bereit, seine Pläne aufzugeben. Er hätte das auch nicht gekonnt, denn die Entwicklung ließ sich nicht mehr stoppen. Dafür hatte es genügend Anzeichen gegeben. Coras unerwartetes Erscheinen vor seinem Haus war ein weiterer Hinweis darauf, dass er endlich den nächsten, den entscheidenden Schritt wagen musste. Er hatte lange genug gezögert. Als die CERN-Leute ein winziges Schwarzes Loch erzeugt hatten, waren sie sich auch nicht sicher gewesen, ob das gutgehen würde. Ob sich ihre Welt nicht rasend schnell selbst auffressen würde. Sie hatten es einfach riskiert.

War es richtig gewesen, sofort Cora anzurufen? Oder hätte er sich noch etwas Zeit nehmen sollen, um die Sache selbst etwas besser zu verstehen? Zu spät! Es war sowieso alles zu spät. Wenigstens hatte er jetzt eine Erklärung, warum Peter sich so verändert hatte. Timm hätte es noch verstehen können, wenn sein

überambitionierter Freund einer Sekte in die Hände gefallen wäre. So etwas konnte auch schlauen Leuten passieren. Den Suchenden, die in irgendeiner Lebenskrise stecken. Peter war immer ein Suchender gewesen. Er hatte die Dinge hinterfragt. Die offizielle Sichtweise war ihm nie genug gewesen. Mein Gott, was für hitzige Diskussionen hatten sie seinerzeit geführt! Hatte dieser Doktor Balduin ihm die passenden Antworten geliefert? Cora hatte seinen Namen immer wieder erwähnt. Timm war ein nüchterner Mensch, aber daran, dass es sich hier um einen Zufall handelte, konnte auch er nicht glauben. Deshalb hatte er Cora sofort angerufen. Bevor er sich sonst was zusammenreimte. „Cora!“, hatte Timm gesagt.
„Was hat Peter mit diesem Doktor Balduin zu tun?“
„Wie bitte?“
„Cora, lass die Finger von diesem Mann! Ich glaube, er hat Peter auf dem Gewissen.“
Cora wäre fast der Hörer aus der Hand gefallen. „Was?! Wie kommst du denn da drauf?“

Es dauerte lange, bis er ihr erklärt hatte, welche Unterlagen er in Peters Keller gefunden hatte. Wo Peter sie versteckt hatte, warum er sie versteckt hatte, und was in ihnen stand. Dieser Balduin hatte Peter für seine abstrusen Ideen benutzt. Seinen Verstand genommen und wie eine Zitrone zerquetscht. Er hatte ihm

Medikamente verabreicht. Und zum Schluss sollte Peter sogar eine Séance abhalten, um einen Vampir zum Leben zu erwecken.

„Vampir!“, rief Cora empört. „Hörst du dich eigentlich selber reden? Für so eine idiotische Idee hätte Peter sich niemals hergegeben.“

„Entschuldige bitte! Aber wenn ich *Dracula* höre, liegt mir dieser Begriff auf der Zunge.“

„Okay, ich sag’ dir mal was: Doktor Balduin hat ein rein wissenschaftliches Interesse. Er interessiert sich für die historischen Hintergründe, nicht für irgendwelche abgeklatschten Gruselgeschichten.“

Timm stöhnte.

„Also, Doktor Balduin beschäftigt sich mit dem historischen Dracula. Einem christlichen Fanatiker aus dem späten Mittelalter. Er war Woiwode der Walachei. Er wird im heutigen Rumänien noch heute von vielen Leuten verehrt, weil er für das Christentum gekämpft und auf seine Weise für Recht und Ordnung im Land gesorgt hat. Manche wünschen ihn sich sogar zurück. Seine Methoden waren grausam, aber die ganze Zeit war grausam.”

Timm richtete seinen Blick verzweifelt himmelwärts.

„Wegen dem ganzen Blut und Gemetzel gab es schon damals die Assoziation mit dem Vampirismus. Dazu kommt, dass *Dracula*

Drache oder Teufel heißt. Wegen dem Drachenorden, dem er angehörte.
„Na, du weißt aber Bescheid!"
„Kein Wunder! Ich beschäftige mich seit Monaten mit diesem Stoff. Das ist das Zeug, mit dem Doktor Balduin mich seit Monaten füttert. Hat eine Weile gedauert, bis ich gemerkt habe, dass es sich nicht um eine scheußliche Horrorgeschichte handelt, sondern um etwas ziemlich Reales."
„Na, hoffentlich nicht. Aber zumindest kann ich mir jetzt vorstellen, warum Peter sich für dieses Thema erwärmt hat."
„Und du meinst, dieser Balduin hat Peter unter Drogen gesetzt?"
„Er hat ihn immerhin dazu bringen wollen, eine Séance abzuhalten. Für so was hätte Peter sich nie freiwillig hergegeben. Doktor Balduin will Dracula in unsere Zeit befördern. Weiß der Teufel, warum. Cora, dieser Kerl ist verrückt! Gefährlich und verrückt! Du musst die Korrespondenz mit ihm beenden!"
„Hmm …"
„Cora! Du darfst nicht an der Geschichte weiterschreiben!" Nicht an der Geschichte weiterschreiben! Als ob man Geschichte kreieren könnte wie ein buntes Gemälde. Genauso hörte sich das an. *Nicht an der Geschichte weiterschreiben.* So einen sprachlichen Volltreffer hätte sie Timm gar nicht zugetraut. „Und wie stellst du dir das bitte vor? Das ist ein Bombenauftrag. Ich bin

freiberuflich unterwegs und brauche das Geld. Ich kann es mir nicht leisten, mir meine Auftraggeber auszusuchen. Und Doktor Balduin hat mir sowieso versprochen, dass da nicht mehr viel kommt. Zwei, drei Tage noch, dann ist der Spuk vorbei."

Plötzlich kroch ihr ein kalter Schauer über die Haut.

„Mama!!!"

Cora zuckte zusammen. „Was ist los, Schatz?"

„Er ist wieder da!", kam es von oben.

„Wer? Was?"

„Die dunkle Gestalt. Komm! Schnell!"

Cora stand seufzend auf. Das mit dem Schwarzen Mann war also immer noch ein Thema. Interessant, wie hartnäckig solche Hirngespinste sein konnten. Dabei hatte Marian sie selbst als solche entlarvt. Aber sie wäre eine schlechte Mutter gewesen, wenn sie dem Hilferuf ihres Sohnes nicht umgehend nachgekommen wäre. Sie stapfte die Treppe hinauf und öffnete die Tür zu Marians Zimmer. Der Junge saß aufrecht in seinem Bett. Er zeigte in eine Ecke links neben der Tür. Fast dahin, wo Cora gerade stand. Aber da war nichts. „Da ist nichts! Alles okay!" Sie wollte sich gerade umdrehen und den Rückzug antreten, als sie eine Bewegung aus den Augenwinkeln wahrnahm. Sie blieb abrupt stehen.

„Jetzt hast du ihn auch gesehen, oder?“ Hatte sie nicht. Nicht wirklich. „Wir sind müde, mein Schatz. Du weißt ja, dass das Gehirn einem schon mal Streiche spielen kann, wenn man übermüdet ist. Leg dich einfach wieder hin! Träum was Schönes!“ Cora schloss leise die Tür und ging wieder nach unten. Ein Gutenachtkuss wäre sowieso nicht erwünscht gewesen. Schade eigentlich, aber Marian war nicht mehr vier.

In geordneter Formation dahinziehende Wildgänse. Was für ein grandioser Anblick! Ihre heiseren Rufe waren weithin zu hören und klangen nach Sehnsucht und Freiheit. Sie kündigten aber auch den nahenden Winter an. Und Kälte und Regen und Schnee. Ariane hatte mehr als nur ein Problem. Das Geld vom Hausverkauf war nicht gekommen. Der Kunde hatte im letzten Moment einen Rückzieher gemacht. Was für ein Albtraum! Das Haus war noch da, aber das ganze Inventar war weg. Jeder noch so kleine Löffel war weg. Ariane würde es nicht aushalten, auch nur noch eine Nacht in diesem toten Gebäude zu verbringen. Es hatte kein Herz und keine Seele mehr und schimmelte schon vor sich hin.

Behörden waren überhaupt nicht Arianes Ding. Sie hatte auch keine Ahnung von rechtlichen oder finanziellen Sachen. Das Schicksal hatte sie viel zu früh aus dem Nest geworfen. Und das schon zum zweiten Mal. Ihr einziger Anker war Maria. Und die ... Die wollte sie auch nicht dauernd behelligen. Nicht in ihrer schönen, heilen Welt. Dafür lebte Ariane nun schon seit Wochen auf der Straße. Bis jetzt hielt sie sich ja ganz gut. Ohne Alkohol. Ohne all die fürchterlichen Dinge und falschen Freunde, von denen man so las. Aber in Anbetracht der eklig kalten Jahreszeit, die auf sie zukam, sehnte sie sich nach spießiger Häuslichkeit. Ariane war zwar ein Tramp, aber nur, solange sie wusste, dass sie im Notfall einen Unterschlupf hatte. Aber den hatte sie eben nicht. Man sollte meinen, dass es solche Situationen gar nicht geben kann. Nicht heutzutage. Wenn man am Ball bleibt, gibt es immer eine Lösung. Es gibt schließlich tausend Anlaufstellen. Man muss sich halt rumfragen. Irgendjemand weiß immer was und hilft einem weiter. Aber in Arianes Fall ging alles schief. Sie wurde immer wieder vertröstet und hingehalten. Machte sich Hoffnungen und wurde enttäuscht. Wurde rausgeschmissen, beschimpft, beklaut, belogen, das ganze Programm. Irgendwann war sie nicht mehr in der Lage zu kämpfen. Sie hatte fast alle Reserven aufgebraucht. Nicht nur die finanziellen. Ariane wusste einfach nicht mehr weiter.

In dieser Situation tat sie das, was sie sich selbst niemals zugetraut hätte: Sie begann, sich am Vermögen anderer Leute zu bedienen. Erstmal nur Kleinkram, Portemonnaies, herrenlose Sparschweinchen, Sammelbüchsen und so. Mit der Zeit wurde sie mutiger. Und sie lernte Leute kennen, die das richtig gut konnten. Professionell machten sozusagen. Ariane hatte nichts zu verlieren, und sie hatte fast kein schlechtes Gewissen. Schließlich war sie es ja, die man betrogen hatte. Betrogen und immer wieder im Stich gelassen. Scheiße, das alles!

Wie heißt es so schön? Als Gauner landet man entweder im Grab oder im Knast. Alles nur eine Frage der Zeit. Vor dem Tod hatte Ariane fast gar keine Angst. Sie hatte ihm viel zu oft ins Gesicht geblickt. Aber sich einsperren zu lassen, nein, das ging gar nicht! Auf gar keinen Fall!

Mit anderen Worten: Sie musste schleunigst hier weg. Und das, solange man nicht mehr als ein ziemlich mieses Fahndungsbild von ihr hatte. Es zeigte eine jammervolle Gestalt mit dunklen, traurigen Augen. War das der Eindruck, den sie hinterließ? Die Täterin sei circa eins achtzig groß, schlank und dunkelhaarig. Womöglich sei sie gefährlich. Zumindest Letzteres stimmte nicht.

Ariane verpasste sich eine Kurzhaarfrisur und färbte sich die Haare blond. Dann sagte sie der schönen Stadt München Servus. Ihren Lebensunterhalt bettelte und klaute sie sich weiterhin zusammen. Da sie so ein netter Mensch war, fiel sie niemandem negativ auf. Außerdem blieb sie nie lange an einem Ort. Wenn einer merkte, dass ihm was fehlte, war sie schon längst über alle Berge.

Einige Zeit später waren ihre Haare lang und schön nachgewachsen. Ariane wollte sich nicht mehr verstecken. Dann kam der Tag, an dem sie Cora begegnete. Zu der Zeit wusste sie natürlich nicht, dass sich bald ihr Schicksal erfüllen sollte. Schicksal! Was für ein großes Wort! Es hätte auch alles ganz anders kommen können. Dann wären eben andere Dinge passiert. Dann hätte sie eben einen anderen Weg eingeschlagen. Aber der Weg, den sie damals wählte, führte sie nun mal mit Cora, Peter und Liz zusammen. Letztendlich auch mit Doktor Balduin.

Das alles hatte sich großartig angefühlt. Sie hatte endlich einen richtigen Freundeskreis. Sie fühlte sich willkommen und ernstgenommen. Keiner hatte ihr angesehen, wie bedürftig sie tatsächlich war. Nicht nur nach Geld, aber das natürlich auch.

Nein, ihren Freunden würde sie nie etwas klauen. Alles, was man ihr gegeben hatte, hatte man ihr freiwillig gegeben.

Leider war dieses Treffen einmalig geblieben. Irgendwelche Differenzen hatten zum schnellen Aufbruch geführt. Ariane konnte das nicht verstehen. Was die Freunde miteinander verbunden und letztendlich getrennt hatte, wusste sie nicht. Vielleicht hatte es an der aufgeladenen Atmosphäre gelegen. An der elektrischen Ladung durch das Gewitter. Jedenfalls war die Harmonie schnell vorbei gewesen. Der Traum von Freundschaft und Nähe war wie eine Seifenblase zerplatzt. Sie war wieder einmal völlig allein. Nichts als Einsamkeit und Leere.

Was hatte Ariane inzwischen nicht alles unternommen, aber die Leere ließ sich nicht füllen! Nicht die in ihrem Herzen, nicht die in ihrem Magen, nicht die in ihrem Portemonnaie. Warum war das Schicksal so gemein zu ihr? Natürlich war sie kein Engel. Wenige ihrer Aktionen waren völlig legal oder auch nur empfehlenswert gewesen, aber keine von ihnen war besonders schlimm. Mit ihrem Gewissen befand sich Ariane also halbwegs im Reinen. Was sie am meisten plagte, war die Aussichtslosigkeit ihrer Lebenssituation. Was tun? Wo hingehen? Wie anfangen? Und vor allem wozu? Wenn sie jetzt nicht endlich einer an die Hand nahm, könnte sie gleich von der Brücke springen. Verdammt! Sie brauchte Hilfe! Alleine schaffte sie es nicht!

Sie hatte es bei Maria versucht. Sie hatte ihren Stolz überwunden und zum Hörer gegriffen. Was war das Ergebnis dieser Aktion? Maria hatte keine Zeit für die Probleme ihrer Jugendfreundin gehabt, die letztendlich selbst schuld an ihrer Misere sei. Es stimmte ja. Warum hatte sie das Zepter aus der Hand gegeben, noch bevor die Unterschrift auf dem Kaufvertrag trocken war? Warum hatte sie alles, jeden Löffel, jeden Stuhl, jedes Bild, einfach alles verschenkt, ohne eine Sekunde darüber nachzudenken, wie wertvoll dieser Besitz war? Wie hart Agnes und Kurt für diese Dinge gearbeitet hatten? Wie hatte sie davon ausgehen können, dass nichts mehr schiefgehen könnte? Warum hatte sie noch nichtmal versucht, das Haus zu retten? Warum war sie so beschissen naiv?

Ariane sah das alles ein. Andererseits war sie noch sehr jung gewesen. Außerdem hatte sie in einer schlimmen Lebenskrise gesteckt. Aber inzwischen war sie erwachsen und machte immer noch alles falsch. Maria hatte viel schlechtere Voraussetzungen gehabt. Aber jetzt hatte sie einen Beruf und an jeder Hand ein

Kind. Sie konnte sich nicht noch um ein drittes Kind kümmern, und mit Haus und Garten und Hund und Mann war es garantiert auch nicht ganz leicht. Ariane würde ihr nicht mehr auf die Nerven fallen. Adieu!

Was als Nächstes geschah, könnte man getrost als Wunder bezeichnen. Ariane stolperte über einen Handzettel, der garantiert für sie geschrieben war. Ein Psychologe, Doktor Ewald Balduin, Lebenskünstler und Menschenfreund, bot in seinem hochherrschaftlichen Haus ein Seminar an. Man würde lernen, einen anderen, einen positiven Blick auf die Welt zu entwickeln. Man würde aktiv und in netter Gesellschaft an einer neuen, gesünderen Welt bauen. Zum eigenen Wohl und zum Wohl der Menschheit. War es nicht genau das, was sie wollte? Ganz andere Perspektiven gewinnen. Gleichgesinnte treffen. Lösungen sehen, wo vorher nur Probleme waren. Und das Beste daran: Der Mann verlangte kaum Geld. Er tat das aus Menschenliebe, denn allein die Liebe hat das Recht, die Welt regieren. Ja, Doktor Balduin war ein Menschenfreund. Was bedeutete, dass er auch Unterkunft und Essen spendieren würde. Ariane meldete sich kurzerhand an.

Allerdings sollte das Ganze in Köln stattfinden. Ein weiter Weg für den Handzettel, und ein weiter Weg für sie. Jedenfalls brauchte sie eine Fahrkarte, und die war nicht umsonst. Sie klingelte also bei Maria und zeigte ihr die Annonce. Maria stöhnte auf. Sie äußerte nicht von der Hand zu weisende Bedenken, gab Ariane dann aber doch das Geld. Sie durchwühlte sogar ihren Kleiderschrank und stattete Ariane mit einer Grundausrüstung aus. Später würde sie sie zum Bahnhof bringen und sogar noch einen Milchkaffee spendieren. Sie würde dem abfahrenden Zug mit einem flatternden Tuch hinterherwinken und es erst in die Tasche stecken, nachdem sie sich sorgsam die Tränen aus den Augen gewischt hätte.

Timm streckte Cora einen Brief entgegen. „Unglaublich!", sagte er. „Das ist ein Brief von Doktor Balduin. Damit hat er Peter also geködert. Wusstest du, dass die beiden sich kannten?" Cora schüttelte den Kopf und las:

Sehr geehrter Herr Heimann,
wie schön, dass Sie auf mich und meine Arbeit aufmerksam geworden sind! Auch ich habe Ihre Veröffentlichungen stets voller Interesse verfolgt. Wie es aussieht, haben wir ähnliche Interessen und Vorstellungen. Wäre es auch für Sie denkbar, wenn wir uns zusammentäten, um unsere Talente und

Fähigkeiten zu bündeln? Ohne falsche Bescheidenheit wage ich zu sagen, dass wir mit unseren Erkenntnissen die Welt aus den Angeln heben können. Was sagen Sie zu meinem Vorschlag?
In banger und doch hoffnungsvoller Erwartung verbleibe ich hochachtungsvoll
Doktor E. Balduin

„Wieso sagst du, er hat ihn geködert? Er hat offensichtlich nur auf Peters Brief geantwortet. Auf was für einen Brief überhaupt? Und auf was für eine Arbeit bezieht er sich da? Und was hatte Peter überhaupt veröffentlicht?“ Timm zuckte hilflos mit den Achseln. „Wichtig ist nur, dass du meinen Rat befolgst und nicht mehr für diesen Kerl schreibst. Er hat nichts Gutes im Sinn.“ Cora rechtfertigte sich nicht. Musste sie auch nicht. Timm schoss übers Ziel hinaus. Er war gar nicht so nüchtern, wie er immer tat. „Ich dachte, Peter saß nur rum und gab Papas Geld aus. Hast du das nicht immer erzählt? Anscheinend hast du deinen Freund unterschätzt!“ „Keine Ahnung. Er hatte mich schon eine Ewigkeit nicht mehr an sich rangelassen.“
„Mich auch nicht“, feixte Cora. Timm räusperte sich. „Also, ich glaube, das Ganze hat absolut nichts mit der Uni zu tun. Denk’ an das mit der missglückten Séance!“
„Daran denke ich überhaupt nicht gern.“

„Huch, was ist das denn?“
Cora rückte näher. Da lag ein Textfragment auf dem Tisch, wahrscheinlich ein Teil eines uralten Briefes. Kunstvoll verschnörkelte, unleserliche Schrift. Naiv wirkende Figuren wie aus einem Kinderbuch. Ein in sich verschlungener Drache. Drachenorden. Dracula!

Nun war es ja nicht verwunderlich, dass sich Doktor Balduin mit solchen Schriften beschäftigte. Er arbeitete schließlich an einem Buch über diesen Massenmörder. Aber das hier sah tatsächlich aus wie ein Original. „Das kann nicht sein!“, meinte Timm. „So was lagert höchstens im Archiv.” Sie nahmen den Stapel zwischen sich. Es war schon spät, aber es würde noch viel später werden. „Sieh’ mal!“, sagte Cora. „Doktor Balduin hat Peter noch einmal geschrieben.”

Lieber Freund,
ich bitte Sie noch um etwas Geduld. Die Dinge lassen sich nicht erzwingen. Wenn etwas Jahrhunderte lang im Verborgenen lag, kommt es auf einige weitere Wochen nicht an. Wir müssen den richtigen Zeitpunkt abpassen. Nicht nur in diesem Punkt bitte ich Sie, auf mein Urteil zu vertrauen. Ich werde Sie so

bald wie möglich über das weitere Vorgehen in Kenntnis setzen.
In treuer Freundschaft
Doktor E. Balduin

Erzwingen? Richtiger Zeitpunkt? Weiteres Vorgehen? Was um alles in der Welt meinte der Mann? Aber das war noch lange nicht alles. Es fanden sich noch mehr Notizen und Mitteilungen. Alles wies auf eine Abmachung hin, die leider nie genau benannt wurde. Auf einen Zeitpunkt, der immer wieder verschoben wurde. Nur so viel war klar: Peter hatte vergeblich versucht, Druck zu machen. Er hatte Doktor Balduin regelrecht bedrängt. Das war dessen immer schärfer werdenden Antworten zu entnehmen.

Lieber Herr Heimann,
ich weiß nicht, wie ich es Ihnen noch erklären soll. Es haben sich neue Erkenntnisse ergeben. Bitte unterlassen Sie eigene Vorstöße in dieser Sache. Es könnte gefährlich werden! Bitte nehmen Sie meine Warnung ernst!
Mit freundschaftlichen Grüßen!
Dr. E. Balduin

„Das war eine Drohung!“, sagte Timm. „Doktor Balduin hat Peter eiskalt bedroht!“
„Quatsch!“, meinte Cora.
„Was sollte das denn sonst sein?“
„Nur eine Warnung. Das, was die beiden vorhatten, war zu gefährlich für einen allein.”
„Warum beruhigt mich das nicht? Komm, lass uns weitersuchen!“

Hinter den Gardinen dämmerte schon der Morgen. Hier drinnen merkte man davon noch nichts. Cora und Timm saßen im hellen Lampenschein, tief über die rätselhaften Papiere gebeugt. Mit dem, was sie bisher gefunden hatten, waren sie nicht zufrieden. Aber da waren noch viel mehr Briefe, Zeitungsausschnitte und Notizen, und irgendwo lauerte die Antwort. Und wenn nicht, würden sie nochmal von vorne anfangen. Vielleicht hatten sie ja etwas übersehen. Irgendetwas, das zwischen den Zeilen stand. Niemand versteckte seine Unterlagen auf so skurrile Weise, wenn er keinen triftigen Grund dafür hatte.

Aber eins war schon mal sicher: Nichts von dem, was sie gelesen hatten, passte zu dem Peter, den sie kannten. Keiner dieser verdrehten Gedanken, die sie in diversen Artikeln fanden.

Zusätzlich zu diesem Balduin-Quatsch. Sie entstammten Zeitschriften, dem Internet oder der eigenen Feder. Peter hatte alles Mögliche geschrieben und gesammelt. War er krank gewesen? Hatte ihm jemand eine Gehirnwäsche verpasst? Früher war Peter ein stocknüchterner Mensch gewesen. Alles, was esoterisch und wissenschaftlich fragwürdig dahergekommen war, hatte ihn zur Weißglut gebracht. Und jetzt spielte er selber in dieser Liga. Das las sich zum Beispiel so:

1. Zeit und Raum? Gibt es nicht. Alles nur Illusion.
2. Zeitreisen? Machen wir die ganze Zeit. Aber wir merken es nicht.
3. Gott? Seele? Alles nur Vokabeln und trotzdem mächtig und überall.
4. Materie entsteht durch Bewusstsein, nicht andersherum.

Wenn man das alles in einen Topf warf und kräftig umrührte, bämmm, dann hatte man so was wie eine Zauberformel. So etwa hatte Peter sich die Welt vorgestellt. Das alles hatten sie schon herausgefunden. Und Timm hatte nur etwa die Hälfte seines Fundes mitgebracht.

Inzwischen war es hell geworden. Das Läuten von Kirchenglocken schwang in der frischen Morgenluft. Sie waren der Weckruf, die

Aufforderung, sich dem neuen Tag zu stellen, den lieben Gott sein Ding machen zu lassen und eigene Nachforschungen erstmal zu beenden. Cora und Timm streckten sich und machten sich auf den Weg zur Kaffeemaschine. Sie hatten sich gerade am Küchentisch niedergelassen, als Marian wie ein bleiches Gespenst im Türrahmen erschien. „Junge!", rief Timm und sprang auf. „Ist das toll, dich wiederzusehen!" Das Bist-du-aber-groß-geworden verkniff er sich Gott sei Dank. Das hätte zwar gestimmt, wäre aber auf Widerwillen gestoßen. Naheliegender wäre sowieso die Frage, ob Marian die Schwindsucht hatte.
„Himmel!", sagte Cora und erhob sich ebenfalls. „Was ist denn mit dir los?" Sie ging auf ihren Sohn zu und legte ihm die Hand auf die Stirn. „Marian, du bist krank! Nimm dir was zu trinken und leg dich wieder hin! Ich komme gleich hoch und sehe nach dir." Marian zog gehorsam von dannen. Cora folgte ihm fünf Minuten später mit Wärmflasche und Fieberthermometer. Mein Gott!, dachte sie. In der letzten Zeit hat er wirklich dauernd was!

Dafür hatte Timm jetzt erstmal Zeit für sich. Er schwang die Beine auf den Schemel gegenüber und umklammerte seinen Kaffeebecher. Seine Gedanken trieben in seichtem Gewässer und fast wäre er eingenickt. Aber, oh Fluch der Technik, sein Handy zappelte plötzlich und fiel fast vom Tisch. Er nahm es in die Hand, um es auszustellen. Er versuchte, nicht aufs Display zu gucken, aber zu spät! Liz! Fast zeitgleich klingelte Coras Handy. Das hieß, Liz schoss mal wieder aus allen Rohren. Warum denn das? Was für eine müßige Frage! Liz war eben Liz. „Lass hören! Was ist los?“

Also, Liz hatte Timm und Cora was ganz Wichtiges mitzuteilen. Sie würde an einem superwichtigen Seminar teilnehmen. Nein, nein, nicht hier in Bremen. Nein, man stelle sich vor, das Ganze fände in Köln statt. Ja, in Köln. Erst München, dann Köln. Tja, man käme rum. Würde ja auch Zeit, mal was für die Bildung zu tun, oder etwa nicht?
Damit hatte sie allerdings Recht.
„Was denn für ein Seminar?“, fragte Timm. Er dachte dabei an was mit Haaren oder Fingernägeln. Aber weit gefehlt!
„Es ist ein Seminar bei einem Professor für osteuropäische Geschichte. Und er beschäftigt sich mit Psychologie. Ja, er ist Psychologe. So was in der Art.“ Oha, dachte Timm. „Und du interessierst dich neuerdings für osteuropäische Geschichte?” Liz ließ ihr glockenhelles Lachen ertönen. „Quatsch! Mich interessiert nur die Gruppe. Nette Leute, Entspannung, Meditation. Timm, das Ganze findet in traumhafter Umgebung statt. In einer richtigen

alten Villa mit Park und so. Kost und Logis umsonst. Noch Fragen?" Timm zog die Luft durch die Zähne. „Und wann geht es denn los?“

„Übermorgen.

„Und wo?“

Liz nannte eine Adresse und Timm schrieb sorgfältig mit. Man wusste ja nicht, ob Liz mal wieder verlorengehen würde. Er konnte es auch nicht lassen, ein paar nicht von der Hand zu weisende Bedenken zu äußern.

„Blödmann!“, kicherte Liz. „Schöne Grüße an Cora!“

Als sie aufgelegt hatten, fiel Timm ein, dass er zwar die Adresse, nicht aber den Namen dieses Herrn hatte. Naja, das würde nicht schwer herauszufinden sein. Er legte den Zettel auf den Tisch.

Irgendwo gab es eine Kamera, die jede ihrer Bewegungen registrierte. In dieser piekfeinen Gegend war garantiert jedes Haus eine Festung. Wie er wohl aussah, dieser Doktor Balduin? Ariane stellte sich einen alten Herrn vor, der sich der Tür mit schlurfenden Schritten näherte, sobald sie klingelte. Noch konnte sie es sich anders überlegen. Sie wollte nicht stören, Andererseits wollte sie sich ein Bild von diesem Menschen machen. Man musste schließlich wissen, auf wen man sich einließ. Konnte sie ihrem Instinkt wieder vertrauen? Da sie in einer Sackgasse steckte, hatte sie eigentlich keine andere Option, als auch mal ein Risiko einzugehen. Dieses Nomadenleben musste endlich ein Ende haben! Dafür sprachen inzwischen nicht nur praktische Gründe. Himmel, wenn sie schon irgendwelche Schattengestalten sah, musste wirklich etwas geschehen! Das war es fast egal, was.

Also, sollte sie jetzt klingeln oder nicht? Bevor sie sich entschieden hatte, ertönte ein Summen, und das Gartentor öffnete sich. Flucht? Angriff? Ariane entschied sich für Letzteres und setzte ihren Fuß auf den sauber geharkten Kiesweg, der pfeilgerade bis zur Haustür führte. Die Villa sah ihr abwartend entgegen. Sie wirkte verwunschen und irgendwie charmant. Hier wohnte keine lebhafte Familie. Es war der Wohnsitz eines einsamen Mannes, der fast kostenlose Seminare anbot. Wahrscheinlich wollte er einfach, dass wieder Leben in die Bude kam.
Ariane stand jetzt vor der schweren, doppelflügeligen Haustür. Ein metallener Löwenkopf bot sich als Türklopfer an. Sie betätigte ihn und stellte sich vor, wie das Donnern durch die einsamen Gänge rollte. Jedenfalls stellte sie sich auf eine längere Wartezeit ein. Tatsächlich öffnete sich die Haustür fast augenblicklich. Vor ihr stand ein älterer Herr, verbindlich lächelnd, grau und schlank und

streckte ihr die Hand entgegen. Es war, als hätte er hinter der Tür gewartet. „Guten Tag, Frau Schwarz, wie schön, dass Sie den Weg zu mir gefunden haben!“ Er streckte ihr die Hand entgegen. Warum kannte er ihren Namen? Ariane hatte keine Zeit, darüber nachzudenken. Sie ließ sich ins Haus bitten, nein ziehen, denn Doktor Balduin ließ ihre Hand nicht los. „Ich bin sehr froh, dass Sie hier sind“, wiederholte er und zog sie hinter sich her. Tausend Gedanken, tausend Eindrücke, tausend Assoziationen wirbelten in Arianes Kopf herum. War sie eigentlich verrückt geworden? Warum riss sie sich nicht los? Stattdessen ließ sie es gerne geschehen. Die herzliche Begrüßung, das riesige Vestibül, das edle Ambiente, die Treppe mit Aufgängen rechts und links, die Blumenbouquets, die Gemälde, die Säulen, die Skulpturen, die weichen Teppiche, der verbindlich lächelnde Doktor Balduin und seine warme Hand. Ariane fühlte sich wie betrunken. Es war alles etwas zu viel.

Sie durchquerten die Eingangshalle, öffneten eine Tür und betraten einen weiteren großen Raum. Hier gab es nicht viel zu sehen. Hier konnten die Gedanken zur Ruhe kommen. Doktor Balduin wies auf eine Sitzgruppe, die wie eine Insel im weiten Ozean schwamm. Ariane ließ sich in die weichen Polster fallen. „Das ist ja wie im

Märchen!“, stieß sie hervor. „Oder ist das nur ein Traum?“ Doktor Balduin lächelte und nahm ihr gegenüber Platz. Ein distinguierter älterer Herr. Ariane kam sich vor wie Aschenputtel auf Koks.
„Wie schön, dass Sie sich in meinem Haus wohlfühlen”, sagte Doktor Balduin, ihr angegrauter Märchenprinz. „Und jetzt erzählen Sie mir, was genau Sie zu mir geführt hat. Wie kann ich Ihnen helfen?“ Ariane zuckte zusammen. Schlagartig war sie im Hier und Jetzt. Nein, sie war nicht Doktor Balduins Patientin. Nein, sie war auch nicht hier, um …Sie wollte doch nur … Ja, was wollte sie eigentlich? Doktor Balduin beugte sich mit strahlendem Lächeln vor. Im gleichen Maß wich Ariane zurück. Bestimmt wurde sie die ganze Zeit rauf und runter analysiert. Doktor Balduins Blick ließ jedenfalls nicht locker. „Ich möchte Ihr Seminar besuchen”.
„Aber Sie haben schlechte Erfahrungen gemacht!“, stellte Doktor Balduin fest. Touché. Arianes Augen füllten sich augenblicklich mit Tränen. Scheiße! Scheiße! Doktor Balduin reichte ihr eine Box mit Papiertaschentüchern. Ariane griff hinein und schnäuzte sich.
„Die Teilnahme an dem Seminar ist eine sehr gute Idee!“, sagte Doktor Balduin. „Ich hoffe, dass ich Sie von mir und meiner Arbeit überzeugen kann. Und ich hoffe, dass Sie davon profitieren.”
Ariane nickte dankbar.

„Darf ich Ihnen etwas zu trinken anbieten? Kaffee? Tee? Wasser?“ „Ein Glas Wasser wäre nicht schlecht.“ Doktor Balduin nickte und verschwand. Ein schlanker, sorgfältig gekleideter Herr. Er hatte etwas Aristokratisches an sich. Dunkel, tragisch, elegant. Vorsicht, Ariane! Sei auf der Hut!

Doktor Balduin servierte das Wasser in einer Karaffe und schenkte sich selbst auch ein Glas ein. Dann sah er Ariane aufmunternd an. „Nun? Was möchten Sie denn von mir wissen?“ Ariane nahm einen Schluck. Oh, das tat gut! „Eigentlich habe ich ganz viele Fragen”, sagte sie. „Zum Beispiel diese: Wohnen Sie ganz allein hier?“ Doktor Balduin stellte sein Glas bedächtig ab. „Verzeihen Sie!“, sagte Ariane. „Diese Frage war wohl etwas zu privat.” Doktor Balduin schüttelte den Kopf. „Schon gut! Ja, ich wohne alleine hier. Seit zweiundzwanzig Jahren, um genau zu sein. Ich bin der Letzte meiner Art.“ Doktor Balduin lachte auf, aber sein Lachen klang bitter. Jedenfalls kam es Ariane so vor. Warum musste sie auch in jedes Fettnäpfchen treten? Vorsichtshalber begann sie, von sich selbst zu erzählen. Auch sie habe keine Familie mehr. Ihr gesamtes Hab und Gut sei weg, und sie seit Monaten auf Wanderschaft. „Das bedeutet, dass Sie heimatlos sind?“ Ariane nickte. Heimatlos - das klang so viel besser als obdachlos. Und das traf es auch viel besser. Das klang so, als träfe sie gar keine Schuld. Fast hätte sie wieder ein Taschentuch gebraucht.

Doktor Balduin erhob sich und wanderte auf und ab. „Ich weiß, was es bedeutet, seine Heimat zu verlieren: Trauer und Wut. Verzweiflung und Einsamkeit. Aber auch Leben und Freiheit. Die Frage ist nur: Freiheit, um was zu tun?“ Er sah sie an.
Ariane senkte den Blick und betrachtete das Kristallglas in ihrer Hand. „Ich weiß es nicht. Ich weiß es wirklich nicht. Es ist so schwer, alles allein zu stemmen und dann noch einen klaren Kopf zu bewahren. Irgendwann verlässt einen die Kraft.“ Sie musste vorsichtig sein. Die Gefahr bestand, dass Dämme brechen, dass Schutzwälle überflutet würden. Und dann? Dann wäre alles umsonst gewesen. Nein, es war besser zu schweigen. Doktor Balduin fand das wohl auch. Es war, als hätte sie mit ihm eine Wette abgeschlossen, wer länger durchhielt. Der Preis ging an Ariane.
„Sie haben die richtige Entscheidung getroffen, Frau Schwarz. Es ist gut, dass Sie mein Seminar besuchen wollen. Die Zeit des Zauderns und Zagens ist vorbei!“ Doktor Balduin ergriff warm und fest ihre Hände. „Die anderen Teilnehmer werden erst übermorgen eintreffen. Da Sie im Moment kein Obdach haben,

biete ich Ihnen an, schon heute Ihr Quartier zu beziehen. Sie brauchen etwas Zeit, um zur Ruhe zu kommen!" Nun schnappte sich Ariane doch wieder ein Taschentuch. „Erlauben Sie mir, dass ich mich kurz empfehle. In zehn Minuten ist Ihr Zimmer bereit."

Ariane sah ihm lächelnd nach. War endlich die Zeit gekommen, in der sie den Müll der Vergangenheit loswerden konnte? Vielleicht meinte es das Schicksal tatsächlich mal gut mit ihr. Vielleicht hatte sie mit Doktor Balduin den Jackpot gewonnen. Oder sie ging gerade dem nächsten Psychopathen auf den Leim. Auszuschließen war das nicht. Nein, nein, sie vertraute diesem Mann. Und sie hatte Aussicht auf ein sauberes, weiches Bett. Dann fiel es ihr wieder ein. Das, was sie hätte misstrauisch machen sollen. Warum kannte Doktor Balduin ihren Namen? Er hatte sie schon länger auf dem Radar gehabt. Warum, das musste sie ihn unbedingt gleich fragen.

„Neugierde gehört zu meinem Beruf", sagte Doktor Balduin, als sie ihn mit dieser Frage konfrontierte. Er stellte Karaffe und Gläser vorsichtig auf ein silbernes Tablett. „Ich interessiere mich für Menschen. Um Menschen helfen zu können, muss ich sie verstehen. Und um sie verstehen zu können, muss ich möglichst viel von ihnen wissen." Doktor Balduin stand auf und brachte das

Tablett irgendwohin. Er kam zurück und setzte sich wieder. Er schlug die Beine übereinander. Er verschränkte die Arme vor der Brust. Er ging plötzlich auf Distanz. Das machte auch Ariane nervös. „Warum möchten Sie den Menschen helfen?”, fragte sie. „Sie sind doch kein richtiger Psychologe, oder?“
Doktor Balduin antwortete nicht gleich. Da war Ariane wohl wieder in ein Fettnäpfchen getreten. Aber diesmal tat es ihr nicht leid.
„Die Schulpsychologie hat mich zutiefst enttäuscht“, sagte Doktor Balduin, als ob das eine Antwort auf ihre Frage wäre. Was er nicht sagte, war, dass er keine Zulassung mehr hatte. Seine Methoden waren den Behörden zu abenteuerlich gewesen. Zu gefährlich. Dennoch war er nie bereit gewesen, sie aufzugeben. Zu viel hing davon ab.

„Timm! Komm! Schnell! Timm!“ Oh Gott! „Was ist los?“, rief Timm, sprang auf und rannte aus dem Zimmer, die Treppe rauf, Coras Stimme hinterher.
„Hierher!“ Timm riss die Tür auf. Da kniete Cora auf dem Boden. Marian lag vor ihr. Er wand sich und würgte irgendwelche Laute hervor. Was? Wie? Hatte der Junge einen epileptischen Anfall? Natürlich war das ein epileptischer Anfall. „Das ist ein epileptischer Anfall!“, rief Timm. „Das geht gleich vorbei!“

Natürlich war er sich da nicht sicher. Wie hätte er sich auch sicher sein können? Er hatte so was ja noch nie gesehen. Das war ja fürchterlich! „Nicht festhalten!“, rief Timm. „Er bricht sich sonst die Knochen.“ Das hatte er im Erste-Hilfe-Kurs gelernt. Cora wusste das allerdings auch. Sie zog Marians Kissen vom Bett und legte es sich auf den Schoß. Marians Kopf schlug jetzt auf ihre gepolsterten Schenkel. Wieder und wieder. Wie lange das Schreckliche dauerte, wusste sie nicht. Timm schätzte später zwei Minuten. Ein zweiminütiger tonisch-klonischer Anfall. Cora kam es viel länger vor. Jetzt fing Marian an, Grunzgeräusche von sich zu geben. Ja, Marian grunzte tatsächlich wie ein Schwein. „Wenigstens atmet er“, sagte Timm. Das war offensichtlich, aber beruhigend war es nicht. „Seine Augen! Sieh dir seine Augen an!“ Marian hatte die Augen so verdreht, dass man nur noch das Weiße sah. Mein Gott! Das war ja wie im Horrorfilm! Aber einen Moment später war es vorbei. Nein, es war noch nicht vorbei. Marian bäumte sich noch einmal auf. Sein Rücken bog sich durch. Seine Zehen und Finger krümmten sich. Und dann erschlaffte er plötzlich und sackte zusammen.

Kurz darauf lag Marian in seinem Bett wie eine überdimensionierte Puppe. Cora saß neben ihm. Die Tränen liefen

ihr in Strömen übers Gesicht. Plötzlich kam Leben in Marians schlaffen Körper. Sein Blick flackerte, wanderte von Cora zu Timm und wieder zurück, war plötzlich klar und fokussiert.
„Mama!“, flüsterte er. Cora drückte ihn an sich, ihren großen Jungen, der plötzlich wieder ganz klein war. „Ich glaube, ich habe mir in die Hose gemacht.”
Cora schüttelte lächelnd den Kopf. „Das macht nichts. Dafür kannst du nichts. Ich glaube, du hast gerade einen epileptischen Anfall gehabt.” Sie drückte ihn an sich.” Ich habe einen Riesenschreck gekriegt.“
Marian schloss die Augen. „Er war wieder da!“, flüsterte er.
„Wer?“, fragten Cora und Timm gleichzeitig.
„Der Schwarze Mann!“
Timm prustete durch die Zähne. Der arme Junge hatte gerade einen epileptischen Anfall gehabt. In diesem Zustand konnte er alles gesehen haben. Cora war sich da nicht so sicher.

Doktor Balduin schritt die breite, geschwungene Treppe hinauf und betrat seine Bibliothek. Dann stellte er sich an die breite Fensterfront, von der aus man einen herrlichen Blick auf den großen Garten hatte. Auf den in sanften Schwüngen angelegten Rasen, auf die ihn umsäumenden Wege, auf die mächtigen Kastanien im Hintergrund, auf die uralten Rhododendren, auf die farbenprächtigen Astern, auf den sich im Wind wiegenden Sonnenhut, auf den See, auf den Pavillon, auf all die liebevoll arrangierten und gepflegten Details. All das schien für die Ewigkeit geschaffen. Als sei diese Harmonie unangreifbar. Aber Doktor Balduin wusste, welche Mühe es kostete, diese Illusion aufrechtzuerhalten. Es gab keine Harmonie. Es gab keinen Frieden. Alles lauerte nur darauf, sich gegenseitig zu verdrängen, zu vernichten, über den Kopf zu wachsen. Man musste ständig wachsam sein. Ein Garten duldete keine Nachlässigkeit. Man durfte sich nicht scheuen, rücksichtlos einzugreifen, wenn es nötig war.

Andererseits, und das bedachte er auch, war es eigentlich völlig egal, was man tat. Was von dieser Ebene verschwand, tauchte irgendwo anders wieder auf. Es war ein Spiel, das man nicht allzu ernst nehmen musste. Aber wo blieb da die Verantwortung? Konnte man einfach zusehen, wenn andere Leute vergeblich kämpften? Doktor Balduin konnte das nicht.

Manche Menschen werden als *Alte Seelen* geboren. Sie bringen die Weisheit anderer Leben mit. Doktor Balduin war so ein Wissender, zumindest hielt er sich dafür. Er war noch sehr jung gewesen, als er die *Schule der Weisheit* ins Leben gerufen hatte. Das war ein sehr ehrgeiziges Projekt gewesen, aber leider kein sehr gelungener Name. Es gab sofort wilde Spekulationen, Unterstellungen, alles Mögliche. Zudem hatte er die falschen Leute angezogen. Er wollte keine Jünger. Er war kein Guru. Er trat einfach für seine Überzeugungen ein.

Als er sein Diplom in der Tasche hatte, gab es diese Schule schon längst nicht mehr. Dafür sah und hörte man ihn nun in Seminaren und Vorträgen zu allen möglichen Themen. Er war begehrter Interviewpartner aller möglichen Institutionen. Er schrieb und veröffentlichte Bücher, er trat im Fernsehen auf und in anderen Medien, er war eigentlich immer präsent. Irgendwann unterstellte man ihm Hochstapelei, Steuerhinterziehung, Sektiererei, Betrug, alles Mögliche. Man sprach ihm seine geistige Gesundheit ab. Man bezweifelte seine Kompetenz und überzog ihn mit Klagen. Letztendlich verlor er seine Zulassung. Dabei hatte er das Thema, das ihm wirklich am Herzen lag, mit keiner Silbe erwähnt.

Nun gut, das Geld war ihm egal. Er stammte aus einer alten, wohlhabenden Familie. Die Wurzeln, die ihn hielten, waren stark. Er wusste, was er hatte und was er konnte. Er hatte keine Sekunde an sich gezweifelt. Aber der Nervenkrieg hinterließ trotzdem seine

Spuren. Er war schließlich vom hochgejubelten Wissenschaftler zur Unperson mutiert. Seine eigene Zunft hatte ihn fallengelassen. Das hinterließ natürlich Spuren. Da war es kein Wunder, dass er nun die Abgeschiedenheit der lauten, menschlichen Gesellschaft vorzog. Meistens jedenfalls. Er war bereit, Opfer zu bringen. Wahrscheinlich hatte er die besagten Hindernisse gebraucht. Wahrscheinlich war er erst jetzt bereit, sich auf das wichtigste Projekt seines Lebens einzulassen. Die richtigen Leute zu finden. Lauter verwundete, sensible Seelen, die ihn auf seinem Weg begleiten würden. Vielleicht war es auch anders herum: Vlad war ihm entgegengekommen. Es gab ja auch die andere Seite in diesem Spiel, nein, in diesem Kampf. *Er* kannte ja nichts anderes als Kampf. Aber die Zeit des Kämpfens, des Hasses und der Unbarmherzigkeit war vorbei!

Ariane war immer noch nicht aufgetaucht. Das arme Mädchen schlief fast rund um die Uhr. Sie hatte wohl ordentlich was nachzuholen. Dass sie nun Teil des Projekts war, mochte gut sein oder auch nicht. Er wusste eine ganze Menge über sie, aber immer noch nicht genug, um sie richtig einzuschätzen. Er verließ sich einfach auf seinen Instinkt.

Fest eingeplant hatte er hingegen Cora, seine langjährige Muse. Aber die ahnte immer noch nicht, worum es ihm ging. Sie würde es bald erfahren, und letztendlich zählte nur das Ergebnis. Und dann war da noch Timm Bender. Dessen einzige Aufgabe bestand darin, seine Freundin Liz zu stabilisieren. Es ging nicht ohne Liz, den offenen Kanal, denn sie ließ alles ungefiltert durch. Eigentlich war es ganz einfach: Je mehr Menschen sich auf ein bestimmtes Ziel konzentrierten, desto besser würde es funktionieren. Alle zusammen würden sie es schaffen, Vlads verzweifelte, nach Erlösung ringende Seele einzufangen und nach Hause zu bringen. Und er, Doktor Balduin, würde dieses orchestrale Zusammenspiel dirigieren. Er hatte die Fäden jetzt fest in der Hand. Derselbe Fehler wie bei Peter würde ihm nicht noch einmal unterlaufen.

Der warme Duschstrahl ähnelte einem tropischen Wasserfall. Ariane fühlte sich wie im Paradies. Kneif mich, sagte sie zu sich selbst, das kann eigentlich gar nicht sein!
Eigentlich war es nicht zu fassen, dass sie hier war, satt, ausgeschlafen, umsorgt, während ihre alte, schmutzige Welt da draußen blieb. Eigentlich passte das alles nicht zusammen.

Oh doch! Es war genau richtig so! Sie war kein Kind der Straße. Sie gehörte in so ein Haus. Sie gehörte auch zu Doktor Balduin, diesem freundlichen, gebildeten Mann. Es fühlte sich fast an wie Familie. „Kommen Sie einfach nach unten, wenn Sie ausgeschlafen haben”, hatte er zu ihr gesagt. „Sie finden in der Küche eine kleine Mahlzeit vor.” Na? Wie klang das? Das klang so großartig, dass man glatt vergessen konnte, dass man in ein paar Tagen wieder auf der Straße sitzen würde. Dass Doktor Balduin eigentlich ein Fremder war. Dass ihn eine merkwürdige Aura umgab. Dass er eindeutig zu viel von ihr wusste. Nein, darüber wollte sie jetzt nicht nachdenken.

Doktor Balduin war nicht sehr überrascht, als sich Liz telefonisch bei ihm meldete. Sie druckste herum, sie fühle sich unwohl, irgendwie krank, kurz und gut, sie wolle ihre Teilnahme am morgigen Seminar absagen, so leid ihr das auch täte. Doktor Balduin hatte damit gerechnet. Er wusste von ihrer wankelmütigen Natur. Natürlich hatte er sich schon überlegt, wie er in diesem Fall reagieren würde und was er tun könnte, um sie doch noch zur Teilnahme an der Veranstaltung zu bewegen. Denn ohne Liz ging es nicht. „Frau Seidel“, sagte er mit sanfter Stimme. „Ich möchte Sie nicht nötigen, aber ich möchte ungern auf Ihre Teilnahme verzichten. Sie sind wie der leuchtende Stern am Abendhimmel!“

Na, solche Worte blieben natürlich nicht ohne Wirkung! Hilfreich war auch Doktor Balduins Vorschlag, Liz später zu Hause abzuholen. So könnte sie ihre Kräfte schonen und trotz ihrer Unpässlichkeit zur Freude aller dabei sein.

Als Liz ihm die Tür öffnete, sah er sofort, dass es ihr wirklich nicht gut ging. Obwohl es ihm eigentlich nicht ins Konzept passte, fragte er vorsichtig nach dem Grund ihrer Unpässlichkeit. Ja, womit sollte Liz anfangen? Sie war sich auch nicht sicher, ob es klug war, diesem Doktor Balduin ihre Seele auszuschütten. Sie war vorsichtig geworden, wem sie was erzählte, aber, mein Gott, dieser Doktor Balduin war Psychologe, oder etwa nicht? Er hatte bestimmt schon schlimmere Dinge gehört. Also gut! Ihr ging es vor allem um eine dunkle Gestalt, die sich plötzlich vor ihr materialisiert hatte. Es war ein Schatten, der nach und nach menschliche Form angenommen hatte. Es ging um den Schwarzen Mann. Ja, genau. Sie hatte schon öfter seltsame Erscheinungen gehabt, das war schließlich Teil ihrer Krankheit, aber so etwas – *so etwas* – war dann doch eine Nummer zu groß. Damit kam sie überhaupt nicht klar.

Doktor Balduin war es in der Tat gewöhnt, dass ihm jemand verrückte Geschichten erzählte. Verrückte Dinge, die der

Wirklichkeit manchmal näherkamen als erwartet. Deshalb, aber vor allem, weil er befürchtete, dass Liz doch noch abspringen würde, stellte er ihr ganz präzise Fragen. Um was für eine Gestalt handelte es sich da? Konnte sie sie genau beschreiben? Wann genau hatte sie sich materialisiert? In welcher Situation? Konnte sie eine Absicht spüren? Einen Wunsch, eine Stimmung? Vielleicht sogar einen Befehl? Hatte sie versucht, mit der Gestalt zu kommunizieren? Oder umgekehrt?

„Hmmm."

„Frau Seidel, ich verstehe, dass Sie vorsichtig sind. Aber ich versichere Ihnen, dass mir Ihr Wohlergehen sehr am Herzen liegt. Ich bitte Sie, mir das zu glauben."

„Hmmm."

„Alles, was Sie mir jetzt erzählen, unterliegt der Schweigepflicht. Nichts davon wird fremde Ohren erreichen. Auch wenn Sie nicht meine Patientin sind, können Sie mir ohne Vorbehalt vertrauen!"

Doktor Balduins Worte zeigten Wirkung. Liz gab sich ihren Erinnerungen hin und fasste sie in Worte: der Schwarze Mann. die Gefühle, die er hervorrief, die Angst, die Sehnsucht, die Trauer. Und dann entstand nach und nach ein anderes Bild. Ein Mann aus einer anderen Zeit tauchte auf. Gekleidet in einen roten Mantel, auf dem Kopf eine rote, mit Perlen verzierte Kappe, das dunkle Haar wellig und lang. Dieses Bild kam ganz plötzlich. Es passte nicht hierhin. Woher kam es bloß?

Auf Doktor Balduins markantem Gesicht erschien ein Lächeln. Er nahm Liz beim Arm und führte sie zu seinem Wagen. Sie nahm dankbar im Fond der schwarzen Limousine Platz. Doktor Balduin startete den Motor und bombardierte sie weiter mit Fragen. Hatte sie wirklich keine Absicht gespürt? Ein Gefühl? Eine Abneigung? Eine Intention? Ja, das hatte sie, aber nur unklar, verschwommen, und mehr konnte sie jetzt nicht darüber sagen. Hatte sie sich bedroht oder eingeschüchtert gefühlt? War die Gestalt sich ihrer Gegenwart bewusst gewesen? Ja, vermutlich. Vielleicht auch nicht. Sie war jetzt wirklich sehr, sehr müde!

Als wirklich keine Antworten mehr kamen, verfiel Doktor Balduin in nachdenkliches Schweigen. Er steuerte seinen Wagen wie ein Raumschiff durch die Nacht. Vielleicht lag es an der gleitenden Fahrweise, aber Liz glaubte plötzlich zu schweben. Die erleuchteten Häuser flogen vorbei wie ferne Galaxien, die Straßenlampen formierten sich zu Sternenbildern und dahinter war die Nacht. Irgendwann schreckte Liz auf. Sie befuhren gerade die kiesbedeckte Zuwegung zu Doktor Balduins Haus. Die Lichtkegel

der Scheinwerfer wanderten an der Fassade der Villa entlang. Sie ließen ein Fenster nach dem anderen kurz erstrahlen, danach versanken sie wieder in Dunkelheit.
Doktor Balduin parkte direkt vor dem Haus und stieg aus. Dann umrundete er den Wagen und öffnete die Beifahrertür. „Herzlich willkommen, Frau Seidel!“ Er hielt Liz galant die Hand entgegen und half ihr auf die Beine.

Das riesige Vestibül, die Treppenaufgänge, die Amphoren, die Portraitgemälde, die Wandteppiche, die griechische Marmorschönheit, der riesige Leuchter, die ganze Pracht war einfach überwältigend! Aber Liz hatte keine Zeit zu staunen. Doktor Balduin dirigierte sie die herrschaftliche Treppe hinauf. Noch mehr Gemälde, Wandlampen, Blumenarrangements und ein ellenlanger Flur Die ganzen Türen! Was tat man mit so vielen Zimmern? Doktor Balduin betrat das erste auf der linken Seite. Hier war ein kleiner Tisch vorbereitet mit Süßigkeiten, Früchten und Getränken. So ähnlich musste es in der Ankleide einer berühmten Schauspielerin aussehen. Diese Vorstellung gefiel Liz sehr. Es handelte sich aber nicht um eine Ankleide, sondern um ein Schlafzimmer, aber es war kein gewöhnliches Schlafzimmer, es war das Schlafzimmer einer Märchenprinzessin! Es gab ein mit

Rüschen verziertes Himmelbett, eine verschnörkelte Kommode mit hübschen Intarsien, einen Schminktisch und einen Sekretär mit hunderttausend Fächern. Liz sah sich um und erwartete fast, dass der schöne Traum zerplatzen würde. Aber alles hier war echt und solide. Doktor Balduin stand in der Tür und lächelte sie an.

Timm war durch ein Brausen in den Ohren wach geworden. Er hatte es zuerst außerhalb seines Kopfes angesiedelt: der Verkehr, die Toilettenspülung, der Fahrstuhl. Aber das war es nicht. Was war es dann? Tinnitus? Liz hatte Tinnitus. Sie hatte immer gejammert, wie fies das war. Timm starrte an die Decke, dachte nach. Dachte an Cora und Marian, mein Gott, Marian! Und er dachte daran, dass heute dieses ominöse Seminar beginnen würde. Liz hatte sich nicht mehr gemeldet. War das ein gutes oder ein schlechtes Zeichen? Glücklicherweise ging es Marian wieder gut. Das Ganze war wie ein böser Spuk gewesen. Aber Cora würde ihn gründlich untersuchen lassen müssen.
„Timm?“
„Ja?“
„Kommst du bitte mal?“ Die Herrin hatte gerufen. Timm erhob sich und schlurfte ins Wohnzimmer. Vor dem Couchtisch stand Cora und zeigte auf einen zerknüllten Zettel. „Woher hast du diese Adresse?“

Timm trat näher und nahm den Zettel in die Hand. „Das hat mir Liz am Telefon diktiert. Da findet das Seminar statt, zu dem sie unbedingt gehen will.”
„Was? Das ist die Adresse von Doktor Balduin!“
Plötzlich ging ihm die Brisanz der Sache auf. Timm musste sich erstmal setzen. „Oh Gott! Das wird ihr den Rest geben!"
„Ich rufe sie an“, rief Cora und rannte zu ihrem Handy. „Was ist das überhaupt für ein Seminar?“ Das wusste Timm natürlich auch nicht so genau. Aber er wusste, dass es heute Abend beginnen würde. Und dass es gefährlich für Liz wäre, daran teilzunehmen.
„Liz meldet sich nicht. Wie spät ist es jetzt?“
„Kurz nach vier.“
„Ich fahre jetzt da hin!“
Timm sah sie fragend an.
„Zu Doktor Balduin. Ich erkläre ihm das.“
„Okay. Du könntest Liz die Teilnahme sowieso nicht ausreden. Du könntest die Sache allerdings auch am Telefon erledigen. Ruf diesen Balduin doch einfach an und erkläre ihm das Problem!“
Cora wurde noch hektischer. „Ich habe nur seine Mailadresse. Und seine Nummer steht nicht im Telefonbuch.” Mist! Sie war sich plötzlich sicher, dass Liz schon bei Doktor Balduin war. Aber vielleicht war es noch nicht zu spät. „Ich muss sofort da hin!”

„Meinst du, er lässt sie von der Angel? Sie passt doch genau in sein Beuteschema. Willig und doof."
„Scheiße!"
„Ich begleite dich!" Timm stand schon. „Aber was machen wir mit Marian?"
„Den nehmen wir mit."

Gesagt, getan. Cora klemmte sich hinters Steuer und ließ den Motor aufjaulen. Timm überlegte kurz, ob es nicht besser wäre, selbst das Steuer zu übernehmen. Aber er hatte keine Lust zu diskutieren. Das hätte auch keinen Zweck gehabt. Marian hatten sie auf der Rückbank verstaut. Er starrte schweigend aus dem Fenster.
„Cora! Pass auf!"
„Was?!"
„Tempo 120. Hör auf, so zu rasen!"
„Wenn du Schiss hast, steig aus! Du kannst gerne laufen!" Timm verstummte. Cora konnte manchmal ein richtiges Miststück sein! Nur Marians Gegenwart hinderte ihn daran, ihr das zu sagen. Aber was ...? „Stopp!", schrie Timm.
Cora reagierte augenblicklich. Sie trat auf die Bremse. So richtig auf die Bremse. Die Bremsen quietschten, das Auto ruckelte,

rutschte noch etwas und stand still. Kurze Besinnung, dann Coras Explosion: „Bist du wahnsinnig? Willst du uns alle umbringen?“ Oh nein, das wollte er nicht, im Gegenteil! Er hatte ihnen gerade den Arsch gerettet. Hatte sie das nicht gemerkt? Da hatte jemand die Fahrspur gewechselt, obwohl da vorne jemand eingegrätscht war. Sie hatte das gar nicht mitbekommen. So was konnte passieren, wenn man wie der letzte Henker fuhr!
Den Rest der Fahrt herrschte eisiges Schweigen. Da! Ankunft Endlich! Timm hätte am liebsten den Boden geküsst.

Sie parkten direkt vor Doktor Balduins Haus. Was für eine edle Hütte! Sie wirkte trotzdem nicht besonders einladend. Sie hatte etwas Düsteres an sich. Genau wie Cora, die entgeistert dastand, den Arm auf die offene Autotür gelehnt, den Blick fast ungläubig aufs Haus gerichtet. Also war das doch Doktor Balduins Adresse. Sie hatte also schon einmal vor seiner Tür gestanden. Wie viele verdammte Zufälle konnte es geben?

Sie tat, als ob sie hier zu Hause wäre und stapfte entschlossen zur Haustür hinauf. Der Messinglöwe schaute sie böse an, konnte sie aber nicht erschrecken. Sie knallte den schweren Griff dreimal gegen das Holz. Das fängt ja schon gut an, dachte Timm. Aber das stimmte nicht. Hier fing gar nichts an. Sie waren längst mittendrin.

Ariane war Liz im Vestibül begegnet. Sie hatte einen Streifzug durchs Haus unternommen und war etwas orientierungslos herumgeirrt. Wo steckte eigentlich Doktor Balduin? Wo sollte die Veranstaltung stattfinden? Und wann? „Liz? Du?“, stieß sie hervor, als sie die zarte, geisterhafte Gestalt entdeckte. Wenn Liz sich nicht bewegt hätte, hätte man sie für eine dieser Figuren halten können, die überall herumstanden. Eine weiße, perfekt modellierte Marmorfigur. Ariane konnte es nicht fassen! Liz natürlich auch nicht. Sie war von Arianes Auftritt so überwältigt, dass sie ihr stürmisch um den Hals fiel. Als seien sie beste Freundinnen seit Jahren. Als seien sie sich nicht nur einmal begegnet, und dann auch noch unter höchst merkwürdigen Umständen. Ariane drückte Liz kurz an sich, schob sie dann aber wieder weg. „Na, das nenn ich mal Zufall!“

Zufall? Wirklich? War das Zufall? Es war offensichtlich, dass Liz dasselbe hier machte wie sie. Ein öffentliches Seminar besuchen. Ein Seminar bei Doktor Balduin. Dessen Reichweite ging offensichtlich über Köln hinaus. „Pssst!“, flüsterte Liz und sah über die Schulter. „Ich muss dir unbedingt was sagen!“ Dann

schob sie Ariane vor sich her. Da war eine kleine Tür, dahinter ein Besenraum, eine winzige, dunkle Kammer. Plop, Liz zog die Tür hinter sich zu. Nur Besen, Putzlappen und Eimer sollten hier Zeugen sein. „Mit Doktor Balduin stimmt was nicht!“ Liz schon wieder! Bei ihr stimmte auch so einiges nicht.
„Hallo?!“
Das war Doktor Balduins Stimme. Er suchte sie. Und sie steckten hier wie zwei Verschwörer in der Besenkammer. Das würde Erklärungsbedarf geben. Nein, würde es nicht. Ariane legte entschlossen die Hand auf die Klinke und schlüpfte ungesehen hinaus. „Hallo Doktor Balduin! Ich habe Sie auch schon gesucht.“ Da stand er, ihr Meister, ihr Guru. Jedenfalls sah er genauso aus. Morgenmantel mit Orientmuster, seltsam geformtes Schuhwerk und wild zu Berge stehende Haare. Doktor Balduin erfüllte jedes Klischee eines verrückten Professors. Dabei hatte er anfangs so seriös ausgesehen! Über Doktor Balduins Gesicht huschte ein Grinsen. „Da drinnen?“, fragte er und deutete auf die Tür, hinter der sich die arme Liz verbarg.
„Ääh! Ja! Nein!“
„Nun haben Sie mich ja gefunden! Ich wollte Ihnen zeigen, wo die Veranstaltung stattfinden soll. Folgen Sie mir bitte!“

Genau das wollte Ariane eigentlich nicht. Sie musste unbedingt nochmal auf Toilette. Doktor Balduin zeigte sich verständnisvoll und zog sich dezent zurück. Ariane verschwand im Bad. So hatte ihr wummerndes Herz Zeit, sich zu beruhigen. Als sie kurz darauf die Tür zur Besenkammer öffnete, fiel ihr Liz fast entgegen. Sie ergriff Arianes Hand und stieß wie mit letzter Kraft hervor: „Wir müssen hier weg!"

Mein Gott, Liz hatte nur drei Minuten in dem Kabuff gesteckt und tat so, als ob sie da drinnen fast erstickt wäre.

„Hier passieren seltsame Dinge, Ariane!"

„Was für Dinge?"

„Schatten an der Wand. Eine Schattengestalt. Und sie wird immer größer und stärker!"

„Mein Gott, Liz!"

„Du musst mir glauben! Bitte, Ariane, glaub mir! Wir müssen hier weg!"

Das Fieber war zurück. Timm spürte die dampfende Hitze durch die Decke hindurch, unter der Marian steckte. Er fackelte nicht lange, packte sich den Jungen und trug ihn zum Haus. Die Tür war nicht abgeschlossen. Offensichtlich hatte Doktor Balduin sie für die Seminarteilnehmer offengelassen. Mit diesen Neuzugängen hatte er allerdings bestimmt nicht gerechnet. Nun ja, Höflichkeiten und Erklärungen würden folgen.

Aber erstmal mussten sie sich um Marian kümmern. Der arme Junge klapperte schon wieder mit den Zähnen. „Nanu? Was macht ihr denn hier?“ Liz! Da war sie ja! Gott sei Dank! Dich suchen, wäre jetzt die naheliegende Antwort gewesen, aber die hätte zu endlosen Erklärungen geführt. „Wahrscheinlich dasselbe wie du!”

So, aber jetzt stand erstmal Marian an erster Stelle. „Was ist denn mit ihm?“ Liz beugte sich über den Jungen. „Er hat hohes Fieber.”, sagte Timm. „Wir konnten ihn nicht alleine lassen.”
„Er braucht Wasser!“, sagte Cora und lief schon mal los, ohne zu wissen, wohin. Es folgte ein aufgeregtes Hin und Her, während Marian immer tiefer sackte und fast nichts mehr mitbekam. Aber die Erwachsenen bekamen auch nicht viel mehr mit. Sie achteten nicht auf die prächtige Umgebung, die düstere Atmosphäre, die wechselnden Schatten überall, und sie merkten auch nicht, dass Doktor Balduin die ganze Zeit schweigend im Hintergrund stand. Marian nahm die Zurufe und die Hektik nur aus der Ferne wahr. Einen Moment lang glaubte er, Axtschläge zu hören und dachte an Peter. *Er sah die Wut in seinen Augen. Er sah das Meer, die*

drohenden Wellen. Den Himmel, der herabzustürzen drohte. Dann sah er einen ganz anderen Film. Er sah einen Wald mit toten Bäumen, mit ganz vielen toten Bäumen, und er sah viele tote Menschen. Er sah aufgespießte Leiber, und wie sie zuckten, und wie sie tiefer und tiefer rutschten. Und dann war da wieder Peter. Plötzlich drehte er den Kopf und sah ihn an. „Marian!" Eine Ohrfeige rechts und links. „Marian!", sagte die Stimme wieder, aber ihr Klang passte so gar nicht zu den Schlägen, die er gerade eingesteckt hatte. Seine Mutter hatte ihm niemals Ohrfeigen gegeben. Auch nicht, als sie vor Wut und Sorge um ihn fast wahnsinnig geworden wäre. Timm wechselte gerade die nassen Tücher, die ihm jemand um die Waden gewickelt hatte. Er und seine Mutter schienen sich an der Gestalt nicht zu stören, die im Hintergrund stand. Jetzt kam auch noch Liz hinzu, aber auch sie beachtete die Gestalt nicht. Sie wechselte ein paar Worte mit Cora und Timm und ging wieder weg. Marian würde jetzt einfach die Augen schließen, und wenn er sie wieder öffnen würde, wäre die Gestalt verschwunden. Das funktionierte manchmal. Marian kniff die Augen zusammen, wartete einen Moment und schlug sie wieder auf. Alles war dunkel. *Es war tiefe Nacht. Er spürte trockenes Gras und kleine Steine unter seinen Fußsohlen. Ihm kam das alles sehr bekannt vor, obwohl er nicht wusste, woher. Doch jetzt fiel es ihm wieder ein. Da hinten begann der Wald. Er fürchtete sich vor dem finsteren Wald. Er wollte nicht dahin. Dann erinnerte er sich an die Waffen, mit denen Frau Brockmann ihn ausgestattet hatte. Er hörte ihre tröstlichen Worte: „Du kannst dich wehren und du bist nicht allein!“, sagte sie, aber als er die Hand nach ihr ausstrecken wollte, griff er ins Leere. Im Hintergrund waren Hammerschläge zu hören. „Mama?“, flüsterte er. „Mama! Ich will hier weg!“ Aber Cora antwortete nicht. „Du verdammter Feigling!“, schrie jemand und versetzte ihm einen herben Schlag auf den Hinterkopf. Er fiel vornüber und knallte mit der Stirn auf den Boden. Als er sich wieder aufrappelte, streckte ihn sofort der nächste Schlag nieder.* „Was ist denn hier los?“, fragte jemand. „Warum ist der Junge überhaupt hier?“ Nun waren endlich alle in seinem Haus versammelt, genauso, wie er es sich gewünscht hatte, und trotzdem pfuschte ihm das Schicksal wieder ins Handwerk. Dabei war seine Mission doch eigentlich klar. Weder Gott noch Teufel konnten etwas dagegen haben. „Marian ist krank!“, sagte Cora, als ob das nicht offensichtlich wäre. „Ich konnte ihn nicht zu Hause lassen. „Natürlich konnten Sie das nicht!”. Doktor Balduin wandte sich seufzend ab. Er war planlos wie lange nicht mehr. „Entschuldigen Sie mich!“, sagte er und stieg die Treppe hinauf. Er musste jetzt allein sein.

Cora nahm ihr Handy zur Hand und tippte darauf herum. Ausgerechnet jetzt gab es kein Netz, aber wenigstens die Notrufnummer müsste funktionieren. Marians Temperatur lag bei 40 Grad. Das war nicht mehr zu verantworten. Plötzlich ein lautes Poltern von oben. Alle Blicke wandten sich zur Treppe, Alle hielten die Luft an und lauschten. Da oben warf oder trat jemand etwas um. Und dann folgte lautes Gebrüll. Himmel! Kam das aus Doktor Balduins Kehle? Oder war da noch jemand? Vielleicht sollte jemand nachsehen. Eilig hatte er es nicht, aber schließlich beschloss Timm doch, der Sache auf den Grund zu gehen. Er stieg ein paar Stufen hoch, blieb dann aber stehen und drehte sich um. „Ich brauche einen Zeugen!“, sagte er. Liz stand auf. Das war nun gar nicht nach Coras Geschmack. Ihrer Meinung nach konnte Liz sowieso niemandem helfen. Sie diente nur als schöne Kulisse.

Glücklicherweise kannte Liz sich hier etwas aus. Vom ewig langen Flur mit seinen Ahnenbildern, Amphoren und Messingblakern gingen die Schlafräume ab. Der erste vorne links war für sie selbst und der letzte auf der rechten Seite für Ariane reserviert.

Ariane? Hatte sie Ariane gesagt?
„Ja, Ariane ist auch hier. Sie taucht bestimmt gleich auf. Du wirst sie mögen!”

„Soso!“ Timm wusste, dass Liz besessen von dieser Ariane war.
„Ehrlich! Ariane nimmt auch an Doktor Balduins Seminar teil. Und was ist mit euch?“
Timm seufzte. Das war alles, gelinde gesagt, etwas gruselig. Aber im Moment hatte er andere Sorgen. Er wollte wissen, woher der Lärm gekommen war. Wie auf Kommando ertönte jetzt ein ohrenbetäubender Knall. Das ganze Haus schien zu zittern. Woher war das denn gekommen? Auch von oben?

Ein schmaler Treppenaufgang führte hinauf. Beleuchtung? Fehlanzeige! Liz und Timm stellten sich ans untere Ende der Treppe und lauschten. Gezischelte Worte drangen an ihre gespitzten Ohren. Mein Gott, war das unheimlich! Sie hätten es nicht tun müssen, aber sie schlichen wie Einbrecher die Treppe hinauf. Wenigstens gab das Holz keine knarrenden, verräterischen Geräusche von sich. Timm verfluchte sich, weil er sein Handy nicht dabeihatte. Kein Handy, keine Taschenlampe, er war sozusagen nackt.

Er stellte sich vor, wie Doktor Balduin immer wieder seinen Kopf gegen die Wand schlug. Weil er wütend war, dass sein Seminar jetzt schon aus dem Ruder lief. Weil da noch andere Leute gekommen waren und das seinen Plan durcheinanderbrachte. Weil da unten ein krankes Kind lag, das viel zu viel Aufmerksamkeit bekam. Dumm gelaufen, aber deshalb gleich durchzudrehen? Also, welche der Türen sollte er wählen? Im Film war es immer die letzte auf der gegenüberliegenden Seite der Treppe. Nun denn! Wenigstens quoll kein grüner Nebel durch die Ritzen. Klopfte man eigentlich an der Höllenpforte an? Timm tat es. Dann schob er die Tür vorsichtig auf, während Liz ihm dicht auf den Fersen blieb. Vielleicht bildete er es sich nur ein, aber es kam ihm so vor, als ob ein Schatten durchs Zimmer huschte. Andererseits stand Doktor Balduin ganz ruhig da. Was dramatisch an ihm gewesen sein mochte, beschränkte sich auf sein Bühnenoutfit: den imposanten Mantel und das wallende Haar. Und auf die Worte, die jetzt aus seinem Mund kamen: „Ist es ein Fluch oder ein Segen, teils in der Zeit, teils außerhalb von ihr zu existieren?“ Er seufzte schwer. Es war, als hätte ihn seine eigene Frage erschöpft. Timm fiel ein, dass er sich noch gar nicht richtig vorgestellt hatte, aber Doktor Balduin unterbrach ihn. „Ich weiß, wer Sie sind. Natürlich weiß ich, wer Sie sind. Auch Sie werden mir helfen, meine Mission zu erfüllen.“ Amen! Timm hatte genug gehört!

Liz ging auf Doktor Balduin zu. Sie sah ihm fest in die Augen. Sie schien plötzlich von einer Welle der Sympathie und der

Zärtlichkeit getragen. „Von was für einer Mission sprechen Sie?”, fragte sie in gurrendem Tonfall. „Ihre Angaben sind sehr vielschichtig gewesen.“
„Vielschichtig ist das richtige Wort!“, sagte Doktor Balduin. „Vielschichtig wie die gesamte Existenz!“
Jetzt ging Timm dazwischen. „Wir brauchen eindeutige Antworten, Doktor Balduin. Um was für ein Seminar geht es hier? Um was für eine Mission?”
Wieder dieses gequälte Seufzen. Dieser arme, alte Mann! Liz warf Timm einen vorwurfsvollen Blick zu.

Es war leider nicht abgemacht, wer hier das Verhör führen sollte und mit welchen Methoden. Timm wäre fast geplatzt. Da waren so viele Dinge, die geklärt werden mussten. Was hatte Doktor Balduin zu Peters Tod zu sagen? Woher kannte er ihn überhaupt? Warum schrieb er dieses grässliche Buch? Was war seine Motivation? Was wollte er erreichen? Welche Rolle spielte Ariane in dieser Sache? Warum waren sie alle hier? Was war mit den vielen Zufällen, Beinahe-Unfällen und rätselhaften Begegnungen, von denen jeder eine andere Geschichte erzählen konnte? Hatte er dazu auch eine Idee?

„Hallo Leute, wo steckt ihr denn?“ Das kam von unten. „Kommt ihr eigentlich nochmal runter?“
„Moment!“, rief Timm zurück. Dann bat er Liz, schon mal vorzugehen. Er würde hier noch fünf Minuten brauchen. Allerdings war Doktor Balduin nicht bereit, sich der Inquisition zu stellen. Der junge Schnösel hier hatte für ihn keine Funktion. Außer der, sich um Liz zu kümmern. Timm wurde wie ein Schuljunge vor die Tür geschickt. Dafür sollte Ariane jetzt nach oben kommen.

Es lag an Arianes Vergangenheit, dass Doktor Balduin sich ihr so nahe fühlte. Er wusste von ihrer Herkunft, dem Verlust ihrer Heimat, ihren Lebensumständen und ihrer Wanderung durch die Welt. Er wusste von ihrer Wut und Verzweiflung. Er sah aber auch ihre Entschlossenheit, ihre Charakterstärke, ihren Willen, sich auch die schlimmsten Umstände zunutze zu machen. Ariane würde niemals aufgeben. Fast bedauerte Doktor Balduin es, seinen Auftrag nicht ihr übergeben zu haben. Cora hatte sich zwar auch tapfer geschlagen, aber sie hatte einen Schwachpunkt, nämlich ihren Sohn. Nun, es war müßig, darüber nachzudenken. Die Dinge hatten ihre eigene Ordnung. Alles fügte sich zur rechten Zeit.

Doktor Balduin erhob sich und wanderte mit hinter dem Rücken verschränkten Armen auf und ab. Ariane folgte ihm mit ihren Blicken. Genauso hatte sich auch Peter verhalten, als er sie alle zu einer Séance überreden wollte. „Ich bin an der osteuropäischen Geschichte interessiert.“, unterbrach Doktor Balduin ihre Gedankengänge. „Nicht nur daran. Mich interessiert die menschliche Psyche, ihre Verführbarkeit, ihre Verwundbarkeit. Aber auch ihre Kraft, ihr unbedingter Wille, ihre unerschütterliche Energie. All das interessiert mich. Mich interessiert aber auch der Mechanismus, der hinter den Dingen steckt. Hinter dem Wesen von Raum und Zeit, Ursache und Wirkung, Nähe und Distanz. Mich fasziniert die Tatsache, dass Materie erst entsteht, wenn wir uns für eine bestimmte Version von ihr entscheiden. Ansonsten befindet sie sich im Ungewissen. Das alles beobachten wir auf molekularer Ebene. Es bestimmt aber auch unser tägliches Leben. Unsere Realität. Warum entwickeln sich die Dinge so langsam, so unauffällig, dass wir den Fokus verlieren? Warum treffen wir so oft die falsche Wahl?“ Doktor Balduin sah Ariane an. „Ich interessiere mich für die Quantenphysik”, sagte Doktor Balduin. „Ich bin entschlossen, der Maya den Schleier vom Gesicht zu reißen.“

Ariane interessierte sich nicht für solche Dinge. Und von dieser Maya hatte sie auch noch nie etwas gehört. Sie versuchte nur, nicht allzu dumm zu wirken. „Wollen Sie damit sagen, dass das Universum ein kosmisches Spiel ist?“

„Ein großartiges, kosmisches Spiel, in der Tat. Und wir sind Regisseur, Akteur und Zuschauer zugleich. Das Problem ist nur, dass die meisten Menschen dieses Konzept und vor allem die Spielregeln nicht verstehen.“

Tja. „Ein Stuhl ist ein Stuhl”, sagte Ariane. „Wenn wir den Raum verlassen und ihn nicht sehen, ist er immer noch da.“ Diesen Satz hatte sie irgendwo gelesen. Doktor Balduin lachte. „Wie können Sie sich da so sicher sein?”

Heilige Jungfrau Maria! Dieser Mann hatte wirklich ein Problem!

„Das Bewusstsein manifestiert sich mal hier, mal dort. Oder, besser gesagt, überall zugleich. Und dieser Geselle hier“, er klopfte dem Stuhl freundschaftlich auf den Rücken, „befindet sich in dem Bezugsrahmen, den Sie selbst gewählt haben. Und den können Sie ändern.”

„Nein, vielen Dank!“ Jetzt lachte auch Ariane. Dieser Doktor Balduin war ein bisschen verrückt, aber es machte Spaß, mit ihm zu reden. „Sie möchten durch Ihre Gedanken irgendwelche Dinge beeinflussen? Und ich kann das auch? Habe ich das richtig verstanden?“

„Absolut!“

Pause. Von unten drang leises Gemurmel empor. Man unterhielt sich. Vorhin war ein Krankenwagen vorgefahren. Nun war er wieder weg. Marian mit ihm, oder? Doktor Balduin hatte keine Lust, nachzusehen. Leider lief hier überhaupt nichts wie geplant. „Nicht nur Dinge, sondern auch Ereignisse will ich beeinflussen. Um das zu erreichen, trete ich aus dem gewohnten Bezugsrahmen heraus. Nein, zuerst einmal koche ich uns eine Kanne Tee!” Er stand lachend auf. Dann begab er sich schwungvoll zu einer Anrichte, auf der ein Tablett mit Wasserkocher und Teegeschirr stand. Ariane beobachtete ihn lächelnd, als er sich fachkundig ans Werk machte. Dann kam er genauso schwungvoll zurück und setzte sich wieder. Der Tee musste noch ziehen. „Um aus dem gewohnten Bezugsrahmen zu treten, gibt es natürlich viele Möglichkeiten. Musik hören, Schreiben, Tanzen, Meditieren, Lesen irgendwas, was einen in einen leicht schwebenden Zustand kommen lässt. In den *Flow*, wie es neuerdings heißt. Liebe, Sex, eine Nahtoderfahrung...” Wie bitte? Das Gespräch entwickelte sich eindeutig in die falsche Richtung! Doktor Balduin lachte vergnügt. „Im Flow werden die Dinge durchlässig, verstehen Sie? Man vergisst die Zeit. Man konstruiert nicht ständig neue Hindernisse. Festgefahrene Glaubenssätze stehen einem nicht mehr im Weg.”

Glaube? Religion? Ariane war raus.
„Moment! Moment! An irgendwas glauben auch Sie. Zum Beispiel daran, dass Sport gesund ist und man täglich zwei Liter Wasser trinken soll.”
„Das glaube ich nicht, das weiß ich.”
„Dann glauben Sie also an das, was man Ihnen erzählt hat.”
„Nein! Ich glaube an die Wissenschaft.”
Doktor Balduin lachte. Dann sprach er über die Gefahren, die einzelne Methoden und Substanzen mit sich brachten. Er sprach über Ausschlusskriterien, Fehldiagnosen und den gefährlichen Einfluss der Medien. Er sprach über politisch oder kirchlich motivierte Interessen. Über Fanatismus, Erziehung und Menschenrechte. Über das Geburtsrecht jeder Kreatur, ihr körperliches, geistiges und seelisches Potential auszuschöpfen.
Ariane war mittendrin in dem angekündigten Seminar. Eine Veranstaltung, in der sie die einzige Zuhörerin war. Doktor Balduin unterstrich seine Worte mit allerlei Gesten, wanderte auf und ab und sprühte vor Energie. Nicht alles, was er sagte, machte für Ariane Sinn. Aber vieles war sehr interessant. Sie nahm sich vor, nichts davon zu vergessen. „Für mein Projekt brauche ich Gleichgesinnte“, sagte Doktor Balduin jetzt.
Ariane horchte auf. „Es ist vorteilhaft, die Energien zu bündeln, wenn man ein ganz bestimmtes Ziel erreichen will.“

„Welches Ziel möchten Sie denn erreichen?“

Doktor Balduin überhörte ihre Frage. „Leider haben wir den Zeitpunkt verpasst”, sagte er.

Ariane sah ihn fragend an.

„Es ist zu spät! Schade!“

„Aber jetzt sind wir doch alle hier! Wir können es doch wenigstens versuchen!” Ariane hörte sich reden, aber sie hatte keine Ahnung, wovon sie sprach.

„Es ist zu spät. Er ist uns zuvorgekommen.“

„*Er*?“ Ariane verspürte ein Kribbeln unter der Haut.

„Sie sollten jetzt nach unten gehen, Frau Schwarz! Ihre Freunde warten bestimmt schon sehnsüchtig.“

Ariane zögerte. Aber schließlich gab sie sich einen Ruck, bedankte sich für die Unterhaltung und stieg die Treppe hinab.

Unten war alles beim Alten. Cora saß bei Marian, Timm bei Liz. Ariane fühlte sich völlig überflüssig. Am liebsten wäre sie wieder hochgegangen. Was war zu spät? War es das wirklich? Und wer war *Er*? Was hatte Doktor Balduin vor?

Es war offensichtlich, dass sie hier unten nicht gebraucht wurde. Timm interessierte sich nur für Liz. Die wiederum hatte nur Augen für Timm und beachtete Ariane gar nicht, obwohl sie sich damals wie ein durchgeknalltes Groupie benommen hatte. Cora hatte ihr zwar zugenickt, das wars aber auch gewesen. Sie kümmerte sich nur um ihr Kind. Überhaupt schien sich niemand zu wundern, dass sie hier aufgetaucht war. Dass sie plötzlich alle zusammen in dieser edlen Hütte saßen. Obwohl sie sich nicht abgesprochen hatten. Obwohl niemand genau wusste, was als Nächstes geplant war. Worum es hier überhaupt ging. Die Situation war völlig surreal.

Natürlich hatte Doktor Balduin das alles inszeniert. Ja, er hatte gerade gesagt, dass er irgendwelche Energien bündeln wollte. Dass er dazu möglichst viele Leute bräuchte, et voilà, jetzt waren sie alle hier. Sie waren ihm alle auf den Leim gegangen. Es ging ihm nicht um ihr Seelenheil. Er wollte sie für seine eigenen Zwecke benutzen. Aber so nicht! So nicht! Doktor Balduin würde ihr Rede und Antwort stehen, und wenn nicht, würde sie sein Konstrukt auf der Stelle auffliegen lassen! Sie stampfte nach ob und hämmerte an Doktor Balduins Tür.

Der hatte nicht damit gerechnet, sich plötzlich rechtfertigen zu müssen. Ariane schien von der Idee besessen, dass er sie und ihre illustre Gruppe absichtlich unwissend ließ. Ihre seit Jahren aufgestaute Wut richtete sich ausgerechnet gegen ihn. Aber um ihn ging es hier gar nicht, sondern um viel weitreichendere Dinge. Es ging um uralte Verletzungen, deren Folgen heute noch spürbar waren. Es ging um Wut und Vergeltung, Habgier, Ehre, Verlust und Sieg. Darum, dass die Menschen sich nach wie vor weigerten, in anderen Dimensionen zu denken. Darum, dass sie sich auf das konzentrierten, was sie verabscheuten, nicht auf das, was sie liebten. Darum, dass sie es nicht schafften, ihre Wunden zu heilen. Darum, dass sie das Übel immer wieder neu inszenierten. Darum, dass er zeigen wollte, dass es auch anders ging.

“Wir haben die Quantenphysik, das ganze theoretische Wissen. Und was machen wir daraus? Wir suchen immer neue Schuldige und treiben die Spirale immer weiter an. Wir glauben immer noch, dass Vergeltung funktioniert. Wir finden uns damit ab, dass die Menschheit sich letztendlich selbst zerstört. Als sei das ein Naturgesetz. Als habe sie sich erfolgreich aus der Evolution gekickt. Dabei sind wir viel mehr! Wir sind die mächtigen Schöpfer unseres eigenen Universums! Wir haben die Wahl. Verdammt, wir haben immer die Wahl! Sagen Sie mir, wieviel Unwissenheit kann die Welt noch vertragen?”
Das wusste Ariane natürlich auch nicht. Sie nippte wieder an ihrem Tee.

„Keiner schaut über den eigenen Tellerrand hinaus. Jeder hört an einem bestimmten Punkt auf zu denken. Jeder hat Angst um seine Reputation. Jeder hat Angst, sich vor den anderen Koryphäen lächerlich zu machen."

„Sie offensichtlich nicht!", sagte Ariane nicht ohne Häme.

„Wo sind die Mutigen? Die Kompromisslosen? Die Visionäre?", stieß Doktor Balduin hervor. „Wo sind die Mutigen, die die Henker in ihre Schranken weisen? Wo sind die Wissenden, die die Kerkertür der Vergangenheit öffnen? Wer rettet die, die sich nicht selber retten können?" Doktor Balduin schien den Tränen nahe zu sein. Ariane hatte ja geahnt, dass dieser Mann nicht ganz richtig im Kopf war. Jetzt zog sie definitiv die Gesellschaft ihrer Begleiter der ihres generösen Gastgebers vor. Sie entschuldigte sich und ging wieder nach unten.

Liz massierte Timm gerade den Kopf. Sie war völlig versunken in diese meditative, heilsame Tätigkeit. Cora hatte sich neben Marian auf die Sofakante gesetzt und redete pausenlos auf den armen Jungen ein. „Das waren alles nur Fieberträume. Das hast du dir nur eingebildet", sagte sie und strich ihm über das verschwitzte Haar.

„Was hat er sich eingebildet?", fragte Ariane, die froh war, einen Gesprächsaufhänger zu haben.

Cora zuckte mit den Schultern. ‚Den Schattenmann! Er spricht immer wieder von dem Schattenmann.“
„Das war kein Schatten!”, widersprach Marian mit erstaunlich fester Stimme. „Das war echt!”
Ariane bat Marian, ihr dieses Phänomen ganz genau zu beschreiben. Sie fand es wichtig, dass dem Jungen endlich mal einer richtig zuhörte.
„Stopp!“, intervenierte Cora. „Marian sollte lieber versuchen, ein wenig zu schlafen.“
„Ich will aber nicht schlafen!“ Marian richtete sich auf.
„Lass ihn doch endlich reden, Cora! Vielleicht hat er uns ja was Wichtiges mitzuteilen.“ Sie erntete einen giftigen Blick
„Was soll das denn jetzt?“, zischte Cora. „Ich schlage vor, du hältst dich ein bisschen zurück!“
„Was ist denn los?“, fragte Timm und tauchte widerwillig aus der Versenkung auf.
Marians Augen flitzten zwischen Ariane und Cora hin und her. Ariane kannte er eigentlich gar nicht, aber sie schien ganz okay zu sein. Seine Mutter ging ihm allerdings gehörig auf den Geist. Liz und Timm saßen auf dem Sofa wie ein altes Ehepaar. Und dann entdeckte er noch jemanden im Hintergrund. Der Mann stand im Gegenlicht, daher konnte er ihn nicht genau erkennen. Liz hatte

die Gestalt auch gesehen und zeigte mit ausgestrecktem Arm darauf. „Da! Da ist er! Da ist der Schwarze Mann!“ Schallendes Gelächter. Liz mal wieder! Die Gestalt da oben war kein anderer als Doktor Balduin.

Aber das stimmte gar nicht, denn Doktor Balduin saß in seinem Studio. Vor sich einen Stapel Papier, und in der Hand einen gespitzten Stift, mit dem er krakelige Schriftzeichen produzierte. Doktor Balduin misstraute der Technik. Ansonsten wäre ein Laptop die Lösung gewesen. Plötzlich wurde die Tür aufgerissen. „Haben Sie uns eben von der Treppe aus beobachtet?“, fragte Ariane atemlos. Cora, Timm und Liz waren jetzt auch oben angekommen. „Wir haben auf dem Treppenabsatz eine schwarze Gestalt gesehen.“

Doktor Balduin runzelte die Stirn.

„Geben Sie es zu! Das sind doch Sie gewesen! Wollten Sie uns etwa erschrecken?”

Doktor Balduin war völlig ratlos. Er ging in seinem seltsam gemusterten Mantel im Zimmer auf und ab. Er war die Karikatur eines Magiers. Fehlte nur noch der Zauberstab in seiner Hand. Er überlegte, ob jetzt der richtige Zeitpunkt gekommen war, um sich zu offenbaren.

„Mama!“, schallte es plötzlich von unten.

Doktor Balduin schloss die Augen.
„Was ist denn, Schatz?“ Cora rannte los.
„Er ist wieder da!“, rief Marian und zeigte auf die Treppe, die Cora eben heruntergehechelt war. Da war aber nichts gewesen. Sie hätte es doch gemerkt! Sie schaute trotzdem zurück, und dann, obwohl sie weiß Gott nicht damit gerechnet hatte, sah sie ihn auch. Den schattenhaften Umriss einer menschlichen Gestalt. Cora war, ohne sich dessen bewusst zu sein, einfach mittendurch gerannt. Jetzt erschienen Timm, Ariane und Liz auf dem oberen Treppenabsatz. Doktor Balduin hatte sich im Hintergrund aufgebaut. Es war wie ein feierlicher Auftritt mit Trommelwirbel und Tusch.

Das Loch, das der Schatten in den Schleier der Realität gerissen hatte, schien unbeeindruckt. Es war immer noch da. Eine undifferenzierte Form, die immer mehr an Farbe und Struktur gewann. Erst als sie fast zum Greifen nah war, als man die Hand nach ihr hätte ausstrecken können, als sie genauso real war wie das Bühnenbild selbst, zu dem das Zimmer, die Treppe, die Menschen und alles andere gehörten, zerplatzte sie wie ein riesiger Ballon. Obwohl absolut nichts zu hören war, schien sie mit einem ohrenbetäubenden Knall zu explodieren.

Die ohnmächtige Stille, die folgte, hielt nicht lange an. Die geschockten Statisten purzelten wie Spielsteine durcheinander. Was um Gottes Willen war das eben gewesen? Mühsam rafften sie sich wieder auf. Niemand nahm sich die Zeit, um nach einer schlüssigen Erklärung zu suchen. Sie hatten nur einen einzigen Gedanken: Nichts wie weg! Allein Doktor Balduin stand wie festgemauert auf seinem Posten.

Später würden sie darüber diskutierten, ob sie einen Mann, ein Kind oder ein Gespenst aus dem Schatten hatten treten sehen. Ob die Haare lang oder halblang oder dunkel oder hell gewesen waren. Ob die Gestalt sich ihrer bewusst gewesen war oder nicht. Vielleicht war es eine optische Täuschung gewesen. Ein Zaubertrick, ein Produkt ihrer überreizten Phantasie. Vielleicht hatten sie auch ihren eigenen Projektionen ins Auge geschaut. Keine dieser Möglichkeiten war besonders beruhigend. Was auch immer sie gesehen hatten, es trieb sie wie mit Peitschen auseinander. Die Autos waren schnell beladen und bereit zur Flucht. Timm mit Liz. Cora mit Marian. Und Ariane? Ariane würde bleiben!

Wie bitte?

„Ich lasse Doktor Balduin nicht im Stich!“

Verständnisloses Kopfschütteln. Halbherzige Versuche, die Starrsinnige doch noch zu überreden. Aber Ariane hatte sich anders entschieden. Ariane, die am wenigsten mit dem Ganzen zu tun hatte! Warum spielte sie die Heldenhafte? Warum wollte sie sich unbedingt für dieses Monster opfern? Opfern, ja, opfern, sich einem Verrückten zum Fraß vorwerfen, ja, genauso sah das aus!

Nicht für Ariane. Die blickte den panisch Flüchtenden noch eine Zeitlang hinterher. Als sich die Staubwolken gelegt hatten, ging sie ins Haus zurück. Die Flüchtenden wiederum schauten noch nicht mal in den Rückspiegel. Sie folgten nur einem uralten Instinkt.

Doktor Balduin hatte die Szene von seinem Arbeitszimmer aus beobachtet. Als er Ariane mit festen Schritten aufs Haus zurückkommen sah, machte sich ein Lächeln auf seinen Zügen breit. Er kam ihr mit ausgestreckten Händen entgegen. Als hätten sie eine Vereinbarung getroffen, stellten sie sich stumm vor das große Fenster, das auf den Garten zeigte. Gemeinsam beobachteten sie, wie sich der Abendhimmel rötlich verfärbte. Wie er nach und nach seine Decke aufspannte. Wie er Risse und Wunden mit sanften Pinselstrichen verschloss.

Doktor Balduin verspürte dennoch den altbekannten Schmerz. Schon wieder ein Misserfolg! Schon wieder eine Enttäuschung! Er hatte es wieder nicht geschafft! Er hatte wieder die falschen Mittel gewählt, die falschen Leute, den falschen Zeitpunkt.
Als hätte Ariane seine Selbstanklagte gehört, sagte sie: „Geben Sie nicht auf, Doktor Balduin! Lassen Sie es uns wenigstens versuchen!" Doktor Balduin sah sie an. „Es ist zu spät, meine Liebe! Inzwischen hat *Er* die Regie übernommen. *Er* hat sich schon alleine auf den Weg gemacht. Das ist überhaupt nicht gut." Ariane dachte an das, was sie über LSD-Trips wusste. Wenn man da keine Begleitung hatte, konnte das richtig schiefgehen. Vielleicht war das hier ähnlich. „*Er* empfindet nichts als Hass und Wut und entlässt diese Gefühle in unsere Welt. Spüren Sie das? Ariane, spüren Sie das?" Doktor Balduin drehte ihr den Kopf zu und sah ihr fest in die Augen. „Haben Sie überhaupt eine Ahnung, wozu dieser Mann fähig ist?"
„Nein!", sagte sie. „Und Sie wissen es vermutlich auch nicht!"

Woher nahm diese Frau nur ihre Kraft? Oder war sie einfach nur dumm? Wusste sie immer noch nicht, in welcher Gefahr sie sich befand? Sie hätte mit ihren Freunden die Flucht ergreifen sollen. Sie könnte immer noch versuchen, zu fliehen. „Nein!", sagte sie wieder. „Ich bleibe! Es gibt noch viel zu tun!"

Doktor Balduin sah sie irritiert an.
„Kommen Sie, wir machen es wahr! Oder haben Sie Angst, dass Vlad Tepes seine Truppen mobilisiert? Oder dass er über Sie herfällt wie ein blutrünstiger Vampir?“
„Jetzt machen Sie sich über mich lustig!“
„Keineswegs! Also los! Ich will Vlads kranke Seele heilen.”
Doktor Balduin lachte. „Also gut!”, stieß er mühsam hervor, „Wenn es Ihnen darum geht, einen traurigen Prinzen zu erlösen, werde ich Ihnen selbstverständlich nicht im Wege stehen!“ Ariane verdrehte die Augen.
Doktor Balduin stand immer noch da. Er machte keine Anstalten für irgendwas.
„Doktor Balduin! Lassen Sie uns loslegen! Warum zögern Sie noch?“
Ja, warum zögerte er? Weil zu viel passiert war. Weil ihm das Ganze etliche Nummern zu groß war. Weil die Sache gefährlich war. Nein, er würde nicht mehr in das komplizierte Gewebe des Schicksals eingreifen und auch niemanden ermutigen, das zu tun. Er konnte die Kräfte, die hier wirkten, nicht kontrollieren. Er hatte sich geirrt.
„Doktor Balduin!“ Ariane baute sich zu voller Größe auf. „Sie sind viel zu weit gegangen, um sich jetzt aus der Verantwortung

stehlen. Sie würden sich mitschuldig an den Albträumen und Irrtümern dieser Welt machen. Sie können nicht tatenlos zusehen! Sie wissen, dass es keine Sackgassen gibt. Sie wissen, dass man jeder Sache jederzeit eine andere Wendung geben kann. Sie wissen das, aber Sie glauben es sich selber nicht."

Diese Frau war erstaunlich. Es stimmte, was sie sagte. Nachtvögel flatterten durch den Garten und ließen sich hier und da nieder. Wolken ballten sich zusammen und lösten sich wieder auf. Die Zeit drehte sich weiter, aber sie schob keinen einzigen Zeiger mehr an. Vielleicht passierte gar nichts, aber vielleicht veränderte sich in diesem Moment die ganze Welt. Plötzlich flatterte ein Nachtvogel erschrocken auf. „Ich glaube nicht, dass Sie sich wirklich für Vlad interessieren", sagte Doktor Balduin. „Sie möchten Ihrer eigenen Geschichte eine Dimension hinzufügen. Ja, genau, darum geht es Ihnen. Sie wollen sich und Ihrer Familie helfen." Der Nachtvogel kreiste ratlos umher. Natürlich hatte Doktor Balduin Recht hatte. Aber das war nicht die ganze Wahrheit. „Die Leute sollen erfahren, dass Schmerz und Hass nicht das letzte Wort haben. Niemals!", sagte sie. Der Nachtvogel ließ sich beruhigt nieder. Er spreizte in Schönheit seine Flügel aus. Ein leises Summen lag in der Luft. Ein Rascheln und Säuseln, denn die Welt war noch immer nicht ganz wach.

„So! Konzentrieren wir uns auf unsere Aufgabe. Konzentrieren wir uns auf Vlads Leben. Was hat die unheilvolle Kette von Ereignissen in Gang gesetzt? Was sollen wir anpacken? Womit fangen wir an?“

„Es ist nicht so einfach! Jeder Mensch verfolgt seine eigenen Ziele. Jeder wählt selbst, durch welches Tor er geht.“

„Aber das Tor öffnet sich in beide Richtungen, oder nicht?“ Ariane spürte, wie ein leichter Luftzug durch ihr Haar fuhr. Es war plötzlich kühl geworden.

„So ist es”, bestätigte Doktor Balduin. “Leider hat Vlad hat schon seinen Fuß darin.“

Ariane sah Doktor Balduin abwartend an.

„Wollen Sie ihm wirklich entgegengehen?”, fragte er endlich.

„Sind Sie wirklich dazu bereit?“

Na, endlich! Aber ja, natürlich war sie bereit. Sie wollte durch dieses verdammte Tor gehen. Deshalb war sie ja schließlich hier!

„Kannst du mir das bitte mal erklären?“, fragte Liz. „Ich verstehe überhaupt nichts mehr!” Timm nahm mit zusammengekniffenen Augen die Straße ins Visier. Eine schnurgerade Fahrbahn, aber gerade hier konnte man, wenn man nicht aufpasste, die schlimmsten Überraschungen erleben. „Doktor Balduin ist ein

Verbrecher", wiederholte er. „Erst hat er Peter um den Verstand gebracht, und jetzt hat er sich auch noch Ariane gekrallt. Scheiße, das alles!" Er trommelte auf dem Lenkrad herum. Das machte auch Liz nervös. Dabei verstand sie immer noch nicht genau, wo das Problem lag.

Timm warf Liz einen Blick zu. Was sollte, was durfte er ihr sagen? Am besten nichts. Aber Liz hatte sein Zögern bemerkt, es war zu spät. "Du hast ja mitbekommen, welchen Hokuspokus er veranstaltet hat. Fragt sich nur, warum er das tut."
„Hallo?! Das war kein Hokuspokus. Das auf der Treppe war echt!"
Tim schnaubte. „Glaubst du etwa an den ganzen esoterischen Quatsch, den er erzählt?"
„Äh, was genau?"
„Dass man jemandem helfen kann, der schon seit Jahrhunderten tot ist. Dass man die Realität wie einen Klartraum steuern kann. Dass man die ganze Welt wie ein Gemälde erschafft."
Liz schwieg.
Timm auch. Er hatte sich verplappert und der armen Liz eine heftige Überdosis verpasst. Mist! Jetzt begann es auch noch zu regnen, und die Landschaft verschwamm hinter schmutzigen Schlieren.
„Ja!", sagte Liz.

„Ja, was?" Timm verpasste der Scheibe eine kräftige Dusche. „Ich glaube daran, dass man die Realität wie einen Klartraum steuern kann. Klar, kann man das."

„Na, du kannst das bestimmt!"

Glücklicherweise hatte Liz Timms Sarkasmus überhört. Jetzt kam es erstmal darauf an, heil durch den Verkehr zu kommen. Und das verlangte volle Konzentration. „Soll ich dich eigentlich vor der Haustür absetzen? Oder kommst du noch mit zu mir?"

„Ach, bring mich bitte nach Hause!", sagte Liz und begann schon mal nach ihrem Schlüssel zu kramen. Dabei hatten sie noch mindestens eine Viertelstunde vor sich. „Und ich glaube übrigens nicht, dass Doktor Balduin uns etwas vorgemacht hat. Er hat nur …"

„Einen Scheiß hat er!", polterte Tim. „Komm du mir nicht auch noch mit dem romantischen Gesülze. Dass auch Vlad eine zweite Chance verdient hat. Dass er selbst Opfer gewesen ist. Dass die ganze Zeit grausam gewesen ist. Ach, und er war schließlich ein verlassenes, verratenes, verprügeltes Kind. Bullshit, das alles!"

„Wovon …"

„Es gibt viel zu viele Tyrannen auf der Welt. Und der hier ist wenigstens tot. Also lass uns bitte von was anderem reden! Besser noch, lass uns einfach die Klappe halten!"

Liz hasste es, wenn ihr jemand über den Mund fuhr. Sie hasste es auch, wenn man sie wie ein Dummchen behandelte. Wieso sagte Timm nicht klipp und klar, wovon er sprach? Aber fragen würde sie ihn nicht. Natürlich nicht. Sie starrte stumm aus dem Fenster, während Timm vor sich hindampfte und die Scheiben mehr und mehr beschlugen.

Cora beschäftigte sich wieder mit dem Übersetzen von Gebrauchsanleitungen und anderem Kleinkram. Doktor Balduins unerledigten Auftrag hatte sie ganz unten in der Schublade verstaut. Sie versuchte, nicht mehr an ihn zu denken. Auch nicht an Doktor Balduin und seine schmucke Villa. Nicht an ihre Freunde und auch nicht an Vlad Fürst Dracula. Um Marian machte sie sich umso mehr Gedanken. Gott sei Dank ging es ihm im Moment gut. Alles in allem war wieder Ruhe eingekehrt. Genauso wie bei Doktor Balduin. Im Moment lag sein Haus im glänzenden Mondenschein. Der Garten schlief, die Nacht war angenehm kühl. Nichts deutete auf die rasenden Gedanken hin, die durch sein Hirn tobten. Selbst die Nachtvögel bekamen davon nichts mit. Nach Arianes grundsätzlichem Okay zu weiteren Vorstößen, was das Thema Vlad Fürst Dracula und das Einstimmen auf sein Leben und seine Gedankenwelt betraf und die behutsame Kursänderung, oder wie sollte man das nennen, und

natürlich ihr eigenes persönliches Erleben, ihre eigenen Erwartungen, was natürlich alles zu berücksichtigen war, denn sie waren ja der Dreh- und Angelpunkt in dieser Aktion, denn sie konnten schließlich nur ihre eigene Welt und ihre eigenen Erfahrungen verändern, nicht etwa die eines anderen Menschen, ob tot oder lebendig, sondern nur Bruchteile davon, also die Fäden, mit denen sie selber verknüpft waren, die ihren gemeinsamen Erkenntnishorizont durchdrangen und an denen sie selber zogen, und genau das taten sie die ganze Zeit, ob sie es merkten oder nicht, denn das Gewebe, die Matrix, war nun mal so aufgebaut, von wem oder warum auch immer.
Andererseits war es wichtig, dass sich Vlad ihnen nicht überstülpte wie ein Krake, dass er sich ihnen nicht in den Weg stellte, denn genau das probierte er gerade, und dass er sich nicht unkontrolliert in die Welt ergoss wie ein Virus, mit einer Vehemenz, die sich nicht aufhalten ließ, denn genau das entsprach seiner Natur, und vielleicht war es tatsächlich schon zu spät. Aber die Zeit spielte keine Rolle, bedachte man deren löcherige Struktur, genauso wenig wie Ursache und Wirkung zu berücksichtigen waren, weil beides dasselbe war, weil beides zusammenfiel, weil beides keine Bedeutung hatte, es sei denn, man verlieh sie ihnen. Also, alles war gut.

„Sagen Sie bloß, Sie hatten gerade eine Erscheinung!“, sagte Ariane. Sie hatte Doktor Balduin kurz alleingelassen, um unaufschiebbare Dinge zu erledigen. Nun war sie erleichtert und erfrischt zurückgekehrt. Dafür wirkte Doktor Balduin plötzlich blass und ausgelutscht.
„Was ist passiert?”
Doktor Balduin begann, das Blumenarrangement zu ordnen, das auf seinem Schreibtisch stand. Es war ein hübscher Strauß aus Dahlien, Rosen und Gräsern, den Ariane ihm gern selbst mitgebracht hätte, wenn sie denn ein Gastgeschenk gebraucht hätte, aber sie war ja kein richtiger Gast, sondern eine Schülerin auf der Suche nach Weisheit und Erkenntnis. Ha! Im Moment sah es allerdings so aus, als ob Doktor Balduin bedürftiger wäre als sie. Natürlich sagte sie ihm das auch, denn sie trug ihr Herz auf der Zunge. Was auch passiert war, sie sollten jetzt keine Zeit mehr verlieren!

Doktor Balduin strich sich sorgfältig das ergraute Haar zurecht. Dann holte er tief Luft. Er wartete. Worauf?
„Doktor Balduin?“
„Es wäre mir lieber, wir würden einen netten, unkomplizierten Abend miteinander verbringen.“

Was? Ariane wäre das absolut nicht lieber! Sie wollte das jetzt durchziehen! Jetzt und gleich!
„Liebe Frau Schwarz, zuerst einmal möchte ich mich aufrichtig bei Ihnen entschuldigen."
Boah! Was kam denn jetzt?
Doktor Balduin reichte ihr die Hand, als begrüßten sie sich gerade zum ersten Mal. Er sah ihr fest in die Augen.
„Hören Sie bitte …"
Ariane nahm Haltung an.
„Ich stehe in Ihrer Schuld. Ich fühle mich verantwortlich für Sie und das Phänomen, also für die Gestalt, die sich vor unser aller Augen materialisiert hat."
„Oh, das ist interessant!"
„Wie bitte?"
„Es ist interessant, dass Sie sich für das Phänomen verantwortlich fühlen. Dabei sind wir doch alle anwesend gewesen."
Doktor Balduin räusperte sich.
„Wir alle haben unseren Anteil daran. Nehmen Sie sich nicht etwas zu wichtig?"
Doktor Balduin fehlten die Worte. Offensichtlich wusste diese Frau nicht, dass er es war, der dieses Projekt ins Leben gerufen hatte. Dass er es war, der seit Jahrzehnten daran gearbeitet und

geforscht hatte. Dass er es war, der die historischen Hintergründe zusammengetragen hatte. Dass er es war, der das Wesen und den Charakter dieser Figur verstand wie sonst keiner. Dass er es war, der die Ergebnisse seiner Bemühungen in mühsamer, langwieriger Arbeit zu Papier gebracht hatte. Dass er es war, der es schaffen konnte, einer verlorenen Seele zu einer neuen Existenz zu verhelfen. Dass er es war, der die Gefahren und Chancen gegeneinander abwägen musste. Dass er es war, der die Verantwortung trug. Dass er es war, der notfalls den Stecker ziehen konnte. Und genau diese Notwendigkeit sah er jetzt.
Ariane war fassungslos.
Plötzlich meinte Doktor Balduin ein Geräusch zu hören. Ein aufdringliches Surren wie von einem elektrischen Gerät. Er schloss die Augen. „Psst!" Er legte einen Finger an den Mund. Aber Ariane hatte gar nichts gesagt! Sie war wütend und enttäuscht, aber gesagt hatte sie nichts. Doktor Balduin spürte ihre Anwesenheit trotzdem als lästige Präsenz. Er musste sie loswerden. Er musste jetzt alleine sein. Er musste sich konzentrieren.

Ariane achtete nicht auf Doktor Balduins Mienenspiel. Sie beobachtete eine Gestalt, die sich nach und nach aus der Realität schälte. Wie sein Zerrbild erschien sie direkt hinter Doktor

Balduin. Welchen Dämon, welche Energie hatten sie da entfesselt? War das Vlad? Sie wagte nicht, ihre Aufmerksamkeit von der Erscheinung abzuziehen und sie auf Doktor Balduin zu richten. Sie wagte auch nicht, ein Geräusch zu machen oder ein anderes Signal zu geben. Sie wollte den Fokus nicht verlieren, oder eher die Kontrolle, denn einen Feind behielt man besser im Blick. Gleichzeitig befürchtete sie, die Gestalt würde verschwinden und wieder in dem Schattenreich versinken, dem sie gerade entkommen war. Dann wäre alles umsonst gewesen. Ariane beschloss, Doktor Balduin zu ignorieren. Sie erwartete keine Hilfe von einem Lehrmeister, der selbst überfordert war. Dafür bohrte sich Vlads Blick in ihre Seele. Ja, sie erkannte ihn. Sie ahnte, was diese Augen gesehen hatten, welches Leid, welche Grausamkeit er erfahren und verursacht hatte. Aber letztendlich trug jeder die Verantwortung für seinen eigenen Film. Aber in Vlads Film spielte nun auch sie eine Rolle. Warum? Weil sie sich einbildete, den Gang der Dinge beeinflussen zu können. Weil sie das Leid irgendwie abmildern wollte. Weil sie beweisen wollte, dass nur die Liebe real war. Dass es immer Hoffnung, eine Lösung, was auch immer gab. Mein Gott, wie naiv sie war! Plötzlich war ihr klar, was Doktor Balduin gemeint hatte. Warum es gefährlich sei, sich Vlad zu nähern. Und warum das mit Peter passiert war. Dieses

Gespenst, dieses Phänomen war wie ein Kaleidoskop aus bunten Glassplittern. Es spiegelte all das wider, was man ihm entgegenbrachte. Und was brachten sie ihm entgegen? Und was warf es zurück?

Doktor Balduin war sich der Präsenz in seinem Rücken inzwischen bewusst. Er presste hörbar die Luft durch die Zähne. Also hatte auch Ariane seine Warnungen ignoriert. Er konnte ihr nicht mehr helfen. Nun würde geschehen, was geschehen musste. Er hatte es nicht mehr in der Hand.

Natürlich wusste Doktor Balduin nur ansatzweise, welche Tragödien Ariane Schwarz durchgestanden hatte. Sie hatte ihm längst nicht alles erzählt. Aber er wusste, aus welcher Gegend sie stammte, und er kannte die dortige Situation. Er wusste, dass es in ihrer Heimat Konflikte gab, die schon zu Vlads Lebzeiten gebrodelt hatten. Wer war Opfer, wer war Täter? Solange man sich diese Fragen stellte, würden die Wunden niemals heilen. Sie würden immer wieder aufbrechen, es sei denn, man entzog ihnen Aufmerksamkeit und Energie.
Und was machten sie jetzt?
Doktor Balduin könnte mit der Vorstellung, dem Hass neue Nahrung geliefert zu haben, nicht leben. Er hatte es sich zur

Mission gemacht, den Teufelskreis aus Gewalt und Vergeltung zu durchbrechen. Er wollte Frieden schaffen, indem er Vlad mit sich selbst versöhnte. Er war überzeugt, dass das möglich war. Er hatte ein Heilmittel gefunden und mit Ariane das Instrument, um es zu implementieren. Es gab keinen Grund für Eitelkeit und Eifersucht.

Die anderen Kandidaten, die ihm so vielversprechend vorgekommen waren, hatten sich letztendlich disqualifiziert. Cora steckte in ihrer eigenen Blase fest. Liz war viel zu naiv. Timm war ein Störenfried. Peter war zu ungeduldig gewesen. Trotz all dieser Probleme hatte jede dieser Personen mitgeholfen. Zusammen hatten sie eine Brücke gebaut, die Zeit und Raum in kühnem Schwung überspannte. Nur, über diese Brücke gehen, das durften sie nicht.
Ariane hingegen stand schon obendrauf. Ihre in die Ferne gerichteten Augen waren viel dunkler als sonst. Doktor Balduin glaubte, das Donnern von Pferdehufen zu hören. Hohe Wolkenberge verdunkelten den Himmel. Vereinzelte Blitze tauchten die Bühne in zuckendes, dramatisches Licht. Was für ein Schauspiel, was für ein grandioser Effekt! Ob es noch eine Möglichkeit zur Umkehr gab? Vielleicht hätte es gereicht, den Zauber mit einer einfachen Handlung, einem Händeklatschen

etwa, zu durchbrechen. Plötzlich kam sich Doktor Balduin unwissend und kindisch vor. Er spürte, dass die Gestalt in seinem Rücken ihn verhöhnte. Der Wind pfiff schrill, und der peitschende Regen vollzog einen temperamentvollen Tanz. Die Planken bogen sich unter den zahlreichen Hufen. Die Männer kamen immer näher, ja, sie waren fast da. Der Junge, der Marian so ähnlichsah, erstarrte. ***Männer mit harten Gesichtern und brennenden Augen packten ihn jetzt und zogen ihn hoch. Da war der Geruch von Schweiß und Pferd und die immer kleiner werdende Gestalt des Vaters. Warum hatte er das zugelassen? Warum beschützte er ihn nicht? Warum wandte er sich einfach ab? Warum nur, warum? „Memme, ha, Feigling!" Jemand schlug ihm mit der flachen Hand ins Gesicht. Dem Jungen schossen die Tränen in die Augen. Er konnte einfach nichts dagegen tun. „Seht nur, jetzt heult er wie ein Mädchen", feixte eine Stimme, und eine andere lachte grölend. Vlad wischte sich mit dem Ärmel übers Gesicht. Seine Wange brannte, und aus seiner Nase tropfte Blut.***

Der kalte Herbstwind schien trotz aller Bemühungen, das Fenster dicht zu kriegen, noch eine Ritze gefunden zu haben. Er hing jaulend irgendwo fest und verbreite eine Atmosphäre wie in einem Hexenhaus. Was für eine eklige Nacht! Coras Füße steckte in dicken Wollsocken, aber sie waren immer noch kalt. Vielleicht würde eine Wärmflasche beim Einschlafen helfen, dachte sie, aber dafür hätte sie noch einmal aufstehen müssen, und das war leider überhaupt keine Option. Sie wickelte sich noch etwas fester in ihre Decke und zog die Beine an den Leib. Bei diesem Rappeln und Scheppern von Fenster, Jalousie und was auch immer würde sie sowieso nicht einschlafen können. Außerdem ließen ihr die Erinnerungen keine Ruhe. An Marians schweißglänzendes, knallrotes Gesicht. An seinen huschenden Blick und an ihre Angst um ihn. An die Tatsache, dass Liz und Timm nur mit sich selbst beschäftigt gewesen waren. An das riesige, unheimliche Haus. An Doktor Balduin, der sich wie eine Spinne in irgendeine Ecke zurückgezogen hatte. An Ariane. Die war plötzlich auch verschwunden, aber mit der hatte sowieso keiner gerechnet. Oder? Was hatte sie mit Doktor Balduin zu tun? Anscheinend eine ganze Menge, denn die beiden waren unzertrennlich gewesen. Hatten irgendwo unterm Dach gekauert und philosophische Gespräche geführt, während Marian, ihr Junge, mit hohem Fieber gekämpft hatte. Und was war mit dieser Gestalt, die sie alle wahrgenommen hatten? Oder waren sie alle verrückt geworden? Oder hatte Doktor Balduin ihnen was in den Tee getan? Zuzutrauen wäre es ihm. Es war gut, dass sie Marian so schnell wie möglich in Sicherheit gebracht hatte! Raus aus dem Haus, raus aus der Stadt, weit weg von allem. Ein Seminar hatte das werden sollen! Lächerlich! Doktor Balduin hatte sich die Anwesenden gezielt ausgesucht, um irgendeine Show abzuziehen. Aber mit Marian hatte er nicht gerechnet. Durch ihn wurde das ganze Vorhaben ins Kippen gebracht. Ironie des Schicksals! Wenigstens für eine Sache war Marians Krankheit gut gewesen!

Zu Hause konnte ihr Junge endlich zur Ruhe kommen. Ruhe! Ruhe! Sie wälzte sich vorsichtig auf die Seite, damit das Bett möglichst wenig quietschte. Dann blieb sie still liegen, während die Zweige der Bäume wild um sich schlugen, der Wind wie ein verwundeter Wolf heulte und der Regen eine Salve nach der anderen aufs Fenster feuerte. Cora kniff die Augen zusammen. Die böse Welt sollte gefälligst draußen bleiben! Sie zog sich noch tiefer in sich selbst zurück, wobei sie auf ihre Atemzüge achtete und ihr Herzschlag sich langsam beruhigte. Der Lärm trat immer mehr in den Hintergrund. Sie nahm ihn nur noch am Rande wahr und schlief irgendwann ein.

Das heißt, sie bekam nicht mit, was sich direkt über ihrem Kopf abspielte. Oben in Marians Zimmer. Dort lag ihr Junge nicht selig entspannt in seinem Bett, so wie sie es sich gewünscht und vorgestellt hatte, sondern machte einen weiteren Albtraum durch.

Im Schlaf kommen Dinge zum Vorschein, die der Verstand nicht wahrhaben, nicht akzeptieren will. In immer neuen Varianten wird dasselbe Thema wieder und wieder durchgespielt. Frau Brockmann, die Psychologin, hätte das so formuliert. Sie war eine kluge Frau, aber sie wusste nicht, dass die Fäden der Realität auf viel kompliziertere Weise verwoben waren. Dass man das ganze System in Bewegung setzte, wenn man an einem der Schicksalsfäden zog. Sie wusste nicht, welche Risiken damit verbunden waren. Sie kannte auch Doktor Balduins Theorien nicht, die zwar nur Theorien waren, aber es waren nicht nur seine, und sie waren auch nicht neu. Sie hatte sich mit diesen Dingen nur nie beschäftigt. Genauso wenig, wie sie sich mit Vlad Fürst Dracula beschäftigt hatte, jedenfalls nicht mit ihm als historischer Figur. Sie wusste nicht, dass Marian jeden Satz, jede Sequenz, jeden Fitzel, den er zu diesem Thema zu sehen, zu hören oder zu lesen bekam, schon als kleiner Junge verschlungen hatte. „Das ist kein geeignetes Thema für ein Kind“, hätte Frau Brockmann gesagt und damit Recht gehabt. Aber sie hätte nie gedacht, dass Marian sich mehr und mehr mit dem jungen Vlad identifizieren würde.

Dass es auch anders herum sein könnte, läge erst recht außerhalb ihrer Vorstellungskraft.

„Lass mich los! Du tust mir weh!" Der Mann lachte nur, aber er lockerte nicht seinen Griff. „Du Bastard! Fass mich nicht an!" Vlad spie dem Mann voller Verachtung ins Gesicht. Der wischte den Speichel ab, nahm den Kopf des Jungen zwischen die Hände und schlug ihn zweimal, dreimal auf den Boden. Funken, Sterne und dann Nacht. Den Schmerz spürte der Junge trotzdem noch. Er merkte, dass der Mann sich über ihn hermachte, aber es war, als beträfe es ihn nicht. Auch das tierische Hecheln drang nur aus der Ferne an sein Ohr. Irgendwann drehte der Mann den geschändeten Körper mit der Stiefelspitze um. Er war froh, dass der kleine Bastard noch lebte, denn andernfalls hätte es mächtigen Ärger gegeben. Nun spürte der Junge die Kälte wieder, den nagenden Hunger, den quälenden Schmerz. Er merkte, dass er auf ein Lager aus fauligem Stroh gezogen wurde. Er hörte das metallische Klacken eines Riegels und das penetrante Fiepen neugieriger Ratten.

Ratten! Cora fuhr entsetzt auf, doch gleichzeitig war ihr bewusst, dass sie das alles nur geträumt hatte. Vor dem Fenster piepste ein Vogel sein Morgenlied. Es war also der Vogel, der sie geweckt hatte. Da sah man wieder, welche verrückten Dinge der Geist produzieren konnte, wenn man ihn sich selbst überließ. Was? Schon zehn? Das hieß, sie hatte fast zwölf Stunden im Bett gelegen. So was war noch nie vorgekommen! Seit Marian auf der Welt war, hatte sie nie länger als sieben Stunden geschlafen. Normalerweise ging sie nach eins ins Bett und stand mit Marian und den Hühnern auf. Sie liebte ihre nächtliche Existenz. Ungesund war das trotzdem!

Inzwischen brauchte sie diese einsamen Stunden nicht mehr. Die Zusatzstunden für Doktor Balduin waren gestrichen. Sie würde jetzt ein ganz normales Leben führen können. Für sich und ihren Sohn, der ganz offensichtlich auch aus dem Rhythmus war. Jedenfalls hatte er sich noch nicht bemerkbar gemacht.

Timm war der Meinung, dass ihn das Ganze nichts mehr anginge. Er hatte getan, was er tun konnte – Liz vor sich selbst zu retten, und alles Weitere ging ihn nichts an. Cora und Marian würden schon klarkommen. Aber Ariane? Mein Gott, was hatte er mit Ariane zu tun? Es war ihre eigene Entscheidung gewesen, bei diesem verrückten Professor zu bleiben. Und der? Tja! Der konnte froh sein, wenn man nicht tiefer bohrte. Jedenfalls war er kein Unschuldslamm.

Zwei, drei Tage schaffte Timm es, sich das einzureden. Dann bohrte es doch wieder, das Gewissen. Dann quälte sie ihn doch wieder, die Erinnerung. Dann drängten sie sich doch wieder auf, die Fragen. Dann war alles wieder da. Er hatte ein ganz blödes Gefühl. Und er wusste, das würde von allein nicht weggehen, eher im Gegenteil. Vielleicht saß Ariane bei diesem Balduin fest. Vielleicht brauchte sie Hilfe. Vielleicht hatte das Ziehen in seinem Magen ja was zu bedeuten. Bei Peter hatte es sich ähnlich angefühlt, aber damals war er zu spät gekommen. Das durfte nicht noch einmal passieren. Er würde sich noch einmal auf den Weg zu diesem Balduin machen. Oder wartete er lieber noch einen Tag? Es hatte keinen Sinn, dort völlig übermüdet aufzutauchen. Wer wusste schon, was ihn dort erwartete? Ariane wäre garantiert nicht erfreut. Wahrscheinlich würde sie ihn sogar zur Hölle jagen. Typisch männliches Ritter-Syndrom würde sie sagen. Was mischte er sich überhaupt in ihre Angelegenheiten ein? Ja, warum? Was passierte da seiner Meinung nach? Könnte Doktor Balduin ihr gefährlich werden? Das glaubte er nicht. Glaubte er, dieses Wesen, dieses Gespenst auf der Treppe würde sie überwältigen? Glaubte er überhaupt daran? Quatsch! Alles Quatsch! Er sollte sich die

Sache nochmal überlegen! In ein paar Tagen sähe die Welt schon ganz anders aus. Ja, sie würde sich ganz normal weiterdrehen! Nichts deutete darauf hin, dass irgendwas Besonderes geschah. Einbildung, alles nur Einbildung! Und jetzt erstmal: Gute Nacht!

Wieder einmal war da dieser Junge. Er sah ihn mit traurigen Augen an. Wie alt mochte er sein? Zwölf? Dreizehn? Er träumte oft von ihm, aber meistens träumte er überhaupt nicht. Es war gefährlich, sich in Träumen zu verlieren. Am Hof des Sultans wusste man nie, was der nächste Moment bringen würde. Hier geschahen schreckliche Dinge, auch wenn man die von ihm fernzuhalten suchte. Ja, er hatte schreckliche Dinge gesehen. Dass man ihn inzwischen verhätschelte und mit Respekt behandelte, musste ihn misstrauisch machen. Sie führten nichts Gutes im Schilde, denn sie waren allesamt Teufel. Sie waren Teufel! Und eines Tages würde er sie zurück in die Hölle schicken!

Immerhin hatten sie Radu zu ihm gebracht, seinen kleinen Bruder. Radu war wieder da! Vlad lächelte und sah ihn vor sich, den wilden Lockenkopf, und dann war da wieder dieses andere Kind. Der Junge, der ungefähr so alt war wie er, und diesmal

sah er ihn herausfordernd an. Niemand durfte ihn so anstarren! Niemand!

Marian richtete sich abrupt auf. Er fühlte sich plötzlich stark. Und er hatte Durst. „Mama?!"
„Guten Morgen!", sagte Cora und schaute auf die Uhr. „Naja, wohl eher guten Mittag! Gut geschlafen?" Was spielte das für eine Rolle? Jetzt brauchte er erstmal was zu trinken.
„Sehr wohl, der Herr! Schonen Sie sich!" Cora zwinkerte ihrem Sohn zu und begab sich, das Gewünschte zu holen. Sie überreichte Marian ein Glas Orangensaft und setzte sich zu ihm auf die Bettkante. Das war allerdings gar nicht erwünscht. Er war kein kleines Kind mehr, verdammt!

Der Rekonvaleszent hatte tatsächlich eine bemerkenswerte Veränderung durchgemacht. So einen Entwicklungsschub erlebten sonst nur kleine Kinder, wenn sie Mumps oder die Windpocken hinter sich hatten. Na, seine Mutter musste es ja wissen! Natürlich würde er sich nicht von ihr zum Arzt schleifen lassen. Ihm war das mit dem Fieber und so weiter peinlich. Und ein Epileptiker war er schon mal gar nicht! Sollte sie doch versuchen, ihn zum Arzt zu zerren! Ha, viel Erfolg damit! Sie würde ihn vorher bewusstlos schlagen müssen!

Allerdings hatte Cora, was das betraf, überhaupt keine Ambitionen. Sie befand sich in einem, sagen wir, Erschöpfungszustand. Sie erholte sich immer noch, sie verdrängte immer noch, sie dachte möglichst an nichts. Nein, nicht ganz, denn sie hatte inzwischen eine Theorie entwickelt, was Peters Tod betraf: Er war an einer Reaktion auf die Psychopharmaka gestorben, die man ihm verabreicht hatte. Dabei hätte er die gar nicht gebraucht, denn er war genauso wenig verrückt gewesen wie sie alle. Niemand war hier verrückt, außer Liz vielleicht. Und Doktor Balduin. Wie auch immer, ihren Sohn würde kein Therapeut mehr in die Hände bekommen! Cora betrachtete Marians plötzlich so männlich wirkendes Gesicht. „Was starrst du mich denn so an?!", fragte Marian. Er hatte gemerkt, wie sie durch den Türspalt lugte. „Du brauchst dich gar nicht zu verstecken! Ich wollte nämlich sowieso mit dir reden!" Aha. Der Herr Sohn bestimmte jetzt das Spiel. „Ich wollte dir was von dem Schwarzen Mann erzählen!"

„Puh, da muss ich mich erstmal setzen." Cora fegte Klamotten und Chipstüten von Marians einzigem Stuhl. Kommentare zu seinem nicht vorhandenen Ordnungssinn verkniff sie sich.

„Mit ihm hat alles angefangen!“, sagte Marian. Erinnerungsfetzen fluteten Coras Hirn. Die Nacht, in der Marian verschwunden war. Seine Erklärungen. Das mit dem Park. Die Aussage der Lehrerin. Marians Albträume. Die Sitzungen bei Frau Brockmann. Ihre eigenen Beobachtungen. Wieder der Park. Der schwarzgekleidete Mann, den sie vom Fenster aus beobachtet hatte. Sein Gang, sein Blick. Das, was Timm ihr erzählt hatte. Und Liz. Aber jetzt ging es erstmal ausschließlich um Marian. Sie konnte sich an vieles erinnern und Marian ganz offensichtlich auch.

Marian nickte. „Wenn ich von ihm träume, ist er allerdings noch ein Kind.” Auweia! Auweia! Jetzt machte sie sich doch Sorgen um ihren Sohn. Dabei wusste sie gar nicht, dass Marian all das gelesen hatte, was sie für Doktor Balduin zu Papier gebracht hatte. Hätte sie das gewusst, hätte sie sich ewig Vorwürfe gemacht. Andererseits hätte sie eine Erklärung für seine Albträume gehabt.
„Hat dieses Kind einen Namen?“
„Ja. Es heißt Vlad.“
Cora erstarrte. „Du träumst von Vlad?“, fragte sie überflüssigerweise.
„Ja, genau um den geht es! Um Vlads schreckliche Erlebnisse. Darum, dass ich sie selber spüre. Da ist nur eine hauchdünne

Schicht zwischen uns, und die löst sich gerade auf. Besser kann ich es nicht sagen."

„Das geht doch gar nicht!“, sagte Cora und stand auf. „Vlad ist tot, und zwischen euch liegen Jahrhunderte.“

Marian zuckte nur mit den Schultern.

Natürlich hätte Timm auf Dauer nicht mit dem Gedanken leben können, dass Liz alleine in ihrer Wohnung saß. Sie neigte dazu, entweder in Lethargie zu versinken oder, im Gegenteil, völlig am Rad zu drehen. Beides war nicht gesund. Entweder, sie vegetierte vor sich hin und ging, wie jetzt, noch nicht mal ans Telefon. Oder sie machte von allem zu viel. Dann sprühte sie vor Energie, kam auf die verrücktesten Ideen und setzte sie, ohne über irgendwelche Konsequenzen nachzudenken, um. Manchmal hatte sie Eingebungen, wie sie das nannte. „Wahnvorstellungen“ könnte man auch dazu sagen. Eigentlich brauchte sie immer jemanden, der ein Auge auf sie hatte. Aber wer sollte das sein? Und: Liz reagierte allergisch auf jeden gut gemeinten Ratschlag. Das nervte. Außerdem war Timm nicht ihr Aufpasser. Er war auch nicht ihr Freund, zumindest nicht im romantischen Sinne. Liz hatte - von wenigen Ausnahmen abgesehen - immer nur Peter im Kopf gehabt.

Nun gut, das mit Peter waren alte Geschichten, und Timm war nicht nachtragend. Außerdem mochte er sie alle beide. Peter hatte er leider verloren, aber Liz lebte. Hatte er gerade *noch* gedacht? Er würde hinfahren und nach ihr sehen. Und zwar gleich jetzt!

Timm hatte sich umsonst Sorgen gemacht. Liz empfing ihn mit liebreizender Herzlichkeit. Ihre Wohnung war sauber, der Kühlschrank voll, und es gab sogar einen Piccolo für sie und ihren doch ziemlich unerwarteten Gast. „Hast du denn deine Mailbox nicht abgehört?“, fragte Timm, aber das kam schon wieder vorwurfsvoll rüber. Timm ruderte zurück. Er beschwerte sich über das langsame Internet und Probleme mit dem WLAN-Router. Dann kam er auf das zu sprechen, was ihn am meisten beschäftige: Wie hatte sie das Wochenende bei Doktor Balduin verdaut? Und wusste sie was von Ariane? Ach ja, und hatte sie mal was von Cora und Marian gehört? „Warum fragst du Cora nicht einfach selbst?“

Damit hatte sie natürlich Recht. Die aufrichtigste Antwort wäre gewesen, dass er dazu keine Lust hatte. Dass ihn unerklärliche Dinge zutiefst beunruhigten, weil sie nicht in sein Weltbild passten. Dass er sich absolut keinen Reim auf diese ´Erscheinung` auf Doktor Balduins Treppe machen konnte. Dass er alles mied, was ihn mit diesem Thema in Berührung brachte. Von Liz abgesehen. Nach ihr hatte er aufrichtige Sehnsucht verspürt. Zumindest den letzten Satz sprach er ungefiltert aus.

Liz lächelte, so wie sie überhaupt fast alles weglächelte, aber was hätte sie auch sagen können? Sie war mit sich und der Welt im Reinen. Die unerklärlichen Dinge, die Timm beunruhigten, machten ihr keine Angst. Sie war es gewöhnt, Dinge zu sehen oder zu hören, von denen andere Leute keine Ahnung hatten. Krank oder nicht. Real oder nicht. Das machte keinen großen Unterschied.

Die Piccolöchen waren schnell geleert. Es folgte eine Flasche Rotwein. Da war kein Gedanke an Wechselwirkungen, Fahrverbote oder andere Ausschlusskriterien. Sie dachten überhaupt nicht viel, und wenn, dann nur an eines: Sex. Aber die Turnübung wollte nicht recht klappen, und bevor die Sache zu peinlich wurde, brachen sie den Versuch ab. Jetzt saßen sie artig und angetrunken nebeneinander. „Wir könnten ja mal Cora anrufen!“, sagte Liz. Timm angelte sein Handy aus der Hosentasche. „Tüdelüt!“, begleitete Liz seine Bemühungen. „Tüdelüt!“ Timm ließ es klingeln und klingeln und hätte fast

aufgelegt, als Cora sich doch noch meldete. „Timm?!“ Cora klang nicht sehr erfreut. „Was ist denn los?“
Huch! Er hatte hier die Fragen stellen wollen. Für Kehrtwendungen war sein Gehirn nicht mehr fit genug. „Alles klar?”, fragte er nur.
„Nein! Und nun?“
Liz riss den Hörer an sich. „Hallihallo”, flötete sie ins Telefon. “Wir kommen euch übrigens morgen besuchen! Haltet durch!“ Dann kappte sie die Verbindung und warf das Handy rückwärts über die Schulter. Gott sei Dank landete es weich. Timm schüttelte den Kopf. Er fühlte sich, als säße er auf einem durchdrehenden Karussell.

Natürlich hätten sie die Sache mit dem Besuch noch rückgängig machen können. Aber nicht heute. Am nächsten Morgen auch nicht, denn da gab es das Problem mit den Kopfschmerzen und der bleiernen Müdigkeit. Und dann war es zu spät für eine Absage. Und da Cora sich nicht gemeldet hatte, hieß das wohl, sie wurden erwartet.

Von Bremen nach Köln waren es mit dem Auto ungefähr vier Stunden. Unterwegs versuchten sie etliche Male, Cora zu erreichen, um sie vorzuwarnen. Leider umsonst. Das bestärkte sie in der Idee, dass es wichtig war, in Köln mal nach dem Rechten zu sehen. Wenn nichts dazwischenkäme, wären sie so um neunzehn Uhr da.

Sie klingelten vergeblich an der Tür. Keine Cora, kein Marian, keine Nachricht, nichts. „Wir könnten bei Doktor Balduin vorbeischauen", sagte Liz. „Vielleicht hat sie sich ja dort versteckt."

Das war allerdings höchst unwahrscheinlich. Cora würde sich und Marian nie wieder diesem Budenzauber aussetzten. Sie hätte verrückt sein müssen. Aber Timm hatte auch keine bessere Idee, also fuhren sie hin.

*C*ora und Doktor Balduin standen rechts und links neben Marian. Sie hatten ihn auf einem Stuhl mit hoher Lehne positioniert, einem ´Schlossstuhl` aus uraltem Besitz. Dabei handelte es sich um ein sehr dekoratives, wenn auch
unbequemes Sitzmöbel, auf dem man es nicht lange aushielt. Aber lange würde die Sitzung sowieso nicht dauern.

Es war nicht Coras Idee gewesen, hierher zu kommen. Nein, sie war nicht verrückt geworden. Und, nein, sie wollte Marian keinem Budenzauber aussetzen. Und, nein, auch Doktor Balduin hatte dabei nicht seine Hände im Spiel. Es war Marian gewesen, der darauf bestanden hatte, hier und heute zu erscheinen. Cora hatte sich dagegen gesträubt, war aber schließlich der vehementen Forderung ihres Sohnes nachgekommen. Das war auch besser so! Ausbrüche der einen oder anderen Art galt es zu vermeiden. Es gibt Leute, die über Nacht ergrauen, aber kann man über Nacht erwachsen werden? Kann ein Kätzchen schlagartig zum Löwen mutieren? Genau das hatte Marian getan. Für den fühlte es sich gerade so an, als sei ein anderer an seine Stelle getreten. Als säße ein anderer auf diesem Stuhl. Als handele es sich nicht um einen unbequemen Schlossstuhl, sondern um einen reich verzierten Fürstenthron. Aber noch füllte er ihn nicht aus, denn noch war er ein Kind. Die Augen des Jungen wanderten unruhig hin und her. Was wurde hier gespielt? Was erwarteten diese Leute von ihm? Von rechts und links redeten sie unablässig auf ihn ein, aber der Junge verstand kein Wort. Man überreichte ihm dies und das, zeigte ihm dieses und jenes, aber der Junge schüttelte nur immer wieder den Kopf. Er wusste, dass das alles nicht richtig war. Dann erinnerte er sich an die Schläge und an noch viel schlimmere Dinge, die man ihm angetan hatte. Am liebsten hätte er sich davon gemacht, aber die Leute rechts und links hielten ihn fest. Eine sanfte Hand strich ihn über den Kopf. Am liebsten hätte er sich in die Arme desjenigen sinken lassen, der ihn so liebevoll hielt. Aber das ging nicht. Er war ein Prinz! Er war der zukünftige Herrscher, und die Leute sollten sich vor ihm fürchten. Sie sollten vor ihm auf die Knie fallen und ihn nicht streicheln wie einen jungen Hund. War da irgendwo ein Hund? Ja, einen kleinen Hund hätte er sehr, sehr gern gehabt!

Vielleicht hatte er diesen Gedanken laut ausgesprochen. Ja, ganz bestimmt hatte er das, denn andernfalls hätte Ariane ihn nicht verstehen können. Wo kam plötzlich Ariane her? Sie hatte sich wohl die ganze Zeit im Hintergrund gehalten. Jetzt trat sie vor und legte Marian eine Hand auf die Schulter. Vielleicht wollte sie ihn beruhigen. Ihre Verbindung zeigen. Zu wem? Zu was? Ariane neigte nicht zu romantischen Übertreibungen, aber sie war dem, was man Liebe nannte, noch nie so nahe gewesen. Sie hatte das Gefühl, als würde sie sich ausweiten, als würde sie die Zeit und alles, was sie enthielt, jemals enthalten hatte und jemals enthalten würde, mit ihren eigenen Armen umfassen. Dieser grandiose Zustand konnte natürlich nicht dauerhaft sein. Irgendwann würde es einen Knall geben und dann würde die Liebe wie Konfetti herabregnen und alles und jeden mit einer bunten Schicht bedecken. In dem Moment, als sie das dachte, kippte Marian nach vorne und landete hart auf dem Boden. Aber er besann sich, richtete sich auf und kletterte zurück auf seinen Thron. Auf seinem Schoß saß ein kleiner, zauberhafter Hund. Ariane würde den Hund gleich an sich nehmen, denn sie traute dem Frieden nicht. Sie wusste, was kranke Kinderseelen mit Tieren anrichten konnten. Aber Vlad war kein Kind mehr. Er war jetzt siebzehn Jahre alt, und ihm waren unzählige Menschenleben unterstellt. Gebe Gott, dass er dieser Aufgabe gewachsen war!

Cora schaute Timm an, und Timm schaute Cora an. Keiner von beiden sagte ein Wort. Sie betrachteten Marian, der wie Buddha auf seinem Stuhl saß, völlig in sich gekehrt und viel präsenter als jemals zuvor. Cora hätte ihn gern in die Arme geschlossen, ihren Sohn, aber sie schreckte vor seiner Unnahbarkeit zurück. Jetzt erschien Liz. Sie drapierte sich auf dem Kanapee und überstrahlte die Szene mit lässiger Eleganz. Sie bekam wie immer überhaupt nichts mit. Niemand bekam irgendwas mit, auch Timm nicht, denn die meisten Dinge fanden im Verborgenen statt. Vlad war es gewohnt, seine Aktionen im Geheimen zu planen und auszuführen. Er hatte die Menschen oft überrascht. Er hatte niemanden, dem er vertrauen konnte, und es war besser, wenn auch ihm niemand vertraute.

Nein, Ariane nahm ihm den Hund nicht weg. Das hatte sie dann doch nicht übers Herz gebracht. Dafür war plötzlich Doktor Balduin verschwunden. Hatte er sich wieder in sein Mansardenzimmer verkrochen? Schmiedete er wieder Pläne, wie er Vlad, den Schwarzen Mann oder sonst jemanden erlösen konnte? Ha! Das hier war ein Irrenhaus! Diese Idioten hätten alle Reißaus nehmen sollen. Stattdessen saßen sie freiwillig in dieser Rattenfalle.

Da waren sie wieder, die Ratten! Cora überlegte, wie sich ihr Fell anfühlte und wie sie ihre Nase in ihnen vergrub. Sie platzte beinahe vor Liebe, konnte aber kein einziges der Tierchen erwischen. Sie waren viel zu schnell. Oder Cora war viel zu langsam. Alles entglitt ihr immer mehr. Sie musste sich jetzt unbedingt setzen.

Sitzgelegenheiten gab es genügend. Auf einem der Stühle saß Timm und versuchte, sich einen Reim auf das Ganze zu machen. Nicht auf das, was sich direkt vor seinen Augen abspielte, denn eigentlich war das recht unspektakulär. Marian thronte auf dem Schlossstuhl und guckte vor sich hin. Cora saß aufrecht daneben. Liz lag dahingegossen auf dem Kanapee. Ariane hatte sich an eine Säule gelehnt. Wer fehlte, war Doktor Balduin, der Herr des Hauses. Vielleicht schaute er von oben zu wie der liebe Gott. Er freute sich, dass er alle seine Schäfchen versammelt hatte. Das war es ja gerade! Es kam Timm so vor, als würden sie hier vorgeführt wie Schafe, die geduldig auf ihren Schächter warteten.

Dann traf er auf Marians Blick.

Irgendwas stimmte nicht.

Es war, als bliese ihm jemand kalte Luft ins Gesicht.

Er versuchte Marian anzulächeln, brachte aber nur eine verzerrte Grimasse zustande.

Genauso wie sein Gegenüber, der junge Mann, der Marian so ähnlichsah.

Merkte denn niemand, dass das nicht mehr Marian war?

Vlad hatte sich lange nicht mehr so sicher gefühlt. Aber noch war er nicht der neue Fürst der Walachei. Noch waren die Karten nicht verteilt. Und doch behandelten sie ihn schon jetzt mit ehrerbietiger Hochachtung. Hätte er nicht gesehen, wozu diese Leute fähig waren, er hätte es nicht für möglich gehalten. Vielleicht hatte ihm auch der Mondschein die Sinne vernebelt.

Das waren immer noch dieselben Männer mit ihren schwarzen Bärten und klirrenden Säbeln. Aber sie wirkten nicht bedrohlich, sondern wie ein recht lustiges Pack. Es tat gut, so ausgelassen zu sein!

*M*arian lächelte seine Mutter an, und die strahlte wie der Sonnenschein zurück. Timm stand auf, ging auf ihn zu und gab ihm einen kräftigen Klaps auf die Schulter. „Na, Kumpel? Da bist du ja wieder! Dir scheint´s ja richtig gut zu gehen!“ Den Klaps hätte Timm sich sparen sollen, denn plötzlich veränderte sich Marians Mienenspiel. „Huch!“, entfuhr es Timm. „Entschuldigung!” Er bekam trotzdem eine gehörige Abreibung von Ariane. Die konnte es überhaupt nicht verstehen, warum Timm so unsensibel war. Sie setzte sich neben den Jungen, der plötzlich in sich zusammengesunken war, und wickelte so fest ihre Arme um ihn, dass er sich kaum noch rühren konnte. Cora fand das gar nicht gut, aber sie sagte nichts.

Dafür meldete sich Liz zu Wort. Bis jetzt hatte jeder gedacht, sie sei nur eine unbeteiligte Zuschauerin. Sie sagte etwas, das allen Beteiligten einen Schauder über den Rücken laufen ließ. „Also“, sagte sie und räusperte sich, denn ihr war selber peinlich, was sie aussprechen musste. „Ich glaube“, sagte sie und räusperte sich noch einmal, „ich glaube, dass Marian das Alter Ego des Kindes ist, das später zu Vlad Tepes wurde.“ Wow! Woher kam denn das? Niemand hätte Liz zugetraut, dass sie wusste, was ein ´Alter Ego` ist. Oder dass sie wusste, wer Vlad Tepes war. Und überhaupt! Woher hatte sie diese verrückte Idee?

Timm gab ein pfeifendes Geräusch von sich. Cora sah ihren Sohn misstrauisch an. Nur Ariane schien nicht überrascht zu sein. Sie nickte sogar ihre Zustimmung. Sie war auch die Erste, die dazu etwas sagte. „Ich denke, Liz hat Recht”, meinte sie. „Und da es keine Möglichkeit gibt, diese Theorie zu überprüfen, sollten wir einfach mit ihr arbeiten. Immerhin ist sie eine reelle Chance.”
„Für wen?”, fragte Timm.
Ariane lächelte.
„Und überhaupt: Reelle Chance! So was gibt es gar nicht! Reelle Chance!”
Ariane ignorierte Timms Spitzfindigkeit. “Wir kreieren für Vlad eine alternative Vergangenheit. So einfach ist das!“
Timm erhob sich. So einen Blödsinn musste er sich nicht länger anhören!
„Setz dich”, insistierte Cora.
Timm gehorchte.

Jetzt tauchte Marian wieder aus der Versenkung auf. Seine dunklen Augen flitzten hin und her.
„Wir haben alles zu gewinnen, aber absolut nichts zu verlieren", sagte Ariane und blickte herausfordernd in die Runde.
Cora sah das anders. Sie hatte endlich ihren Marian wieder. Vlad war ihr ziemlich egal.
Glücklicherweise verfügte Ariane über eine gewisse Überzeugungskraft. Sie war ja auch Doktor Balduins gelehrige Schülerin. Außerdem war die Vorstellung, dass die Realität so einfach gestrickt war, in der Tat überwältigend.
Das fand auch Liz. Natürlich.
Cora war da schon vorsichtiger. Sie hatte Angst, dass man ihren Sohn als Versuchskaninchen sah.
Timm war immer noch raus. Andererseits musste man natürlich ergebnisoffen sein.
Ariane waren irgendwelche Bedenken sowieso egal. Sie würde sich nicht mehr aufhalten lassen. Sie würde gleich zum Kern der Sache kommen.
Aha, und der Kern der Sache wäre *WAS*?
„Also, sagte Ariane und begab sich in Position. „Von der Vergangenheit gibt es genauso viele Versionen wie von der Zukunft, nämlich unendlich viele. Es ist blöd, sich nur auf eine

einzige Version zu konzentrieren, und dann noch auf die, die man zutiefst verabscheut."
Keine Fragen. Keine Widerrede. Ariane fuhr fort:
„Mit dem falschen Fokus löst man kein einziges Problem. Im Gegenteil. Man schafft den Mist nur immer wieder neu. Weil unser Bewusstsein die Dinge erschafft. Nicht etwa anders herum. So einfach ist das. Alles ist das Ergebnis von Erwartungshaltung und Konzentration."

Timm runzelte die Stirn. Dieser Gedanke war nicht neu. Andererseits: „Die Toten sind und bleiben tot. Was geschehen ist, ist geschehen. Das kann man nicht rückgängig machen."
Zustimmendes Raunen in den Rängen.
„Stimmt!", sagte Ariane zu ihrer aller Überraschung. „Muss man aber auch gar nicht. Wie gesagt, es gibt unendlich viele Alternativen. Wir konzentrieren uns einfach auf eine andere."
„Hihi", kicherte Liz. „Du meinst, wir schaffen einen neuen Zeitstrahl und rutschen ihn einfach rauf und runter?"
Schallendes Gelächter.
Jetzt sagte Cora auch etwas, und zwar etwas sehr Naheliegendes. Was war eigentlich mit dem Schatten, den sie alle auf der Treppe gesehen hatten? Wie passte dieses Phänomen hier rein?

Gar nicht, meinte Timm. Das sei alles nur Einbildung gewesen, wie alles andere auch. Vielleicht hatte Doktor Balduin sich auch einen ganz üblen Scherz erlaubt.

Warum hätte er das tun sollen? Und wie? Und wo steckte er überhaupt?

Das war doch völlig egal! Sie hatten Wichtiges zu tun, als über Doktor Balduin nachzudenken! Ariane machte jetzt Druck.

Das gefiel nicht jedem, auch Marian nicht. „Lass mich los!“, schrie er plötzlich und stieß Ariane von sich.

Timm sprang auf.

Lizzies Augen weiteten sich vor Schreck.

Nur Cora blieb still sitzen. Sie freute sich, dass in ihrem Sohn so viel Energie steckte. Er war doch kein willenloses Opfer!

Nein, das war er tatsächlich nicht! Marian sprang wie eine Raubkatze in die Mitte des Raums und schaute mit wilden Augen um sich. Plötzlich sah Timm einen Gegner in ihm, und seine eigenen Fäuste ballten sich zusammen. Das hier war nicht Marian. Das hier war ernst. „Timm!“, schrie Cora und hängte sich an seinen Arm. Auch Liz und Ariane waren in Panik aufgesprungen. Doch dann, als habe jemand einen Stoppschalter gedrückt, verharrten alle in der Bewegung. Wieder ein Standbild. Wieder eine völlig surreale Situation. Und wieder eine bedrohliche Gestalt auf dem Treppenpodest. „Doktor Balduin?“, flüsterte Ariane. Er war es nicht. Sie brauchte gar nicht nachzusehen. Sie sollte sich lieber um den kümmern, der aus Marians Augen sah.

Was hier passierte, war nicht gut. Er würde sich dem Geheiß des Sultans niemals unterwerfen. Murad war sein Feind. Er war der Feind seines Landes und des Christentums und all der Dinge, an die er glaubte. Warum hatte sein Vater ihn in den Klauen dieses Dämons gelassen? Was für ein feiges Geschäft! Was für eine unsägliche Schande! Niemals, niemals würde er sich den Forderungen fügen! Lieber sollten sie ihn töten!

Timm hatte sich schnell wieder unter Kontrolle. Er zog das wütende Kind an sich. Schaum, Raserei und Wut, all das tobte sich jetzt an seiner breiten Schulter aus. Er wartete geduldig ab, bis der Sturm sich gelegt hatte. „Was war das denn jetzt gewesen?“, fragte Liz. „War das schon wieder ein epileptischer Anfall?“ Sie bekam keine Antwort. Marian machte sich von Timm los und ging, nein schritt bis zur Mitte des Foyers. Dort blieb er ohne zu kippeln und zu wanken stehen. Er schien wach und völlig orientiert zu sein. Er sah die Anwesenden wie von großer Höhe herab an. „Ist jetzt wirklich alles vorbei?“, flüsterte Liz. Was auch immer sie damit meinte – nein, es war noch nicht vorbei. Vlad war noch immer eine Geisel des Sultans.

„Puh!“, sagte Timm und setzte sich wieder. Liz kuschelte sich an ihn. Cora führte ihren Sohn zum Sofa und nahm neben ihm Platz. Ariane reichte allen ein Glas Wasser. Sie bedankten sich und tranken es mit gierigen Schlucken aus. Die Szene wirkte wie ein harmloses Kammerspiel.

Wenn das Leben ein Theaterstück ist, dann sind wir Darsteller und Zuschauer zugleich. Wir sind auch die Bühne, die Regie und das Programm. So ähnlich hatte Doktor Balduin sich seinerzeit ausgedrückt. Diese Vorstellung hatte ihn allerdings überfordert. Jedenfalls ließ er sich immer noch nicht blicken. Keiner bezweifelte, dass er ganz genau wusste, was hier unter seinem Dach geschah. Ob er damit einverstanden war, stand auf einem ganz anderen Blatt. Ariane sehnte sich danach, mit ihm darüber zu sprechen. Schließlich war es seine Idee gewesen. Alles war seine Idee gewesen. Er hatte das alles so gewollt. Oder etwa nicht?

Ariane waren Zweifel gekommen, als sie mit ihm über die verworrenen Fäden des Schicksals gesprochen hatte. Wenn diese Erkenntnis auch anderen Menschen bewusst wäre, könnte das die ganze Welt aus den Angeln heben! Worauf warteten sie noch? Aber Doktor Balduin hatte ihren Enthusiasmus gedämpft. Dann hatte sie sich, wie es ihrer Natur entsprach, trotzdem auf den Weg gemacht. Ohne Angst. Ohne Rücksicht. Ohne ihn. Die Dinge würden sich irgendwie fügen, hatte sie gedacht, und das dachte sie immer noch. Doktor Balduin blieb fassungslos zurück. Vielleicht wünschte er ihr Glück, vielleicht auch nicht. Vielleicht bewunderte er sie, vielleicht auch nicht.

Wie auch immer, ohne ihn hätte es diese Chance niemals gegeben. Nicht für sie. Nicht für das Kind, das nun vielleicht doch nicht zum Mörder würde. Die Chancen standen gut. Das wollte sie Doktor Balduin sagen. Dafür wollte sie ihm unbedingt danken. Ihr selbst schlug alles andere als Dankbarkeit entgegen. Als sie sich wieder dem Jungen zuwandte, sprang ihr Cora mit ausgefahrenen Krallen entgegen. „Schluss jetzt!“, schrie sie. „Das Spiel ist aus! Such dir gefälligst ein anderes Opfer!“ Der Boden begann zu wanken, das Licht sich zu verdunkeln, es war schlagartig kühl.

Vlad wehrte sich tapfer gegen die Wellen der Übelkeit. Gegen das Ohnmachtsgefühl, das ihn zu überwältigen drohte. Bis jetzt hatte er erfolgreich gekämpft. Bis jetzt hatte er es geschafft, seinen Kopf über Wasser zu halten. Sein Glaube, sein Hass – an

diesen Dingen klammerte er sich fest, und diese Dinge würden ihn zuverlässig ans Ufer tragen. Aber wo waren sie jetzt? Vlad sah nur die eintönige Weite vor sich, das Nichts, das sich bis zum Horizont erstreckte. Der Sturm hatte sich gelegt. Die Nebelfetzen waren verschwunden. Die Sterne erhoben sich und standen reglos am Himmel. Sie sahen zu, wie Vlad verzweifelt nach Atem rang. Dann drückte ihm eine schwere Hand die Augen zu.

Bestimmt war es Zufall, dass in diesem Moment das Licht zu flackern begann. Das war nichts als ein billiger, dramaturgischer Effekt. Bestimmt hatte Doktor Balduin dabei seine Hände im Spiel. Jedenfalls wurde auch diese Szene abrupt unterbrochen. Cora ließ Ariane in Ruhe, und Ariane zog sich von ihrem vermeintlichen Opfer zurück. Liz presste ihren Feenkörper an Timm, und der wünschte sich, trotz dieser Verlockung, meilenweit weg. Andererseits war er der Einzige, der gerade einen klaren Gedanken fassen konnte, und genau das konnten sie im Moment alle gebrauchen. Man musste der Sache auf den Grund gehen. Mit anderen Worten, Timm würde sich diesen Doktor Balduin zur Brust nehmen!

Zack! Jetzt war das Licht völlig aus! Sie standen in totaler, absoluter Dunkelheit. Jeder vermeinte, den Herzschlag des anderen zu hören. Der Lichtschalter! Die Sicherung! Die Tür! Wo war das alles? Nun hätte man anfangen können zu pfeifen oder schmutzige Lieder zu singen und irgendwas zu tun, um der Sache eine komische Wendung zu geben, denn was sie hier erlebten, war völlig absurd! Dabei bekamen sie gar nicht mit, wie absurd die Situation tatsächlich war. Wo es kein Licht gibt, gibt es auch keinen Schatten, könnte man denken, und das stimmt ja auch, aber die Dunkelheit kommt in verschiedenen Abstufungen vor, und es gibt ein Schwarz, das ist so dunkel, dass es ein Loch in die Wirklichkeit frisst.

Wo war Vlad geblieben? Nein, Marian natürlich, der eben noch hochherrschaftlich auf seinem Schlossstuhl gesessen hatte.
„Marian?" Er antwortete nicht, aber Liz hatte eine Idee. "Die Dunkelheit hat ihn verschluckt und auf der anderen Seite des Universums wieder ausgespuckt."
So ein Quatsch!
„Marian?" Coras Stimme klang nicht schrill, sondern irgendwie gedämpft. Wenn man sein Kind in der Finsternis verlor, reagierte man anders, jedenfalls nicht so. „Hast du Angst, den Dieb zu erschrecken?", fragte Timm, als ob er völlig souverän mit der

Situation umgehen würde. Als ob es sich hier um ein lächerliches Versteckspiel handeln würde. Dabei hatte der Sog der Dunkelheit auch ihn längst erfasst.

Und Ariane? Sie dachte an Vlad. Nicht an Coras Sohn, der für sie nur eine Stellvertreterrolle spielte. Das eigentliche Drama fand ganz woanders statt. Sie schloss die Augen. Sie sah den jungen Vlad vor sich. Seine knabenhafte Gestalt, sein dunkles, lockiges Haar, sein schmales Gesicht. Sein Blick, der hart und gleichzeitig traurig war. Sie spürte seine Angst und seine Wut wie Wellen, die an ihren eigenen Körper schlugen. Wer trug eigentlich die Verantwortung für dieses Kind? Ariane drehte sich um, als könnte sie in der Dunkelheit Doktor Balduin entdecken. Sie dachte an den Schwarzen Mann, diese mysteriöse, geisterhafte Gestalt, die wahrscheinlich die Projektion ihrer aller Ängste gewesen war. Hatten sie wirklich Grund, sich zu fürchten? Sollten sie Vlad bekämpfen oder sollten sie ihm zu einem neuen Leben verhelfen? Verstärkten sie das Böse oder schufen sie Frieden? Noch nie war Ariane so ratlos gewesen. Noch nie hatte sie so eine Angst gehabt. Die Zeit zog und zerrte in alle Richtungen, riss sie beinahe in Stücke. Irgendwann gab sie den Widerstand auf. Sie holte tief Luft und streckte dem jungen Vlad ihre Hand entgegen.

*T*imm stieg, nein stolperte die Treppe hinauf. Er würde ihn finden, diesen Doktor Balduin, und dann Gnade ihm Gott! Als er oben ankam, tastete er nach einem Lichtschalter, fand ihn auch, aber alles blieb dunkel. Doktor Balduin hatte wohl den Strom abgestellt. Dagegen sprach allerdings ein dünner Lichtschein, der über den Fußboden huschte. Da hinten hatte er sich also versteckt. Doktor Balduin war kein junger Mann mehr und kein ernst zu nehmender Gegner. Timm sollte ihn nicht allzu hart rannehmen. Bei der Wut, die er verspürte, gab es dafür allerdings keine Garantie.

Timm hätte die Tür, hinter der Doktor Balduin hin- und herlief, am liebsten aufgetreten. Der hätte erschrocken aufgeschaut, viel zu überrascht, um zu fliehen oder einen Revolver zu zücken. Ha! Glaubte er ernsthaft, der Mann wäre bewaffnet? Er zog ja nur im Verborgenen die Strippen. Er ließ ja nur im Geheimen seine Puppen tanzen: Cora und Marian, Ariane, Liz und, naja, auch ihn. Er brachte alle Leute um den Verstand. Aber damit war jetzt Schluss!

Der Lichtschein war stärker geworden. Außerdem lag ein penetranter Geruch in der Luft. Brandgeruch? Timm zögerte nicht und riss die Tür auf. War es der plötzliche Luftzug? Oder hatte sich die Hitze seit längerem angestaut? Jedenfalls loderte Timm ein Feuer entgegen, als habe jemand einen Flammenwerfer aktiviert. Er sprang zurück. Doktor Balduin starrte ihn aus weit aufgerissenen Augen an. Auf seinem Gesicht zuckten allerlei Schatten, überall zuckten Schatten, aber das Licht verschluckte sie rasend schnell. „Wo ist der Feuerlöscher?", schrie Timm und klatschte auf die kleineren Flammen ein. Es half nicht viel. Die herumliegenden Akten und Bücher lieferten zusätzlich Zunder. Das röhrende Feuer war dabei, das Arbeitszimmer in ein Inferno zu verwandeln. Hier war nichts mehr zu retten. Sie konnten sich nur noch selber retten. „Raus hier!", schrie Timm, aber Doktor Balduin reagierte nicht. Er tat so, als ginge ihn das Ganze nichts an. Plötzlich wusste Timm, was er vorhatte: Er wollte das Haus in Schutt und Asche legen und die Menschen und alles andere darin gleich mit. Timm rannte ins Treppenhaus und schrie nach unten: „Es brennt! Ruft die Feuerwehr und dann haut ab! Los!Schnell!"

Ariane hielt Vlad fest an der Hand. Sie würde ihn nicht loslassen. So stark und entschlossen war sie noch nie gewesen. Sie war sich auch noch nie so sicher gewesen, das Richtige zu tun. „Lass ihn los!", schrie Cora, aber Ariane dachte gar nicht daran. Dieses Kind

wäre verloren, wenn sie jetzt Schwäche zeigte. Cora und Liz sollten ihr lieber helfen, anstatt zu ziehen und zu zerren und ihr unsinnige Vorwürfe zu machen. Sie mussten doch wissen, was hier auf dem Spiel stand. Auch von Timm hatte sie sich mehr Hilfe erhofft. Wo steckte er eigentlich? Plötzlich hörte sie ein knackendes Geräusch. Sie fuhr herum und sah Timm auf der Treppe stehen. Hinter sich flammendes Licht. Er sah aus wie der Erzengel Michael. Jetzt rannte Liz auf ihn zu. Ihr blondes Haar schimmerte rötlich. Es sah großartig aus, fast wie ein Heiligenschein. Ein Heiligenschein! Das hieß dann wohl, alles war gut. Sollte Cora sich doch um Marian kümmern! Sie würde ihn schon irgendwie ausfindig machen. Und Doktor Balduin? Der saß immer noch da oben und heckte irgendwas Unsinniges aus. Dabei hatten sie Vlad längst gefunden. Sie sah den Jungen liebevoll an. Sie sah das Kind, den jungen Mann. Sie sah, wie Wut und Angst schrumpelten und schrumpften. Sie sah sie wie Ballons in die Höhe steigen. Sie wusste, dass etwas ganz Neues entstanden war. Hand in Hand saßen sie da.
Und um sie herum tobte das Leben, vielleicht auch der Tod, aber das war dasselbe.

Jetzt riss Cora ihr Marian aus den Armen. Timm und Liz stolperten die Stufen hinunter und rannten irgendwo hin. Dafür erschien jetzt Doktor Balduin oben an der Treppe. Es sah aus, als sei der Schwarze Mann in ihn gefahren wie der Leibhaftige persönlich. Er schien von innen zu glühen. Dann stürzte er sich in die Tiefe.

Noch nie waren ihm Zweifel gekommen, aber jetzt drückten sie ihn schwer zu Boden. Sie drückten ihn tiefer, immer tiefer, bis dahin, wo nur noch Satan regierte, wo es kein Licht, kein Erbarmen, keine Erlösung mehr gab. Aber seine Schreie würden ungehört bleiben. Kein Engel war hier, um ihn an die Hand zu nehmen und aus dem Tal der Verzweiflung zu führen. Hier unten war Stille, nichts als Stille, und diese Stille war grausamer als alles Kriegsgetöse der Welt. Sie zerschlug ihm die Ohren wie berstendes Glas, sie brachte ihn um den Verstand. Seine Augen waren leere Höhlen, denn seine Tränen waren vor Jahrhunderten versiegt. Nichts war da, um die Schuld von seiner Seele waschen. Es gab nichts, das ihn erfrischen oder retten könnte. "Herr im Himmel", wimmerte er. „Heilige Mutter Gottes, steh' Deinem unwürdigen Diener bei!" Und dann kniete Vlad nieder und bedeckte den Boden mit sinnlosen Küssen.

„*A*lles ist in allem enthalten!“, sagte Liz. „Wenn man etwas verändern möchte, ist es völlig egal, womit man beginnt!“
Timm lächelte.
„Und es ist auch egal, wann man was tut“, fuhr Liz fort, „zumindest dann, wenn es stimmt, dass es die Zeit gar nicht gibt. Wir sollten versuchen, das Leben zu genießen und uns nicht zu viele Gedanken machen.“
Arme Liz! Glückliche Liz! Was hätte Timm dafür gegeben, genauso beschränkt zu sein! Aber er bekam das Bild der Katastrophe nicht aus dem Kopf. Insbesondere Doktor Balduin spukte dauernd darin herum. Was war da plötzlich in ihn gefahren? Wenigstens hatten es die anderen Personen heil aus dem Gebäude geschafft! Inzwischen waren die verkohlten Überreste verschwunden. Doktor Balduin und sein Geisterschloss existierten nicht mehr. Das Kind Marian existierte auch nicht mehr, könnte man sagen, denn es war inzwischen erwachsen geworden. Cora existierte zwar noch, aber auch sie hatte sich verändert. Sie hatten kaum noch Kontakt. Gemeinsame Erinnerungen schweißen eben nicht immer zusammen. Auch Ariane war aus seinem Leben verschwunden. Sie trieb sich wohl weiter in der Weltgeschichte rum. Und Liz – ja Liz, die saß gerade neben ihm. „Schade, dass wir nie herausfinden werden, ob Doktor Balduin mit seinem Experiment Erfolg gehabt hat!“, sagte sie.

Timm runzelte die Stirn.

„Oder Ariane. Könnte doch sein, oder? Dieser Vlad wütet nicht mehr in seiner Zeit rum und spießt keine Leute mehr auf. Das wäre doch cool!“

Mein Gott! Was musste geschehen, damit diese Frau halbwegs normal tickte?

Aber was hieß schon normal?

Peter war nicht normal gewesen.

Er selbst leider auch nicht. Das hatte er sich ja selbst bewiesen.

Für Ariane wäre es nicht normal gewesen, normal zu sein. Bei all dem, was sie erlebt hatte.

Bei Cora lag es an den mütterlichen Hormonen.

Doktor Balduin hatte einen Haufen Verrückter um sich geschart, weil er selbst auch nicht normal war. Klarer Fall eigentlich. Aber nun war es ja vorbei!

Natürlich war nichts vorbei!

Nichts war jemals vorbei. Es begann nur immer wieder anders und immer wieder neu.

Ariane zum Beispiel saß gerade jetzt vor dem brennenden Haus.

Sie hatte das Kind retten können.

Und auch den kleinen Hund.

Vlads Finger fuhren zärtlich durch das Fell des Tieres.

Das kleine Wesen sah ihn vertrauensvoll an.

Es war der lebende Beweis.

Wofür?

ENDE

Epilog

Kann es jemals ein Ende geben? Und wann genau fängt alles an? Klar ist nur, dass alle unsere Entscheidungen Konsequenzen haben. Können sie in Sackgassen führen? Oder gibt es immer eine Möglichkeit der Korrektur? Ich glaube schon!

Wir werden es beobachten, liebe Freunde! Vielleicht gibt es für dieses Buch und alle Figuren darin eine Fortsetzung. Vielleicht entwickeln sich die Dinge
viel besser als gedacht. Vielleicht war´s das aber auch. Das Schicksal macht den Sack zu. Alles bleibt, wie gehabt. Ich hoffe, Ihr seid genauso gespannt wie ich. Lasst es mich wissen!

Herzliche Grüße
Eure Maja Christine Bhuiyan

Zeitfracht Medien GmbH
Ferdinand-Jühlke-Straße 7,
99095 - DE, Erfurt
produktsicherheit@zeitfracht.de

FSC
www.fsc.org
MIX
Papier | Fördert
gute Waldnutzung
FSC® C083411